老榆树

颙铭／著

作家出版社

OK！ OK！
（代序）

我出生和长大的故乡，被联合国粮农组织确认为“不适宜人类生存的地方”。靠天吃饭，十年九旱，一方水土养不了一方人。直到20世纪六七十年代，那里的人们依然食不果腹，衣不蔽体，衣衫褴褛，蓬头垢面。说是草原，其实是戈壁、荒漠，十年九不遇雨水丰沛的年头尚有点绿意，十之八九的年头光秃秃一片。倘若某个旅行团在这常态的年头被导游忽悠到这片草原，游客肯定会向旅游管理部门投诉：“说是带我们去草原，把我们带到荒漠里去啦！”

我在省城上大学的年月，家乡的壮年青年乃至少年们也浩浩荡荡地向省城进发，各式各类的工地上，扛水泥的搬砖头的抡大铲的都是我的老乡。

那时候，冰箱冰柜是稀罕物，市场上的鲜肉鲜菜供应也不是很充分。入冬时，人们要储存许多土豆白菜。住平房住楼房的城里人都要依赖凉房，凉房的地下有个菜窖，可以储存土豆白菜。冬天，凉房还是个大冰箱，可以储存肉类，过年前，城里人采购回来的猪肉羊肉牛肉鸡肉鱼肉都汇集于此。

工地上打工的老乡们，挣到钱拿到钱的欢欢喜喜回家过年去了；没挣到钱或挣到钱没拿到钱的无颜空手而归，于是把目光瞄上了城里的凉房。没报案和没破案的无法统计，从破了案的情况看，盗凉房的绝大多数是我的老乡。

盗凉房得撬开凉房的门，省城和我老家的口音有很大差别，但用来描述撬门的动词却惊人地一致，叫作“拗”。于是，撬凉房的老乡被称作“拗门人”，与“澳门”谐音。久而久之，“拗门人”成了所有来自那个地区人的统称，连没拗过凉房的也未能幸免。

光秃秃的“故乡”并非一无是处。空旷、辽阔、人烟稀少，没有树，没有电线杆，没有铁路、公路，宇宙飞船的返回舱要找个着陆点，这里再理想不过啦！事实上，我们国家几次载人航天返回舱的着陆点，离我出生的村庄都不过几十公里。

不过，“神舟”飞船返回舱的屡次着陆，似乎并没有给我的家乡带来多少荣耀。倒是关于“拗门”的故事因为有了新的素材而推陈出新花样百出。故事里，返回舱被描述为从天上掉下来的铁凉房，着陆点的选择被描述为是出于返回舱开启的考虑：万一返回舱这个铁凉房门打不开，那里可到处都是“拗门”的高手。

被讽刺，被挖苦，被奚落，归根到底因为一个字——穷。

我的故乡穷到啥程度？介绍下那里的一种农活，你就知道了——拔麦子！

人和动物的根本区别是：人会制造并使用工具。收割麦子用收割机，用镰刀，收割机昂贵买不起，难道穷得连把镰刀也买不起吗？

非也！不是人不会使用工具，而是那里的麦子根扎得太浅，根本经不住用镰刀割。即使用镰刀割，其结果也是连根拔起。于是，人类农耕文化一道独特的风景线在我的故乡诞生了。每到秋天，贫瘠的土地上种下的麦子，都是我的乡亲一撮撮一把把用手拔起来，结成一束束一捆捆收获回打场的场院里。尽管每亩地充其量只有百八十斤的收成，但每年的拔麦子还是那么神圣，那么庄严，那么郑重其事，那么一丝不苟。

每亩百八十斤拔起来的收成，还是指老天爷赏脸雨水丰沛的年份。倘若天旱，就得歉收减产。有的年份，甚至连种子也收不回来。

如此这般，穷到什么程度就可想而知啦！箪食瓢饮，绳床瓦灶，瓮牖绳枢，空巷陋室，兀兀穷年。

即使如此，那片土地上的一代代父母还是义无反顾地繁衍着一代代子女，省吃俭用，含辛茹苦，生生不息。

我的父亲死于脑血管疾病，从发病到去世总计不足四十八小时。在我能够找到的最好的医院里，我能找到的最好的医生告诉我，父亲的病一旦发作便无可挽回的原因是：大半辈子的过度操劳加大半辈子的营养不良。

耄耋之年的母亲丰衣足食含饴弄孙，可依然瘦骨嶙峋，体重只有八十斤。每每照顾母亲起居时，看着她老人家清晰可见的肋骨和青筋暴突的手臂，我都会想到我出生的年份——1963年，那是全中国人连挨三年饿之后的一个年份。母亲是饿着肚子怀了我，生我坐月子的待遇是野菜团和树叶粥。我从母亲体内吸吮出来的，一定不是乳汁，一定是血，是肉，是骨髓！

即使如此，父母依然深深眷恋着被他们汗水浸过、泪水泡过的那片土地。

苍天可鉴，那是一片慈祥的土地。她春播勤劳善良，夏耘朴实无华，秋收儿孙满堂，冬藏阖家团圆。

毋庸讳言，那也是一片诡谲的土地。它东潜尔虞我诈，西伏勾心斗角，南隐过河拆桥，北匿落井下石。

我是这片土地干瘪的麦穗喂大的儿子！我是这片土地苦涩的井水养大的狗娃！

儿不嫌母丑，狗不嫌家贫。

不屈于“拗门”故事的讽刺挖苦奚落，我把故事进行了新的演绎。故事的名字叫“OK、OK”：

“神舟”飞船返回舱从天而降，第一个发现的人是我妈，赶紧召唤我大：“老头子，老头子，天上掉下个铁凉房。”听到“凉房”，老爷子本能地条件反射，操起现成的“拗门”工具便冲了出去。天上掉下的凉房，说不定里面有嫦娥，家穷儿子多娶媳妇困难，“拗”出个嫦娥来当儿媳妇岂不美哉。然而，冲到铁凉房近前的老爷子却发现了新情况——另一侧跑来个外国记者。拗还是不拗，老爷子犯起了嘀咕，别弄出什么国际影响。就在老爷子犹豫不决之际，转机出现了，外国记者冲着老爷子大喊：“OK、OK。”老爷子一句外语也听不懂，唯独这句听懂了，“OK、OK”不就是“拗开、拗开”吗？连外国人都喊着让拗开，肯定没有什么后顾之忧。于是，三下五除二，返回舱开启了。

集“拗门”之猛料于大成的这个故事出自我这个“拗门”人之口，除了自我解嘲的成分，还有几分为“拗门”人平反昭雪恢复名誉的企图。说穿了，是一个儿子、一个狗娃想为家乡正名。

一个故事，不足以掀起一朵浪花或一片涟漪。为一个地方正名，要有一定的条件。

家乡流传着一个孝子的佳话：父亲去世了，中国人讲究人死了要穿新衣服下葬的，家徒四壁的儿子没钱买新衣服，用自己身上略新的棉袄换下了父亲的破棉袄。

我家养过一条狗，那年冬天杀猪，傍晚家里人往库房里放过猪肉后没留意把跟进库房的狗锁在了屋里。半夜，看完戏回来，听到库房里狗叫，开门查看，满屋大块小块的肉，一动也没动过——狗饿着肚子一口也没吃。

像家乡许许多多的儿子一样，我有幸赶上了改革开放，赶上了恢复高考，掌握了用自己的笔记录家乡的本领。像那个有略新棉袄的孝子。

像家乡许许多多的狗娃一样，虽然人微言轻，虽然踉踉跄跄，但仍然愿意胼手胝足报答养育自己的土地！像我家那条忠义的狗。

一部《老榆树》，就是一个儿子捧给母亲的一颗炽热的心，就是狗娃饿着肚子留给主人的肉！

小说是虚构的，生活是真实的。虚构的小说记录的是真实的生活。

《老榆树》是虚构的，《老榆树》浸透着的那片土地上的汗水、泪水、血水是真实的。

镌刻历史的辙印，是为了留下前车之鉴，是力图规避好了伤疤忘了痛，是希冀后人不再走前人走过的弯路。

“拗门”的故事讲到现在，省城的凉房几乎绝迹了。一年四季充足供应的鲜肉鲜菜让人们再也不用在入冬时囤积大量的土豆白菜，冰箱冰柜的普及也让凉房作为大冰箱的功能消失殆尽。

目标消失了，行动随即取消。凉房消失了，拗门人也失去了用武之地。

更为重要的是，当年那些扛水泥搬砖头抡大铲的我的乡亲们纷纷在城里住上了自己的楼房开上了自己的小汽车。家乡的生态经过休养生息也日渐好转，留在家乡的乡亲日子也一天比一天好了起来。拗门人拗凉房的历史已经一去不复返了。

“OK、OK”的故事还会讲下去，后面的故事会更生动。故事里，那片土地将不再贫穷，不再专断，不再愚昧，不再动荡；故事里，儿子们将不再遭受奴役，不再遭受不公，不再遭受偏倚，不再遭受专制；故事里，狗娃们将不再背叛，不再亵渎，不再弃义，不再欺诈；故事里，穷则思变，穷且益坚，穷日落月，穷薪火传。

OK，我的家乡！

OK，我的祖国！

颙　铭

第一章

“本州依例放火三日”。

史书记载，中国古代的一个地方官曾发布过这样的告示。

这里的“依例”，是按照惯例、按照常规、按照程式、按照套路的意思。

依例，这里该交代故事发生的时间、地点等。

先说时间。现在的我们说时间，年份是用一个数字表示的，耶稣出生前多少年叫作公元前多少年，耶稣出生后多少年叫作公元多少年，简单明了。可一百多年前，这事却并非如此简单，聪明的中国人用“甲乙丙丁戊己庚辛壬癸”十个天干和“子丑寅卯辰巳午未申酉戌亥”十二个地支排列组合成六十花甲，周而复始，循环往复。那时候，代表年份的是一个干支组合，如甲子年、乙丑年，等等。

问题来了，倘若一个人甲子年出生，六十一岁时，岂不又逢甲子，两个甲子如何区分。

起初，这个顾虑是没有的，因为那时，活过六十岁的人太少了，即便活过六十岁，也得活埋。

相传，有个皇帝独裁统治，又嫉贤妒能，怕人有本事和造反，以为老年人知古通今，大多怀恋先朝旧制，痛恨他的残暴苛刻，便下一道圣旨：六十还甲。无论仕庶男女，活到六十岁不死者，一律活埋。逼得百姓纷纷想法把六十岁以上的老人给藏起来。

媳妇到家小住三五日，准女婿上门接媳妇，酒肉带足了还能奉上分期交付的彩礼，三年后就可迎娶新娘入洞房。张老三家，以上两种情形都不是，以上两种条件都不具备。张老三的两个哥哥张老大张老二早已过了娶亲的年龄，如今还打着光棍儿。张老三的父亲张老汉自己给儿子娶不回媳妇，干脆号召儿子们独立自主自力更生：谁有本事能挣到彩礼谁娶媳妇，谁挣不到彩礼娶不到媳妇谁打光棍儿。

于是，怀揣娶媳妇梦想的张老三住进了王家的长工屋。

家大业大的王老汉是十里八村有名的“铁算盘”“算破天”，聪明绝顶，连雇来的两个长工，干起活来也互为补充，各取所长。

张老三虎背熊腰五大三粗，浑身有使不完的力气。赵老六力气虽比不上张老三，可心灵手巧，农活干得精细之外，还有编筐等手艺。春天，张老三降伏着桀骜不驯的骡子拉着耧，赵老六提耧下种，打砬碡的活儿由雇来的短工牵着驯服的红马完成。秋天拉个子时，人高马大的张老三用双股杈将庄稼个子挑上绑起架子的木轮车，个子堆得老高张老三也挑得上去。装车是个细活，装不好半路个子会掉甚至整车垮塌。赵老六在车上装车，庄稼个子码得齐齐整整，一层一层相互咬牢压实，装满后用绳子捆牢绑定，从不垮垛、塌车。

夏天锄完地晚上收工的归途，张老三打草以备晚上喂牲口，赵老六砍柳条回来编筐编篓编笸箩编簸箕编水斗。晚饭后切草，粗笨的张老三手执铡刀把蹲开马步一刀一刀铡下去，细致的赵老六抱起一捆捆青草伸向铡刀刀口。青草伸进去时要速度均匀，长度适中，铡得太长或长短不一牲口吃起来不顺口，浪费青草不说牲口吃不好不长膘干活也没力气。切完草后，两个长工配合着干的活儿宣告结束，张老三的分工转为一晚上几次给牲口添草和第二天早晨挑水扫院打扫牲口圈，赵老六则专心致志于柳条的编织。

长短不等粗细不同的柳条到了赵老六手里各有用场，长的被赵老六用小刀刻去上边的疤结横向固定在一个木架上，上一根和下一根粗细端颠倒交错整整齐齐，然后用羊毛线逐根纵向绑紧绑实，编出的是筐箩簸箕，中等长度柳条编出筐子篓子。这些工具不仅东家家种地养畜要用，还拿到东家镇上开的店铺去卖。短而粗的编汲水的水斗，短而细的编出的是女人们放针线剪刀的小笸箩，圆的方的敞口的收口的，东家太太和她的两个女儿十分喜爱。

这里，需要特别描述一下水斗这个几乎绝迹的器材。在像老榆树这样缺水的地方，水井一般都很深，倘若用当时人们挑水的木桶送到井里汲水，一则太沉摇不动辘轳，二则石头砌的井壁会碰坏木桶。柳条编的水斗耐碰，责无旁贷地挑起了汲水的担子，水斗尖底圆身，粗细长短因汲水者力气大小而异，因为要连接井绳，顶部用竹片或铁片固定着一个铁梁。水斗每年要用坏好多个，只有夏季才能弄到柳条编水斗，因此水斗须有备用的库存。赵老六编好的水斗就挂在长工屋的墙上，大小一致整整齐齐串在一根木棍上。后面的故事中，水斗的角色至关重要。

张老三抓住机遇转折命运的时间是这一年秋后完工要回家过年的那个晚上，地点是墙上挂满水斗农具的长工屋，人物是赵老六和张老三两个长工。

长工完工回家过年，再抠门的东家也得给改善改善伙食，吃顿好的，何况王家这样有钱的大户，况且王家向来对下人宽厚，平时的伙食也不差。这天晚上，东家新寡的大姑娘端着一个大瓷盆把饭送到长工屋，揭开苫在盆上的笼布，盆里是半盆手把羊肉，上面放着几个白生生的白面馒头，两双筷子，一把杀羊刀，一个白瓷盘子里，是切成细丝的咸萝卜条，靠着盆边，还放着一瓶山西产的老白干酒。

捋起袖子，操起刀子，嚼着美味的手把肉白面馍，品着香醇的老白干，两个年轻的长工拉呱着、调侃着，少不了拿女人的话题下酒。

“东家大小姐白白胖胖，屁股蛋子大大的，走路奶子一颤一颤。要能搂在怀里，肯定像一团棉花。老六，小寡妇赛过新媳妇，你他妈老瞅着人家发傻，是不是动心思啦?”

“你他妈才娶寡妇，老子堂堂黄花少男，回家娶个大闺女。”

“你小子别装蒜，真要当上东家的上门女婿，你小子高兴得屁颠屁颠的，寡妇好，寡妇是熟地，入洞房省劲。”

张老三几句逗乐的玩笑话，后来却不幸一语言中。

“热饭堵不住你臭嘴。来，喝、喝、喝。”赵老六酒量比不了张老三，已有几分醉意。

喝酒吃肉间，张老三的手下意识地向裤腰下摁了几回，碰到硬硬的便赶紧缩手，那里是傍晚东家给的一年的工钱，整整五块现大洋。父亲已经托媒人提亲，今年定亲，三年后成亲，三年“分期付款”娶回媳妇，张老三将是兄弟三个中第一个摆脱光棍儿命运的佼佼者。

张老三赵老六一样的穿着装束，浑身上下“四件宝”：棉袄、棉裤、棉腰子、棉鞋，除此之外，身上再找不出一根带线的。家做的棉袄棉裤厚实暖和，但没有衣兜，平时没什么可装的，领了工钱没处可装，聪明的张老三在棉腰子靠近系裤带的地方撕开一个小口把银元塞进去，系上裤带正好捂住了口子。本来张老三可以领到工钱就送回家的，但张老三不会那么傻。两个光棍儿哥哥想老婆都快想疯了，看见街上的母猪母驴都淌口水，谁敢保证父母不会偏心眼，把钱花在哥哥身上。父亲有言在先，谁挣到钱谁娶媳妇，我挣的钱我保管，到了说媒提亲交彩礼时再拿出来不迟，那才能保证用在自己身上。尽管如此，张老三还是不放心，又怕银元从开着的口子溜出来，又怕银元磨穿了腰子的底边从裤腿溜下去。晚饭前，他找了两条麻绳系住棉裤裤脚以保万无一失，但喝酒吃饭间仍然忍不住伸手揣揣，揣到硬硬的一堆才肯放心。

整个晚上，张老三都在琢磨，赵老六的工钱藏到哪里了？赵老六已经三年没回家了，往年的工钱存在东家家，这次领到的是三年的工钱——十五块大洋。

离过年还有一段时间，东家少不了个挑水扫院照料牲口的，过年期间的草料两个长工已切好备齐。厚道的赵老六领到工钱后答应东家再待几天，临过年回家不迟。张老三急着相亲，说好明天就完工回家。

酒足饭饱之后已是深夜，大瓷盆里，炖羊肉已被一扫而空，只剩下被杀羊刀刮得白花花的骨头棒子在闪烁的油灯下泛着白光，吃剩下的馒头咸菜静静地躺在瓷盆里，旁边是两双用过的筷子。

给牲口添完草料闩好大门钻进被窝，张老三还趁着酒劲向赵老六讨着荤段子。

“四大红是什么来着？”

“笨猪，给你说过多少回了。”

“四大绿呢？”

“白菜叶子，西瓜皮，王八盖子，邮电局。记性不好，忘性不小。”

“四大不放心最有意思。”

“狗窝的肉，猪窝的菜，八十岁的老太太出口外，十七八的姑娘找地方睡。”

张老三再问，回答已是鼾声如雷。

张老三睡不着，双眼直勾勾盯着的素油灯火苗上，闪烁的都是东家寡妇女儿的大屁股、大奶子。

鼾声中，不胜酒力的赵老六不时发出梦呓。

“没事，工钱藏得牢着呢，十五块大洋，藏在水斗里。”

幻想中的张老三被赵老六梦话中讲出的秘密惊呆了。

一丝不挂的张老三蹑手蹑脚地向墙上挂成一排的五个水斗挪去，轻轻挪过赵老六编笸箩时固定柳条的木架子爬上去，朝着五个水斗逐个摸去，摸着中间的第三个时，摸到一块布包着的硬硬的东西。

迟疑了一阵子之后，张老三从木架子上下来赤裸着钻回被窝。又过了一阵子，张老三又赤条条地从被窝里爬出来，踩上木架子，一只手伸向第三只水斗……

“彩礼一次清，年前就成亲。”

父亲和媒人被惊得目瞪口呆之际，张老三已撩起棉袄底襟向腰际掏去，掏出的是一个黑布袋，解开扎布袋口的布条，哗啦一声，二十块白花花的现大洋铺在了女家的炕桌上。

定亲后三年娶亲？夜长梦多，谁知道三年中会发生什么变故，自己挣不到钱，女家变卦彩礼加码，都是有可能的事情，隔夜的金子不如到手的铜。在老榆树及其周边，定亲后三年没娶回亲的太多了！

20 世纪初，这儿镇里的一位司法助理下乡调解一起婚姻纠纷，定了亲三年没娶到媳妇的小伙要求女方退还彩礼，女方的母亲振振有词："定亲三年娶不起，婚约作废，彩礼不退，这是自古以来的王法。"大学法律系本科毕业的司法助理头一次领略了"自古以来"的厉害。

腊月二十七那天，赵老六一大早就扫干净院子牲口棚圈，把所有水缸挑满了水，吃早饭时跟东家打招呼今天回家年后再来。吃完早饭一抹嘴直奔水斗，手伸进水斗的那一刻，赵老六傻眼了。

撕心裂肺的哭喊声惊动了东家，正屋东家夫妇和儿子、东屋东家女儿女婿都跑来了，连西屋的寡妇也抱着孩子跑来了。

东家王老汉跨在长工屋的炕沿上一言不发，一袋接一袋地抽着水烟，其他人都屏住呼吸一声不出，屋子里只有王老汉水烟袋里发出的呼噜声和赵老六的抽泣声。

王老汉的脑袋高速运转着。

钱谁偷走的，王老汉心里明镜似的，关键是如何处置。

报官吧！事发到如今，十多天过去了，都有谁来过长工屋？谁有可能作案？谁讲得清。眼看年关将至，一报官，肯定鸡犬不宁谁也甭想过好年。找张老三理论吧！没有证据空口无凭。赵老六是外乡人，孤人独马；张老三是本村人，偌大一个家族上百口人，龙游浅水遭虾戏，虎落平阳被犬欺。赵老六根本不是对手。人离地皮虎离山，闹将起来，除了钱找不回来，说不准还得吃亏挨打。更让王老汉难以拿定主意下定决心的是天下的大势和家里的大事。

天下大势可谓一塌糊涂，一片混乱，一地鸡毛。朝廷摇摇欲坠，岌岌可危，南方暴动频仍，各省相继独立。这个辛亥年压根儿就不是个消停的年份，内地传来的消息三天一换五天一变：今天是乱党屠城，清廷的遗老遗少豪门显贵被咔嚓砍头；明天是清廷弹压，逮着没辫子的便就地正法。城里的衙门里，一年间换了八次主人，八个主儿谁也没待足两月便被赶走或自行逃窜。此刻，报官恐怕也没人搭理。

家里的大事就更至关重要，王家打王秃子老汉在此安营扎寨，可谓五谷丰登六畜兴旺，可只有一样，代代单传。传到王老汉这一代，头两胎也都清一色丫头片子，好容易儿子王老五降生，顶在头上怕飞了，含在嘴里怕化了，有个病病灾灾，老两口烧香磕头祈求祷告。亏得王母娘娘同宗同姓，保佑儿子平安长大，好容易年届十六，年后的正月里即将要娶媳妇成亲。独生子大婚，王老汉自然要大操大办，好在穷乡僻壤天高皇帝远，内地乱党还没有来到老榆树，整个腊月，王老汉杀猪宰羊推碾磨面，“豆芽生了一丈，戚人请了一炕”，只待鼓乐奏响，新娘上轿。被赵老六这事一搅，岂不误了大事？

众人睁大眼睛屏住呼吸等了又等，等着这个一家之主拍个板，等来等去只等来一句话：“你们先回去，我和六子拉呱拉呱。”

王老汉和赵老六拉呱的内容别人不得而知，但结果却众人皆晓，不仅王家人，全村人都争相传说。

第二天一早，赵老六夹着行李搬进了东院西厢房，入赘王家当上倒插门的上门女婿。

也就在这一天，张老三身着长袍马褂胸戴红花牵着一头毛驴驮回了一个红袄红裤红鞋红袜红盖头的新媳妇。

可是，但是，然而，十五块大洋，三年血汗钱，害得别人讨不到老婆无奈到寡妇家入赘，这样的事情不可能就此一风吹散一了百了。凡事总有个天理良心吧！

这桩公案在老榆树经历一审二审三审三堂会审，二十年后终于有了定论。

一审于张老三大儿子满月席席散后进行，法官是张老三曾经的东家王老汉。满月席上喝得醉眼蒙眬的王老汉直奔张老三父亲屋里，直言不讳指控张老三偷了他过去的长工现在的女婿赵老六三年的工钱十五块大洋。自知理亏的张老汉急得直捂王老汉的嘴，两口子跪在地上头磕得像捣蒜，王老汉才骂骂咧咧地离去。

二审于张老三二儿子满月席席散后进行，法官是当事人赵老六本人。本来不胜酒力的赵老六三杯酒下肚已有几分醉意，又被灌了几杯后，状态已如同银元藏进水斗那天晚上。席散后，别人从大门鱼贯而出，他却直奔张老三屋里，当着刚满月的媳妇破口大骂。如今的赵老六不比当年，当年一个孤人独马的外乡人，如今已是村中第一大户王家的女婿，王家闺女为他生的闺女白灵灵胖乎乎，腰杆子硬多了。张老三别无他法只有硬扛，“捉贼要赃，捉奸要双”等一番抵赖后，赵老六无奈而去。

俗话说：贼不打三年自招。张老三牙关紧，硬是扛了二十年。

三审于张老三三儿子满月席席散后进行，法官是作案人张老三本人。满月席散了，帮忙的人还没吃饭，另开一桌便喝上了，连中三元连得三子兴奋不已，已醉得差不多的张老三被拽了过来继续狂饮。三巡过后，张老三郑重宣布：“二十年前，赵老六的三年工钱十五块大洋是我偷的，我老婆就是用偷来的钱娶的。”

同桌喝酒的人被唬得酒醒了一半，赶紧提醒张老三千万别酒后胡言，未承想，张老三不但不听劝，反而更来了劲：“没错，钱是我偷的，不信你们去问赵老六。钱藏在水斗里，包在一块黑布里，墙上挂着五个水斗，钱藏在中间那个水斗里。”

“你怎么知道人家的钱藏在水斗里？”

“赵老六说梦话说出来的。”

至此，这桩公案宣告了断：张老三盗窃赵老六三年工钱十五块大洋，因当事人未曾报案民不告官不究，判处偷钱人张老三终生接受良心谴责，免予追究刑事责任。

这一审判结果因举证质证过关，特别是钱藏在水斗里和赵老六说梦话泄露天机情节逼真令人深信不疑，因而既未被上级法院驳回也未被发回重审，检察院也未提起抗诉，其判决结果被认定铁板钉钉，永不翻案。

历经三任法官酒后开庭，赵老六工钱失窃案最终尘埃落定。

第二章

岁月像一条河。大部分乃至绝大部分的时候，她静静地流淌着，一碧万顷，波澜不惊，哺育着两岸的生灵，滋润着周边的土地，人畜兴旺，稻麦飘香。不过，一旦她任性起来，情形可就大不相同了：有时，她会暴躁地咆哮，掀起万丈狂澜，将阻挡她前行的土石树木撕成齑粉捣成细末抛向远处，土丘被她夷为平地，山峦被她劈成峡谷；有时，她会汪洋恣肆，挣脱羁绊她的河床堤坝挟裹着大量的泥沙滚滚向前，直到冲积出一片坦荡肥沃的平原才偃旗息鼓打道回府；有时，她会心猿意马，偷偷地逃出去寻觅闲情逸趣，流连于山色，陶醉于霞光，留下一个个大小不一形状各异银螺般的湖泊没事人似的不动声色。

老榆树的岁月也像一条河，潺潺流淌，生生不息。只不过，这条河小了些。

张老三偷了赵老六的工钱娶了媳妇，李老四和父亲哥哥分了家随媳妇来到岳父门上，王老五娶了媳妇当上了少东家，赵老六夹上行李入赘寡妇家有了媳妇还带着个“拖油瓶”姑娘。各家各吃饭另洗锅，鸡犬相闻，各行其是。长脸张老三家生的三个儿子个个长脸，国字脸李老四家的两个丫头一个儿子个个国字脸，圆脸的王老五只有一个独苗儿子，脸像从王老五的模子里倒出来的一样圆乎乎、鼓壮壮，方脸赵老六除了住处从长工屋变到东家西厢房寡妇炕上外，干的活做的事和从前毫无差别，寡妇给他生的儿子也像他一样方脸。

只有王老五的儿子王五、李老四的儿子李四、赵老六的儿子赵六到了该读书的年龄，老榆树平静流淌的岁月河流中才掀起了一丝波澜。

老榆树村只长榆树，不长读书人。拓荒者王秃子没读过一天书，只懂得赶着两头耕牛拼命地犁地。他的秃顶是天生的，还是拼命犁地磨出来的，还是潜心琢磨怎样将别人犁出来的地也变成他的地劳神费心以致黑发褪尽而成秃顶不得而知。知道的是他将全村的土地纳入他的囊中之后，他把儿子送到邻村的私塾读过三年书。王秃子送儿子读书的目标很明确，能写得出佃户的名字算得了田地里的账当得了地主就足够了。如此这般，老榆树村诞生了头一个读书人。别人眼里的读书人王老汉明白，自己充其量算得上半个读书人。半个读书人王老汉沿袭父亲的模式，把儿子王老五也复制成了半个读书人。王老五读书的地方是父亲曾经就读的私塾，学制依然是三年，老师依然是父亲当年的老师。只有当王老汉的二姑娘王二女领着丈夫李老四回到老榆树村的时候，这里才算有了一个真正的读书人。

在老榆树村，对于读书的见识，最高者莫过于王二女。

当王二女的爷爷拼命犁地磨秃了顶子的年份，王二女的婆家已是李家寨殷实的大户人家，王二女的公公李老汉及其四个儿子李荣李华李富李贵都是饱读诗书。王二女曾经暗中多次比较过父亲和公公，怎么比较都觉得父亲王老汉这半个读书人都比不过饱读诗书的公公温文尔雅，温良恭俭，眼前的事情处理得得体，长远的事情看得透彻。王二女力争分家，李老汉深明大义，忍痛割爱，毅然让儿子们分门立户。王二女撤出李家寨的辛亥年，天下大乱，别的财主家纷纷将银元财宝埋在地下砌进墙里，可土匪一来，所有的努力都顷刻化为乌有，棍棒刀枪之下，银元财宝的藏身之所悉数被供出。而李老汉则不同，银元财宝没有藏起来而是被拿出来大把地花出去，花出去的银元变成了结实的院墙堡垒变成了乌黑的快枪驳壳枪和壮实的家丁。土匪不是不眼馋李家的钱财，只是望着李家厚实的围墙和高耸的碉堡而兴叹。曾经有一班兵强马壮的土匪围定李家大院企图让李家缴械交银子的，碉堡上家丁的头领驳壳枪一响，骑在马上的土匪头子帽子便被打飞了。土匪扬长而去，李家安然无恙。在王二女看来，这得益于公公和几个大伯子们读过书有见识。就连让李老汉最棘手的儿子们贪恋女人的嗜好，王二女觉得公公也把握得很有分寸，老大老二都娶了不止一房小老婆，但在李老汉威严的目光下，都没敢把原配夫人冷落一旁，家里妻是妻妾是妾，长幼有序。老三对父亲明媒正娶的媳妇不屑一顾，新婚之日喝得酩酊大醉三日不醒，醒来后一赌气跑出去上了洋学堂拒绝回家新媳妇守了活寡。精明的李老汉为堵住家人的嘴蒙住外人的眼，把三儿媳安抚得妥妥帖帖，俨然没有任何岔子。去年春节，李老四带着妻儿回李家寨过年，李老三居然已经投考了军校，穿着笔挺的军装英姿飒爽容光焕发不说，还领回了一个蓝色长裙白裘皮上衣的大脚洋学生。虽说妯娌们少不了叽叽喳喳窃窃私语，可王二女打心眼里羡慕人家洋学生的落落大方彬彬有礼，还有走起路来健步如飞的一双大脚和那张嫩得能掐出水来的漂亮脸蛋。王二女认为，三大伯子李老三李富之所以比大大伯子李老大李荣、二大伯子李老二李华和丈夫李老四李贵更出众，叫漂亮得让人心醉温柔得让人嫉妒的洋学生能心悦诚服地给他做小老婆，都是因为李老三李富比父亲哥哥弟弟读的书更多，更有见识。

现在，儿子李四到了该读书的年龄，王二女不能无动于衷。和王二女持同样见解的还有丈夫李老四、弟弟王老五和姐姐王大女、姐夫赵老六。

赵老六名为王家的女婿实为王家的长工，只不过工钱比长工多待遇比长工好，对于儿子赵六的读书不敢有什么奢望，只希望小舅子王老五连襟李老四送儿子王五李四到邻村读书时，自己儿子赵六能搭个顺车，一个羊是赶，一群羊也是赶，一辆马车，送两个孩子是跑一趟，送三个孩子也是跑一趟。再说了，让长工张三赶车送孩子王家李家肯定不放心，赶马车接送上学孩子的活儿肯定非他莫属，送王家李家的孩子搭自家的孩子，应该是心安理得吧。更何况，自己怎么着也是王家的女婿吧！尽管倒插门不是那么理直气壮，可儿子毕竟是王家闺女生的，儿子也毕竟是王家的外孙吧。

王老五的三年私塾生涯可谓艰辛而漫长，冬熬三九夏历三伏，每天天不亮母亲就早早起床为他备好了可口的早餐。早餐用毕，长工已经套上了马车候在大门口，对于笨拙的长工，王老汉不放心，王夫人更不放心，王老五上下学，王夫人都随车接送，决不把独苗儿子撇给靠不住的长工。上学下学的路上，铺着毡子的马车上，王夫人夏天撑伞冬天捂皮袄，三年如一日从未间断过。渐渐懂事的王老五深深地体会了母亲的辛苦，十几年从未忘怀。到了儿子王五读书了，他不想让妻子重复母亲的辛苦，更不想让儿子重复自己的苦涩。

王二女送儿子到邻村上学的计划被丈夫李老四断然拒绝，李老四提出的方案让王二女对读书人更多了一层敬重——在老榆树村建个学堂。

李老四建学堂的方案可谓酝酿已久。一则几家的孩子上学需要；二则自己自分门立户以来一直无所事事，早有设私塾执教之志；三则自打告别李家寨一直寄居岳父家的东厢房，眼看儿子日渐长大，该是自立门户的时候了，建房子时正屋居住门脸当学堂一举两得一箭双雕，岂不快哉。

大哥二兄弟，钱是好东西。李家缺房子老榆树村缺学堂可李老四王二女不缺钱，白花花的现大洋从王家东厢房的炕桌上一摞摞地码出去之后，砖瓦椽檩木料被整齐地码到了王家大院东墙边上。城里请来的工匠每天在王家的长工屋里吃饱了自己很少能吃到的白面馒头，喝足了自己过节时才能喝到的羊肉汤干劲十足。不出俩月，一处漂亮的院落便在王家大院的东边拔地而起，规模档次和王家不相上下。因为是崭新的，比王家大院更显威仪而庄重。

这一年的六月初六，这处崭新的院落正式启用——李老四搬进了属于自己的正屋，大门两侧的门面房、西屋做学堂，东屋是师爷李老四的书房兼办公之所。那天，李家杀了两只羊，西厢房里，请来了厨师炖好了香喷喷的手把肉，王老汉夫妇忙着招呼女婿请来的村里的各姓的尊长，王大女王二女指挥着前来帮忙的女人们炸糕炒菜，王家大院西边的长工屋里，赵老六已在代表东家款待施工的木匠石匠泥瓦匠。

学堂的屋子今天充作宴会厅，新做好的桌子凳子上，榆木的天然纹理粗犷美观，透着豪爽硬朗的色彩和韵致。此刻，几张课桌被拼在一起，权作酒桌，桌首就座的王老汉夫妇在全村各姓尊长们的一片赞扬声中满面春风，在数不尽的恭维中品味着女儿女婿兴办学堂的高瞻远瞩功德无量。

主角李老四尚未入席，此刻正忙着给前来上学的学童们登记入学。这些孩子年龄大抵和儿子相仿，李老四看着他们从光屁股长到穿开裆裤又到现在实裆裤遮上了小鸡鸡，学童们被家长领着一一报名时，无一例外地无一人有官名，无一例外地由家长请老师代取一个官名。取过官名登记完毕后，孩子大人悉数被请到李家门前石板新铺的院门前，一张课桌上摆上了“万世师表”孔圣人的牌位，大人们依次敬香，学童们依次跪拜磕头，放过鞭炮，宴席才正式开始。

宴席上，宾主达成了一个共识：今天是老榆树村最值得记住的日子。

喜气洋洋的老榆树村人并不晓得，几乎与这个日子相差无几，中国一个叫宛平的城市发生了一件足以影响中国历史的大事：日本人跨过卢沟桥，开展了吞噬中国的“蛇吞象”。

李老四办学分文不取，村中凡适龄学童皆可免费入学，家长只需到镇上的书局买回《三字经》《百家姓》《千字文》等教科书，到商铺里购得纸墨笔砚，孩子上学的条件就已具备。即使如此，学堂开学当日，报名学童也不过村中适龄孩童之一半。执教先生李老四尚未有所动作，岳父王老汉已经坐不住了。从二女婿那里要来学童名册看过后，差儿子王老五、大女婿赵老六到有适龄孩童而未报名入学的各家寻访探究，王老五赵老六反馈的各家情况不一，但大致可以归纳为两类：一类是家里干活缺人手，眼下虽说农闲，农忙时孩子也可以帮上一把，眼下上了学，农忙时下田干活，岂不半途而废？另一类是家里日子实在太紧，仅仅能变成钱的鸡蛋还得留作换盐巴布匹棉花，实在腾不出闲钱来买书买墨砚纸笔。这其中，两类情况都存在的也占一定比例。

听过儿子、大女婿的禀告，又仔细地看过学童名册家长一栏的姓名，王老汉的脑海里捋出了一个头绪：当下报名入学的，收入还算过得去。凡没有报名入学的，的确困难。当晚，王老汉召唤二女婿李先生商议一番后，第二天大早大女婿赵老六赶着马车拉着小舅子王老五进城去了，傍黑回来，车上拉着一大摞《三字经》《百家姓》《千字文》，还有数量不菲的纸墨笔砚。马车被王老汉召唤到二女儿门楼东侧的屋门口停下，学堂先生李老四的办公室已迁到自家的东厢房，屋里已摆好了从门楼西边的教室分出的桌凳，木匠当天赶制出的榆木板挂在山墙上，刚涂上重重的墨还未干透。

第二天清晨，太阳刚刚爬上东山头，王家门前老榆树上的大钟敲得山响，清脆悦耳的钟声传到村西村北的山上又返了回来，与刚刚发出的钟声汇成交响，弥漫于整个老榆树村上空。全村老小知道，钟声一响，肯定有事，有大事，于是急匆匆循着钟声聚拢而来。被钟声催醒才从被窝里爬出来的人们，有边走边揉着惺忪的眼睛剔去眼角的眼屎的，有边走边提起被踩倒跟穿着的鞋帮的，有边走边扣上纽扣掖紧衣襟的。

瞅着人来得差不多时，王老汉示意大女婿赵老六停止敲钟，然后清清嗓子开了腔："敲钟把大家叫来，有两件事和大家商量。"算是开了场。

说是"商量"，那是客套，是谦虚，其实是宣布。王老汉开过场后，两件事情分别由二女婿李老四和儿子王老五宣布。

李老四宣布的内容为：学堂分为常年班、冬春班两个班，家里缺劳力的人家，孩子农闲时上课，农忙时下地。

王老五宣布的内容为：父亲王老汉已经为村里尚未入学的全部适龄学童采买了书本和纸墨笔砚，即刻就可以到学堂里领取。

一觉醒来，天上掉下个大馅饼，当村里那些供不起孩子上学的男女从睡梦中回过神时，人群里女人们激动的抽泣声和男人们的啧啧声此起彼伏经久不绝，一些年长的索性跪在王老汉面前千恩万谢。

老榆树学堂先生李老四每天开课的时间为太阳升出地平线的那一刻。自此，老榆树村每天清晨飘荡在村头的是琅琅的读书声："人之初，性本善。性相近，习相远。苟不教，性乃迁。""赵钱孙李，周吴郑王。冯陈褚卫，蒋沈韩杨。""天地玄黄，宇宙洪荒。日月盈昃，辰宿列张。寒来暑往，秋收冬藏。"掩去了昔日的鸡鸣狗吠马嘶驴叫。

老榆树学堂先生李老四踌躇满志，对着一面铜镜审视陌生人似的端详着自己。

铜镜中，国字脸刮得干干净净，白皙细腻的皮肤全无一点褶皱，宽阔的额头光亮可鉴，一双炯炯有神的大眼睛上眉毛不轻不重，浓黑的头发整齐平滑。身上，一身全新的蓝缎子长衫垂至小腿肚，露出下面古铜色的绸子长裤。脚下，一双崭新的皮鞋闪着黝黑的光泽。抬头看看挂在墙上的结婚照，里面的自己虽然比现在的自己年轻英俊，但绝没有现在的自己容光焕发、春意盎然。况且，结婚照里的自己拖着一条大辫子，难看极了。

四十有六的李老四除了读书和娶媳妇，从未做过什么事务。新婚燕尔，强悍的新娘便折腾得李家分门立户，自己懵懵懂懂间被媳妇弄回了娘家的东厢房，起初大有倒插门入赘之感，好在炕洞里藏着一毛口袋银元，岳父的羊圈里圈着自己的一大群羊，生活全无后顾之忧。精明强干的媳妇全然一家之主，春天剪下羊毛换回银元又用银元换回布匹绸缎棉花针线，一家人穿得光鲜暖和自不在话下。入冬除卖掉当年的公羊和该淘汰的老母羊，膘肥肉鲜的羊留作自家食用外，还从岳父那里换来粮食，每天吃着炖羊肉白面馒头的李老四也懒得操心，读书之余唯一的嗜好就是盼着天黑钻媳妇的被窝。可不知是地不行还是种子不灵，钻了十几年被窝，老婆肚子挺过两遍，收获的只是两个丫头片子。说来也怪，老榆树张老三李老四王老五赵老六前后脚娶妻成亲，眼瞅着张老三家已有两个黑不溜秋的儿子挺着小鸡鸡旁若无人地昂首阔步，李老四、王老五仍然膝下无子，赵老六更惨，加上入赘时老婆带着的“拖油瓶”，家里三个丫头已能凑成一台戏，盼子仍然无果。李老四娶妻的第十六个年头，四个媳妇齐刷刷挺起了大肚子，不出村里有经验的老女人判断，四个媳妇齐刷刷生下四个儿子，这四个儿子后来分别取名张三李四王五赵六，成为了20世纪中叶老榆树舞台上的重要角色。此乃后话，不提。

日子虽美满幸福，可无所事事的李老四总觉得心里空落落。如今，为了儿子读书，自己建起了学堂，几十年来饱读的诗书派上了用场不说，村里的乡党对自己刮目相看，敬重三分。不悠然自得，也由不得李老四自己啦。

这天晚上，李老四做了一个梦，梦见自己化作白云，调侃起了李白：

李白先生，你一定不知道我是谁！千百年来，在你眼里，我是配角，是过客，被你欣赏，被你玩味，被你评头品足，被你吹毛求疵。如今，我要对你说：“不。”

告诉你吧！我是白云。

你知道咱俩的梁子是怎么结下的吗？

那天，你独自一个人喝点小酒，寂寞之下，你举杯邀请了月亮，还对着自己的影子发呆，这在你“举杯邀明月，对影成三人”的诗句中有证可查。老李，你是才高八斗、才华横溢，但你小瞧人也不至于如此吧？当时，我就在月亮旁边，还对着你的影子晃来晃去，你却对我视而不见，冷落、漠视充溢于你的眼神和脸色。你喝酒时连个“让”字也没有，写诗时也暗中利用我，让我义务替你跑龙套，尽管你手段高明，但还是在“我歌月徘徊，我舞影零乱”的诗句中留下了凿痕斧迹。请问，没有我，月亮上哪儿徘徊？没有我，你的影子怎么零乱得起来？

告诉你吧，老李！你是写了些歪诗，有点名气，杨贵妃给你研过墨，高力士给你脱过靴。在你眼里，我白云啥也不是。但是，正如你所言，“古来圣贤皆寂寞”，但凡成大器者，都是默默无闻甚至忍辱负重。你背负“诗仙”之名，却如此轻狂，如此跋扈，实在不该啊！

你看人家司马迁，虽受宫刑仍旧“究天人之际，通古今之变，成一家之言”，终于完成了被誉为“史家之绝唱，无韵之离骚”的《史记》。

你看人家杜甫，茅屋被秋风吹破，长夜沾湿，仍然心忧天下，心系大众，写出“安得广厦千万间，大庇天下寒士俱欢颜”的千古绝唱。

就连我白云也不是一无是处，无所作为。当年，我和大风为刘邦呐喊造势，成就了汉高祖的千秋大业，“大风起兮云飞扬，威加海内兮归故乡”。那时，你爷爷的爷爷还没有出生。你李白给我摆的什么老资格。

“尔曹身与名俱灭，不废江河万古流。”其实，别说你李白，沧海变桑田、江河断流干涸之类的事情，在我眼里太平常了。从古到今，“永垂”者寡有，“不朽”者鲜见。唯有我白云，可上可下，可高可低，可浓可淡，可去可留，优哉游哉，千古犹在。

清晨，我化作露珠，滋润花草树木；白天，我化作白絮，为大地投下片片阴凉；夜晚，我依星伴月，为人们挥去无限的愁绪。

这些，你老李做得到吗？

俗话说：没了张屠夫，不吃带毛猪。你老李歧视我、冷落我，非但不能让我消失、让我泯灭，反而给别人以大展雄才的机会。在王之涣“黄河远上白云间，一片孤城万仞山”的诗句中，在杜牧“远上寒山石径斜，白云深处有人家”的吟唱里，都有我白云的身影。你老李“朝辞白帝彩云间，千里江陵一日还”时，我不也给你送过行吗？我披上霞光你就不认识啦？

胸藏文墨怀若谷，腹有诗书气自华。按说，像你李白这样满肚子诗词的人，应该是雍容大度、襟怀坦白的。而你老李却小肚鸡肠、嫉贤妒能。有一件事，别人不知道，我却一清二楚。今天，我揭揭你的老底吧！

当年，你老李兴高采烈地登上黄鹤楼时，本准备诗兴大发的，但崔颢的一首《黄鹤楼》让你瞠目结舌：

昔人已乘黄鹤去，此地空余黄鹤楼。
黄鹤一去不复返，白云千载空悠悠。
晴川历历汉阳树，芳草萋萋鹦鹉洲。
日暮乡关何处是？烟波江上使人愁。

面对崔诗，你只丢下一句“眼前有景道不得，崔颢题诗在上头”便悻悻而去，表面上是折服，其实满肚子不服气。之后，你写了许多首诗想和崔诗一比高下，皆因自惭形秽不敢出手，最后，勉强以一首《游金陵凤凰台》企图一比高下：

凤凰台上凤凰游，凤去台空江自流。
吴宫花草埋幽径，晋代衣冠成古丘。
三山半落青天外，二水中分白鹭洲。
总为浮云能蔽日，长安不见使人愁。

写得是不错，但终归步人后尘，拾人牙慧。更要命的是：崔诗中，我白云是黄鹤杳无音信后唯一的主宰，而在你老李的诗中，我却成了蔽日的污秽，难道说，你老李怀才不遇、仕途坎坷还怨我白云不成？

唯其如此，你的诗永远比不过崔诗。

告诉你老李吧，黄鹤楼之所以为黄鹤楼，并非因为它本身，比它威风的建筑多了去了，阿房宫、圆明园，规模比它庞大，气势比它恢弘，可一旦毁灭，再无人重修。而黄鹤楼却不然，即使被多次毁灭，也会有多次重修，这其中的奥妙，就是因为崔诗，就是因为崔诗中那

“白云千载空悠悠”的绝唱。只要我白云悠悠依旧，黄鹤楼就会巍然屹立。反之，你那可怜的凤凰台呢？还在吗？还有人重修吗？老李，认栽吧！

老榆树学堂李老四的首期学生中，最得意的莫过于儿子李四，无论是四季班的还是冬春班的，年龄从六七岁到十二三岁的几十个孩子中，李四的书背得最熟，毛笔字也遒劲有力，大有家父风范。应岳父之请，李老四还给孩子们开了珠算课，每当李老四在黑板上列上一串串长长的算式后，第一个停止拨动算盘珠的总是李四，并且得数一概准确，从未有过失误。

然而，李四的学霸地位并非无人挑战。只能在冬春班修得李四一半学时的张三背得出的诗文几乎可与四季班的李四匹敌，书法、珠算也不在李四之下。只可惜，张三只上了三个冬春班便被父亲张老三喝令割羊草拔猪菜喂猪喂羊去了，之后再没踏入学堂半步。这让李老四很是惋惜。

不过，最最让李老四得意的是：他还意外地捡了一个“编制”外的弟子，而且这个弟子不是每天白天坐在他学堂的教室里，而是每天晚上钻在他炕上的被窝里——媳妇王二女。每天白天，李老四给孩子们上课时，王二女都站在教室后门旁偷着听、偷着学，家里有的是教材，有的是画好方格的描红纸。男人授课时，王二女偷听、偷学，男人们给孩子们布置了写字作业之后的时间，王二女赶紧回屋收拾家、做饭。晚上，儿子做完功课睡着了，猴急猴急准备钻被窝的男人还得耐着性子等媳妇补上白天落下的写字工夫，直到手把手教着媳妇写好满满四大张描红纸，纸上的小楷达到夫妻俩双双满意，才进入钻被窝的下一课。如此日复一日，周而复始，一直延续到媳妇的书法已与丈夫几无差距，丈夫肚子里再没有什么可以教给媳妇的学问。

那一年立夏，老榆树人没有迎来期盼的升温，相反，在老天阴沉的脸色中，人们匆匆套上外套，甚至穿上棉衣。王二女隔着窗户瞅着门前刚刚泛绿的老榆树，脑子里搜寻着关于这个季节的学问。

此时的岭南，一定是“绿树阴浓夏日长，楼台倒影入池塘”的真正夏季；而北方刚刚进入“百般红紫斗芳菲”的仲春或暮春，至于“小荷才露尖尖角，早有蜻蜓立上头”的景致，还远在江南。

王二女认为，较之春天的轰轰烈烈、秋天的热热闹闹、冬天的洋洋洒洒，夏天的到来显得平平淡淡。

在王二女涉猎的古诗词中，赞美春天的俯拾即是，灿若星辰，歌颂秋天的多不胜数，多如牛毛，连咏叹冬天的也屡见不鲜，比比皆是。相比之下，将笔墨倾注于夏天的却寥寥无几，凤毛麟角。即便勉强寻觅得几首，也大多王顾左右而言他，全然没有对夏天的热爱。

“芳菲歇去何须恨，夏木阴阴正可人。”纯粹是对春天逝去的惋惜。

“仲夏苦夜短，开轩纳微凉。”显然是对夏天的埋怨。

“日长睡起无情思，闲看儿童捉柳花。”分明是对夏天的厌烦。

“赤日炎炎似火烧，野田禾稻半枯焦。”干脆是对夏天的责备。

佐证王二女观点的是人们对四季的称呼也明显地流露着好恶：春天被亲昵地称作芳春、阳春，秋天被宠爱地唤为金秋、劲秋，连冰天雪地的冬天也有新冬、贺冬的叫法，而夏天却被无情地命名为苦夏、炎夏。但是，夏天并没有因为人们对她的态度而改变她的禀性，而是一如既往地孕育着生命，积蓄着能量，即使颗粒饱满、枝头沉重，也是默默地低着头为人们奉献出丰硕的果实。这就是夏天的性格。她知道：秋天的田野里，头昂得最高的果实最少。如果不在她的季节里采得百花酿成甜蜜，人们就将在“无边落木萧萧下”之后，饥肠辘辘地度过“千山鸟飞绝，万径人踪灭”的冬天。

在王二女看来，如果说春天是一个花枝招展的少女，秋天是一个雍容华贵的妇人，冬天是一个含饴弄孙的老妪，那么，夏天更像一个贤惠灵巧的少妇，操持家务，相夫教子。

较之夏天的丰满，春天显得单薄，秋天显得臃肿，冬天显得苍白。

较之夏天的沉稳，春天显得浮躁，秋天显得张扬，冬天显得抑郁。

较之夏天的练达，春天显得幼稚，秋天显得圆滑，冬天显得世故。

较之夏天的从容，春天显得焦虑，秋天显得郁闷，冬天显得惆怅。

较之夏天的坚韧，春天显得犹豫，秋天显得脆弱，冬天显得悲凉。

王二女要学习夏天的品格，默默耕耘。她的书法水准和学识水平在瞒着众人中潜滋暗长。在别人眼里，学富五车的王二女依然目不识丁，写得一手婉雅秀逸外柔内刚楷书的王二女依然没上过学提不起笔。

第三章

“三间房，两盘炕，烟囱盖在房顶上。”

“是儿不走，是财不散。”

“财来人去，财去人回。”

三儿子撂下十五块卖壮丁大洋一去不回的四年间，张老三每天嘟囔的就是这三句话。

老榆树学堂先生李老四没有看错，冬春班学童张三的才智绝对不在他最得意的门生四季班学员儿子李四之下。被派壮丁的大哥张大和被抓壮丁的二哥张二相继成功脱逃，皮也不曾碰破一块整囫囵儿回到家中后，张三从有钱人家出钱“买壮丁”找人顶包的买卖中嗅出了商机。这是一桩行情渐涨水涨船高的生意，依据时间的推移风声的松紧和买家的身价一路走高，每顶包一次的行情从起初的五块大洋一路飙升到十五块大洋。胸有成竹的张三不动声色待价而沽，当价码升至最高点的最佳时机和最恰当对象出现那一刻，他毅然出手了。最恰当的对象是指舍不得孩子当壮丁而又出得起钱找人顶包的人家，最佳时机是连独苗儿子也得充壮丁因而必须出更多的钱找人顶包。穷人家的独苗，不想当壮丁可以躲壮丁、逃壮丁，被抓住了大不了去当壮丁，有钱人家舍不得让独苗躲壮丁、逃壮丁更舍不得独苗被抓住去当壮丁，那就只有“买壮丁”的份了。

当李四成为壮丁候选人的时候，张三果断接着。

张三撂下十五块大洋扬长而去，可苦坏了他的父母。

张三被用绳子捆住双手又用绳子和别的壮丁串成一队被当兵的举着乌黑发亮的枪押走的那一刻，在女人们撕心裂肺的哭喊声中，张老三心头掠过一丝不祥的预兆。

大儿子张大派壮丁当晚就逃了回来，二儿子张二抓壮丁集训了半个月一上战场撂下枪就跑，三儿子张三卖壮丁一天过去没回来半个月过去没回来，一个月过去了仍然杳无音讯。

“哭、哭，哭你妈个屄，哭顶个屌，你号丧能把儿子号回来?”张老三嘴里骂着号哭的老婆，手伸进掀起炕板的炕洞摸出一块银元——三儿子卖壮丁的十五块大洋全藏在里面。

“三间房，两盘炕，烟囱盖在房顶上。”

千真万确，分毫不差，算卦先生不曾去过自己家，却把自己家情况说得准确无误，这卦一定灵。张老三急忙奉上大洋，讲明来意。

“是儿不走，是财不散。”

算卦先生给出的结论让张老三深信，儿子一定能回来，只是对儿子多长时间能回来的答复让张三丈二和尚摸不着头脑，算卦先生伸出的一个细长的手指表示儿子回来的时间是一天一月还是一年呢?张老三正欲细问，算卦先生已摆摆手下了逐客令——天机不可泄。

一天，当然不可能；一个月，也没那么快；可一年过去了，儿子还是石沉大海杳无音信，老婆杀猪般的号哭声中，张老三的手再次伸进炕洞。这次，他狠了狠心，摸出了两块大洋。

“财来人去，财去人回。”

算卦先生新的注解下，张老三急忙奉上两块大洋。

两块大洋去了，人还是没回来，什么时候能回来?注解仍然是一个细长的指头。指头伸得越长，张老三跑得越勤，从起初的春节、中秋，又加上了端午、元宵，直到炕洞里再也摸不出大洋。

直到儿子活脱脱站在眼前，张老三才彻彻底底领悟了算卦先生伸出那一个细长指头的真谛：当初一股脑儿一个不剩地把银元一齐拿出来，儿子不早就回来了吗？

“王八蛋，守财奴，吝啬鬼，财迷心窍。”张老三厚实的手掌朝着自己的长瓜脸狠狠地就是一巴掌。

儿子回来了，一块石头落了地。可另一个谜团又涌上心头：儿子卖壮丁当的是国民党兵，怎么变成了志愿军呢？

张三从顽固军到志愿军的华丽转身，还得从头说起。

魔高一尺，道高一丈，国民党打内战征来的抓来的壮丁不断逃跑开溜，军方也不断地变换方法押解。张大被派壮丁时是被赶着走的，背着枪的士兵赶着一群壮丁像赶牛赶羊似的被吆喝着走；张二被抓壮丁时是被捆走的，但壮丁们只被单个地捆住手，并未用绳子串成一串。张三卖壮丁就没那么幸运了，捆住串起被押到镇上与其他地方捆着串着押来的壮丁会合后，被押上汽车捆在车栏上拉到一个火车站又被押上火车依然被捆着，其间吃饭解手分拨进行，旁边有端枪的士兵监视，直到被驱赶着进了一个高墙深沟的大院，才松开了绳子。哪里跑得了！

好在前线的战事打打停停，停停打打，张三们集训完穿上军装领到武器弹药并没有马上上前线。原来的动员说共产党解放军包围了北平和天津，部队要去增援，可解放军发起的平津战役却是围而不打，增援行动迟迟没有展开，张三们过起了平静的军营生活。合体的军装穿在身上，年轻的张三显得英俊潇洒，活了十八岁，可从来没穿过这么好的衣服，军营里的饭菜比家里好多了，训练对于扛长活的张三更不在话下，玩刀弄枪还有些许新奇，只要不打仗丢不了脑袋，张三倒乐意待在这军营里。

不仅吃得好穿得好不打仗，张三还成了军营里的香饽饽。军营里，除团长营长连长排长班长老兵外，新兵清一色庄稼汉，识字的凤毛麟角，战事不再吃紧，部队被安排去挖水渠。这支部队素有挖渠兴修水利的传统，和日本鬼子打仗那阵子，这支部队镇守黄河河套时就是边打仗边兴修水利搞生产。有这样一个传说，不知可信与否。说这支部队镇守北平的大司令投诚起义后见到了毛主席，当毛主席向他征询对工作安排的意向时，大司令在纸上写了一个“水”字，意思是想当海军司令，聪明的毛主席顺水推舟，夸赞他抗战时期带领军民兴修水利，算得上这方面的行家。于是，这位大司令被委任为新中国的首任水利部长。当然，这个传说仅仅是传说，既无文字记载，两个主人公也均已过世无从考证，不足为凭。挖水渠期间，新兵们被允许给家里写信，识文断字写得一手好毛笔字的张三一下子吃香起来。那么多新兵找张三写信，张三的宿舍盛不下也忙不过来，团里索性在工地上的一棵柳树下摆上桌子备好笔墨信封，新兵们在大太阳下挖渠，张三在柳荫下写信，一个新兵的信写好后接着挖渠，另一个新兵又接踵而至。

人在心情好和心情不好的时候都会思念家乡，思念养育自己的父母，思念儿时的伙伴。柳荫下的张三思念父母，思念老榆树的山山水水，童年在老榆树学堂从老东家王老汉、少东家王老五手中接过课本接过纸墨笔砚，随先生李老四的领读诵读课文的情形尤其鲜明而真切，仿佛就在昨天，仿佛就在眼前。没有东家的恩赐，没有先生的教诲，此刻，自己肯定不是坐在柳荫下写信，肯定在大太阳下挖渠。

可张三始终没有给自己家写信。

自打定主意卖壮丁那一刻起，张三就打定了逃跑的主意，到现在没有逃跑，一是没有机会，二是没有打仗。现在不打仗，不等于将来不打仗；现在没机会，不等于打起仗来没机会。一旦打仗，一旦有机会，肯定逃跑。现在，你给家里写了信，肯定传遍全村，将来打起仗有了机会跑回去了不被当逃兵处决也得再次被抓走。傻瓜才写呢！

每给一个新兵写完家信，张三都用怜悯的目光目送又一个傻瓜离去。

一个女人的出现改变了张三坚定不移逃跑的主意。

这个女人的名字和她的容貌一样诱人——唐甜甜。

仗压根儿就没打起来，北平城里这支部队中最大的官和共产党讲了和，一枪未放拱手把北平城交给了共产党，仗不用打了。

北平城里的部队投诚了解放军，把张三所在的兵团丢在了河套，这是一支拥有六万人马且训练有素装备精良的部队，是追随北平的长官向解放军投诚还是继续留在国民党军队的序列，兵团长官举棋不定。

解放军并不打，虽然大批的部队就近在咫尺，共产党的渗透力可谓无孔不入，听说北平城里大将军的女儿就是共产党，早已渗透到部队里的共产党人竭尽全力争取这支部队和平起义。一则减少战争的伤亡，二则给其他尚未解放地区的国民党兵做个示范。听说北平已经起义的最高首长也将亲自来接兵团司令等高级军官到北平。军营里加强了戒备，形势骤然紧张了起来。

国民党当然不会轻易放弃这六万人马，南京派来了特派员，特派员带来的特务被派到各团各营。特派员不仅带来了特务，还带来了家眷，唐甜甜就是特派员李富将军的太太。

军营里清一色带把的，特派员太太住在军营多有不便，被安排在城里的一个独立小院里，特派员从部队里给太太挑勤务兵有三个条件：年龄小，识字，新兵。整个军营，张三独一无二。

见到唐甜甜的那一刻，勤务兵张三被她的美丽惊呆了，张三惊叹于世上竟有如此惊艳的女人。

张三见过的女人大都是风吹日晒的黑脸膛，只有东家的太太和两个姑娘皮肤白皙水润，可她们的白，比起唐甜甜，那可就逊色多了。唐甜甜的白让张三想起剥了皮的鸡蛋，那鸡蛋未曾煮透，嫩得仿佛有水要从里面渗出来但最终没渗出来。同样想渗出水来的还有她的眼睛，顾盼之间水汪汪的一片，圆嘟嘟的嘴唇说红不红说粉不粉，张三搜遍脑海只有老榆树田埂上夏天开的喇叭花勉强配得上。紫色的旗袍不是穿在身上而是贴在身上熨在身上勾勒出她舒展的腰和丰满的胸，立领裹住的脖子让张三想起每年七月十五东家女人们捏出的面人儿，修长外露的胳膊和旗袍下边开衩处露出的大腿让张三想到了从东家菜地里挖回来剥了皮就着馒头吃的水葱。能有这样一个女人挽着自己的胳膊在老榆树的街头转上一圈，死也值了。

特派员能娶上这样的太太，是因为他是将军，将军是从哪里来的？从士兵来的！军营里的教官不是说了嘛：不想当将军的士兵不是好士兵。对，不跑了，留下来安心当兵，自己识文断字，在士兵中出类拔萃，肯定有出人头地的那一天。朝为田舍郎，暮登天子堂。将相本无种，男儿当自强。打仗？打仗没什么可怕的，当了兵打不上仗岂不像娶了媳妇没入洞房，打仗要死人不假，一将功成万骨枯，死人堆里出将军，只有死人堆里爬出来的将军才配得上被唐甜甜这样的女人挽着胳膊走在大街上！

兵荒马乱，特派员不想让太太出去抛头露面，独立的小院，一个老妈子做饭洗衣兼做太太的陪伴以免寂寞，勤务兵张三的任务是每天上街采买老妈子交代的吃的用的。

张三的差事是上下午各一趟，可一天晚上，他被特派员急匆匆召唤了去接受命令，特派员给勤务兵张三下达的命令是：跑步通知太太，赶快收拾东西准备回南京，特派员随后来接。

跑步到达小院门口，张三才察觉到气氛不对，门口设了岗哨，荷枪实弹，大门也上了锁。哨兵黑暗中认出急匆匆跑来的张三，赶忙掏出钥匙打开门锁放张三进去，依旧关上大门上了锁。

进得大门，绕过照壁，张三轻手轻脚走向太太住的正屋门口欲去传令，跨上台阶刚要出口的“报告”被一阵哗哗的流水声噎住了。

这水声噎回了勤务兵张三的“报告”，也把特派员的口令传到了九霄云外。

止住“报告”的张三循着水声望去，从没有拉实的窗帘缝隙中看到了一张精美绝伦的图——那是一张贵妃出浴图。地上，一个椭圆形的木盆中蒸腾着雾气，雾气里的美人沐浴已接近尾声，正转动着身子接受着老妈子用水瓢舀起水冲洗，哗哗的冲水声掩去了门外的脚步声，美人的转动让张三得以三百六十度全方位窥视了云蒸霞蔚中的月里嫦娥。

就在张三屏息凝神忍住口水贪婪地大饱眼福之际，门外突然传来了吉普车的声音，没等张三从美妙的仙境中回过神来，特派员已经快步跨进院中，大脑一片空白的张三慌乱之中竟跃下台阶，纵身一跃跨上院墙向外逃去。

“谁？”

没有得到回答的特派员拔出腰间的手枪对着墙上的黑影就是一枪。

就在特派员枪响之际，城里各处也枪声大作。

这支部队何去何从已到了箭在弦上不得不发的时刻，司令员和大部分中上层军官做出了弃暗投明的抉择并下定了处决死硬分子的决心，就在今晚行动。觉察到大势已去的特派员已准备撤回南京，可就在他回家接太太去机场的时候，各处兵营里处决死硬分子的枪声同时响起。

特派员被司令员派来追赶的警卫排“请”回了司令部，同请回来的还有刚刚洗完澡匆匆穿上衣服的特派员太太和她的勤务兵张三。

司令员没有为难特派员，只是向他宣读了一份电文，电文是北平的大司令发来的，传递的却是共产党的意思：愿意留下来投诚的，解放军热烈欢迎；不愿意的，绝不勉强。

特派员选择了后者，他的专机随即飞回南京。

在“阻止企图逃跑的特派员”中受伤的勤务兵张三受到了团长的看望和表扬，被送到战地医院治疗养伤。

几乎与特派员专机呼啸着起飞和张三号叫着被抬上手术台同时，通电全国宣告起义的电文已草拟完毕只待各位高级军官签字。司令员遇上了一个棘手的问题，焦急得像热锅上的蚂蚁，不停地在办公室的地毯上踱来踱去——一师师长不肯签字。

北平的大司令已经乘专列出发，准备和他们在张家口会合后接他们去北平参加全国人民政治协商会议，催促他们马上通电马上出发的电报雪片似的飞来，不能再等了，签字仪式马上开始。

签下自己的名字后，细心的司令员将一只小茶碗扣在后面，直到所有的军官们签字完毕，司令员郑重宣布通电全国起义并宣读了赴京军官名单后，一师长才不情愿地站起来掀起那只小茶碗写下了自己的名字——司令员宣读的赴京名单里，第二个就是他。

“狗急跳墙，鸡急起飞，兔子急了咬人”，勤务兵张三不是狗，但急乱中跳墙的速度不比狗慢。特派员拔枪之际，张三的大半个身子已在墙外，留在墙里的只剩一条腿，不愧是黄埔出身的将军，漆黑之中，危急之际，仅存一条腿的目标也未能逃脱他的子弹。

能在黄埔出身的将军枪下逃得性命，张三可谓命大福大。他哪里知道，在遥远的家乡，母亲为他哭干了眼泪，父亲则虔诚地把一块又一块银元供奉在算卦先生家供桌上的观音菩萨面前。

司令员一师长们从已经改称北京的北平回来后，部队进行了整编，司令员还是司令员一师长还是一师长，新入伍的兵补充了起义时拿路费回家的兵缺。部队基本上还是原班人马，变化最大的是蓝军装换成了黄军装，连里营里加了指导员、教导员，团里师里加了政委。张三诧异，铁桶般的兵营里居然有那么多隐藏的共产党，起义前，他们力挽狂澜把这支部队拉向他们的阵营；起义中，他们挺身而出亮明身份；起义后，他们被委任为指导员、教导员、政委。

整编之后是整训，整训的重头是学习，新上任的指导员、教导员、政委们捧着昔日不知藏在什么地方的革命书籍大段大段地诵读后又细致地讲解。

整训学习深入到医院深入到病房深入到伤员病员，医院昔日院长现在的院长兼教导员关于阶级和阶级斗争的讲解最让张三着迷。他明白了老榆树为什么有的人穷有的人富，明白了为什么东家当财主自己扛长工，豁然搞懂了造成这一切的根由原来是自己最熟悉不过的东西——土地。

部队纳入新军区，军区派来的文工团演出《白毛女》，张三从剧中的角色里找着老榆树对应的人物：黄世仁非王老汉王老五莫属，赵老六当然是穆仁志。可大春呢？自己算吗？配吗？如果能算，如果配得上，那喜儿又在哪里呢？张三怅然若失。

伤筋动骨一百天，张三的伤尚未痊愈，朝鲜那边就打起来了，部队主力拉到河北集结准备入朝作战，腿上有伤的张三和其他一些勤杂人员留守营房，朝鲜那边与留守人员无关，唯一有关的是：胸前的“中国人民解放军”换成了“中国人民志愿军”。当主力部队雄赳赳气昂昂跨过鸭绿江时，张三拖着一条残腿以志愿军的身份退伍回乡。

县武装部长大字不识一个，自己的名字写出来像用火柴棍拼出的图案，一位干事看过介绍信向他介绍了张三的情况，装进他耳朵的只有“志愿军”“伤残”两个词。于是，张三受到了在朝鲜前线与美国鬼子浴血奋战光荣负伤的英雄礼遇。武装部长这么说，张三也顺水推舟，不和别人提起自己当国民党兵起义投诚的事，俨然是抗美援朝英雄。这顶桂冠在张三头上戴了大半辈子，闪耀出的光环照亮了张三的多半世前程。

第四章

转业回到村里不久，张三就干了两件让全村人侧目的大事。

张三干的头一件大事是娶媳妇。

张三的父辈兄弟三人，两个大爷都是光棍，只有父亲张老三娶妻生子。1947年张三当兵离开家的时候，两个哥哥都尚未成年，1950年张三转业回家，两个哥哥仍然打着光棍。如果张三也娶不到媳妇，张家这门人家的烟囱就不再冒烟，就断了香火。娶媳妇成了摆在张三面前的头等大事。

志愿军战士负伤转业回家，武装部、民政局应该慰问。武装部、民政局领导征询张三对组织上有什么要求时，张三不失时机地提出：请求组织帮忙找对象。

当兵打仗，错过了娶媳妇的年龄，请组织上帮忙找对象，合情合理，前来慰问的领导没有不答应的道理。武装部来的副部长琢磨了一阵子茅塞顿开，一声响亮的拍手把众人吓了一跳：

“眼前就有一个合适的，就看你中不中意。”

军人风格，雷厉风行，副部长立即命令通信员骑着自个儿的马牵着他的马回县里接女孩子来相亲，慰问团一行索性在张三家吃午饭等着。

半下午的时候，通信员如期返回，后面首长的马上驮着一个怯生生的姑娘。副部长扯开大嗓门打着招呼：“小堂，给你介绍个对象，快来看看中不中意。”

被副部长唤作“小堂”的姑娘是个孤儿，从小在教堂里长大，洋神甫叫她“孩子”，教友们叫她“堂妹儿”。解放战争的轰轰炮声中，洋神甫逃得不知踪影，教堂成了顽匪负隅顽抗的据点，解放军攻下教堂打扫战场时，从教堂的地窖里找到了一个瑟瑟发抖的女孩。

无家可归的女孩被解放军收留，大军南下时，交给了地方工作队，几经辗转，女孩被安置在武装部，帮忙干些做饭洗碗扫院喂马的杂活。按年龄，女孩已该出嫁，因为没有家长没人张罗，所以至今尚未婚配。今天张三向组织上讨老婆，副部长想起了这个“寄存”在部里的“堂妹儿”。

男大当婚，女大当嫁，组织上牵线，对方又是转业军人，女孩没有不同意的道理，只是羞于当着众人表态。这难不倒副部长，扯过女孩扯离众人，“摇头不算点头算”后回来宣布：同意。待众人问张三中不中意时，张三早乐得嘴也合不拢了。不用彩礼，白捡个媳妇，祖宗三代也没遇上这等好事。

事不宜迟，速战速决。民政局现场办公，镇上一位同来的民政干事问过姓名年龄，借了首长一匹马回镇上开了结婚证，回来时捎回了一堆喜糖。

成全了一桩美事的副部长乐不可支，提议当晚就拜堂成亲，得到了一致拥护后一边扯开大嗓门喊着“恭喜、恭喜”，一边还掏腰包奉上贺礼。

张三母亲喜极而泣，泪眼婆娑中听着张老三招呼大儿子杀羊，二儿子打酒，当晚款待恩人一并给三儿子拜堂成亲。才想起该给新媳妇打扮打扮，可翻箱倒柜找了半天，也没找出一件像样的衣服。堂妹儿来时，穿着一身半新的军装，这身衣服是武装部一个女首长送给她的，平时没舍得穿过。副部长扯过堂妹儿和穿着褪色军装的张三站在一起瞅了瞅，扯开大嗓门又喊上了：“别找了，别找了，这身最合适，这身最般配。”

当晚，超额完成慰问任务的工作组一行吃着手把肉品着美酒，为一对新人举办了一场革命的新式婚礼。

张三干的第二件大事是组建了一个高级农业合作社。

张三转业回村时，村里已经有一个合作社，村里半数以上的农户家都加入了这个社。娶了媳妇当了新郎官的张三，晚上沉湎于男欢女爱，白天则四处走走。到庄稼地里转，到打场的场院上转，到合作社的牛棚、马圈、羊圈里转，与收庄稼的、打场的、喂牛的、喂马的、喂羊的乡亲攀谈，自己当兵打仗受伤的经历轻描淡写，更多的是了解合作社的生产情况，合作社社员的收入、分配、分工等情况，并将入社社员的情况和仍然处于单干状态的户家的状况进行了详细的对比。

侦察兵摸准了战场情况，就该进攻了。

1953年春节，镇上的领导慰问军烈属来到张家，张三郑重其事地提出，要在老榆树组建一个高级农业合作社。

毕竟是当过兵扛过枪出身，部队上的教育和培养成效显著，国家的政策、老榆树的现状、组建高级农业生产合作社的必要性及其意义，张三讲得头头是道，镇上的领导没有不支持的道理。

张三挑头的之所以叫高级农业生产合作社，是因为合作的程度比初级农业生产合作社更高。初级社名义上是合作，社员们入社的土地耕畜农具仅是家里的一部分，社员自己手里还有自留地、自留畜、自留农具。并且，入社的土地耕畜农具往往是劣质的、下等的、不中用的，优质的、上等的、中用的往往自留了起来，“合作社里磨洋工，自留地里打冲锋”的弊端被张三观察得一清二楚。针对初级社的软肋，张三组建的高级社合作化程度更高，凡加入高级社的社员，土地耕畜农具几乎全部纳入合作社统一经营管理，没有了自留地、自留畜、自留农具，心思和精力就全放在了合作社里，生产积极性高，打出的粮食就多，就比初级社高级。

在镇上派出的工作组的大力支持下，经过一个冬天的宣传动员，村子里单干的户家在政策和策略的感召下，纷纷赶着牛羊扛着农具加入合作社。到开春，没有加入初级社的单干户全部加入高级社。

老榆树的农业生产形成了一个初级社一个高级社分庭抗礼的格局。

合该张三走运。就在高级社成立的那年，国家实行“统购统销”，往年是合作社单干户自愿把余粮卖给国家，“统购统销”则由国家统一收购统一销售，自愿销售变成了交公粮。那年秋天，高级社踊跃向国家交的公粮，人均数量比初级社高出很多，慢说在老榆树，就是在全镇全县也是冒了尖的。张三一下子大名远扬，镇里立了功领了奖又被请到县上披红挂彩，引得周围的不少合作社都来参观取经。

一炮走红的张三信心更足，干劲更大。以后的几年中，高级社交公粮的数量年年都有新突破年年都有新进步。交的公粮越多，张三立的功越多受的奖越多，立功受奖越多，张三的名气越大声望越高。到1958年“大跃进”成立人民公社，老榆树的两个合作社合二为一成立了生产队，张三当仁不让地当上了生产队政治队长，问鼎老榆树最高地位，成为了老榆树炙手可热的一号人物。

张三的才智和权威并非无人挑战。

在老榆树，唯一能够和张三抗衡的人叫李四。

李四何许人也？老榆树初级农业合作社社长，人民公社生产队成立时，李四担任生产队长，是老榆树的二号人物。

要了解李四的身世，还得回到张三父亲张老三当长工的那个砖瓦房大院，还记得东厢房里从李家寨分家赶着牛羊坐着马车回到娘家的王家二女儿王二女吗？李四就是她的儿子。

王二女的婆家李家和老榆树的李家同宗，但贫富悬殊，老榆树的李家穷得叮当响，清一色王二女父亲王老汉的佃农；王二女的婆家却富得流油，钱多地多牛多羊多，种地收租之外城里还有买卖。当年，老榆树李家给老家的宗亲与王家攀亲，一则是看上了王二女眉清目秀聪明伶俐，二则也指望结亲后王家能给予地租上的优惠。老榆树的地没有一寸不是王二女父亲王老汉的，别人种的地都是从王家租来的，秋天给王家交租子。王家收地租不以土地优劣论，单以与王家亲疏论，同宗的王家嫡亲是五五开，远亲的王姓是四六开，其余为三七开。王老汉不以土地优劣而以亲疏论地租看似很有人情味，其实，再会算计的也算不过王老汉的“铁算盘”。王老汉收租的方式是“打丰收”，佃农租种的地里的庄稼收获时，王老汉领着长工赶着马车来了，挑开码在地里的麦子莜麦庄稼个子，按约定好的比例开始收租，五五开的拉走一半个子，四六开三七开的分别拉走个子的六成、七成；收土豆时也是如此，挖起来的土豆装筐过数，依比例装上王老汉收租的马车。老榆树田地里出产的是“老三样”：麦子、莜麦、土豆，其他诸如糜子、谷子、黍子、荞麦等只在麦子莜麦没抓到苗的年份补种或在不成形的小片地里种，所占比例极小，收租时王老汉也睁一只眼闭一只眼。至于个别佃农把秋收的果实私下藏起来一些以便“打丰收”时少交租子，王老汉并不在意，有时逮着了也并不追究。“偌大的事宴还在乎几个狗叼糕”，几百人的宴席上，被偷食狗叼走一两个炸糕，太微不足道了，自己还落个仁慈宽厚的好名声。

嫁到李家寨的王二女，新婚燕尔就嗅出婆家家大业大繁荣背后的隐忧，李家老掌柜四个儿子李荣李华李富李贵，个个好吃懒做不思进取，抽大烟娶小老婆倒是比赛似的互不相让。李老掌柜善于理财，管教起儿子们来却心有余力不足，只有哀叹家门不幸、子孙忤逆的份儿，时常琢磨着让儿子们自省自立的门道。当四儿媳王二女郑重其事地提出分家的要求并陈述分家的诸多好处时，李老掌柜欣然应允。

王二女不愿看着丈夫像三个大伯子那样堕落下去，更不愿同另几房太太姨太太争风吃醋。趁着丈夫大烟还没上瘾，趁着丈夫沉湎于新婚燕尔的新鲜还没动找小老婆的念头，趁着自己还没有同那些太太姨太太撕破脸皮，精明强干的新媳妇王二女分家后当机立断，将分到的土地、房产悉数卖掉，赶着分到的牛羊，赶着分到的马车，毅然决然地带着丈夫李老四离开那个污浊不堪的李家大院，回到自己的娘家另立门户。

王二女回到娘家王家大院那天，马车赶进院里停在东厢房边上，车上的东西选择了晚上卸车，黑灯瞎火的晚上卸车，既没举马灯更没点火把。上边的行李铺盖前边后边的箱箱柜柜卸下后，中间露出一个黑牛毛线织的毛口袋，水桶粗细，高过丈夫腰际。丈夫、弟弟加上父亲和她本人四个，使出吃奶的力气才拽进屋里，从口袋里传出的，是金属碰撞时发出的那种哗哗的声响。

王二女带着丈夫李老四从婆家分家回到娘家那年的腊月二十七，娘家长工张老三举办婚礼娶了媳妇，另一个长工赵老六也搬着铺盖住进了新寡的姐姐的屋里，之后的正月，弟弟王老五娶亲。此后的二十年里，张王李赵四家开始了马拉松式的生孩子比赛，直到各家最小的儿子张三李四王五赵六出生才偃旗息鼓。李家儿子过满月时，杀猪宰羊请全村人大吃大喝了三天，李家寨年届七旬的李老掌柜也被四儿子赶着马车接到老榆树住了几日。古稀之年的李老掌柜喜得小孙子已欢喜有加，被老榆树同宗的李家嫡亲拥戴追捧更是乐不可支。孙子的大名留给儿子去取，李老掌柜亲自给小孙子起了乳名李四，此名的含义是，这个孙子在李家嫡孙中排位老四，那些姨太太小老婆生的，不在这一排序之列。四儿四儿媳心领神会，千恩万谢。

李四王五私塾满学，该送到城里读书了，王老五李老四合计这档事时，遭到二位夫人强烈一致地反对：那城里日本人占着，那是狼窝，是虎洞，把十三四岁的孩子送到狼窝虎穴，打死也没门。两个男人苦口婆心的“书中自有黄金屋，书中自有颜如玉”，两个女人听不懂也不想听，说一千道一万，儿子不能离开娘。读书不也是为了将来有钱吗？咱家房多地多牛羊成群，不缺钱。儿子读几年私塾认得了字写得出长工佃户的名字算得了账，当财主就够用了，读那么多书又能怎样？两个男人本来就拗不过各自的老婆，两个人的“统一战线”就更加坚不可摧，再加自己也心疼各自的独苗儿子，进城上学的事也便就此作罢。

那时的王家大院，少东家王老五运筹帷幄，坐镇指挥。二姐夫李贵把赶来的羊和王老五的羊合圈养在西院，雇了一个羊倌放羊喂羊接羊羔打扫羊圈，只在每年剪羊毛笊羊绒和出栏卖羊时出面算算账收收钱，别的时间就是读书教书抽大烟。大姐夫赵老六人熟地熟，领着长工耕田种地收租打丰收的活儿全由他来打理，李四王五赵六三个半大小子读书之余闲来无事，常跟着赵老六下地凑热闹，瞅空子还能背着母亲骑马骑牛骑毛驴。王夫人和大姐王大女、二姐王二女做饭洗衣操持家务，李家两个女儿也长成了大闺女，跟着舅妈和母亲学着做饭洗衣做针线活。院子里整天都能听见姐妹俩的笑声。王大女抱回来的女儿已长大嫁人，另过日子去了。

张三转业回村时，村里的“土改”已经完成，村里每个人的成分已经划定，张三的父亲张老三和两个哥哥张大张二给别人当长工，理所当然是雇农。王五从父亲手里继承了全村土地，划为地主合情合理。赵老六相当于黄世仁家的穆仁志，按政策也应划为富农，但综合他长工出身，入赘王家后也领着长工干活，算个自食其力的劳动者，划为中农；李老四既没有地也不替王老汉收租只以养羊为生，划为中农。张三对此颇为不满：“土改工作队干什么吃的？李家应划地主，大地主。”

张三说得完全正确。

土改时划分成分，是以当地解放前两到三年的土地拥有情况及剥削成分大小而定，这个时间段内，老榆树所有的土地以及附着于这些土地的长工、佃农已经归了李家，王五只是个顶包的地主。

事情还得从王五当镇长说起。

1947 年，国共全面开战，双方各自抢占战略要点，老榆树所在的镇是个交通枢纽，是战略要地中的重中之重。国民党政府尤为重视，特成立“戡乱专署”，一个姓鲍的特派员被委任为署长。

鲍署长上任后，面临征粮征兵征款三大难题。

鲍署长正月里到任时，镇长把大印挂在镇公所的屋梁下跑了。鲍署长带着县保安团一个班的“乌鸦兵”亲自到各村征集钱粮。半个月下来收效甚微，连派下来数目的十分之一都没搞到。鲍署长扫兴而归后坐在逃跑镇长丢下的太师椅上抽了一夜烟，第二天找来一个当地出生的副镇长下了一道令：“把这个镇上最有钱的人给我找来。”

副镇长不敢怠慢，带了两个保安团丁直奔老榆树直奔王家，看了看躺在炕上病体羸弱的王老五，拽起十五岁的王五回去复命去了。

鲍署长问过王五的姓名，操起毛笔在一张委任状上写下王五两字后，站起来指着自己屁股刚离开的椅子说：“王镇长，上任吧！”

待副镇长把不知所措的王五推着坐到椅子上后，鲍镇长指了指桌子上的委任状说：“我熬了一夜，该睡觉去了。”

王五莫名其妙被扛枪的带走，王家人大惊失色，王老五两口子跌跌撞撞沿路追去，闻讯跑回家的赵老六套起马车拉着老婆王大女小姨子王二女连襟李老四赶了上来。马车到镇边，迎面走过来的正是王五，手里拿着的委任状，墨还没干。

不知是福是祸的一家人坐着马车返回，半路上李四骑着马迎面飞奔而来。马还没停住，王二女已经冲了过去，揪住骑在马上的儿子捶打着：“谁让你骑马的？你啥时候学会骑马的？摔下来那还得了？”

王五镇长在一年时间的任期内，屁股只被副镇长推到镇长的太师椅上沾了一下，此后的公务都在家中完成。每次都是副镇长带着催款催粮的公文附带一张与公文中钱粮等额的钱庄银票，王镇长只需在银票上签上自己的名字，摁上自己的手印，公务便宣告完成。

腊月二十三，鲍署长领着钱庄的人夹着一沓王五签过名摁过手印的银票上门收账，后面跟着保安团一个班的“乌鸦兵”。

瞅瞅“乌鸦兵”肩上的枪，王二女嘴角轻蔑地哼了一声，招呼两个长工进到自己屋里，从床下面拖出一个黑牛毛线织成的口袋。两个长工按照东家二姐的吩咐解开扎口，一头一个揪着口袋来了个底朝天，白花花的现大洋哗啦啦撒向院子里的石板地面上。

第二天腊月二十四，王二女领着王五来到鲍署长的办公室，说明来意后递上了一沓房契地契。

“署长，我侄子年龄不够，当镇长不合适，您开开恩让他辞了吧！这些房子和地是孝敬您的。”

翻看了一遍房契地契后，鲍署长在王五递过的“辞呈”上签下大名。

王家姑侄离开后，鲍署长得意地笑了。镇上的钱庄是他开的，每次摊派的钱粮款，他都加码了一半，王二女的一毛口袋银元，一半落入了他的腰包。今天，王家又奉上了他们在镇子上的四处房产外加四十顷好地。

这年除夕的年夜饭，王老五把两个姐姐全家都叫拢在自己家吃，开席前，王老五拿出一捆地契吩咐儿子："前两年我病了一场，地契上的名字都换成了你。年后都转到你二姑家名下吧。"

这句话被孩子们传出去，传到王家长工张三耳朵里，张三说李家应该划地主成分，是有来由的。

然而，土改时，有人提出这档事时，王五却梗着脖子一副舍命不舍地的守财奴形象，举着地契声嘶力竭地对着工作队喊道："白纸黑字，说在纸上说不在纸下。我的地怎么成了他的？"工作队无奈，只能按政策来。

王五的死猪不怕开水烫将李家父子的成分定格为中农。

王老五除夕年夜饭嘱咐儿子是交代后事，正月里，就一命归西了。父亲去世后，王家大院保持原样，王二女并没有向王五索要地契，只是之后每年秋天收下的租子归了王二女，直到土改，地契上土地主人的名字还是王五。

中国的事情说来也怪。地主，顾名思义，应该是"土地的主人"，本是个褒义词，至少是中性词。可在中华几千年文明史上，却有那么几十年，成了贬义词。拥有土地，当土地的主人，本是件荣耀的事，可在一夜之间，他们却被打翻在地，成了从前给他们扛长工交租子的人们的"阶级敌人"。他们真正拥有土地时，长工佃户们称他们为"东家""掌柜的""财主"；他们荣膺地主桂冠之时，其实土地已经被没收，分给了那些欢欣鼓舞的长工佃农，那些阶级成分被定为雇农、贫农确切含义应该为"被雇用的农民""贫穷农民"的人们，此刻成了土地真正的主人。地主被剥夺土地时，同时被剥夺的还有政治权利，只许老老实实，不许乱说乱动，批斗挨整，干别人不愿干的脏活累活，儿子娶不到老婆，女儿没人愿意娶，侄男外女入党参军受限制。三十余年后，当他们不再挨斗，稍稍敢抬起头来说话甚至有人津津有味地向他们探讨当地主时的滋味时，他们的地主桂冠突然被收走了。当他们挺直腰杆同别人一样分到土地再次成为地主时，他们的成分却变成人民公社社员。

你说奇怪不奇怪？

王五的地契一直保存到20世纪80年代。直到被宣布摘掉地主帽子成为人民公社社员的那一天，才被他跪在父亲的坟前烧掉了，王五一边烧着地契，一边哭诉着：

"大呀，你听得见吗？儿子欠二姑的一毛口袋银元，今天还完了，儿子替二姑二姑父当了三十多年地主还的，挨打受气当牛做马还的。您老人家可以瞑目了。"

烧完地契返回家的路上，王五抬起了低了三十多年的头，挺起了弯了三十多年的腰，昂首阔步，器宇轩昂。在他童稚未开的时候，莫名其妙地欠下了一大笔债，折成银子，体积相当于他的身体，重量是他身体的若干倍，"人大一块银子"的债，如今他还清了，无债一身轻了，堂堂正正了，心安理得了，死而无憾了。

世界上没有一个人是后娘养的，生他的那个人肯定是他亲娘。

庞大的万年青占据了苗圃，无名的车前草也要生存。

野百合也有春天。

张三抓着李四的一个把柄，但不敢声张，因为李四也抓着他一个把柄。

解放战争时期国民党的抓壮丁，经一些文学作品和影视作品的渲染臭名昭著。其实，在不同的地方，抓壮丁的情况各不相同，在同一地区，不同阶段也各有特点。

老榆树一带的壮丁分为派壮丁、抓壮丁、卖壮丁三种情况。起初是派，谁家有适龄青年，独生子之外的须有一人去当兵，张三的大哥张大就是被派丁当兵的；后来派丁派不下去了，无丁可派了，于是开抓，张三的二哥张二就是被抓丁当兵的；再后来，征丁范围扩大到所有的适龄青年，独生子也不放过，征丁的公文下来后，有钱人家就花钱请人顶包，这便是“卖壮丁”，张三就是拿了李家的钱替李四顶包“卖壮丁”当兵的。

张大被驱赶着押往兵营的路上脱逃了，张二受了训领了枪上了战场开炮后扔掉枪开溜了，跑回家后白天躲起来晚上才敢出门。听了两个哥哥诉说壮丁经历的张三觉得当壮丁并不可怕，学着别人打起了卖壮丁的主意，卖一个壮丁十五块大洋，抵得上当三年长工，张家收了王二女的十五块银元，保安团的“乌鸦兵”上李家征壮丁时，张三挺身而出。

富人花钱买命，穷人拿命换钱。自古使然。

张三当壮丁充军，可就没两个哥哥那么幸运了，抓来的壮丁兵总是逃跑，部队已摸索出一套防止壮丁兵逃跑的办法。张三始终没能找到逃跑的机会，直到部队和平起义被编入解放军后来转为志愿军。

张三“卖壮丁”当兵走后杳无音信，老榆树有人说他打仗时阵亡了，有人说他跑到很远的地方躲起来了。张老三的老伴每年过年都烧三炷香给观音菩萨，乞求她老人家保佑三儿子平安归来。

张三转业回村，全村人大惊失色，张三被抓丁当的是国民党，咋就变成志愿军了呢？张三“卖壮丁”的事只有买的和卖的人知道，别的人都以为张三是被抓去的。

张三李四各藏着对方的一个秘密，谁也不说。合作社时期，两人暗中较劲，人民公社生产队里，两人成了搭档。

凡事总有两面性，有利就有弊，有弊就有利。张三李四做搭档，也是如此。

春天来了，张三欢欣鼓舞，李四却不以为然。在李四眼里，春天是令人心旷神怡的，春天是催人奋发有为的。春天里，勇气、信心、激情自不待言，睿智、冷静、理智也不可或缺。

春天来了，人们欣喜于江河的解冻，期待着肉肥味美的开河鱼。然而，江河解冻时，会产生大量的浮冰，众多的浮冰聚集一处，会壅塞河道，致使水漫堤坝；巨大的冰块在水流的冲击之下，会撞毁堤坝。此时，须万分谨慎，严阵以待，必要时还须出动气垫船甚至飞机炸冰除险。

春天来了，雪山开始苏醒。宁静的、白雪皑皑的山坡上部，积雪内部的内聚力抗拒不了它所受到的重力拉引时，开始向下滑动，突然间，咔嚓一声，裂缝开始出现，接着，巨大的雪体开始滑动继而加速，一条几乎是直泻而下的白色雪龙，腾云驾雾，呼啸着声势凌厉地向山下冲去。雪崩能摧毁大片森林，掩埋房舍、交通线路、通信设施和车辆，可以堵截河流，引发涨水，甚至引起山体滑坡、山崩和泥石流等可怕后果。

春天来了，阳光明媚，风和日丽。年轻人们迫不及待地脱下棉衣，换上春装。殊不知，冷空气还会频繁光顾，气温起伏较大，况且春天的升温是一个渐进的过程，人们逐渐减衣，以适应外界环境，对于身体的健康是有好处的。过早地脱掉棉衣，不经适度的过渡，对健康是不利的。“春捂秋冻”说的就是这个道理。

形势大好，未必就越来越好。

扬帆起航，未必就一帆风顺。

自然规律是不可抗拒的，“行百里半九十”的箴言应该铭记于心。

春天里，让勇气和激情汹涌澎湃，也让冷静和理性相伴而行。唯其如此，事业才不会因为冲动和冒进而功败垂成，功亏一篑，前程才会春光明媚，姹紫嫣红。

五八年“大跃进”，别的村大炼钢铁，把各家的铁器包括锅和菜刀汇集在一个大炉里架起火炼钢，张三也想如法炮制，李四却说看看再说，别村炼出毫无用处的黑疙瘩后，张三不再作声。大食堂开灶时，张三认为应该把各家能吃的都收回来，李四主张食堂只蒸馒头，各家按人数打回馒头自行安排，食堂只在节假日炖几锅肉给社员改善改善，老榆树的大食堂因此不像其他村子那样浪费。

更多的时候，是李四的意见被张三否决。

五九年春天大旱，土壤墒情极差，到了该播种小麦莜麦的时候，李四认为种也白种，张三说庄户人岂有不下种之理，结果播下的种子连一棵苗也没长出来。春末下了一场雨，赶紧种了一些生长期短的糜子、谷子、黍子、荞麦等，秋天杂粮七八成熟的时候李四说该收了，张三坚持再成熟一些再收。结果一场大风刮过，熟透的颗粒散落一地，收回来的全是秕子。倒是秋收后犁过的地里，又长出一茬绿油油的新苗，入冬后一场雪落下，田野上白绿相间，煞是好看。

第五章

乡间的清晨，回荡着两支文工团联合上演的奏鸣曲。陆军文工团首席演奏员雄鸡先生一曲高亢的报晨曲拉开序幕后，狗吠牛哞羊咩马嘶驴叫相继加入；空军文工团也不甘示弱，布谷鸟的“种谷谷”喜鹊的“叽叽喳喳”鸽子的“咕咕咕”麻雀的“喳喳喳”也不绝于耳。

张三就任高级农业合作社长没多久，其非凡的能力便初露端倪。张三的第一施政措施是捉懒汉。捉懒汉得早起，比鸡起得都早。

以前，每天前后晌下地，全村的劳力沿袭初级社习惯，都要汇在村碑下聚齐，然后浩浩荡荡地向当天要作业的农田走去。早来的社员们在村碑下或坐或站或半躺或斜偎着，聊天摆龙门阵侃大山打情骂俏，熙熙攘攘好不热闹，张家长李家短王家猪生病李家狗上房等诸如此类的新闻旧闻奇闻轶闻悉数汇集于此。等确认最后一个社员到了，大队人马才开始开拔，前晌后晌地出工耗去了不少时辰，到了地里，没干多长时间活儿，就该收工了。

张三抓住了村里出工不出活的这一症结，每天早晨便带着几个干部抓懒汉，站在村南高处审视全村各家各户，窗帘没拉开没摘下的，烟囱里没冒出烟的户家，懒汉确定无疑。砸门、敲窗户、入室，把被窝里睡懒觉的男人揪出来照着屁股就是几巴掌。庄稼人穿衣服简单，上衣下裤鞋子全身三件，裤衩是用不着的，清脆的巴掌声中，男人双手紧捂着下身，女人羞得捂上了脸，年幼的孩子吓得哭成一片。

捉懒汉带来了两个效果。其一，各家男女唯恐被捉被打屁股丢人现眼，起床做早饭出工的时间明显比以前提前了，下地干活的时间因而增多延长。下在田地里的功夫多了，庄稼自然长得好起来。

捉懒汉带来的第二个效果属意外收获，好比搂了草归来还捎带着打着个野兔——村里的小孩哭闹的少了。晚上就寝时谁家的小孩不听话不顺顺利利睡觉，大人一句“张三来了”，那些目睹过父亲被打屁股的听过别家孩子绘声绘色讲述父亲被打屁股的孩子，旋即收起哭闹，规规矩矩地钻进被窝，悄然入睡。

缩短村头集合的时间，投在庄稼地的工时大大增多。洒在庄稼上的汗水多了，庄稼回报给种田人的是更多的粮食。锄完庄稼等待秋收的空闲日子里，张三组织社员脱土坯。一边挖起地下的黄土，一边将麦秸一层层撒在黄土上，黄土拌麦秸的土堆堆成中间低四周高时，挑水的社员开始将桶里的水向土堆中间不断地倒进去。黄土、麦秸、井水三位一体，互相融合，便是脱土坯的全部材料。泥和好后，脱土坯分为铲泥和抹坯两道工序，年轻力壮的自然铲泥，一锹要端够一个土坯的材料，要把握得恰到好处。一锹端过来，泥巴不够一个土坯或比一个土坯多都不算好把式。泥堆旁的平地是坯场，年长一些的负责抹坯。抹坯有坯模和泥页两件工具，坯模是一个用铁片做成的四边形的框子，厚度为一寸，泥页是一片铁片上焊一个把手，用来把铲泥手倒进坯模的泥巴挤压抹平在坯模内，抹好后拔起坯模，脱出的土坯须棱角分明，不能缺角，不能薄厚不匀，且须表面平整光滑。这看似简单的活儿，其实也在考量着庄稼汉的功夫，半天时间下来，平地上整整齐齐的一大片土坯，给每个抹坯手打着分，显示着高下。土坯脱好后须有人看护，倘若被谁家的猪狗羊鸡擅自闯入，整齐的坯场便会一片狼藉。两三天后，土坯半干，便立成丁字形交叉着排列直至干透，便垒成垛以备使用。

打老祖宗从山西走西口来到这里，脱土坯就是基本功，就是必修课。这里所有的建筑，不管是人住的还是圈牛圈马圈猪圈羊圈狗圈鸡的，都由这神圣的土坯砌成。至多，在土坯的下面，砌一定高度的石头，但石头墙高度有限，土坯是所有建筑最基本、最主要的材料。土坯与土坯间用泥巴粘连，土坯砌好的墙，外面再抹上泥巴。

像大自然赐予人类以空气和水一样，老天赐予老榆树人的是水和黄土，是用黄土和水混合而成的泥巴，他们祖祖辈辈住在用泥巴筑就的房舍里，在泥水中耕耘收获，生存繁衍，死了，就埋在泥土的下面。至于空气是什么玩意儿，他们一概不知。

土坯年年脱，今年有些蹊跷。往年脱的土坯方方正正的，今年的坯模却是月牙形，脱出来的土坯有一个弧度，是弯的。社员们不敢问，也不必问，社长让干什么就干什么，社长让怎么干就怎么干，天经地义，毋庸置疑。

等到新脱的土坯派上用场，新土坯的答案便宣告揭晓。月牙形的土坯一个个环环紧扣排下去，便是一个圆圈，一层层砌上去，一层比一层小一点直至到顶缩成一个点，一个个圆形尖顶的土堡便砌成了，正南靠中央的位置留一个钻得进人的口子。社员们明白了，张三社长已经为秋收后将比往年多收的粮食筑巢安家啦。

村南头高坡上，一排粮仓拔地而起，让全村社员的眼里，每天都能看到新社长的政绩。

脱土坯的工程在第二年的农闲时继续着，不同的是这次脱的土坯是方方正正的，全村的壮劳力都投入其中。女人们也承担了拉麦秸、将半干的土坯立成彼此交叉的土坯阵晾晒土坯，将干透的土坯码成垛，在土坯垛顶上铺上麦秸上面再压上土以防下雨雨水破坏土坯等力所能及的活儿。至于脱土坯干什么用，没有人敢问，也没必要问。在历史悠久的中国，农民们几千年唯官府马首是瞻，官府让向东便向东，官府让向西便向西，官府让打狗，农民绝不撵鸡，否则就是造反，就是叛逆，就是不遵王法，就是大逆不道。在老榆树，张三就是官府，就是王法，张三让干什么干就是了，没有人怀疑他的正确性，发问便是多嘴，是多余，是没事找抽。

答案不久便揭晓了。

村子中央最显眼的位置上，硬实的黄土被二尺宽的口子挑开了建房子的地基。地基清晰地显示着建筑的规模：东西足有十间房子大，南北跨度比一般人家的房子深出六七尺。张三设计的“队房”布局为：正中一间为门庭，西边四房分别为小卖部、会计室、队长室、客房，四间房由门厅伸过来的一条走廊贯通，小卖部、会计室、队长室门向北开在走廊里，走廊尽头的客房门向东开。门厅东边五间房规模的是一个大屋子，那是开会的礼堂。

盖造队房的施工庄严而热烈，村子里的能工巧匠铁匠木匠泥瓦匠各显身手，经验老到的砌墙手把住了各处角落，手艺一般的砌墙手跑大墙，个大力气大的小伙子们把土坯、泥巴从平地扔到高处的墙上，有的还玩起了飞锹上墙的绝活。下面的把铲满泥的锹连锹带泥飞上墙，上面的接牢倒下泥后又稳稳地把锹回传。没手艺没绝活的只能干粗活笨活，搬运土坯的队伍从坯场到工地排成长龙，两只手倒钩着最下面一块土坯，上面加放几块因运土坯人的身材力气而异，女人、体格小的、力气差的两到三块，壮小伙则五六块甚至七八块。和泥铲泥是力气活，也是技术活，和出的泥需不软不硬不稠不稀，从麦秸里抖出细且短的麦叶掺入其中。和出的泥叫引泥，又筋又软黏合力极强，夹在两层土坯之间，砌出的墙才结实牢固。

队房的架构设计师是李四，南北两堵墙三分之一和三分之二的位置，各深埋一根榆木柱子。事先被木匠锯得方方正正的柱子砌进墙中，不露痕迹，到起脊的高度后，顶上南北向各置一三角架。三角架用结实的榆木为框，三个角上用铁片螺栓螺母铆合，椽子檩条上房后再与三角架铆合。

队房落成那天，张三杀了一头猪，队房前空地上就地挖了两台灶，两口大锅里，一口锅里是冒着油花的猪肉炖粉条，另一口锅里炸油饼。村子里最干净最利索的几个女人忙着揉面、擀面饼、炸油饼，全村老少餐具自带，队房前蹲的、站的、席地而坐的人们嚼咬着美味的猪肉油饼，端详着崭新的白漆底红漆字“老榆树高级农业合作社”牌匾，交口称赞着社长张三的能耐和本事。

张三的能耐和本事绝不仅仅体现在抓生产上，更体现在高度的政治觉悟中。每隔几天，邮局的绿自行车会驮来一捆《人民日报》，张三会仔细地阅读上面登载的内容，把与老榆树挂得上钩的内容用钢笔框下。新落成的礼堂里，土坯砌起的一截截短墙用黄泥抹好权作凳子，隔三岔五的晚上，这里会汽灯亮起，全村男人会被召集来开会学习。

老榆树生产队，有两个人的装束永远不变。张三永远一身黄军装，开会、过年穿从武装部弄来的新军装，平时穿穿旧了洗褪色的旧军装；李四永远一身中山服，开会、过年穿媳妇灵芝做的新中山服，下地时穿城里姐夫退下来的旧中山服。主席台上，黄军装的张三将一沓报纸递给中山服的李四，李四读完报纸上张三用钢笔标注好的段落文章后，张三开始针对老榆树的实际讲解剖析，然后李四又接过张三递过的报纸读张三再剖析讲解。直到张三手里的报纸递完了，台下劳作了一天的人们才拖着疲惫的身子打着哈欠回家睡觉。

当邮局的绿自行车送来头版印着红字的《人民日报》时，便意味着老榆树有更大规模的会议召开。全村男女老少席地坐在队房前的空地上，队房门口的台阶上会摆上一张蒙着一块绿军用毯子的桌子，张三李四端坐其后。会议依例由张三主持，依例由李四读报由张三讲解剖析，坐着的张三讲到要紧处会站起来，嗓门也加大了许多：“这还有啥说的，这还说个啥……”

每逢这样的大会，地主王五会被责令站在主席台前面靠右侧的地方面对全村男女低头认罪。与台下黑压压坐着的人群相比，低头站着的王五显出是孤零零的一小撮。

终于有一天，王五不再形单影只孤零零地一个人站着，老榆树的阶级敌人由一小撮变成两小撮。

村里下放来一个叫牛七的右派。

在以牛七为主王五作陪的批斗会上，老榆树人摸清了牛七的底细：

省城里资本家出身的大学老师，放着书不好好教，给毛主席提起了意见，想让共产党下台。纯粹不自量力好吃的吃多了撑的，省城里的舒坦日子过够了，大学老师当到头了，好好在老榆树村接受改造吧！看你那个老婆，细皮嫩肉的，老榆树田地里的大太阳粗活累活够你喝一壶的！

右派归右派，批斗归批斗，人下放来了，总得有个落脚的窝。这事张三不便出面，李四带着几个社员挑水和泥，拾掇出两间房供右派夫妇栖身。这房子原是村里一个老光棍的，老光棍死后归了合作社，门窗用土坯砌了起来。一派倒塌气象，经李四们拾掇抹泥，外面齐整了很多，屋里老光棍留下的锅碗瓢缸也派上了用场。

干完活儿的社员们对牛七的千恩万谢毫不领情，丢下一句“当右派还有理啦！”扬长而去。只有李四的话给右派夫妇些许宽慰：“好好改造，不会有事的。缺什么找我，我家在村子最东头，那灰砖房就是。”

对于地主王五的改造，张三是平时训斥，大会上批判，村里有什么不对劲的苗头时，张三总拿王五开刀，即便与王五八竿子打不着的事，也得设法扯到王五头上与王五搭上干系，批王五以震慑全村，起到了“阶级斗争，一抓就灵”的效果。别以为你成分好，别以为拿那些小动作小算盘把你怎么不了，弄不好，你就是王五的同伙，就会成为阶级斗争的对象。这样一顶大帽子，没人戴得起，老榆树的社员，不论雇农贫农下中农富农，只许老老实实，不许乱说乱动。

王五是本土的阶级敌人，一眼从嗓子眼可以望到屁股眼，掀不起什么大风大浪。牛七则不同，牛七是空降来的，底细只了解个大概，社会上有多么复杂的关系？思想有多反动？会干出什么样的勾当？这些都是未知数，须严加防范，督促改造。因而，张三给牛七的“待遇”要比王五丰富且花样翻新。

除了田地里劳动时的训斥、大会小会上的批判斗争，牛七必须每半个月口头向张三汇报一次思想，每个月向张三递交一份思想改造的书面报告。

所有的人对右派夫妇都是横眉竖目，牛七挑水时会有小孩跟在后面喊着“右派、右派”，有时会有小石子土坷垃丢向右派。右派不敢反抗也无计可施，直到有一天李四逮着起哄的孩子们训斥一顿后才稍有改观。村里没有人和右派说话，听过右派说的话是批斗时右派的“老实交代”，但这些话村里人听不懂，听不懂他的口音，更听不懂他交代的词汇。

只有李四例外。

李四不光敢与牛七对话，而且敢到牛七家串门聊古诗，甚至有一天，蹭进牛七家的李四诡秘地从怀里掏出了一瓶酒。

牛七家刚吃过饭，仅有的两只碗两双筷子还泡在锅里尚未洗净，牛七媳妇搜遍全家只找出一个酱豆腐瓶里仅存的一块酱豆腐可供下酒。

李四并不在意，拧开瓶盖瓶口嘴对嘴做个示范就把酒瓶塞给牛七，牛七机械地如法炮制，下酒的酱豆腐没筷子夹，李四顺手从窗台上拿过两颗牛七准备加固窗户的钉子一人一颗挑着酱豆腐。没有对话，只有一灯如豆的黑暗中两双眼睛的交流。

空酒瓶丢到一旁时，两人已有几分醉意。李四忽然压着嗓子背起了古诗，起初是一个人背，后来是两个人。

君不见黄河之水天上来，
奔流到海不复回。
君不见高堂明镜悲白发，
朝如青丝暮成雪。
人生得意须尽欢，
莫使金樽空对月。
天生我材必有用，
千金散尽还复来。

背毕，李四告辞，临走时背着牛七重复着刚才背过的一句“天生我材必有用”……

送走李四，回到屋里的牛七蒙上被子大哭了一场。

隔墙有耳，隔窗有眼。这晚，发生在牛七屋里的这一幕被人看到了、听到了，而且报告了张三，牛七半月一次的口头汇报和一月一份的书面汇报都对此守口如瓶只字未提。因为涉及李四，张三不便挑明，但此事并未就此打住，而是后续无限，余韵无穷，直到“文化大革命”，张三才弄明白了其中的蹊跷。原来隔墙之耳听到的毕竟不清晰隔窗之眼看到的毕竟不全面，李四牛七用钉子抿着酱豆腐下酒，窗外的眼睛只看到了俩人捧着钉子咂巴，没看到下面的酱豆腐，抿着钉子下酒，肯定有鬼；李四牛七酒后朗诵的《将进酒》唐朝诗仙李太白写得太晦涩难懂了，隔墙之耳一句没听懂，向张三汇报成了对暗号。

此事因投鼠忌器不便挑明，不等于其他事也可随波逐流放任自流，此后的若干年，张三对牛七盯得更牢看得更紧，连牛七给孩子取名也在盯牢看紧的范围。牛七的儿子降生，本准备取名牛得草的，“牛得草，革命牛得了草吃饱肚子耕田种地，反革命牛得了草吃饱肚子兴风作浪”，张三一票否决。小牛没得上草，牛七一狠心，索性给儿子取名牛笨，张三微笑通过。待到女儿降生，牛七再无得草之类的奢望顺着儿子的名字给女儿取名牛犟。“牛犟了会顶人的。”张三起初迟疑，“不过，女孩子犟也犟不到哪里去。”张三最终首肯。

“牛笨”“牛犟”一直伴随右派牛七一双儿女长大，直到兄妹俩参加高考，牛七才取谐音将儿女的名字改为“牛犇”“牛绛”，那已是十几年以后的事啦。其时，右派牛七已平反昭雪进城上班，张三再也管不着牛七孩子叫什么名字的事了。

第六章

饥饿笼罩着所有的城市集镇村庄，填饱肚子一下成为生活的全部主题。

鼠年的春节过得毫无生气，往年的蒸馍馍、压粉条、炸糕、炸麻花、包饺子因为没有粮食而统统省略。许多人家的年夜饭是咬牙拿出最后的一点莜面熬糊糊，莜面糊糊里是煮了又煮依然硬邦邦的山药蛋。个别有白面有肉的人家吃顿饺子也不敢声张，大人吩咐小孩："出去就说咱家吃的也是莜面糊糊煮山药蛋。"

祭灶、接财神、迎喜神等一切从简，除夕夜里奉献给天地诸神的仅有每家院子里的一堆麦秸燃起的旺火，偶尔传来的一两声爆竹燃放，传递着的也无非是价低质次、音量高不过响屁而被寥廓空旷的夜空很快吞噬。踩高跷、舞狮子、耍龙灯的把戏压根儿没人张罗，锣、鼓、镲等乐器静静地躺在库房里，一任满身灰尘无人问津。

正月十五元宵节没到，村里的头一桩新鲜事先到——魏家在县城机关里当秘书的大儿子魏才背着行李打道回府了。魏才是经不住挨饿从县城里跑回来的。

一米八五的个头，一百八十斤的体重，每天只有四两供应粮，起初还供应白面大米，后来索性就成了黑豆、黄豆类的杂粮。微薄的薪水起初还能从黑市上买点瓜菜土豆勉强维持，随着大规模的饥饿来袭，瓜菜土豆也从价格暴涨直至踪影全无。粮食就更甭提了，即便有人卖，一个月的薪水也买不到一天充饥的食物。一米八五的庞然大物整天饿得头昏腿软眼冒金星。一咬牙、一跺脚，用所有的钱换了一顿饱饭，背起行李大步流星开拔，走出机关，走出县城，没有一丝惋惜，没有一毫不舍，朝着家乡，朝着故土，朝着生他养他的地方，朝着爷爷奶奶父母兄弟姐妹相依为命的那间小屋。那里有糜子、谷子、黍子，有黑豆、豌豆，有莜面糊糊煮山药，有糠，有麸子，有萝卜，有蔓菁，有草，有野菜，有树叶。那里是饿不死人的。

直到把行李卷撂在自家的炕上，魏才才意识到自己做出了有生以来最果断的决策。否则，坐在炕上纳鞋底的妈妈奶奶恐怕得到县城的街头上为她们饿死的儿子孙子收尸，用她们凄楚的哭声告慰那具前胸贴在后背的硕大的尸首。在妈妈奶奶满是疑惑满是慈爱满是心痛的目光中，一米八五的汉子失声痛哭。哭声由男高音独奏继而加入女中音、女高音，伴随着夕阳中的炊烟和满村飘逸的杂粮、土豆的芳香久久回荡。

其实，饥馑从1959年的秋后已露出苗头。1959年的春天大旱，老榆树常规的小麦莜麦压根就没下种。春末下了一场雨，赶紧撒了些糜子、谷子、黍子生长期短的作物，好容易长到秋天结下果实，一场突如其来的大风洋洋洒洒，把结下的果实抛撒在了地里。

中国是个幅员辽阔的国家，每年难免有的地方遭受旱灾、冰雹、风沙、霜冻、洪水之类的灾害。倘若一个地方或几个地方遭灾，别的地方没遭灾，粮食还可以调剂，偏偏20世纪60年代的头几年，灾害频仍且点多面广，于是便造成了大面积缺粮。这就是常说的“三年自然灾害”。

赶到队房里找张三要粮的社员络绎不绝，喊得最凶的是村西头赵家的大儿子，赵大娶了个傻媳妇，一双儿女比他们的傻娘傻得更甚，光有一副善于消化的好下水。被张三拒绝几次之后的一个正晌午，张三一家围着一大笼白面猪肉包子正欲下筷之际，赵大适时赶到。脱鞋、上炕，结着黑痂的脚丫子把张三一家熏得食欲全无，赵大大大方方地拿起筷子开吃，吃得满嘴流油眼睛依然紧盯着笼里的包子，饱嗝响起后，操起两双筷子把笼里剩下的包子串上筷子，丢下一句“给那几个傻子拿回去”便扬长而去，全然不顾呆若木鸡的张三一家。

被傻媳妇丈夫折腾了一出之后，张三采取了一系列措施挽救缺粮局面。

圪蛋里的粮食被冒充1959年的新粮上缴“余粮”外，仅存的只够下一年的种子。“饿死老娘，不吃籽种”，庄稼人信守了几千年的老规矩万万破不得，社员们也心知肚明，也不去打种子的主意。即使饿得头晕眼花栽跟头，也没有一个种田人的手伸向来年的种子，那是雷劈刀砍下油锅的营生，谁也不敢冒这天下之大不韪。张三搜肠刮肚好几天，从麦秸杂粮萝卜土豆上开始挖掘潜力。

饲养院里老弱病残的牲畜首先被处理，时下的牲畜值不了几个钱，但处理掉牲畜省下的草料数量不菲。草料是给牲畜吃的，人饿极了也是抢手货，“鸡急起飞，狗急跳墙，兔子急了还咬人”，人饿极了，凡能充饥的统统吞下，哪里管得了牲口吃的还是狼吃的狗啃的。

人的肚子都快吊起来了，牲口的伙食标准也得降降，也得发扬发扬风格，表现表现姿态，毕竟都是人民公社的成员嘛！张三高瞻远瞩地向饲养员们发布了动员令，语调语气措辞造句都和从收音机里听来的如出一辙。“社员同志们，由于连年自然灾害，加上苏修帝国主义催着要债，我们国家出现了严重的粮食短缺的局面，我们村也不例外。从现在开始，每个社员都要发扬爱惜粮食、节约粮食、合理使用粮食的作风，饲养院里的牲畜也不例外，谁让它们是人民公社的牲畜呢？”张三略作停顿，目光审视着饲养员们，也审视着饲养员们身后的牲畜，像一位将军，在一场大仗恶仗血仗前，向他的部队发出战前动员。

“从今天起，所有牲畜改吃麦秸，麦秸粗点，不好下口，牲畜不爱吃，但只要在铡草上下点功夫，铡得碎点，切得细点，问题还是可以解决的。省下的莜麦秸、黑豆、豌豆、糜子、谷子、黍子，分给社员，渡过难关。”

分发莜麦秸杂粮之前，张三带着生产队的几个干部挨家挨户“搜”了一遍，各家各户的面柜米缸麻袋布袋统统被翻了一遍，会计做了详细的记录。然后，按照存粮多的少分、存粮少的多分、没存粮的照顾的原则，把存在饲养院库房的饲料分到各家各户。杂粮难嚼难咽，总比没粮强多了，缺粮风波暂告平息。

好景并没有持续多长时间。人的肚子实在是个奇怪的家伙，大鱼大肉白面大米的日子里，往往饭量一般；越是没有粮食的时节，肚子的消化功能倒显得非同寻常，越是吃着粗粮杂粮土豆瓜菜难消化的东西，饥饿来得反而越快越急。腊月里，面对新一轮熙熙攘攘的要粮潮，张三打开生产队的地窖，将所有萝卜和种子之外的土豆全部分给了社员。

张三明白，除去明年的种子，生产队所有的库存再没有潜力可挖了。社员们拿着麻袋、口袋、箩筐聚在地窖前分萝卜、土豆之际，张三作了重要讲话，讲话严肃批评了村里不会过日子的婆娘们。赵大的傻媳妇被称作“有了一顿，没了不动”的负面典型，而几家擅长细粮粗粮结合、稠饭稀饭结合、粮食土豆结合的巧媳妇则被作为正面典型受到夸奖。

张三的总结不无道理，同样的口粮，同样分到了莜麦秸、杂粮，各家的处置方式不同，结果也天壤之别。会过日子的社员家，干透的莜麦秸被铡成细小的碎节，拿到碾房里铺在大石碾上反复碾压，经罗子细细罗过，碾出来的面也是地道的莜面味，烧开一锅开水，将莜麦秸面均匀地撒进去搅匀，里面煮上山药蛋，顶替粮食不成任何问题。如果有真莜面，熬莜麦秸面糊糊时搭配上几把，味道口感会更好，简直可以以假乱真。

即便如此，能吃的依然有限，挨饿已不可避免。

率先断顿的是工区的孔工长家。

孔工长者，孔庆明也，山东曲阜人，孔子七十三代裔孙。1953年，修建老榆树村旁边的这条铁路时作为民工来到此地。1955年，铁路修通后，和一大批同样在修铁路中干活卖力、表现突出的民工伙伴被录用为铁路工人。几年下来，老榆树村工区养路工孔庆明接替升任领工区领工员的老工长，当上了老榆树工区的工长。

铁路修成被录用为正式工人的那年冬天，铁路工人孔庆明从山东老家领来一个俊俏的媳妇住进工区的家属房，成为继老工长之后工区里的第二个有家之口。孔媳妇没有工作，待在家里生孩子做饭洗衣服，是标准的家庭妇女。老榆树村工区离老榆树村一里远，村里的女人们把孔媳妇羡慕得要命，不用下地干活，不遭风吹日晒，养得白白胖胖，连生的一双儿女也不像村里的孩子黑不溜秋脏兮兮，个个细皮嫩肉、白白净净。

可麻烦偏偏降临到这个让村里女人眼馋的孔媳妇身上。

孔媳妇的户口在老家农村，村里的工分粮她不干活不挣工分自然拿不到，即便能分到口粮远隔千山万水也运不来。工区的工人们是强劳力，供应粮食的数量比一般市民多，头些年，有供应粮用不完的工人，粮本借给孔媳妇用用，加上孔庆明的那份供应粮，农家出身的孔庆明在工区旁边的空地上挖出一片地，种点瓜菜土豆，吃饭还基本是不成问题的。

饥馑来袭时，形势急转直下，孔工长的供应粮由过去的每天一斤锐减为四两，工人们本人都饿得嗷嗷叫，借粮本买粮的美事也成了幸福的回忆。一家四口一天四两粮，天知道这日子怎么过。再巧的媳妇，也做不出无米的炊呀！

村子里离工区最近的人家是李四家。沿着铁路西侧的防风林带走出一里路，就是村子最东头的李四家，刚到工区时，俊俏的新媳妇每每寂寞难耐时，便沿着防风林带信步，不知不觉便到了李四家。看见李四媳妇灵芝在院里喂猪喂鸡圈羊轰狗，农家出身的孔媳妇常常不由自主地搭把手，一来二去，两个媳妇便相处得十分融洽，媳妇们的情同手足波及男人及家庭，两家关系甚是融洽。

刚开始缺粮那阵子，灵芝常盛些白面荞面接济孔媳妇，村里分的黑豆、豌豆、糜子、谷子、黍子，灵芝也每样匀给孔媳妇一份。后来，看着李家碾碎莜麦秸熬糊糊，孔媳妇再也不去李家了，再也没有勇气厚着脸皮从人家嘴里抢粮食了。春节过后，用李家给的杂粮搭上自家的土豆熬过几锅糊糊之后，孔工长家正式宣布粮食告罄，从此进入断顿状态。

魏家大儿子从县城饿回来的消息不胫而走，受到启发的工区工人们蠢蠢欲动。孔工长一边安抚工人困难是暂时的要相信党相信政府会想出解决的办法，一边打着自己的小算盘，真真切切地体验了一把口是心非的真实含义，令这位圣人之后汗颜、羞愧、惶恐不安。

终于有一天，孔工长走到了非下决心不可的地步，面对媳妇渴求想出办法的眼神，面对一双儿女因饥饿而发出的哭喊，他的狠心非下不可了。

正月里一个伸手不见五指的下半夜，李四和媳妇睡得正香，窗户的玻璃上传来一阵轻轻的敲打声，被惊醒的李四夫妇一阵害怕后听到一串熟悉的山东腔："四哥四嫂别怕，我是工区小孔，开开门，兄弟有话说。"

李四家一堂两屋格局，中间一间堂屋里放着些农具杂物，东屋里住着李四母亲。李四的孩子，一断奶就由奶奶带着，都同李母住在东屋，西屋里只有李四夫妇。李四起初被孔工长敲窗户惊了一大跳，听到孔工长的声音仍惊魂未定，女人摸索着找到火柴点亮油灯，男人慌忙蹬上棉裤披上棉袄，穿过漆黑的堂屋，拉开门闩打开双扇门，孔工长已等在门外。

当李四拉住门外孔工长的手把孔工长让进门时，立即意识到孔工长已经在外面待了好长时间。那是一双冰冷的手，刚从被窝里钻出来的李四触到那双手时打了个冷战。李四的大脑飞快地运转着，孔工长一定是碰到了解不开的疙瘩，遇到了万般无奈的麻烦，否则，凭孔工长的厚道和谦让，绝不会在后半夜吵醒别人。凭孔工长手的冰凉程度判断，他一定是在野外或院子里反复徘徊反复思考才最后下定决心敲窗户的，他说"兄弟有话说"，说的一定是天大的事。

孔工长被李四拉进西屋时，灵芝已经穿好衣服，炕上的被褥撩起半截，露出炕沿边上的半拉，被李四劝着上炕的孔工长脱掉鞋子上炕后没有坐下径直跪在了炕上，一串响头磕得炕板咚咚直响，骇得李四夫妇忙不迭扶起来坐下。

磕过头被扶起来坐定炕上的孔工长，眼里的泪水扑簌簌像断了线的珠子滚落在冰冷的脸上。平日里一说话便脸红的山东汉子此刻已经没有了羞涩，没有了谦和，从衣袋里摸索出一卷卷成筒状被反复揉搓了无数次的钱，郑重其事地讲出了来意：“四哥四嫂，咱们认识相处已经八年，八年来哥哥嫂嫂的照应兄弟记下了，这辈子忘不了。从去年到现在，要不是哥哥嫂嫂接济，我一家四口早饿死了。可如今，兄弟实在是忍不下去了，如果再想不出办法，兄弟一家只有活活饿死了。兄弟已经下定决心，回老家，回农村。这点钱是兄弟留下路费后的全部家当了，只求四哥四嫂给吃顿饱饭，要不，我们一家回不到老家，半路上就饿死了。”

或许是过分激动而颤抖，或许是断顿三天饿得颤抖，孔工长双手将那一卷钱送到李四面前时，那一卷钱从颤抖的手中掉落在了炕上。李四没有接孔工长手里的钱，伸出一双热手抓住了孔工长的一双冷手，沉思良久后对身后呆呆的媳妇说了声“做莜面”，然后不由分说拉起孔工长，帮他穿上鞋子。一句“走，去你家”之后，堂屋的双扇门哐当一声响，两人便钻进冰冷的漆黑中。

没过多久，李四就回来了，身后，孔工长和媳妇怀里各抱着一个孩子，灵芝忙不迭接过孔工长怀里的孩子放在炕上。孔媳妇把怀里的孩子放在炕上后，转身扑进灵芝怀中，一声“四嫂”叫过，人已泣不成声。

炕上，平铺着一块大案板，案板上，是灵芝搓着的莜面，一边四个奶牛奶头大小的莜面团，八根莜面鱼鱼一头四根向两边伸展。案板旁边，黑瓷面盆里躺着一块和好的大大的莜面团。

制止住女人们的哭泣，李四出了一趟院，回来时，双手捧着一只双耳瓷罐，那是吊在院里山药窖里的一罐猪肉。李四用一双筷子伸进去，扎出一块炸过的猪肉，盛在一只碗里，放在案板一侧。

案板上，两个媳妇展示着她们做莜面的手艺。

莜面的吃法颇有讲究，各个地方的吃法也不尽相同。莜面下肚之前，得经历“三熟”，一熟是在地里长熟，二熟是锅里炒熟，三熟是笼里蒸熟。地里长不熟的莜麦秕子只能做饲料喂牛喂马喂驴喂羊，只有颗粒饱满、白净光泽的莜麦才配给人吃。炒莜麦前要将莜麦放在清水里淘洗，这一程序叫淘粮，淘出的莜麦盛在柳条笸箩里用干布反复擦拭，再晾晒到干湿适度，才拿到炒粮房里炒。大而平的炒锅前低后高略有坡度，炒粮的高手需不断地将从平锅高处溜下来的莜麦用一把木刷和一把笤帚推向扫向高处，莜麦再从高处溜下，溜下的过程便又经历热锅的烘炒，如此循环往复。炒莜麦时，火头军的手艺至关重要，火候需把握得恰到好处，烧大了莜麦就煳了，烧小了莜麦就瘦了，煳了瘦了的莜麦是磨不出好莜面的。做莜面的手艺更有讲究，莜面可以用手在案板上搓成粉条粗细的莜面鱼鱼，一般的主妇一手三根，奶牛奶头般大小的剂子被按在主妇手心，两边六根鱼鱼蛇行般向前延伸，待搓够一头一团，便盛入笼屉待蒸。手艺好的主妇，同时可以搓八条鱼鱼，一只手搓出四条游龙，在案板上向两头窜行，灵芝就是可以搓八条鱼鱼的高手。莜面还可以在光滑的石板或玻璃板上用手托搓成薄片，绕在手指上缠成卷立在笼屉里，蒸熟便是可口的莜面窝窝。即便是笨拙的男人们，也能把莜面搓成小鱼般的煮鱼鱼，笨拙的男人们索性将莜面在手掌里搓成两头尖中间扁的大片覆在烩菜上面做成焖鱼子。莜面直接撒在开水里用筷子不断搅拌可以做成拿糕，拿糕的诀窍在于搅拌，搅拌的力度和速度不恰当，拿糕就会夹生，一般手艺拿不到十成熟，因而有“十拿九生”之说。莜面直接放在热锅里用铲子翻动着烘炒，炒得略带发黄便是炒面，炒面用开水凉水干净的不干净的水搅拌成不团不散不粘不连状态即可直接下肚，下地的农夫远行的征人外出求学的学子都把它作为最好的干粮。莜面有个致命的缺点，离开了生长它的土地，用别处的水和下的莜面，往往蒸不熟。老祖先摸到了克服这一缺点的窍门，送外乡人莜面时还要送一包生长莜面的土，外乡人用当地的水泡了这土澄清水后再和莜面，一蒸便熟。20世纪八九十年代，北方出了个姓贾的小伙子，把自己的姓拆成“西贝”作为公司的名称搞餐饮，吆喝着主打叫卖的便是莜面，卖到京城，卖到深圳，据说花样多达百八十种。不过，西贝餐饮公司的贾总并没有到莜面的产地四处找土，而是通过海拔、气压、温度、时长等一系列新花样解决了莜面换了地方便蒸不熟的水土不服。敞亮透明的搓莜面的厨房专门设在进入餐厅的过道上，农妇打扮的厨娘们八仙过海展示着搓莜面的绝活，着实令人嘴馋垂涎，莜面这一“养在闺中人未识”的小家碧玉，一举成为了众人皆知且争相品味的大家闺秀。此是后话，不提。

灵芝和孔工长媳妇做莜面的手艺相去甚远，灵芝属于科班出身，从小练就了的奶子功，可以双手开弓搓出八股鱼鱼；孔工长媳妇虽然也从少年时代就练就了一身做饭的好手艺，可惜她的家乡并不产莜面，也就没有机会学习做莜面，只是跟着孔工长来到了老榆树村结识了灵芝，才半路出家拜师学艺，因而只能双手合拢，搓出两根鱼鱼来，每搓到一剂子的尾部，用双手轻轻一按，残余在手心里的莜面便成了一对小小的扁平状，与尚在旋转的两条鱼鱼搭配，恰似游动的一双蝌蚪。

这时间，李四已从院子里抱回一大捆麦秸，灶里的麦秸燃得火红，映亮了半个屋子，照出了李家屋顶裸露的椽、檩、柳笆，那椽、檩、柳笆常年烟熏气蒸，透着黝黑，恰似农夫的脸膛。

西屋及堂屋的响动惊动了东屋的李母和两个孙子，哄着两个孙子再次入睡后，李老太穿上棉袄棉裤来到西屋，一对三寸金莲来不及裹上脚布，光着脚套上一双小鞋子过来看个究竟，手里一把锃亮的手电筒。

当莜面的芳香随着蒸汽飘满西屋时，案板被摆在了炕的中央，灵芝将碗筷沿案板东西南三侧摆好，李母照应住孔家的两个孩子。没有人说话，只有众人贪婪地吃着猪肉汤蘸莜面的哧溜声和男人们大口咽下莜面的咕噜声。一大笼莜面不久便风卷残云，消失殆尽。

饭后，灵芝洗锅刷碗，孔家媳妇忙不迭照应着两个倒头便睡向热炕头的儿女，李母回东屋去了。两个男人在后炕相向抽着烟卷。

这是一餐再普通不过的饭。在这个伸手不见五指的黑夜，在这间被棉窗帘捂得透不出一丝光亮的屋子里，在这个椽檩柳笆被烟熏气蒸得像农夫的脸膛般黝黑的屋顶下，在这两个原本远隔万水千山却因了命运的安排而萍水相逢的家庭间，却因这一餐莜面而改变了一家乃至两家今后的命运。

“兄弟，你不能走，你不该走，你不要走。”

显然，李四的腹稿已酝酿良久，一支烟卷抽到半截，对着孔工长开了腔。

“八年来，你比别人多出了多少力，多流了多少汗，你四哥我心里最有数；你这个工长咋当上的，四哥最明白，就这样白白丢了，太可惜了。”

“全中国都缺粮食，收音机里每天都提倡‘瓜菜代’，你回山东老家，家里一下子多出四张嘴，你想让爹娘也饿死吗？”

烟卷头上红红的火光，映出李四眼睛里大大的问号。

“困难是暂时的，总有挺过去的时候。人活在世，总有个马高镫短的时候，一口气泄了，就破罐子破摔了，咬咬牙咽口唾沫，也就挺过来了。你把心放到肚子里，只要四哥家还有一碗米，就有你家半碗，只要四哥家饿不死人，你家人也饿不死。实在到了山穷水尽的份儿上，咱哥俩黄泉路上也搭个伴。”

炕梢，两个男人四只大手攥在了一起。炕头，两个女人抱头痛哭。

东方露出一抹鱼肚白的时候，孔工长夫妇怀抱一双儿女带着一身寒气回到了自己家，身后闪进屋子的李四，左右手各提着一大一小两个布口袋，右手里大一点的口袋里是大半袋杂粮，左手里小口袋里是半袋莜面。

天将放亮时，李四再次来到孔家，背来了半麻袋土豆，临走时吩咐孔工长：“这些吃的你们平时凑合着，隔几天，你们后半夜到四哥家做莜面吃，做莜面，你媳妇不内行。”

于是，在这个寒冷而饥饿的冬天，每隔几日的下半夜，李四家便能有一次莜面飘香的机会，李孔两家做莜面、吃莜面，其乐融融。

待孔家一家打着莜面味十足的饱嗝打道回府时，东方每每抹出一抹红霞。

天快亮了。

饥饿的魔爪向更大范围和更深的程度伸展。春寒料峭的日子，北国的雪被下找不出任何可以填饱肚子的东西，即便有，从冻得比铁还硬的黄土下挖出来，也不是件容易的事。

有人把手伸向了铁路边的防风林，被剥掉皮的榆树赤裸裸地站在旷野中，白花花地耀眼。

铁路林场有限的几个工人根本看不住蜿蜒几百里的防风林，护林任务落在了各个工区。孔工长拿着散着油墨味的传单找到张三队长，郑重其事传达了上级要求铁路沿途各级农村组织配合护林的精神，精神要求每村指派一名生产队干部协助。最后，面带愧色地说明，护林员是为国家尽义务，并无任何待遇。

张三没多考虑就向孔工长宣布，老榆树村指派的护林员为李四，并阐述了李四家离铁路近、离工区近和工区工人熟等多项理由。为了护林需要，生产队出一匹马给护林用。

李四担任护林员的作用立竿见影：工区的工人们瞅着村里人只是眼熟，新来的工人根本就不认识，追着剥树皮的一进村，人影一闪消失在街巷中，便再无办法。李四则不同，不仅本村，邻村上下大人没有不认识的，叫不上名字的小孩也叫得出大人的名字，偷剥树皮的被喊出名字，逃跑已毫无意义，只能束手就擒。李四并不责骂，下不为例的警告已足以震慑偷剥树皮者以及跃跃欲试者。

防风林暂时幸免于难。

"老个泡""小个泡"；有以性别论的，比如"个泡男人""个泡女人"；有以聪明程度论的，比如"傻个泡""愣个泡"。形形色色的"个泡"中，"毛驴个泡"和"活捉个泡"最为耐人寻味。

说一千道一万，"个泡"终究有父有母，即使其父姓甚名谁不得而知，终归也是其母所生。孙老太在"六〇年"这个全称应为公元1960年的年份前冠以"个泡"，匪夷所思。

不仅"六〇年"，连后来坐飞机掉下来摔死的林彪也被孙老太编入"个泡"行列，而且是带颜色的"灰个泡"。

"批林批孔"时，铁嘴女一号孙老太当仁不让上台批判，开口第一句便是"林彪那个灰个泡"。

（笑，窃笑，不敢笑但想笑，偷偷笑但发出了声音。）

林彪的年龄大于孙老太，林彪的母亲怀上林彪时，孙老太尚未出生。况且，林彪的出生地是湖北，与老榆树村相距甚远，林彪的"个泡"身世孙老太如何得知，此事颇为蹊跷。

孙老太批判的内容从广播里听来的一句"林彪穿着马克思主义的外衣"一句发挥而来。

"穿着人家姓马的外国老汉的衣裳。"

会场主席台正面墙上，并排张贴着马克思、恩格斯、列宁、斯大林、毛主席的五幅照片，孙老太的手指向第一张："人家马老汉年纪那么大了，胡子都那么长了，还是个外国人，人家就不怕冷？人家就不怕冻坏了？林彪那个灰个泡就把人家的衣裳穿走了？"

（笑，不敢笑但实在憋不住，憋不住笑了出来难为情，发现别人也在笑，索性放声大笑。）

铁嘴女一号孙老太上台必骂"个泡"威名远扬，20世纪80年代，县文化馆的一个采风班子还专程来到老榆树村寻觅铁嘴女一号的风采，可惜那时孙老太已经过世，去找那个姓马的长胡子外国老汉去了。

李四绝对是对此番挨饿准备最充分的人。

李四认为，人之所以频频喊饿，根本问题不在于吃得少、吃得差，而在于肚子里没油水，倘若肚子里有油，消化起来就会慢。李四是村里的屠宰高手，杀羊杀猪手脚利索，剔羊剔猪达到庖丁解牛的境界，从来不用砍刀劈斧。一只杀羊刀在手，骨缝骨节找得准准确确，转眼间便肢解完毕。从猪羊的肠肚里，李四得到启示，人的消化也大抵等同猪羊，是靠肚子内壁的那一层刷子一样的毛毛刺来完成。猪油熔点低，常温下处于半液体状态，牛油羊油熔点高，常温下处于固体状。如果人的食物中含有羊油牛油成分，食物入胃后裹挟呈半固体状消化则慢，猪油则不然。

基于自己揣摸出来的理论，李四对付饥饿的最有力武器是牛油羊油。张三处理生产队老弱病残牲畜时，李四操刀为社员分肉，别人家纷纷端回牛肉羊肉美餐一顿，李四却高姿态分走了肠油、护肚油，肠油、护肚油无人青睐，生产队以二折一分给社员，即二斤肠油抵一斤肉，别人不屑一顾，李四却情有独钟。分到的牛油羊油被熬炼成液体，凝固成碗饦，储存在李四家的菜窖里。1960 年春、夏，李家的杂粮糊糊、莜面糊糊、榆钱糊糊、树叶糊糊、蔬菜糊糊和别人没啥区别，数量也大致相近，但却因糊糊表面闪烁的油花花而质量迥异，那些别人视而不见、忽略不计的羊油、牛油，发挥了别人始料未及、神乎其神的效果并泽及孔家。

灵芝绝对是张三所夸赞的擅长粗粮细粮搭配、稠稀糊糊搭配、粮食土豆搭配的那一类巧媳妇，可张三挨家挨户搜索米缸面柜时，李四家存粮并不多，因而分到了较多的杂粮，这里面藏着一个天大的秘密。

在老榆树村，对张三研究得最透彻的人，非李四莫属。准备分杂粮莜麦秸的消息发布时，李四正在打炕。社员家烧火做饭的燃料是麦秸，麦秸燃烧后在屋顶窗囱的抽力作用下烟火穿炕而过，烧热炕头烧暖炕梢的同时，会将麦灰留在炕洞中，每隔一两年便需要揭开土坯脱成的炕板，清走炕洞中的麦灰，这一工程被称作打炕。李四打炕时，在炕洞中做了手脚，靠墙的一侧被隔出了一尺多宽的空当，成了李四家的秘密粮仓，每每下半夜美餐的莜面便藏匿于此。取用时，只需撩起炕席，掀开炕板便唾手可得。不仅张三，连李四家的老人孩子也不得知晓，直到二十年后，这一谜底才由这一秘密粮仓的最大受益者孔工长揭晓。此是后话，另叙。

第七章

一匹枣红马拉着一辆胶轮车不紧不慢地行进在从镇上回老榆树的土路上。赶车的李四撂下鞭子任由枣红马自己走并不催赶，掏出一盒纸烟抽出两根，一根递给车上坐着的张三，另一根噙在自己嘴里，伸手向兜里摸火柴中间，张三已掏出火柴划着一根双手合成一个圆圈护着燃烧的火柴以免被风吹灭，先李四后自己点着了嘴里的烟卷。

一轮金黄色的夕阳挂在西边的山顶上，把西天边烧成橘黄，马车在高低不平的路上行进，走到坡底，太阳落了下去，走到坡顶，太阳露出西山顶。

但两个人都无心看夕阳，只顾闷头抽烟，一根快抽完了，张三又摸出烟盒抽出两支，一人一支，用手里抽剩的烟头对上火接着抽，并无一句对话。

两人是去公社开会的，无言以对的沉寂来自会议的内容：由于连年自然灾害，河南、安徽、四川等省大批饥民扒火车外出逃荒。会议传达的上级精神有两个要点：一是防止当地出现大批人口外出逃荒现象；二是如果有饥民逃荒跑到村里，要设法救助，避免出现逃荒饥民饿死在当地的现象。

“咱村人不会外出逃荒吧？”李四首先打破沉闷。

“咱们已经缓过来了，用不着逃荒了。”

“那要是有人逃到咱村，救还是不救？”

张三答不上来，呆呆地愣着神，直到手里的烟卷烧到末梢烫痛了手才回过神，边扬手扔掉烟屁股边勉强迸出三个字：“那得救。”

“但愿别有人逃到咱村！”张三又补了一句。“但愿。”李四也这么想。

屋漏偏逢连夜雨，船迟又遇打头风，怕的啥，遇的啥。两人还没回村，就遇上了个逃荒的。

天黑了下来，老榆树已近在咫尺，各家的油灯照亮的窗棂闪闪点点已看得清清楚楚，车近村口，枣红马的脚步被一阵微弱的“救命啊！救命啊！”叫停了。

微弱的星光下，一个骨瘦如柴的女孩饿昏在路边，马蹄声的敲打让她本能地喊出几声“救命啊”之后，就再也没有力气了。

衣衫褴褛，蓬头垢面，蓝花布包袱，满脸煤灰渣子。待昏厥的女子被马车拉回李四家软瘫地被扶上李四家的炕上，呈现在油灯光影里的女子完全符合下午会议上描述的逃难饥民的所有特征。

灵芝正做着晚饭，主食已经就绪，一大笼屉榆树面加糜子窝头已经摆在炕中央的案板上，锅里的开水里干榆树叶也煮得舒展成长在树上时的模样，只待撒上一把莜面，就可以开饭了。

张三李四一左一右扶进来一个瘦弱女子放在炕上，灵芝对女子的来历已有几分猜测。

“哪来的？”

“捡的！”

一问一答后，媳妇便不再问。赶紧从锅里盛出半碗绿色的榆树叶子汤，半碗汤从一只碗里倒到另一只碗里来回倒了几遍确信不烫后端着碗凑上前去，一只胳膊揽住女子的后脑勺，另一只手端着碗伸向女子干裂的嘴唇。

半碗榆树叶子汤下肚，女子回过神来，睁开眼睛审视着周围的一切，目光里充满着惶恐。但是当目光落到一大笼屉榆树面糜子窝头上时，所有的慌忙恐惧都一扫而光了。

黑乎乎的一双手捧起一个窝头一口就咬下多半个，没怎么咀嚼就咽了下去，听得到喉咙里发出的下咽声响。一个、两个、三个，三个窝头顷刻间呼噜噜下咽后，端起灵芝晾好的一碗榆树叶子汤咕嘟咕嘟灌下后接着又吞下三个窝窝头才停了下来。

“哪来的？”李四迫不及待。

“四川的。”不等女子回答，张三已说出了答案。

“对，四川的。”女人点头肯定，挂满煤灰的脸上露出感激兼讨好的笑意。

读万卷书，行万里路。中国古人这一教诲教导人们，人要想有见识，有两个途径：第一多读书，第二多去一些地方走走。李四书读得比张三多，张三只上了三年冬春班，只读过《三字经》《百家姓》《千字文》等启蒙教材。李四上的是四季班，年份又长且得了父亲先生的偏食，四书五经诸子百家读了个遍，算得上读万卷书啦。可在行万里路这一点上，比张三就逊色多了。迄今为止，李四的活动半径不超百里，最远去过县城而且接触的人几乎全讲本地话。张三就不同了，当年在部队，连里有好几个老兵是四川人，当年川军入山西打日本打散后被张三所在的部队收容回来的，张三给他们写过信和他们摆过龙门阵，很爱听他们的四川话还学了不少还学得不错。刚才路上两声“救命啊”，张三已品出了四川味。

“咋办呀？”

“啥咋办？”

“捡来的四川女子撂在我家你一拍屁股走了，我都养了三四天了，你没事似的。”

李四一顿埋怨，张三才想起捡回个逃荒的。是啊！赖在李四家不合适，得想个法子。

“我说给她找个婆家嫁到老榆树算了，她不摇头也不点头，没答应也没拒绝。”看来李四想出了主意。

“大哥二哥无论谁领走算了，也有个洗锅缝衣的，说不准还能拉扯个一男半女。”李四说的大哥二哥是指张三的大哥张大二哥张二两条光棍。

“啥成分？”张三若有所动。

“地主！我问过了，户口本也看过了，真的。”

“那不行，那不行。”张三避之不及。

对话就此停顿。

“干脆让王五领走吧，地主配地主，王八看绿豆，物以类聚，人以群分，沆瀣一气，同流合污。”沉思良久，张三又有主意。

“合适吗？”

“要不咋办？总不能留在你家给你当小老婆吧？”从不和李四开玩笑的张三用一个玩笑推掉了一个烫手的山芋。

《现代汉语词典》对“相亲”一词的“相”字的解释是：亲自观看（是不是合心意），可被李四媳妇强拉硬拽去相亲的地主王五见到对方既未观看更没考虑是不是合心意，而是开诚布公亮明身份：

“我是地主。”

“我也是地主。”

两句话对过，这门亲就算成了。

泥塑收租院

妈妈搀着我的手，
往泥塑收租院里走。
我见有个女孩子，
也紧紧拉着妈妈的手。
她的年纪和我差不多，
可却长得非常瘦，
衣裤破烂赤着脚，

流干了眼泪哭干了喉。
她的妈妈交不起租，
地主逼她去做马牛，
女孩离不开妈妈呀，
她死死拉住妈妈的手……
我含着眼泪问妈妈：
“这事发生在啥时候？
这个女孩现在在哪里？
我一定要帮她去报仇！”
妈妈猛地攥紧我的手：
“这种事情旧社会里到处有，
妈妈过去也像她，
曾经有许多苦和仇。
阶级仇恨要记牢，
别忘了还有妈妈做马牛，
还有孩子搀不到妈妈的手。”
听了妈妈的话，
我双手捏紧小拳头，
为砸烂世上的收租院，
红小兵要勇敢去战斗！

“你家多大的地主？”

“这村的地全是我家的！”

“小地主。”

“那你家是大地主啦？有多大？”

新婚之夜，新娘形容不出自家是多大的地主，交了一次白卷。若干年后，在儿子王小五的课本上看到《泥塑收租院》的地主媳妇把课文拿给丈夫看。

“那收租院就是我家的，我家就是这么大的地主。”

“四川，刘家，收租院。”诸项核对并最终确认后，王五惊呼，“好大的地主！”

迟到的答案让王五大有小巫见大巫之感，不得不以自惭形秽的心态重新评估自己而以刮目相看的眼神重新审视自己的地主婆。

这个十五岁就被委任为镇长的远近闻名的大地主，镇长当得败尽了家产气死了父亲还让姑姑王二女搭上了一牛毛口袋的银元。本来，父亲已经张罗着给镇长儿子定亲了，可当镇长给家里带来的变故却让王五娶老婆的脚步戛然而止，等到为父亲守孝三年后娶老婆的事情可以重新提上议程时，老榆树已经解放。虽说当时土地尚未被没收，王五仍然拥有土地，但已经是被监督被改造的对象，谁家肯把闺女往火坑里推嫁给一个被戴着高纸帽子游街示众的倒霉蛋。1951 年土改，王五地主身份铁板钉钉，别说娶老婆，连娶老婆的念头也彻底打消了。

未承想，已经死心塌地准备打一辈子光棍的地主王五居然捡了个天上掉下来的媳妇。

有其利必有其弊，反之，有其弊必有其利。地主只是个政治头衔，被监督被改造被训斥被批斗，干活时别人干轻活地主干重活，开会时别人坐着地主站着别人昂着头地主低着头；可在经济上，地主干活也挣工分，也分口粮，也挣工分粮，也能分红，也能存钱。打光棍时的地主王五，工分挣得多分红分得多，工分粮也挣得多，一个人吃饱全家都饱加上不敢张扬低调生活，攒了不少钱存了不少粮，如果当时按照存款存粮再划一次成分，王五肯定再次被划为地主。别人娶媳妇得花彩礼摆宴席，一个媳妇娶下来，积蓄花光存粮吃尽恐怕还得欠债，王五一分彩礼没花一桌宴席没摆白捡了个媳妇。

现在，媳妇是多大的地主搞明白了。相形见绌的王五聊以自慰的是：媳妇进门就当家而且当的是有存款有余粮钱多粮足的家，进门时面黄肌瘦的逃荒女，脸色日渐红润，生了一个儿子坐了一个月子后居然丰满了起来，胖乎乎的脸蛋和王五的圆脸凑在一起，还真有点夫妻相。

这档事没有就此完结。又过了若干年，老榆树包产到户分田单干，多年不干活儿腿上又有伤的张三求助两位光棍哥哥帮忙，不给报酬活又重，干得烦了自然牢骚满腹，其中一条埋怨是：你他妈捡了个四川女人还宁送地主不送哥哥，肥水流了外人田，胳膊肘子往外拐。

第八章

张三急匆匆地向着自己担任队长的村子赶回去，右手中的鞭子不时抽打胯下枣红马肥硕的屁股蛋，双脚套着的马镫磕打着马的肚子，马儿撒开四蹄跑得飞快，张三还觉得慢，频繁挥动着马鞭，夹动着马镫。那枣红马奔跑起来煞是威风，整齐的马鬃根根如针在颈背上傲立，飘逸的马尾缕缕如丝向田野中挥舞，寂静的乡间土路上，恰似一团红色火球在泛黄的秋草间滚动。所过之处，一团尘土追着马儿向前飞蹿，后面的消失了，前面的又升腾起来，大有非得追上马儿并超越马儿的势头。

张三是参加完公社开展无产阶级“文化大革命”动员大会兴冲冲赶回村里的，热血在这个三十七岁的汉子周身奔涌，热火在这个年轻人心头燃烧。用激动得颤抖的双手打开生产队队房的门锁，赶紧打开收音机，启动扩音器，将收音机、扩音器的音量拧到最大，村子的上空随即飘荡着来自北京的《大海航行靠舵手》。

怎样开展无产阶级“文化大革命”？按照伟大领袖毛主席的战略部署，按照公社动员大会上的安排，这确定无疑。不过，张三觉得这些还远远不够。在老榆树搞无产阶级“文化大革命”，轰轰烈烈那是自然。此外，还应该有特色、有风格，应该搞出一些别的生产队没有的花样来。要不，老榆树怎么能叫模范村？怎么配做全县的典型呢？

“谁是我们的敌人，谁是我们的朋友，这是革命的首要问题。”领袖的教导指引着张三的方向。

敌人吗？地主、伪镇长王五首当其冲，右派分子牛七漏不掉，可这都是陈年流水账了，谈不上新花样，配不上无产阶级“文化大革命”的隆重热烈，得有新的发展，新的进步，得挖出新的敌人。

其实，在公社开动员大会的会场上，张三已给瞄上了会场中的一个人，张三把这个人从头到脚盯了一遍又一遍，每盯一遍，阶级敌人的概念在大脑中就加深一遍，及至散会，大脑中的概念已根深蒂固，不可更改。这个人不是别人，就是张三的顶头上司——大队支书王二狗。

张三将王二狗列为阶级敌人有三条理由。

首先，王二狗尽管是贫农成分，但其家族里不乏地主、富农，老榆树王家和他就是同宗，只不过分家较早，分家门另家过的途中，王二狗家衰败了，土改前没剩几亩地也没雇长工。在张三看来，这个敌人不是个人的，而是宗族的，王二狗骨子里是属于他那个家族所在的阶级的，是真正的阶级敌人。

其次，从入党过程工作表现看，王二狗充其量是在建立合作社时期表现积极，将几亩薄田几只羊几具犁耧耙早奉献出几天因而在工作组面前赢了个满堂彩，赚了张党票还在几年后当上了支书。在张三看来，这些举动无非是头脑比别人活泛些而已，迟入社的社员最后不也毫无保留地将土地财产全部交给集体了吗？

再次，从工作表现看，尽管王二狗所在大队出了老榆树这样的先进典型，但那是张三治村有方的结果，王二狗谈不上有什么奉献，倒是沾光不少。全大队六个生产队，其余五个仍然是后进村，仍然缺吃少穿，仍然偷鸡摸狗，仍然拖老榆树的后腿。所有这一切，作为大队支书的王二狗难辞其咎，罪不可赦，理应成为阶级斗争的对象。

敌人找到了，朋友也该尽快确定。无产阶级“文化大革命”，自己雇农出身，有革命军人经历，当然是无产阶级的代表，但既然是“文化大革命”，那就得找个文化人朋友作为革命伙伴。老榆树最有文化的莫过于魏老师魏才了。高高的个子，宽宽的肩膀，大大的眼睛，浓浓的眉毛，一对薄薄的嘴唇时常抿着，开启时蹦出的往往是庄户人听不懂的词汇。听不懂不要紧，庄户人自有自己理解词汇的技巧，倘若魏老师一对薄嘴唇里蹦出“可喜可贺”时，脸上是微笑的、和蔼的、热情洋溢的，那这个词的含义大抵是夸奖的、赞美的、表扬的；倘若魏老师一对薄嘴唇里蹦出“岂有此理”时，脸上是愤怒的、生气的、咬牙切齿的，那这个词的含义肯定是斥责的、痛恨的、批评的。

或许正是因为有文化，魏老师的脾气也大得很，犟劲上来，八头驴也拉不回来，大嗓门扯开，满嘴之乎者也滔滔不绝，喋喋不休。把这样的人列为朋友合不合适靠住靠不住？张三思忖着。谁知道他的驴脾气啥时候上来？

魏老师的驴脾气不幸被张三言中了。

没等张三撅屁股，魏老师就知道他要放什么屁。不就是让我用文化整人吗？读书人的知识是用来修身齐家治国平天下的，岂能明珠暗投，把文化用于下三滥，用于勾心斗角，用于尔虞我诈，用于骨肉相残，用于为害乡里？

“我干不了。”

魏老师义无反顾地走出队房，连张三看都没看一眼。抬头挺胸，昂首阔步，大步流星。

“志士不饮盗泉之水，廉者不受嗟来之食。”

“人生自古谁无死，留取丹心照汗青。”

“人的身躯怎能从狗洞子里爬出？”

诸如此类的诗句在这个读书人的心头涌动。

“呸，狗肉上不了抬杆秤。”

“狗咬吕洞宾，不识好人心。”

“狗咬巴屎人——不识抬举。”

“白马黑尿，变色牲口。”

张三冲着魏老师的脊梁骂道。

魏老师软硬不吃，油盐不进，刀枪不入，成就了另一个文化人——赵六。

同为文化人，赵六和魏老师简直不可同日而语，如果魏老师满肚子都是墨水，赵六小半肚子都没有；如果说魏老师学富五车，赵六连半车也不到；如果说魏老师才高八斗，赵六比半斗还少。魏老师是初中毕业后上了中专安排了工作在县里吃过皇粮的，六〇年忍不住挨饿，脾气一来扔掉工作背起行李回到村里的，赵六充其量在镇上上过几天高小。

但赵六毕竟是文化人。

“赵老师，张队长叫你去一趟队房。”刚刚坐进办公室的赵六接到一个学生传来队长的指令，双脚和大脑同时飞快地运转着。学校到队房一里路的样子，他几分钟就走完了，只是大脑里“队长找我干什么”还没找出答案。

队长办公桌后的木椅上，张三正襟危坐，挺正的腰板透出军人的威仪，冷峻的目光宣告着此次谈话的严肃性和重要性。

“赵六同志。”

政治队长张三一改往日没别人时“赵六”或当着大伙“赵老师”的称呼，郑重其事地在名字后面加上“同志”二字。

“伟大的无产阶级‘文化大革命’开始了，你是无产阶级，又是文化人，应该当仁不让，一马当先。”张三把从动员大会上和收音机里学到的两个词用上了。

赵六没有辜负张三的期望，打走马上任红卫兵队长，就不同凡响。

队长找去谈完话的当天，老榆树红卫兵战斗队就组建完成。队员来自两个方面，一方面军为村里根红苗正的青年民兵，二方面军来自学校的高年级学生。两个方面军都经受过列队、出操的训练，齐刷刷站在学校的操场上，每个人的胳膊上都套着一副红红的袖标，上面黄油彩写出的“红卫兵”三个字格外醒目。

美中不足的是，二方面军较之一方面军的个头小了点，喊起口号来也奶声奶气，张三家的张抗美李四家的李土地几个学生，还哧哧地发出好奇的傻笑。不过，在红卫兵队长赵六看来，农村孩子上学晚，十多岁才上一年级，高年级的学生大多已十五六岁，完全具备了保卫毛主席、直捣资产阶级司令部的条件。至于笑声，在老师兼队长严厉的目光下，很快就消失了。

老榆树红卫兵战斗队的第一革命举措是写标语，街道两旁的黄泥墙上，凡是能写字的地方，统统用刷房子的白泥写上内容各异的标语。标语的分布做到了因墙制宜，社员家前院墙后山墙写短标语，学校、饲养院大型建筑的围墙写长标语，村南高坎的圪蛋上，每个圪蛋上写上一个大大的字，组合在一起，也是一条标语，很是新鲜好看。

“无产阶级文化大革命万岁！”

“伟大领袖毛主席万岁！”

“把无产阶级文化大革命进行到底！”

“千万不要忘记阶级斗争！”

一行行标语把老榆树无产阶级“文化大革命”的气氛渲染得炽热而高涨。

老榆树红卫兵战斗队的第二桩壮举是“走长征”，到伟大祖国的心脏北京，到天安门广场接受伟大领袖毛主席的检阅。

生在旧社会长在红旗下的赵六，最最崇拜的事情就是两万五千里长征，最大的理想就是当兵打仗，像无数的革命先辈那样，穿上英姿飒爽的军装，招来无数羡慕的眼光。未承想，高小毕业后报名参军，第一关就在政审中被刷了下来，原因是他有个地主成分的表哥王五。红卫兵战斗队组建不久，在生产队长张三的大力支持下，全体队员只要从家里拿出与自己身材相符的布票，就可以领到一套绿军装。绿褂绿裤绿帽绿胶鞋绿挎包一绿到底。供销社的绿布早已被买断了桩，脑子活络的赵六买回大卷的白布和草绿色染料动员村里几个手艺不错的妇女，烧起生产队食堂里的大锅开起了染坊。大卷的布由白变绿后，由村里会裁衣服的几个媳妇按照大中小三个规格裁好，各名队员拿回自己家由奶奶姥姥母亲姨姨姐姐妹妹连夜缝制。穿上崭新的绿军装，赵六仿佛找回了自己破灭的参军梦。

伟大的“长征”即将启程，全村人几乎倾巢而出聚集在学校操场上，几个不放心自家孩子的女人们哭天抹泪地千叮咛万嘱咐。张三巡视整个队伍时目光坚毅、神情镇静，俨然出征时壮行的团长、政委，走过两个个子最小的队员张抗美和李土地身边时，还刻意把拖到小屁股蛋上的行李向上扶了扶。肃穆的气氛噎住了没出息女人们的抽泣，随着红卫兵队长赵六“向右转”“齐步走”的口令，孩子们整齐的步伐打消了大人们的不放心。唯一遗憾的是，孩子们背上行李花花绿绿，五颜六色，要是行李也都整齐划一，那就更精神、更好看了。

出发前，赵六一次又一次测量过，计算过。地图上能找到的离老榆树最近的是县城，县城和北京由一条铁路相连，根据反复量出的尺寸经过比例尺换算，北京到县城的精确距离为四百六十公里，加上县城到老榆树的四十公里，此行堪称“千里长征”。按照每天一百里的计划，赵六要在十天之后带领他的战斗队到达天安门，去见毛主席。

头一天，气势高涨的红卫兵们一鼓作气，首战告捷，刚过中午就走到了县城，穿城而过，体会了县城浓烈的革命气氛。小将们没有停下前行的脚步，太阳尚未落山，小将们就从铁路上的里程碑上读出了一百里的行军指标。队长赵六认为，第一天的行军不宜太过，要留出足够的后劲，革命的路还长，千里长征才迈出第一步。战斗队学习红军不扰民，不惊动百姓。全体在一个村庄外的树荫下休息，派出一名队员联络村里的学校宿营。

从“长征”的第二天起，赵六就知道自己大错特错了。村里的孩子们泥土里长大不假，可行军走长路毕竟头一回，尤其那些学生队员，头一天的热情释放殆尽后，之后就成了拖后腿的兵。脚上打泡、被蚊虫叮咬化脓、买不到食品等严酷的现实压迫着这支队伍，及至第五天傍晚，从铁路上的里程碑读出的行军里程还不到三百里。

当晚，在赵六召集的骨干会议上，长征队长做出一个惊人的决定：

放弃徒步，改乘火车。

长征队长赵六的装备比队员们多出两样。一样是盖有生产队红章大印的介绍信，因为绿军装、红袖标和印有“老榆树红卫兵战斗队”的队旗，这件装备从未派上用场。另一样装备是一台套着皮外套由皮带挎在身上的半导体收音机，这一样每天都用，尤其是每天傍晚收听中央人民广播电台的全国新闻联播。

收音机里，来自北京的消息让年轻的长征队长又是兴奋又是着急，毛主席又一次在天安门接见红卫兵，得快走，赶紧走，晚了就赶不上了。

赵六否定了个别骨干认为放弃徒步有革命意志不坚定之嫌的观点，以毛主席在长征中四渡赤水的战例论证了革命要有灵活性，队长的引经据典说服了骨干，改乘火车就此拍板。

此后的若干个年头，此次会议被赵六当作经典战例炫耀了一次又一次。长征队改乘火车进京抵达天安门广场，赶上了毛主席第八次接见红卫兵，这是毛主席最后一次接见红卫兵，倘若不是赵队长高瞻远瞩，果断决策，历史将留下天大的遗憾。更何况，改乘火车压根不必买票，列车员对红卫兵是毕恭毕敬的。

赵六让张三最满意的是从北京凯旋后的斗争行动。

地主伪镇长王五、右派分子牛七首当其冲，斗争形式由传统的低头认罪升格为戴高纸帽，“喷气式”，一根绳子拴一个砬蹾挂在脖子上。“长征”时路过县城，县城里正开批斗会，批斗会上的新花样，赵六扫一眼便过目不忘，回来后如法炮制。

斗争王五、牛七在老榆树已不新鲜，新鲜的是办学习班，祖宗三代出身有问题的，手脚不干净偷挖过生产队土豆偷拔过生产队萝卜偷掐过生产队麦穗的；平日口无遮拦信口开河说话分寸把握得不是恰如其分的；对无产阶级“文化大革命”态度不明朗行动不积极的；对红卫兵的革命行动评头论足说三道四横挑鼻子竖挑眼的，统统纳入学习班。学习班设在已停课闹革命的学校里，一间教室开会训示学习文件接受改造，另一间教室沿墙根铺设麦秸，学习班成员自带行李睡在麦秸上，不准回家，一日三餐由家人送饭。

当然，学习班成员的确定最终是要张三把关的。张三本是老榆树无产阶级司令部的总司令，赵六只是个马前卒而已。只不过，张三是在司令部运筹帷幄，赵六在前线冲锋陷阵。纳入学习班的成员中，有两个人是红卫兵集体讨论确定的名单中没有的，一个是由赵六提名的魏老师，一个是由张三提名的李四，两人入围的敲定议程非常简单，张三赵六对视良久便达成默契，一桩政治交易在心照不宣中落槌。

这是一个历史性的默契，这是一桩具有里程碑意义的交易，老榆树的政治经济文化人文格局因此改写。在这之前，站在老榆树文化金字塔塔尖的无疑是魏老师，老榆树小学主政的是大嗓门、暴脾气的魏校长。在这之后，看不惯便会路见不平拔刀相助的老榆树文化魁首退守至洁身自好独善其身，老榆树小学的校长自然是红得发紫的赵六。在这之前，张三仅掌控着老榆树的政治经济，精神领袖非李四莫属。在这之后，老榆树人唯张三马首是瞻，李四自甘堕落到与右派牛七之流为伍的境地。

当然，张三提拔赵六，不仅依据之前他表现突出，而且更看重的是他今后的价值和使用价值。

在执行张三把反动支书王二狗押解到老榆树批斗指令的行动中，赵六表现出了大无畏的英雄气概和功底深厚的文化素养。老榆树红卫兵和王二狗兄弟辈侄儿辈的家族成员们互相揪住衣襟僵持不下，革命形势万分危急的紧急关头，赵六手里的发令枪和嘴里的哨子相继鸣响，一串串最高的指示毛主席语录随着赵六横飞的唾沫星子掷地有声，强大的政治攻势下，王家叔侄们相继松开了扯着红卫兵衣襟的手。在赵六列举的十八条罪状下，王二狗经历三天三夜的轮番批斗审讯之后，尸体被从老榆树的一口枯井里打捞了出来。

“自绝于党，自绝于政府，自绝于人民。”革委会的结论平息了老榆树社员的窃窃私语，交头接耳；平息了王家叔侄们的义愤填膺，摩拳擦掌；也平息了捏在张三、赵六手心的一把汗——毕竟人命关天啊！

鉴于这个大队革命形势的错综复杂，革委会亲派一名党员暂时兼任大队党支部书记。之后任命的支书是个胆小鬼，知道张三这个牛魔王有几只眼，从未在张三的一亩三分地上指手画脚，从不干涉老榆树内政，从没动过张三太岁头上的一撮土。

老榆树从此进入了既无内忧又无外患的张三独裁时代。

“文化大革命”中，像王二狗一样死去的人有多少？没有定论。但是，按照时下一些比较流行的计算方法和统计原则，王二狗的死完全可以忽略不计，一笔勾销。推演如下：一、王二狗死在老榆树，但户口不在老榆树，老榆树人口没减少，老榆树没死人。二、王二狗户口在他所在的那个村子，但他所在的那个村子没死人。瞒天过海原来如此简单。王二狗白死啦？

“王二狗同志永远活在我们心中。”若干年后在为他补充举办的追悼会上，王二狗终于找到了自己的归宿。

王二狗一死，张三脚下的一块绊脚石除掉了，除掉王二狗，可谓干得干净利落，做到了彻底干净且不留痕迹。

但是，张三脚下还有一块绊脚石——李四。“堡垒是最容易从内部攻破的”，当过兵没打仗没打过仗身上却有枪伤的传奇军事人物张三颇谙兵法战术。

张三在等待更好的机会。

终于，轰轰烈烈的“破四旧”拉开了帷幕，文韬武略的张三嗅出了战机。

当年，自己在王家大院扛长活时，亲眼看着王二女把一牛毛口袋的银元替王五还了当乡长欠下的债，亲耳听到王老五要王五把全部土地转让给李老四的吩咐。自己当了几年兵回来，土改结束了，王家是地主，李家是中农，这土改是咋搞的？这土改工作队是干啥吃的？李家明明应该是地主，是大地主嘛！世上没有不透风的墙，干过的事情不可能不留下蛛丝马迹。趁着“破四旧”，就把王家李家破一破，倘若能破出当年留下的地契文书之类，大功不就告成了吗？

革命军中马前卒赵六再次在攻城略地中打起了头阵。跟着张三“闹革命”，只有上北京那时赵六欢欣鼓舞，后来的斗李四整王二狗，赵六外头遭白眼回家被媳妇唠叨，当初的热乎劲已经风头大减。如今，张三要趁着“破四旧”整李四，赵六有点不情愿地暗自嘟囔“舔屁股遇上拉稀的啦”，可开弓没有回头箭，革命还得闹，“四旧”还得破。不过，此次战役的作战不再是正面冲锋，作战目标没有直接指向李四，毕竟是中农，虽说成分比雇农贫农下中农高了点，但终归属于贫下中农序列，更何况还担任生产队长职务。按照司令部总指挥张三的战略部署，此役的作战方针确定为迂回包抄和旁敲侧击。

迂回包抄的目标是王五。张三思忖，王五如果遵从父命把土地转给了李老四，一定有地契之类的转让文书，趁着“破四旧”，把王五家翻个底朝天，藏得再牢也休想漏网。

旁敲侧击的目标是王二女。张三思忖，王家把土地转给李家，当年能够见识见证这件事情的人包括李老四、王老五、赵老六夫妇六人，五个已经作古，只有王二女一人仍然健在。王二女是赵六的姨妈，亲姨妈，赵六以“破四旧”的角度从内部下手，动之以情晓之以理，动员王二女响应毛主席号召把旧社会遗留下来的“没用”的旧物拿出来“破一破”，老太婆一松口讲出实情一松手拿出实据，堡垒不就攻下来了吗？

迂回包抄战打得毫无见树。顽固不化的地主分子王五依然是土改时的那副守财奴模样，脖子一梗一口咬定那地就是他的，他就是地主。“破四旧”破出来的地契非但没有打掉他的嚣张气焰，反而成了地就是他的他就是地主的佐证，“白纸黑字，千真万确”。尽管前敌总指挥赵六大义灭亲，亲自出手对表哥动了刑，被撕破衣服扯破耳朵打得皮开肉绽的王五依然没有丝毫松口的迹象。执掌帅印的幕后总指挥张三对此也无可奈何一筹莫展。

旁敲侧击战打得一塌糊涂。赵六跨进李家大院尚未进屋，王二女就预言“黄鼠狼给鸡拜年来了”。关于“破四旧”的“伟大领袖教导我们说”，赵六讲得天花乱坠唾沫星子横飞，二姨妈王二女无动于衷。赵六讲到暂告一个段落，向二姨妈强调所讲内容重要性：“二姨，你听懂了吗？”得到的回应是：“你说啥？”好，你装疯卖傻王顾左右而言他，那我就单刀直入直奔主题。然而，开宗明义开诚布公仅开了个头，二姨妈劈头就是一句：“你小子一撅屁股，老娘就知道你想拉什么屎！”手里的擀面杖已经抡起，赵六眼疾腿快老太婆手里的擀面杖飞得更快，抱头鼠窜之际，黄鼠狼后脊背上被重重地一击。

孙子曰：凡用兵之法，全国为上，破国次之；全军为上，破军次之；全旅为上，破旅次之；全卒为上，破卒次之；全伍为上，破伍次之；是故百战百胜，非善之善者也；不战而屈人之兵，善之善者也。

孙老爷子，你站着说话不腰疼，吹牛也不怕闪了舌头。冲锋陷阵兵刃相见，有胜有负是常理，百战百胜是传说。战争，是白刀子进去红刀子出来，是血流成河尸横遍野！胜利，是杀敌一千自损八百，是一将功成万骨枯！上哪里去找枪声一响就举手投降的敌人，从而成就自己的不战而屈人之兵呢？

“上兵伐谋，其次伐交，其次伐兵，其下攻城；攻城之法为不得已。”

伐谋无效，伐交无果，伐兵无获。老榆树无产阶级“文化大革命”总指挥部总指挥张三下达了攻城的命令。

李四再次被抓进了“学习班”。

李四再次被抓进“学习班”的原因是藏匿李老四留下的两大箱四书五经之类的“四旧”，把李四再次抓进“学习班”的目的是让李四老实交代还藏匿着什么“四旧”，比方说，地契或与土地相关的文书。

其实，张三一切的努力都是枉费心机。因为，张三企望的地契文书压根就没有。当年，李老四一口否决了小舅子把全部土地转给他的请求，老榆树所有土地的地契上，土地主人的名字依旧是王五。在李老四看来，拿出自己的一牛毛口袋银元替小舅子还债，那是仗义疏财拔刀相助；如果因此而收下王五的土地，那是乘人之危落井下石。在王二女看来，人活在世界上，钱财是身外之物，与外人打交道也未必斤斤计较患得患失更何况自己弟弟。"憨厚""憨厚"，越憨的人越厚，家里越厚实；"精光""精光"，越精的人越光，家里越精光。

张三处心积虑的上兵伐谋其次伐交因先锋官赵六无能皆一败涂地，不得已的攻城也差点被反包围。

自打"文化大革命"开始，张三每天必然光顾的场所是停课闹革命的老榆树小学，一则到那里的"学习班"发表演讲，二则浏览校园墙上的大字报。

就在李四第二次被抓进"学习班"的第二天早晨，墙上的一张大字报让张三魂飞魄散：

揪出老榆树的国民党

伟大领袖毛主席教导我们说：任何反动势力都不会自动退出历史舞台。

旧世界被打垮了，国民党逃跑了，轰轰烈烈的无产阶级"文化大革命"到来了。但是，国民党的进攻不会偃旗息鼓，国民党的残余势力不会销声匿迹！

老榆树有没有国民党？有！

在我们老榆树，心甘情愿替国民党卖命者有之！喊着共产党口号干过国民党勾当者有之！挂羊头卖狗肉欺世盗名者有之！说一套做一套阳奉阴违者有之！嘴里一套心里一套口是心非者有之！表面共产党背后国民党两面三刀者有之！

善良的人们啊！请擦亮自己的眼睛！

当天，老榆树"破四旧"学习班宣布解散，那些因为藏匿"四旧"

不主动上缴“四旧”、家里有“四旧”而不知何为“四旧”而被抓起来的学习班“学员”们，没有得到任何解释也没有拿到任何结论就莫名其妙被放了出来，夹着铺盖卷半是疑惑半是庆幸地回到各自的家里。

那张“揪出老榆树的国民党”的大字报被张三揭下来揣进怀里揣回家珍藏了若干年，时不时还被偷偷拿出来欣赏揣度一番。那秀丽的小楷书法让张三一次又一次想起自己的老师李老四。在老榆树，毛笔书法得到李老四真传的只有李四和王五，可大字报出现的头天晚上，这两个人都关在学习班被看得严严实实，断无溜出来写大字报之理。那么，这张李老四风骨犹在墨迹未干的大字报出自何人之手呢？是李老四还魂所为还是李老四的书法在老榆树另有传人？张三百思不得其解。

张三绞尽脑汁也没能给李四戴一顶分量足够的帽子，没能够除恶务尽斩草除根，没能将李四打倒在地永世不得翻身。可谓美中不足。若干年之后，张三在电影《青松岭》里学到“漏网富农”这个词汇时，为自己的错失良机而悔恨，为自己的才疏学浅而羞愧。亡羊补牢吧，当时阶级斗争气氛已不再那么浓烈，况且，改变一个社员的成分也不在政治队长的权限之内，操作起来难度较大。命中注定，张三只有带着这个缺憾羞愧地觐见他的长工父亲，并且给儿孙后代也留下了深深的隐患。

第九章

老榆树一二号人物心口不一了几十年。但那年秋后两人一起去过一个地方，回来后，说法虽然不一致，做法却非常一致，配合得像一个人。

两人一起去的地方叫大寨。

张三从大寨回来，家里人问大寨好不好，张三说："好得很，好得不得了。"

李四从大寨回来，家里人问大寨好不好，李四说："不好，大寨人吃得没咱们村的人吃得好。出去别乱说。"

两人的说法不同，做法却一样，放下手里的提包，转身奔队房去了。

去大寨前，两人从供销社各买了一个黄提包，走时里面带几件换洗的衣服毛巾香皂，回来时，里面各多了一包红枣、一包核桃。

参观大寨的梯田，两人就合计着在村西山上也修梯田；参观大寨的海绵田，两人就合计着村里铁路以东的地全部可以改造成海绵田。老榆树养的牛马羊比大寨多，牛粪马粪羊粪好好利用起来，海绵田完全可以赶上甚至超过大寨，老榆树的地比大寨多得多，也平整得多，照大寨这么改造过来，能有上万亩的好地，那能打多少粮食啊！参观期间，两人一直处于亢奋状态。

回家扔下提包，两人不约而同来到队房，一张大白纸上，李四画出全村的各个地块，两人在图上指指画画规划着，各个地块被填上不同的标识，△代表海绵田，☆代表梯田，等等。天黑了，点灯继续规划，直到两人的烟盒都空了，衣服兜里抽屉里再也找不着烟了，才决定回家，一看表，已近午夜。

“小别赛新婚，回家犒劳犒劳老婆去吧。”李四逗着乐，两人会心地笑着回家。说打就打，说干就干，虽说天气已有几分寒意，但严寒是阻挡不了学大寨的步伐的。大寨人三战狼窝掌，老榆树首战攻西山。

全村劳力集中于西山，锹挖、镐刨、用筐抬、用肩挑，刨出的石头砌成一堵堵顺着山势绕着的墙，一堵墙就是一层梯田的边，也是另一层梯田的顶，村里十几辆三套马车从村东的地里拣高处的土拉上山，垫平梯田的同时也平整了村东的地。成年男人负责跟着马车装土卸土平整土地，其他劳力分别编成“青年突击队”“三八红旗队”“铁姑娘战斗队”，各队间展开竞赛，劳动号子此起彼伏，山上的梯田初见雏形。

轰轰烈烈学大寨修梯田的热潮中，也有暗流涌动。起初几天，人们处于新鲜和兴奋状态，干得还算欢快。十几天过来，腰酸腿疼的，肩膀痛胳膊痛的，手上被锹把镐把磨起泡的开始出现，劳动号子的声响没那么高了，说怪话发牢骚的多了起来。

一天下午，“青年突击队”里的一个青年队员刘七十一磨洋工被突击队长赵大勇数落了几句，索性撒起泼开始骂上了娘，怪话牢骚一股脑儿倾诉而出，矛头直指总指挥张三和副总指挥李四，嘴里的脏话骂不绝口。

张三李四被突如其来的谩骂弄了个猝不及防，全村人停下手中的劳动循着骂声伸长了脖子。只见开骂的叉腰站在众人所在的梯田层的下层，看到众人瞩目骂得更来劲，骂完张三骂李四，“赶着社员当牲口使唤”“不拿人当人”等，中间夹杂着“操你妈”之类的词汇。

众人惊呆之际，早有两位“小英雄”亲兄弟般并肩冲了上去，一顿拳打脚踢，刚才气焰嚣张开骂的小伙已经跪在地上求饶，待看热闹的人们回过神来，两位“小英雄”已凯旋归队。

两位“小英雄”，一位是张三的大儿子张抗美，一位是李四的大儿子李土地。都是当年夏天刚刚高中毕业回村务农的人民公社新社员。

这天傍晚，修梯田的工地上提前收工，全体社员集合开会。

政治队长张三首先讲话，语气强硬，态度坚决：“社员同志们：农业学大寨，是伟大领袖毛主席的号召，全国各地都在学，各村各户都干起来了，我们村是镇上的先进村，县里的模范村，学大寨是不能落后的。反对学大寨，反对修梯田，就是反对毛主席，就是破坏社会主义建设。今天，跳出来搞破坏的小丑被觉悟高的社员打了，打得对，打得好，打得还不够，应该再狠狠地打。今后，凡是反对毛主席战略部署的，凡是破坏学大寨破坏社会主义建设的，一律坚决地打、狠狠地打，绝不容忍，绝不留情。”

生产队长李四随后发言：“打人的社员里有我的儿子，发牢骚说怪话骂人是不对的，打人也是不对的，我向大家检讨。

“不过，大家想想看，我们学大寨修梯田，图个啥？为了啥？不就是为了多打粮食吗？粮食打多了，我们吃得就更饱了，挣的工分就更高了，秋后分红时分的钱就更多了。往年的这个时候，大家都休息准备过年了。今年修梯田，是苦了点累了点，但修好梯田，来年多打下粮食，得好处的还是全村的社员，还是我们自己嘛！现在苦点累点，将来就不用苦不用累了，我们的子孙后代也跟着沾光不是？大道理不讲了，大伙儿都懂，想通了就好，思想上别背包袱。今天早点回吧，明天还得接着干，大干。收工吧！”

并排走在收工回村的路上，张三暗想：“又被李四这小子给涮了，惹人得罪人的事全我干了，顺人心卖人情的话全他说了。”

“要是秋收后打场能快一些，修梯田造海绵田的时间就充足了。快上冻了，干不了几天啦！”

“想到一块儿了，听说出了一种叫‘铁牛’的五十五马力的拖拉机，碾场耕地拉个子样样能干，大场院铺满，它半天工夫就能碾完，拉得动的大碌碡，比碾房的碾子还大。”

两人话题集中一处的打场，的确是村里费时费力的一项农活。村里打场的场院蛮够大，秋天收回来的小麦个子在场院里堆成小山等着碾场，可马拉的碌碡碾起场来太慢，碌碡小了，碾的力度不够，麦子颗粒碾不干净；碌碡大了，马又拉不动。一个人拉着一匹马拉着一个碌碡碾一小场，好多劳力干等着。尽管打场时打场院上十几匹马拉着十几个碌碡同时碾十几场，可架不住收回的小麦个子太多，一时半晌碾不完。旧社会，李四的姥爷王家老财主打丰收，拉回的小麦个子打场打一年，头一年的庄稼和第二年的能接上茬，就是因为打场太慢，耗时耗力耗人工。至于用更古老的办法人工用连枷打，一个人抡着一根木把上转动着的柳条棍排子打，那就更原始更落后更耗时耗力耗人工了。

打场还有一个更要命的麻烦，塌场。庄户人家有四大着急：下雨塌场火烧房，小孩掉井狼叼羊。下雨塌场位居第一，是四大着急之首，是比房子着火、小孩掉到井里、羊被狼叼走都着急的事情。原因和道理如下：

小麦莜麦等庄稼秋收时收获后被捆成农夫腰粗细差不多的捆，叫作个子，个子码在地里晒干后拉回去铺在地面坚硬的场院上用碌碡碾轧以达到将果实分离出来之目的的过程叫碾场。倘若碾场时遇上下雨手头人手不足不能及时收起来，铺开的庄稼被雨淋在场院上，便叫作塌场。一旦塌场，其结果是：淋湿的庄稼已无法再碾出果实，不等庄稼在场院上干透再碾，被雨水泡过的果实已经发芽，一年的收成就什么也没有了。生产队大集体家大业大，塌一场塌两场并无大碍，倘若是单干户，塌在场上的也许就是一年的全部收成，一年的收成塌在场上，今年的收入就没有了，第二年还得饿肚子。

你说着急不着急？！

老榆树及其周边地区的各大区域，靠天吃饭，十年九旱，但旱在春夏，庄稼需要雨水时不下雨，秋天却不旱。秋收和打场时，往往秋雨绵绵。秋雨绵绵中打场，塌场也就在所难免。

这年正月，张三李四结伴去了趟省城，农机站的大院里，两人找到了叫作“铁牛”的五十五马力拖拉机，一打听价钱，生产队账上管够。不久，从县里拖拉机站请的师傅把“铁牛”从省城给开了回来，村里的两个高中生张抗美李土地跟着师傅学习开拖拉机。秋天，拉着比李四姥爷家碾房里碾子都要大的碌碡在场院上飞奔，往年打三四个月的场今年一个月就干完了，腾出入冬前的两三个月修梯田，老榆树西山变得层层叠叠，很是好看。

海绵田也造得不差。

村中央最低的空地上，挖出一个大大的坑，挖起的土被拉到山上造了梯田，挖空的坑里填满了从饲养院养猪场拉来的马粪牛粪驴粪羊粪猪粪。生产队号召社员积肥，积来的猪粪人粪按体积量方计算工分，坑里又多了猪粪人粪。下雨时，雨水灌满大坑，各类粪便在大坑里沤成上好的农家肥，农家肥上到庄稼地里被犁到土里，长庄稼的土就软乎乎的像海绵，故名海绵田。海绵田能多长粮食的道理小孩都懂。

造海绵田遇到的困难被一个铁家伙解决了。

老榆树的许多耕地里，长着许多大小不等的莲针堆。老榆树人叫莲针的植物学名叫柠条，根系发达，防风固沙是好手，但长在耕地里，一则占用面积，二则妨碍耕作。根系发达的柠条人工挖不过来，畜力拉的犁犁不动，“铁牛”却是它的天敌，对付柠条堆的犁铧，所向披靡，锐不可当。

几年下来，西山的梯田层层叠叠，依山环绕。每年春天，梯田里种庄稼，田畔上点葵花，夏秋季节，满山的葵花黄澄澄金灿灿，漂亮极了。村东的铁路上客车驶过，乘客从车窗里看到老榆树的梯田，往往惊讶得直叫好。

村东的大片耕地以前高低不平，修梯田拉走了高处的土，土地更加平整，多施农家肥造海绵田和清除莲针堆后，上万亩土地平展展连成一片，一眼望不到头，粮食产量也大幅提高。

若干年后，企图否认农业学大寨成果的人被老榆树人骂得狗血喷头：你们那是瞎干蛮干，肯定没成果。我们那是苦干巧干，肯定见成效。

这话一点也不过分。老榆树本来基础就好，学大寨中耕地增加单产提高，社员们挣的工分就值钱了，周围村子一个工分分红分几分钱，老榆树分几毛，有的年份上过一块钱，一个壮劳力一天干活挣十几分，合一块多钱。秋天分红开现场会，全公社其他生产队的队长们现场参观老榆树分红，信用社现场来发存折发现金。公社革委会主任说，老榆树社员的工资比他高，比县革委会主任的都高。

有一个现象足以说明老榆树的富裕。解放前老榆树有不少人家的小伙子家穷讨不到老婆打光棍，比如张三两个大爷两个哥哥，但解放后老榆树新一代没有打光棍的，别村的女孩子都愿意嫁给老榆树的小伙子，图的就是老榆树生活好。发展到后来，老榆树的女孩子成亲，男的上女的门上来，男上女门，既是国家提倡的新风尚又让老榆树扬眉吐气，岂有不欢迎之理。那时的口号是："人多力量大，什么困难都不怕。"没有计划生育之说，各家各户比赛着生孩子，一家兄弟姊妹五六个六七个平平常常，八九十来个也屡见不鲜。老榆树的"铁嘴女一号"孙老太，一口气生了九个儿子两个女儿，张三李四各生三个孩子，算是孩子少的。

老榆树唯一的缺憾是缺水，村里的两口井，只够人畜饮用，浇地只有菜园子有份，大田就只能等着老天爷下雨。学大寨那阵子，李四领着社员们打过几口大井，可就是不出水，李四找来不少书学习找水的门道，"两山夹一沟，沟崖有水流"背得滚瓜烂熟。老榆树村西的两座山是夹着一条沟，干山头，坚硬的石头上打井谈何容易，李四领着社员们尝试了几次，动用炸药也没打出一口井来，只好作罢。

正如李四所说的那样，学大寨修梯田造海绵田，受益得好处的是老榆树人自己。在这些许许多多的受益者中，最大的受益者莫过于张三。

老榆树一贯是先进村、模范村，“农业学大寨”中更是声名鹊起，威震八方。用老榆树人的话说，那叫“飞机上挂喇叭——名声远扬”。镇上、县里、市里表彰不断，省里也是挂上号的，张三因此而频频出去立功受奖，领回来的锦旗牌匾挂满了队房和开会的礼堂，个人奖挂满了张三家的墙。“李四领着社员干活，张三忙着出去领奖。”社员们总结的这句话基本反映了老榆树当时的格局。

随着头上光环的日渐增多，张三腰板挺得更直，说话语气更加强硬，村里的许多事务开始不再和李四商量也不开会讨论研究一个人就决定，行动也带着几分诡谲。

生产队里，社员的分工不同，劳动的强度也不同，背后的油水就更不同。“一等社员看田下夜，二等社员养牲畜磨面，三等社员扛鞭子进院，四等社员受死没怨。”社员们编的顺口溜形象地描述了各个工种的区别。决定生产队里哪个社员干哪个工种的是生产队干部，生产队干部以政治队长和生产队长为核心。一般来说，政治队长比生产队长的权力要大一些，老榆树更是如此。换一种说法，张三让哪个社员干哪个工种，你就能干上，张三不让你干，想也甭想。

老榆树社员的分工基本以与张三亲疏而论。

张三的大哥张大是一等社员，夏天看田，秋天下夜。张大看田，主要是看住村里的孩子偷摘麦穗，偷拔萝卜，偷挖土豆。人吃的看牢了，牛吃的却没看牢。那年秋天，为牛做饲料种下的豆子收割后堆在地里晒干，只待拉回场院打场。几个孩子烧豆子吃：用火柴将干透的豆蔓点着，豆子在燃烧的豆蔓中噼啪爆响着燃烧，小孩们脱下小褂子扇去烧尽的灰烬，趴在地上吃烧熟的豆子，个个嘴黑乎乎的被张大逮了个正着。正待发落，却发现领头的是小侄子张援朝，犯起了难。及时赶到的张三操起一根棍子挨个打屁股，打一个骂一声“王八蛋”，打到了张援朝骂道：“你也是王八蛋。”

此事传到李四耳朵，还编了一首打油诗：

豆在火中熟，蔓在火中叹。

未曾喂老牛，先喂王八蛋。

张三的二哥张二是饲养院的头，带着几个饲养员切草喂料打扫牲口圈，腰上别着饲料库的钥匙。扛鞭子进院的是赶大车的车倌和跟车的副车倌，老榆树十几辆三套马车，车倌副车倌都是张家的宗亲和七大姑八大姨三姑舅二两姨的旁亲。

其余的社员均为四等社员，脸朝黄土背朝天风吹日晒风里雨里在大田里干活，春种夏锄秋收冬藏，一年四季，受死没怨。

老榆树还有两个工种，不得不说。

拖拉机手张抗美和李土地，名义上说是因为他俩是高中生，实质上因为他们的父亲分别是政治队长和生产队长，和张抗美李土地一起高中毕业回村的另外两个高中生起初就没开上拖拉机“铁牛”。待到“东方红”到老榆树落户，张抗美李土地各开一辆“铁牛”和“东方红”，这两个高中生才成了拖拉机手，但和张抗美李土地已是师徒名分，师徒同开一辆车，自然是师傅指挥，徒弟干活。

老榆树还有一个其他村没有或很少有的工种——磨倌。生产队买回的万能磨追心磨让老榆树人永远告别了石头碾子，机器磨磨面磨得又快磨出的面又细。带动磨面机的柴油机不仅磨面还管发电，蜘蛛网似的电线把各家各户连在一起，电灯走进了老榆树的农家。晚上，柴油机发的电把老榆树照得灯火通明，邻村上下好不羡慕。老榆树发电的历史比周边的其他村早十几年乃至几十年，有的邻村改革开放后才用上了电，可见老榆树之富裕。

老榆树的磨倌兼发电员叫赵成爱，绰号“八千岁”，是老赵家赵柜满的独生子。赵柜满儿子上面四个女儿，前些年全家七个劳力，年年分红不少，四个女儿出嫁时，赵柜满要的彩礼都不少，都是为攒钱给儿子赵成爱娶媳妇。赵成爱是个矬子，光长肉不长个，矮矮胖胖像戏里的八千岁，“八千岁”因此得名。赵柜满知道，儿子的对象不好找，钱少了娶不上媳妇。赵柜满的钱没白攒，说媒的介绍的媳妇白白胖胖，相亲后频频点头，欣然下嫁比自己矮一头的矬子赵成爱，原因很简单，两个哥哥等着娶媳妇。

赵成爱的媳妇姓白，因为长得漂亮被娘家村里的人叫作“白美人”，叫得久了，白美人成了她的名字。白美人嫁到赵家时张三去道贺，白美人喊张三张队长，张三不让：“叫什么队长，叫叔叔。”白美人喊完张三“叔叔”没几天，丈夫就开上了柴油机，还被送到县里的柴油机站学习，白美人则被张三安排到养猪场给饲养员老赵头帮忙。丈夫学柴油机刚走那天，队长“叔叔”追到养猪场煮猪食的屋里，一把就把白美人抱在怀里，白美人叫着“叔叔”想躲开，“叔叔”抱住不放，嘴里还念念有词：“叔叔长，叔叔短，你看叔叔敢不敢。”白美人最终被“叔叔”摁在煮菜大锅旁的炕上。养猪场的老饲养员与赵柜满同宗同辈，还比赵柜满大几岁，张三抱住远房侄儿媳妇口里念念有词时，赵老汉差点撞进去，心里骂着“畜生”敢怒不敢言。白美人被张三摁倒炕上，赵老汉从门缝看得真切，转身到猪圈里铲猪粪去了。以后每逢张三来，赵老汉索性躲回家眼不见心不烦。白美人后来生了两儿一女，女儿长得像妈，儿子一个像父亲一样矬，另一个却不像父亲，个子高得赶得上张三，个中原委，养猪的赵老汉最清楚。

以上诸多工种之外，老榆树还滋生出了新的工种——售货员，老榆树供销社分社首任售货员翠英妈是老榆树本村人。

如果说白美人是引进的美人，翠英妈则是土生土长自产的。翠英妈本来长得就美，白美人怀孕生孩子住娘家的日子，张三便奔翠英妈而去。

如果说白美人被张三摁倒在煮菜锅旁有几分屈从，有几分被强迫而无可奈何的成分，属于长期被霸占但迫于张三的淫威而忍气吞声的话，翠英妈委身张三纯属自觉自愿。

翠英童年的记忆是苦涩的、辛酸的。父亲体弱多病，干不了重活，和别人一样下地劳动，别人挣十几个工分，父亲只能挣到几分，几乎是人家的零头。冬天分红时，别人家分钱分存折，她家倒欠生产队的口粮钱；学校里上学，同年级张三的女儿张甜甜李四的女儿李禾苗每天带的干粮是雪白的馒头，而她的干粮是杂粮窝头。冬天，别的同学的干粮放在火炉上烤热了吃，白面馒头烤到焦黄，吃起来嘎巴嘎巴响，自己带的窝头不敢拿出来烤，怕人笑话，偷偷地冷着吞下去。过年时，张抗美李土地等男孩子里面是新棉袄新棉裤，外面是黄军褂、黄军裤，威风凛凛。张甜甜李禾苗等女孩子新棉袄新棉裤，外面是警蓝裤子花格褂子花头巾。而她和弟弟穿的仍然是旧棉袄、旧棉裤，临过年母亲拆洗了一遍，权当新的，外面没有外罩。别的孩子衣兜里总揣着红枣、黑枣、柿饼、核桃、糖果等好吃的，而他们姐弟光看着眼馋。除夕夜“接神”，别人家的鞭炮、二踢脚响彻夜空，花炮更是名目繁多，放在冰上点燃炮捻后转成下面一盘上面一盏的“金盘银盏”，冒出五彩花瓣的“火树银花”，抓住细秆子点着顶上的炮仗后“嗖”的一声飞得老高的“走兔子”等，而他们家点一堆麦秸旺火，父亲放几个二踢脚就算“接神”。自己家这么冷清这么寒酸，神肯定不会来，神不到自己家去了别人家，难怪人家吃得好穿得好。

自从有一天张三挑水时在瞅着井台上摇着辘轳的翠英妈，翠英家的生活发生了翻天覆地的变化。

张三“拣”来的老婆堂妹儿长相平平不说，对性生活毫无兴致。张三以前听过别人的房，农村的男孩子甚至成年男人趴在人家窗户上门上听屋里夫妻行房事时发出的声音叫听房。听到屋里的女人时而娇嗔时而忸怩时而兴奋的叫喊撒娇，叽叽咕咕哼哼呀呀的声音好长时间都忘不掉。可自己入洞房时，新娘子看着自己脱得精光钻进被窝无动于衷，而是手里捧着一个十字架跪在炕上念起了经。耐着性子等着新娘子念完经钻进被窝，狂热的拥抱亲吻乃至性交，居然没有引起新娘子哪怕轻微的一声呻吟，只有默不作声的承受，这让张三兴致全无。之后的夫妻生活大致如此，即使张三在上面使出吃奶的力气发泄，堂妹儿宁可咬住嘴唇也没有半声的回应。

堂妹儿十三岁时就被洋神甫强奸了，以后一直被作为洋神甫发泄的工具。性生活留给她的是恐怖和虐待，她怀过孕，吃下洋神甫弄来的药后下身流出黏稠的血块，那血块黑红的颜色，永远留在她屈辱的记忆中。枪炮声中，洋神甫收拾细软跑了，教堂里住进了从各个集镇聚拢到县城的大兵和乌鸦兵，领头的是一个穿着制服的狰狞老头，穿黄军装的大兵叫他“鲍特派员”，乌鸦兵叫他“鲍署长”，住进教堂当天晚上就把堂妹儿扯进原来属于神甫现在属于他的屋子，二话没说扒掉她的衣服就趴在了肚上。解放军攻下教堂后，堂妹儿被从地窖里找了出来，看见少了脑袋后半拉的“鲍特派员”“鲍署长”脸上血肉模糊躺在地上。就是这张脸，住进教堂后每天晚上都趴在她身上贴着她的脸，此刻的颜色，和她堕胎时下身流出的血块的颜色一模一样。

性生活留给堂妹儿的记忆让她永远厌恶永远憎恨，张三因此从老婆那里找不到任何乐趣。前些年，刚回村那阵子，作为转业军人、党员、干部，他勤勤恳恳，兢兢业业，本本分分。随着时间流逝和在老榆树一号人物地位的确定，张三口气一天天硬朗。社员干活时解手被责备“懒驴上磨屎尿多”；社员被雨浇，张三说“下雨尿了裤子了，一了也是个一了了”；遇上天冷，张三让社员结根草绳取暖“腰系一根绳，赛如穿十层”；遇上社员患病，张三也不准假“头痛是鬼捏的，肚痛是屎憋的。头痛恶心，想吃个月饼”；开会时，李四读完报后张三针对老榆树讲解剖析的开场白也从“这还说个啥，这还有啥说的”变成了“这还说个屎，这还有屎说的”；随着一次次立功受奖，张三觉得自己应该享受点什么，应该寻求一种全新的生活。

早上挑水井台上遇上翠英妈的那天，这种生活开始了。

吃力地摇着辘轳把绞水的翠英妈脸上涨出绯红，破旧的衣衫掩不去天生的丽质，随着摇动辘轳把而不时露出的脊背和半拉屁股洁白细腻，比自己老婆白多了细多了，看得张三心里直痒痒。别人家都是男人挑水，翠英大有病，挑不了，孩子还小，只有翠英妈挑，张三有几分怜香惜玉的感觉。接过辘轳把，给翠英妈绞水的工夫，张三已经有了思路。翠英妈拿起扁担挑准备挑起水桶的时节，张三说了句："上午别下地了，在家等着，我上你家看看，有什么困难告诉我。"

全村的劳力都下地干活了，孩子们上学了，只有翠英妈留在家里等着张队长。张队长来了，来的还有他的毛驴车，车上拉着几口袋白面，赶车的磨倌赵成爱呼哧呼哧地把面口袋搬进屋走了，张队长留在了屋里。

一曲协奏曲在这个寒碜的农家屋檐上下奏响，时而舒缓悠扬，继而热烈奔放，直至激昂铿锵。张三伸手试探性地摸她的发卡时，她以温柔的眼神回敬；张三捧住她的脸蛋时，她没有扭开，没有躲闪，眼里含着的泪花包含的不知是委屈还是感激；张三把她揽在怀里时，她没有拒绝，她不能拒绝；张三伸手解她衣服扣子时，她自己去解，还帮着张三解……

张三成了翠英家的常客。张三一来，翠英大就躲出去了，孩子们也拿着"干大"给的水果糖果丹皮向小伙伴们炫耀去了，屋里只有张三和翠英妈。

张三和翠英妈待在屋里干什么人们不知道，但人们知道，自从张三光顾翠英家，翠英一家的生活发生了翻天覆地的变化，一家人吃的馒头和张三李四家的一样白，孩子们穿得不比张三李四家孩子差。

第十章

星星还是那个星星，
月亮还是那个月亮，
山也还是那座山哟，
梁还是那道梁，
碾子是碾子，
缸是缸。
爹是爹来，
娘是娘。

这八句歌词，后七句在老榆树村对得上号，第一句对不上。若干年过去了，老榆树江山依旧，只有一样：老榆树的历史星空中添过两颗星：一颗贼星，一颗扫帚星。

那贼星吃了熊心豹子胆，敢给毛主席提意见，想让共产党下台。不过，到达老榆树村时，贼星已经一头从天上栽到地下，充其量是一块黑不溜秋的陨石，乖乖地趴在地上，老老实实，规规矩矩。

扫帚星可就不同啦！

贼星牛七来老榆树村时，是被镇上派出所的特派员武装押送过来的，一个特派员押着他们夫妇俩。

扫帚星马八来老榆树村时，是县里和镇上的大领导陪着来的，两个重量级人物陪着一个知识青年。

迎接牛七的是一场声势浩大攻势凌厉的批斗会，地主王五陪着被批斗。

迎接马八的是一场规模空前气氛热烈的欢迎会，地主王五右派牛七被破例允许坐在会议室的台子上和全村社员一起鼓掌。

那马八生来不爱读书专爱习武，起初是上课不学文化下课学练武术，后来干脆逃学上课下课都学武艺。学到武艺就要施展就要有用武之地，无仗可打无军可参报国无门，武术便用在了打架上。起初是在学校打，后来打到社会上，打出了名堂打出了名气，从“八哥”打成“八爷”，从学校的逃学生打成了派出所的常客，以至于铁路派出所的民警们从刀光剑影血肉模糊的打架场上抓回马八时，都害怕电话铃响。电话一响，肯定是马副局长给儿子求情的，一次次的“下不为例”后，马副局长没脸打电话了，改为马夫人上派出所领儿子。

打架，不总是打人，也有挨打的时候。武术练得筋骨强壮，但总是血肉之躯，几年架打下来，马八给对手身上留下了不少印记，也给自己脸上留下了两条重重的刀疤。

县物资局局长体验了一把黄河水是怎么倒流的。铁路分局运输处处长居然亲临他办公室。县物资局担任着全县重要物资的调运仓储分配任务，最头疼的业务就是协调车皮，运输处处长是局长上门求见都未必受到接见的人物，今天不仅屈尊纡贵来找他，而且同行的还有分局马副局长的夫人和公子。搞明白来者的来意后，局长完全明白自己的价值和使用价值，问明白马副局长公子要去插队的村庄，局长表示那个村子他再熟悉不过，他的太太就是那个村的，他的小舅子就是那个村的保管员，觉得自己一个人陪着去分量不够也有点不对口，车到镇上，他又闯到镇上拉上革委会主任一同前往老榆树。

主持迎接仪式的李四介绍完情况后，张三代表全村社员对前来插队的知识青年表示了热烈的欢迎，被代表的社员报以雷鸣般的掌声。镇革委会主任从响应毛主席号召的高度讲了知识青年到农村去接受贫下中农再教育的必要性和重要性后，号召老榆树村的社员们善待知青，呵护知青。物资局长则从铁路与地方工作上互相支持互相配合的角度感谢了铁路长期以来对县里物资运输所做出的贡献，又把话题转向铁路系统领导把子女送到老榆树插队这一举动中蕴含的信任，并以一个姑爷的身份拜托太太娘家的大舅哥小舅子以及侄子辈的父老乡亲一定要关心马八爱护马八照顾好马八的生活。马八的母亲只讲了两句“谢谢”眼泪就收不住讲不下去，马八摇摇头表示无话可讲。作总结发言时张三郑重宣布了马八的工作安排：拖拉机手。

物资局长一到老榆树就拉过张三李四，悄悄地通报了运输处长通报给他的关于马八的情况。坐在会场鼓掌欢迎的李土地看着台上满脸横肉上两道刀疤的马八，思忖着如何调理这颗扫帚星，未承想，这颗扫帚星拖着长长的尾巴一头撞到了自己怀里。

张三得意于自己的运筹帷幄，让马八当拖拉机手，那是自己的儿子腾出来的位置，给足了铁路分局副局长、县物资局局长、镇革委会主任的面子，倘若马八能“再教育”成一个优秀的拖拉机手，自己功不可没；当然，马八肯定是没希望的，铁路分局副局长那么大的官都管不好的儿子，公安局的手铐都铐不住的刺头，贫下中农能“再教育”好？除非太阳从西面升起！现在，这颗扫帚星甩给了李四，甩给了李土地，到马八“再教育”失败无功而返时，师傅李土地自然难逃干系。从高干子弟坠落为扫帚星，那是“养不教”，是“父之过”，账应该记在马副局长头上；没有把扫帚星“再教育”好，那是“教不严”，是“师之惰”，账就该记在李土地头上啦！

一箭双雕，一举两得，刀切豆腐八面光，张三暗自庆幸。果然，抱着“死马当活马医”的态度当上了“师傅”的李土地，徒弟顺从地跟着学徒只持续了一个星期。其时，生产队揽下了给镇里粮库拉沙子的活计，李土地正为“铁牛”进行一年一度的大保养，粮库硬化库区等着“铁牛”拉来沙子。“铁牛”的零件泡在大盆小盆里亟待组装归位，帮着师傅保养“铁牛”的活马却变成了死马。

那天上午，马八干活就无精打采，全无前几天的新鲜和活泛，能坐着就不站着，最后干脆仰面八叉躺在地上闭目养神，直到中午收工李土地催促回去吃饭也只是哼了一声并未动弹。下午师傅干活徒弟躺着，师傅不叫也不敢叫，直到傍晚该收工时李四来了，喊马八和李土地一起回家吃饭，马八才从地上爬了起来步履蹒跚地跟着李家父子来到李家。

李四喊马八来家吃饭，是因为这一天是端午节，媳妇杀了一只鸡，鸡肉炖粉条炸油饼。马八坐在炕上头也没抬一口气吃了两大碗鸡肉炖粉条六个油饼放下筷子冲师傅感激地一笑时，李土地才意识到马八今天罢工的原因——饿的！

“你昨天晚上没吃饭？”

不问还好，马八一个大小伙竟然咧开大嘴哭了起来：

“师傅，家里带来的饼干、罐头吃完了，我不会生火不会做饭，昨天中午就断顿啦！”

饭后，李家父子随马八来到生产队给马八安排的宿舍察看。那宿舍是先前养猪场煮猪食的地方，当年张三曾在这里和“八千岁”的老婆上演过“叔叔长，叔叔短，你看叔叔敢不敢”。后来，养猪从轰轰烈烈到宣告失败，猪圈都拆掉了，只剩这间房子成了马八的宿舍。

马八的宿舍里，生产队分给的白面、土豆、胡油摆在炕梢，炕头上是从生产队库房找来的菜刀菜板锅碗瓢盆勺等厨具餐具。显然，这些东西自打拿来就没动过，只有炕中央的毡子上一卷军用行李褥子卷着被子卷成一卷。

拉风箱生火做饭，就火是个技术活。先点燃一把麦秸用风箱吹到恰到好处再添上些短小的树枝木片，烧到一定火候再加上煤使劲拉风箱。经验丰富的巧媳妇一般一次就能点着，经验欠缺或笨媳妇有时也得一就再就。生产队给分来的一尼龙袋煤，静静躺在马八宿舍的地上，压根就没打开口，马八不知道怎样把煤燃成熊熊大火。

摸摸马八行李下毡子下面的土炕，李土地问：“这几天你一直睡冷炕？”

“这我扛得住。”

“孩子，傻小子睡凉炕，全凭火力壮。你现在年轻，到老了，腰疼腿疼就一齐找来了，这可不是闹着玩的。”李四语重心长地告诫。

“这样吧，找块木板铺在炕上，就当是床板，你们城里人住楼房，家里没有炕，一年四季睡木板，应该习惯。”

马八点点头。

“吃饭的事，看来靠你自己一下子解决不了，你就到我家吃吧。庄稼人粗茶淡饭，你别嫌弃。”

“大爷，你家人口也不少，每天收了工才忙着做饭，添上我就更忙了，这？”

“孩子，咱村五六个孩子的人家多的是，该吃吃该喝喝该睡睡啥事不误，你上我们家，权当我们家多一个孩子。”

马八眼里闪着泪花。

俗话说：跟上好人学好人，跟上王八学龟孙。自打拜李土地为师学开拖拉机，马八换了个人，村子里不兴打架村里的小伙子没人打架，退一万步讲，即使有打架的，也不敢到马八这样的太岁头上动土。没有了对手也就没有了打架的机会，对农村生活新鲜好奇的马八安顿了下来，安心跟着师傅学习开拖拉机当拖拉机手。

说是师傅，其实李土地只比马八大一岁而且上学时是同届，李土地上高中时学工学农学军马八学打架。毕业后，李土地开了几年拖拉机当了几年农民马八打了几年架。现在，俩人殊途同归，绑在了同一辆“铁牛”上。

紧张的一年一度大检修结束后，“铁牛”随即投入了拉沙子为生产队挣钱。队里派了几个小伙子负责装车，每天早饭后，李土地马八开着拖拉机，车斗上坐着装车的小伙子们出发装沙子，装满沙子小伙子们返回村里，李土地马八驾驶“铁牛”直奔县城。卸沙子活轻，左右后三面马槽打开，大半车斗沙子已所剩无几，李土地马八师徒俩就够了。

县城是李土地既想去又怕去的地方。

想去是因为县城有大姑家，大姑膝下无子，把侄子当儿子，每逢李土地上门，大姑大姑父奉为上宾，两个表姐也把他当亲弟弟。粮库是人人羡慕的好单位，大姑父是粮库主任，家里的生活自不待言，李土地每次来，没吃过重样饭。大姑总得把家里好吃的李土地爱吃的给李土地吃个遍，临走还得带上大包小包吃的穿的。

怕去是因为怕遇上县城街上的那帮赖皮。

赖皮们无所事事好奇心还特别强，头年李土地和张抗美开着拖拉机进县城，被赖皮们缠住过拖拉机瘾，油箱里的油即将耗尽才算作罢。

赖皮们不干活但得吃饭还要吃好的，总得琢磨出来钱的道道。看见李土地的“铁牛”拖着一大拖斗沙子开了过来，赖皮们逼停“铁牛”逼李土地把沙子卸到他们指定的工地。

粮库等着沙子硬化库区，大老远辛辛苦苦拉来的沙子没了踪影，回去怎么说得清，李土地理所当然拒绝。

“不就是一车沙子吗？再拉一车不就行了。”赖皮们振振有词，李土地的肩头已挨了两拳。

说时迟那时快，躺在车斗里沙堆上一直一动未动的那人出手了。一道闪电般的影子从车斗上飞跃而下，手里的铁锹抡圆了左劈右砍，没等李土地反应过来，几个赖皮已滚的滚爬的爬。

第一轮闪电战中败下阵的赖皮们正待卷土重来，领头的赖皮已认出了威风凛凛拄着铁锹巍然屹立的马八。

县城里的赖皮组织充其量是市里同类组织的一个分支机构，或者说下属单位，不认识马八的小赖皮们也久闻马八如雷贯耳的鼎鼎大名，知道马王爷长几只眼。

“刚才谁打我师傅两拳，打自己二十个嘴巴。”

“八爷，小的有眼不识泰山，冒犯了八爷，冒犯了八爷师傅。该打，该打。”每一声“该打”都伴随着一个响亮的耳光。

马八正待深究，李土地上前阻止，重新启动的“铁牛”驶向粮库。

夏锄结束秋收未到的间隙拉过一段沙子之后，紧张的秋收开始了。

八月秋忙，绣女下床。在农村，到了秋收，连老人小孩也得下田，全老榆树，除政治队长因为需要督促社员们该拔的拔干净该捆的捆结实以保证颗粒归仓外，没有人能够逃过拔麦子这一年一度的“小死一遭”，身上不蜕掉这一层皮，今年的收成就得扔在地里。

前来接受“再教育”的知识青年马八也不例外。

如何让马八度过拔麦子这一关，李土地有充分的准备。当年，自己是父亲带着闯过这一关的，现在，他也要带着自己的徒弟闯关。

马八有一特点，手上从不打泡，李土地刚回村投入“学大寨”的队伍造海绵田修梯田打大井那阵子挥锹弄镐的手掌曾一度打泡，直到打泡的地方变成了厚厚的老茧才变成一个真正的农民。马八练过朱砂掌铁砂掌，手掌在沙子里穿进穿出，打泡这一关早已过，且手掌胳膊孔武有力，拉沙子那一阵，几个装车的小伙子和马八掰腕子，成年累月干活干重活的小伙子居然不是马八的对手。

但武林高手马八还是在柔软细滑的麦秆面前低下了头。

麦收开始的头个上午，马八谢绝了师傅给他准备的拔麦子专用的手套。那手套用两层布在缝纫机上轧成一体再轧成套住食指无名指小拇指三个手指大小，上端有布条固定在胳膊腕上，老榆树拔麦子的男女老少人人一副唯独马八不戴。一个上午下来，马八除上演了当年李土地不会换腿不会腾挪别人拔过麦子的地上只有两条膝盖印而自己留下的是一条脚印一条拖印外，练过朱砂掌铁砂掌在沙子中无数次穿进穿出也在柔软细滑的麦秆前败下了阵。他哪里知道，这世上最柔软的东西往往是最硬的，一滴水日夜不停地滴，可以把石头穿出洞；一粒吹落石板下的种子发出稚嫩的芽丫，可以把石板顶翻。那无数次握住麦秆继而拔起麦子的手掌，始而发白白得明晃晃亮晶晶继而发烧发红似有血浆渗出，这时马八才懂得拔麦子专用手套的意义和价值。

当年，李土地在麦田里过关，只有父亲一个人带着。现在，马八过麦田这一关，不仅仅有师傅帮忙，还有师傅的父亲引领。李四永远不变处于“拉辕子”的位置，自己的四垄麦子一会儿变成五垄一会儿变成六垄，马八的四垄一会儿变成三垄一会儿变成两垄。即使如此，初下麦田的马八也往往疲于追赶。每逢此时，旁边的师傅会帮他拔着追上大队人马。一个麦收下来，马八已经掌握了拔麦子的全部要领，到拔麦子接近尾声，马八的四垄麦子已经能独立完成。接下来的拉个子碾场，拖拉机副手马八表现优秀。

马八在老榆树接受“再教育”效果显著表现良好的消息传到铁路分局，马副局长将信将疑。第二年秋天，拔麦子出身的马副局长在儿子“拉辕子”的麦田认领了四垄麦子，可毕竟多年不干活始而身子僵硬继而身上酸疼，眼看即将掉队，亏得眼前的四垄麦子一会儿变成三垄一会儿变成两垄才勉强撑到地头。被张三李四阻止继续拔麦子乘坐吉普车离开地头时，马副局长有了一个认定：儿子可以回城了。

马八回城当铁路工人一年后，赶上了下乡知识青年大返城，大批的铁路子弟回城后没事可干，家长们以及知青本人成天找分局找路局。作为权宜之计，路局成立一个叫“大集体”的机构，把返城的铁路子弟安排在其中，把原来对外承包的一些大修项目交给大集体干，社会上叫大修队。知识青年们在农村活重生活苦不堪言，好不容易回了城，如今大修队的活比农村还累，有几个服气的？有气就得撒，打架斗殴成了家常便饭，派去担任大修队队长、副队长的老干部老工人去一个被打回来一个，后来干脆派不去领导，大集体瘫痪了，大修队停工了。

十万火急之下，有人想到一人，举荐此人到大集体任职担任大修队长，这个被举荐的人是马八。

头摇得拨浪鼓似的马副局长经不住大局长一番思想工作，在选择了一位老成持重的老干部任一把手的前提下，马八上任大集体大修队副总大队长。

马八任副总的效果立竿见影。单位里，马八副总所到之处，斜倚的、横躺的、脚丫架在桌子上的全部坐直了站立了；工地上，马八按人分工一人一份连自己也不例外，干不完不给记工干完了互相帮助。并且，马副总总能保质保量完成自己那份还要帮助别人，发牢骚的消极怠工的没有了，大集体工人的收入大幅增加甚至超过铁路正式工。至于打架的事，自马副总到任，从没发生过，谁敢轻举妄动，结果肯定是挨打，马八爷有几只眼他们是知道的。

马八因为在大集体显出领导能力被分局大局长高度赞扬，被破格转为干部，予以提拔。

马副局长把儿子送到老榆树插队，是他一生中最最英明的抉择：1983 年“严打”，马八当年的同伴、对手、手下等，毙的毙，抓的抓，而此时的马八已是铁路系统一个不大不小的官，安然无恙平步青云。

城里来的刺头被老榆树“再教育”得循规蹈矩，本土生出来的刺头却开始兴风作浪。

城里来的刺头是个年轻小伙子喜好打打杀杀尚在情理之中；本土生出来的刺头是个学生娃娃，桀骜不驯简直不可理喻。

长城一带的方言中，有一个形容词流传久远而且流传范围甚广，自打出了个叫孟姜女的女子，这个词更加深入人心——闷。

传说，孟姜两家本是邻居，两家的院子仅以篱笆墙相隔。孟家种的南瓜秧越过篱笆爬到姜家，结下了一个大南瓜。秋天，因为南瓜的归属两家闹起了别扭，孟家种的瓜理所当然要收获，姜家说瓜长在姜家院里也当有份。争夺之际南瓜被摔裂为两瓣，里面蹦出一个活蹦乱跳的小女孩，得名孟姜女。

这个闷和孟姜女的孟谐音，表达的也是同一意思。闷字用来形容物体，表示密闭，不透气；用来形容人，表示此人性情怪僻不好沟通脾气暴躁喜怒无常。密闭的车厢被称作闷罐子车，乖戾的人被称作闷葫芦。那孟姜女无父无母，是一个大南瓜里蹦出来了一个女娃，复姓孟姜，既是对生她长她的孟姜两家的纪念，也是她性格又闷又犟的体现。后来，这个女娃和大名鼎鼎的秦始皇较上了劲，愣是把秦始皇苦心修造的长城哭塌，塌得一塌糊涂。从此，“闷”这个词在长城一带声名大噪，人们描绘那些比驴还犟九头牛都拉不回来的男女时，往往说：“比孟姜女还闷。”

龙生龙，凤生凤，老鼠的儿子会打洞。老榆树这个闷倒南墙的女娃是右派牛七家生出来的。

牛七给女儿取名牛犟实属无奈，是被张三限制得草得料不得已而取之。谁知取者无心叫者有意取名的父亲并无希望女儿倔强之心，而叫了名字的女儿却人如其名闷得出奇，经常给牛七惹祸。

打懂事起，牛犟就开始野性发作，特别是面对拿她的右派出身说事试图以政治地位高她一头的同龄乃至比她大的小孩，牛犟的应对总是毫不犹豫冲上去用尖尖的指甲予以反击。自打看了电影《小兵张嘎》，牛犟的反击手段又增加了咬人和堵烟囱两项，谁家的孩子指责她是右派娃，这孩子脸上会留下指甲搔痕身上被咬之外，家里的烟囱也会被一团麦秸塞得严严实实。

说好话赔不是，从赤脚医生那里买来红药水紫药水给被打的孩子疗脸上的抓伤身上的咬伤，到被呛得一个劲咳嗽的一家除掉堵住烟囱的麦秸，成了牛七的家常便饭。

凭着尖爪利齿频频出战的牛犟并非攻无不克战无不胜，小的败北以及平分秋色各有胜负的战斗自不待言，两次分别对阵同学和老师的较量让她铭心刻骨。

在反击赵大家的傻儿子赵一愣“右派小崽子”的战斗中，牛犟的尖爪利齿尚未展开就被傻大黑粗的赵一愣打得鼻青脸肿，鼻子和嘴里流出来的血染红了教室的砖地。毕竟是小学生，是孩子，三拳两脚打败牛犟的赵一愣犯愣之后傻了，赶紧从自己的书包里拿出来一个作业本撕下纸来让牛犟擦血，别的同学也赶紧打来水让牛犟洗脸。牛犟一不擦血二不洗脸，而是一个劲地把自己脸上的血涂抹向手足无措的赵一愣脸上衣服上，并声称拒绝采取任何止血措施让血拼命地流，血流完了人流死了让赵一愣偿命。高出牛犟一头的赵一愣呆呆地愣在那里一动不动，任凭牛犟拽住头发抓搔撕咬。此役以牛犟置之死地而后生转败为胜结束。

和老师兼班主任兼校长对阵时，牛犟上四年级，但对阵的源头来自三年级的寒假。

那年寒假，生产队排练样板戏，排练场地安排在村里的学校，学校校长兼样板戏团团长兼总导演的赵六大放异彩后，在即将开学时发现，教室和办公室的玻璃烂了不少。功勋卓著的赵六不想因为烂了玻璃抹煞了自己的成绩，也不敢张口向张三要钱去买玻璃，知道一旦张口肯定招来一顿臭骂。开学时，办公室教室的玻璃全校师生盯着，谁打烂了谁赔偿并无二话，一个寒假样板戏排下来，排练的演员看热闹的观众络绎不绝，谁搞得清玻璃是啥时候烂的谁打烂的？找谁赔去？

一个学生打来的小报告让张三找到了堵住张着口的窗口的办法。

这个学生报告，寒假排练期间，曾有学生从缺了玻璃的窗口钻进教室鼓捣乐器，报告中一口气列举出七个钻窗口学生的名字，其中有地主王五的儿子王小五和右派牛七的女儿牛犟。

有了，玻璃有了，一个解决玻璃的方案迅速在赵六脑海中形成并获得了张三的认可。当晚，队房会议室的汽灯亮起，汽灯下站着低头认罪的王五和牛七——地主王五、右派牛七抗拒政府改造，纵容儿子王小五女儿牛犟破坏玻璃并从缺了玻璃的窗口钻进钻出，责成王五牛七赔偿学校损坏的所有玻璃并深刻反省严格管教子女。当然，钻窗子的还有包括张三小儿子张援朝在内的其他学生，但他们是上了地主右派儿女的当，跟着起哄，贫下中农家长应教育孩子与坏分子儿女划清界限，经济上不做赔偿。

一个晚上被批斗得体无完肤还得赔玻璃的牛七气急败坏，结束批斗回家后从被窝里揪出已经熟睡的牛犟就是一顿毒打。挨打的牛犟嘴唇咬出血也没哭一声没喊一句，把仇恨统统记在了校长赵六的账上。

老榆树小学共五个班级，一二三低年级由三个年轻老师跟班，四五年级由校长赵六和前任校长魏老师交替把关，上到四年级，赵六成了牛犟的班主任。

仇恨的种子种下，总要生根发芽。那天“批林批孔”主题班会上，斥责牛犟的批判稿敷衍了事应付差事的赵六遭到了学生牛犟的顶撞，顶撞引发了师生间吵架，吵得天昏地暗，陈年旧事被翻腾出来，首当其冲的便是钻窗户案断得不公道。

“老师应该尊重，但也得看什么样的老师？值得不值得尊重？”学生振振有词。

不恨杀人的，恨帮刀子的。女学生顶撞也就罢了，居然还有男学生帮腔，和老师对着干。

“学生钻的是缺了玻璃的窗户，不等于玻璃是学生打烂的。这事处理得不明不白！七个学生钻窗户，两个家长赔玻璃。这事处理得不公不正！”很难相信这话出自一个四年级学生之口，这个学生不是别人，正是生产队二把手李四的小儿子——李粮食。

因为李粮食的“仗义执言”，赵六与牛犟的师生大战以老师哑口无言而宣告结束。

在学生面前颜面尽失的校长兼班主任赵六准备在小学毕业升初中的推荐中行使否决权力投李粮食牛犟的反对票。只可惜，李粮食牛犟五年级的班主任是魏老师并且那年是 1977 年，小学升初中不再推荐而改为考试，李粮食牛犟以全校并列第一的成绩考入初中，赵六的否决票始终没能投出。

第十一章

李四突然提出辞职。

李四辞职是在农业学大寨的大好形势下提出的，有点不合时宜。

经过几年艰苦努力，老榆树村学大寨成绩斐然。全村一百户人家五百多口人，光高产稳产的海绵田就达到上万亩，梯田坡地几千亩，每年向国家上缴的粮食在全县首屈一指，获得的荣誉奖励多不胜数。“政治队长站着看，生产队长领着干”，如此成绩面前，“领着干”的生产队长提出辞职，“棉裤套皮裤，必定有缘故”。

缘故就在粮食上。

张三干高级社时，踊跃交公粮就是出了名的，张三因此名噪一时。进入生产队时期，张三担任政治队长的老榆树交公粮更上一层楼，跃居全县第一后就没下来过，也下不来了。旗一旦竖起来，就没有倒下去的道理。地里刨出来的粮食，总数是固定的，交公粮多了，留在村里的就少了，遇上收成不好的年头，地里的粮食减产，交公粮又不能少，留在村里的就更少了，只好动用“圪蛋”里的存粮。生产队实行按人口分配粮食的口粮制，成年劳力是每人三百六十斤。“受不受，三百六，吃的不够再研究。”可这三百六是指原粮，磨成面后除去损耗麸皮等，也就二百来斤能下肚子，成年劳力根本不够吃，不要紧，“吃的不够再研究”吗？可这“再研究”不是开会研究，而是社员家肚子快吊起来时，提着口袋找张三借粮。张三借粮是看人下菜碟，有点面子的借得到，没面子的有时碰一鼻子灰还被张三训斥一顿。即使借到了也未必是好事，因为你吃的是借支粮，去年借支的粮要从第二年的口粮中扣除，胃口大的人家因此恶性循环，越不够吃越借，越借越不够吃。每逢这种情况，李四就想起自己参观过的大寨，大寨产的粮多，但大寨人吃得连老榆树人吃得都不如，原因可能一致。

其他生产队和老榆树一样，也是按人口分口粮，壮劳力的定量也是三百六，但其他生产队的社员大都比老榆树社员吃得饱，奥妙就在交公粮和分口粮上。大多数生产队不是先进队、模范队，不用像老榆树那样坚守着不倒的旗帜，交公粮的数量也不需要只增不减，遇上收成不好的年头，可以名正言顺地少交不交甚至向上级要“返销粮”。“返销粮”顾名思义是国家返销给农民的，吃“返销粮”的生产队一定是后进队，很没面子，返销粮一般是玉米，难下口不好消化，远不及自己地里产出的白面、莜面。

交公粮和老榆树大相径庭的其他生产队，分口粮也和老榆树区别很大。老榆树分粮，张三亲自坐镇，称粮食的磅子，高一点都不行，丁是丁卯是卯一斤是一斤一两是一两。其他生产队则不同，口粮的定量不能突破，分粮时大有文章可做，有的队一年分两次口粮，一次上账一次不上账。有的生产队，分粮用桶，一桶粮八十斤，按四十斤计算。因而“后进村吃不了，前进村吃不饱”的怪象便出现了。

有的后进村，自己打不出粮食，就挖空心思向先进村借。

先进村的社员吃不饱，先进村的粮食却源源不断地借给后进村。生产队与生产队应该互相帮助，生产队的社员都是阶级兄弟，后进村没粮食吃粮食不够吃向先进村求援哪有不借的道理?

向老榆树借粮的生产队络绎不绝，由本大队扩展至本公社，由本公社扩展到其他公社。借与不借，借多借少，全凭张三一句话。

队长在公社县里开会时给张三举过拳头拍过巴掌的张三乐意给借，上面领导打招呼的张三不乐意借也得给借，什么路子也没有的，挖空心思想着法子不借给也要借。

有一个队长来借粮，被张三以不是一个公社为由拒绝了，就请张三去他们队作报告，介绍学大寨多打粮的经验。张三介绍经验，没安排在社员云集的会场，安排在了生产队队房接待客人的客房。队长和张三在炕上喝酒，一个打扮妖艳的女人在炕下炒菜做饭，菜上齐了，妖艳女人开始给张三敬酒，起初站在炕边敬，后来上炕坐在张三旁边敬，敬着敬着人就敬到了张三怀里。

妖艳女人绰号“一枝花”，搞破鞋被队长逮着扬言要挂着破鞋游街，奸夫被队长踢跑后，“一枝花”顺势钻进队长怀里，之后队长随叫“一枝花”随到。今天接待张三，“一枝花”派上了用场。生产队客房的炕上，队长醉眼蒙眬看着，张三和“一枝花”一丝不挂地干着。张三没把先进村的先进“经验”传输给后进村的男社员，倒把先进村队长的“精液”传输给了这里的女社员。

沾“一枝花”的光，全村人都吃到了从老榆树借来的粮。不仅如此，老榆树的队长张三还隔三岔五来村里走走看看，看看社员们的粮够不够吃，不够再借。张三每来，队长必陪着喝酒，做饭炒菜的自然非“一枝花”莫属。

张三借出去的粮，十之八九肉包子打狗有去无回。好的生产队哪用借粮？只有干部领导无方社员好吃懒做的生产队才粮食不够吃，借粮的那一年缺粮，来年也好不到哪里去，还粮食的事因此推了一年又一年。有的村子借粮时，压根就没准备还。

旧的还没回来，新的还在往出借。“一枝花”的村子又来借粮时，“一枝花”受队长邀请打扮得花枝招展坐在借粮的马车上。张三不仅借给了粮，还在队房的客房里盛情款待了“一枝花”一行。从老榆树客房的窗帘缝隙中，有人瞅见张三和“一枝花”一丝不挂地滚在炕上。“一枝花”“花”的名声远扬，如今上门花到老榆树来了，消息一出，群情激愤。

张三和“一枝花”在队房客房里的勾当，是一个男社员看到的，男社员回家告诉老婆后告诫：“你自己知道就行了，谁也不能告诉。”

老婆忍不住，告诉了自己最要好的一个女社员后告诫："你自己知道就行了，谁也不能告诉。"女社员忍不住，告诉了另一个女社员后告诫："你自己知道就行了，谁也不能告诉。"就这样，不出半晌，张三的事情便沿着"谁也不能告诉"的路径传遍了老榆树。

"队长肥，会计胖，保管吃成猪脊梁，组长跟上喝汤汤。"老榆树的"经验"别的村没学到，别的村做法张三学到了。对于队干部，张三自然不亏待，每年中秋春节两大节日前，队委会都开到深夜，全村人进入梦乡后，队干部进入库房，白面、莜面、胡麻油，保管早就按照张三的吩咐准备好了。不但队干部人人有份，张三的"驴吉普"还挨家给送回去。

后进村的社员吃得饱，先进村的社员饿肚子。自己脸朝黄土背朝天一滴汗珠摔八瓣辛辛苦苦从地里刨出来的粮食，交了公粮，借给了别的村，自己年年吃借支粮还得看张三的脸色挨骂受气；队干部私分粮油早已是公开的秘密；发展到现在，连队长操"一枝花"的人情，也拿村里的粮食还。社员们能没有怨言？

不仅怨言，有的人甚至公开开骂。那年修梯田发牢骚骂干部的七十一就站在大街上骂过不止一次了，骂的对象自然依然是张三和李四。七十一家穷，冬天穿个白茬子老羊皮大皮裤，又暖和又节省布省棉花。村里人把他骂街的事编成顺口溜："七十一，穿皮裤，站在街上骂干部。"

面对质疑和非议，张三和李四态度截然相反。

全体社员大会上，张三将质疑和非议归结为"阶级斗争新方向"，告诫大家要引起警惕，防止旧的和新出现的阶级敌人兴风作浪，搞资本主义复辟。

每当看到社员提着口袋找张三借粮，李四都如芒刺背，心头一阵酸楚。人的衣服可以穿破，但不能在别人的责骂声中被戳破。得想个法子。

但李四辞职的理由却冠冕堂皇：

“青年突击队”队长、民兵连长赵大勇，思想上进，表现突出，年轻有为，理应提拔。可队委会成员名额有限，需要老干部主动“让贤”。大寨的陈永贵就是贾世才“让贤”提拔起来的，如今已经是国务院副总理。大寨人能办到的事，老榆树人也应该能办到。

老榆树农业学大寨成果累累，海绵田、梯田年年粮食丰收。能造海绵田的地都造成了海绵田，能修成梯田的山坡都修成了梯田，老榆树的农业生产应该向深度和广度进军。这些年，上级的政策有所松动，一些生产队纷纷搞副业增加收入，受到领导赞成和群众拥护。搞副业，我外边有些路子，比别的队委会成员条件优越，让我从生产队长的位子上退下来，带一个副业组，年轻干部也上去了，生产队收入也增加了。这是两全其美的好事啊！

张三原以为李四辞职是出洋相，是给自己难堪。李四当着全体队委会成员的面把话说到这份儿上了，不答应恐怕也说不过去了。赵大勇有勇有谋，但毕竟年轻，辈分也小一辈，用起来比李四顺手。李四主动提出当组长，也难得卖个人情就坡下驴。不过，张三拍板时反复强调：李队长劳苦功高，德高望重，今后仍以队长相称，相当于生产队的副业队长。

名誉副业队长实职副业组长李四的副业搞得有声有色。

李四目光首先瞄准的是每年都堆成小山的小麦秸。小麦秸质地硬、纤维粗，喂驴都不吃，只有烧火的份儿。随着耕地面积的逐步扩大，麦秸一年比一年多，灶火里烧也烧不完，旧麦秸堆积如山，又得给新麦秸让地方，只有放火烧掉，既浪费又容易发生火灾，烧的时候得派好多社员守着。但麦秸有一项用处，可以做髯。当地人盖房子脱土坯抹墙，和泥时土中拌入麦秸，脱出的土坯抹出的墙才结实，麦秸和在泥中，当地人叫“髯”，有模样像胡子的成分。麦秸做髯，在当地不吃香，如果拉到向北走一百多公里的地方，那里有一个牧区的大镇子，牧区不种小麦，因而没有麦秸，麦秸拉到那里的建筑工地上，那就成了香饽饽。

“铁牛”拖斗左右后三侧的马槽打开，上面用椽子檩条绑上长长的架子，麦秸装上“铁牛”的拖斗，像一座小山。麦秸拉到牧区小镇，被一抢而空。

卖过几趟麦秸，李四又瞅着一宗副业。从牧区小镇返回老榆树走出小镇不远，有一座盐湖，找到当地牧区生产队队长提出买盐，牧民生产队长挠了一阵头皮，为难地表示，盐他没卖过，也不知道该要多少钱。李四灵机一动，提出用土豆换，牧民队长高兴了。牧民以肉食为主，米面砖茶等牧区不产的生活品国家供应，就是缺菜，土豆适合长期存放，头一年秋天产的土豆放在地窖里，可以一直吃到第二年秋天，牧民队长当然高兴。

麦秸下边装几麻袋土豆，卖掉麦秸返回，顺路用土豆换了盐，盐湖的盐质量真好，颗粒大质地干净晶莹透亮，回村后腌咸菜做饭家家用得着。村里养的牛马羊等畜生，每年都得喂几口盐，叫作“啖羊”“啖牛”，畜生吃草吃久了，必须补盐，往年都得花不少钱买，现在省下了。拉回的盐多了，还拉到周围其他村子换粮食，许多村子一个工分几分钱，缺钱缺穿小伙子娶不上媳妇，但分粮食时用水桶分，一水桶粮八十斤，宁说四十斤，就是不缺粮，乐得用粮换盐。用盐换来的粮食属副业收入，不用计入粮食产量，李四提议分给社员补充口粮不足，张三同意。村里人提着口袋借粮的逐渐减少。

李四的土豆生意向盐湖周边其他牧业生产队拓展，每次卖麦秸时捎在车底的土豆返回时送到各牧业社给牧民吃，讲好牧业社羊出栏时换羊。冬初，牧业社羊开始出栏，“铁牛”拖拉机拖斗上加上一层用角钢钢筋焊好的铁笼子。上下两层拉回一百多只羊。和用盐换回的粮一样，土豆换回的羊也属于副业收入，不必入账，全村各家都分到了牧区的羊肉。

或许是缘于与生俱来的遗传基因，李土地也像父亲李四一样有经营头脑。李四的副业搞得风生水起之际，李土地的副业也搞得如火如荼。不过，风生水起的副业和如火如荼的副业却有本质上的区别，老子的副业是明着搞，儿子的副业是暗着搞；老子的副业是给集体搞，儿子的副业是给自己搞。

李土地搞的副业叫投机倒把。

那年头，中国人的生活离不了一种叫“票”的东西，老百姓无论城乡无论工人农民干部职工买吃的穿的用的光有钱不好使，还得有票。票的种类繁多五花八门：有猪羊牛肉票、鸡鸭鱼肉票、鸡蛋鸭蛋票、蔬菜票，化纤票、棉花票、汗衫票、背心票、布鞋票、棉胎票、手帕票、肥皂票、手纸票、洗衣粉票、火柴票、抹布票、煤票、油票、电器票、自行车票、手表票、缝纫机票，等等。令人眼花缭乱的票证中，使用范围最广使用人数最多几乎没人能离开因而也最最吃香的当数粮票和布票。

李土地投机倒把的就是这两样。

《现代汉语词典》对“投机倒把”一词这样解释：以买空卖空、囤积居奇、套购转卖等欺诈手段牟取暴利。李土地倒腾粮票、布票钻的是有人粮票布票不够用有人用不了的空子，但用钱直接买进卖出本钱太大利润太少，需要采取套购转卖的手段才能牟取暴利。

塞北的冬天寒冷而漫长，海绵田已造就，梯田已修完，大井打不出水不再打。漫长的冬天里，老榆树人无活可干，拖拉机手李土地有的是时间投机倒把。千万别小瞧那窄窄的粮票布票，倒腾一个冬天，胜过当三年拖拉机手。

具体步骤如下：

第一步：用欺诈的手段请假。无活干不干活不等于可以随意外出，除了到公社所在的镇上采买当日返回外，凡在外过夜超出一天离开村子必须向政治队长张三请假。前些年，除了外地亲戚婚丧嫁娶之类的假以外张三是不准的，这些年政策松动了，李土地编个理由就能请下假。

第二步：用欺诈的手段搞到介绍信进北京。父亲常年给生产队外出搞副业，空白介绍信唾手可得。持介绍信到镇上的火车站买票进北京，别忘了带好一大一小两个黄帆布提包。

第三步：套购居奇。小地方的供销社顾客少商品少，一个顾客想多买几件同一商品会被拒绝，重复购买会被认出遭到质问甚至审查。北京是首都，服务全国人民，物质匮乏年代的商品有的凭票购买有的实行限购。李土地囤积的商品为不凭票但限购的脸盆、茶缸、毛巾、头巾四样，北京商场多，排队也难不倒李土地，一天下来，买到的商品可以装满带来的小提包。

第四步：囤积。将采买到的商品装入大提包，存入火车站的小件寄存处。凭介绍信买一张家乡方向离北京最近的车站的火车票，凭票混入候车室就餐并过夜，晚餐是用拖拉机驾驶员耕地跑长途时带的大水杯，打来开水泡上从家里带的馒头，过夜是在候车室的长条椅上，人多时坐着人少时躺着。第二天继续穿梭于东单、西单、王府井采买商品并于当晚从小件寄存处取出大提包到僻静处装入当天采买到的商品并存入另一个小件寄存处，然后再重复买一站票混入候车室就餐过夜，直到大小两个提包塞满带的馒头吃完揣来的钱只剩一张回家的火车票钱。

第五步：转卖，胸前小提包背后大提包凭介绍信购买回老家的车票回家但在半路的县城下车，到粮库大院的大姑家把脸盆茶缸毛巾换成粮票，从大姑家骑自行车到离县城不远的乡下二姑家把脸盆茶缸毛巾头巾换成布票，再返回大姑家到百货公司找到收粮票布票的把到手的粮票布票换成钱。

第六步：灭迹，返回村里销假并寻找下一次机会。

马克思指出："如果有 10% 的利润，资本就会保证到处被使用；有 20% 的利润，资本就能活跃起来；有 50% 的利润，资本就会铤而走险；为了 100% 的利润，资本就敢践踏人间法律；有了 300% 以上的利润，资本敢犯任何罪行。"

李土地投入投机倒把的资本，利润高于 10%、20% 被活跃使用，高于 30% 李土地也没有敢犯任何罪行的胆量，50% 到 100% 的利润让李土地处于铤而走险和践踏人间法律的边缘。

追逐利润的李土地不仅品味了铤而走险的滋味，而且真切地体会了一把人间的法律是怎么被践踏的。

最后一次投机倒把的经历李土地终生难忘。

返回家乡的火车离县城只隔一个小站时，半睡半醒的李土地眼前一道影子闪过，抬头看行李架上，两个提包不见了踪影，四下张望，小偷已一前一后背着两个串在一起的提包快步走向另一节车厢。飞跑追赶的李土地眼看就要撵上小偷手快都够着自己的提包了，小偷把提包递给了接应的同伙。这时，车停了，接应的同伙跑下了车，纠缠在一起的李土地和小偷被乘警带到了餐车。

李土地懂得讲出提包里装着什么的后果，但李土地更懂得自己说的和乘警找回来的提包里的东西对不上号的后果。李土地只能照实说。

李土地说，乘警记，看过乘警记的和自己说的一致并在复写的两页笔录上签名按下手印，火车已到县城。投机倒把的李土地被铐上双手移交县城火车站派出所，小偷捉贼无赃坚决不承认被放走。

戴着手铐的李土地被推搡着押向车站派出所，一个趔趄差点栽倒，环顾左右，庆幸没看到认识的人。

李土地没看到认识的人，认识的人看到了李土地——县城火车站站长马八。

站台上值班的站长马八一眼就认出了戴着手铐被押下来的人是师傅李土地，心里“咯噔”一响一阵颤动，快步回到自己的办公室。

派出所所长刚刚读完只有一页纸的讯问笔录，桌上的电话响了。

“马站长。”

“火车上移交下来的那人咋回事？”

“报告站长，是个投机倒把分子。”

“卸了手铐，领到我这儿。”

因为马八是站长更因为站长是马八，派出所长不敢造次，让押送的警察卸去手铐，自己亲自把李土地领到了站长办公室。

轻轻的一句“你先回吧”后，所长轻轻地关上门走了。低着头的李土地哪里敢抬头看站长一眼，坐着的站长却快步奔到身边抱住李土地深情地喊出一声：“师傅！”

这世上叫自己师傅的只有一个人，难道是马八！

怀疑自己做梦的李土地抬眼就看到了两道清晰的刀疤。

真是马八！

“尿他妈个投机倒把！”听李土地叙述完原委的马八长舒了一口气，脱口骂了出来，紧绷着的脸上露出了笑容，“我还以为杀了人放了火，闹了半天是他妈的狗屁投机倒把。师傅别怕，天塌下来有你徒弟顶着，咱们喝酒去。”

马八打电话叫来一个警察吩咐通知某某某某到某某饭店后，领着李土地来到车站旁的一个饭馆，吩咐服务员“拣好的上”。刚喝了一杯茶，来了四个小伙，两个喊马八“八哥”的坐下来陪着喝酒，两个喊马八“八爷”的站着听马八交代了哪个车站、什么样的提包、提包里装了什么，转身离开。

被马八劝多酒的李土地一觉醒来发现自己睡在一个旅馆里，对面的床上，自己被偷去的一大一小两个黄帆布提包鼓鼓囊囊地整齐摆放着。

马八很快就到了，领着李土地在昨晚吃饭的饭馆吃过早餐，又把李土地领到了派出所所长办公室。

派出所所长已经知道了李土地的身份，恭敬地喊着“师傅”。

“把我师傅的案子销了吧。”

“可，乘警的笔录？”

“这么着，你再整个笔录，就说师傅丢了东西犯急，为了引起乘警的重视胡编了一堆东西，提包里只有几件旧衣服和师傅喝水的缸子和牙具。”

所长拿来两张上面印着“讯问笔录”中间夹着复印纸的信纸，让李土地在右下角签下名字按下手印。马八说了句“你整吧，我们回去了”，就领着李土地回了站长办公室。

“乘警要纠缠起来，不把你给害了？”

“师傅你不懂，这道上黑着呢！那乘警和小偷一伙的，哪个乘警不养几个小偷？他做贼心虚，盼着销案呢！他敢纠缠，老子剥了他的警皮！”

看着李土地仍不放心，马八补充说道：

“惹火了老子，打他狗一般的乘警，打得他满地找牙，打得他落花流水。师傅你别怕，这江山是打出来的。”

这警察也打得，李土地更加愕然。

李土地喝完一杯马八泡的茶后，马八抬腕看了看表领着李土地上站台登上了停在那里的一辆被老榆树人称作电蹦子的小火车。电蹦子只有车头没有挂车皮，上面除了司机还坐着昨晚陪李土地喝酒唤马八叫“八哥”的两个小伙子。

“把师傅送到老榆树村，把东西送到家。”马八吩咐完两个兄弟又和李土地握了一阵手后下车了，电蹦子随即直驶老榆树停在了李土地家旁边的铁路上。两个小伙一人扛一袋大米，司机抱着一大包崭新的铁路单制服棉制服，李土地背着自己一大一小两个黄帆布提包。

“八哥说，师傅的活儿风险大，别干了！家里有困难，八哥让找他。”

“这是八哥给师傅的一点钱，怕师傅不要，吩咐我到了家里再给。”

一只鼓鼓囊囊的牛皮纸信封躺在了李土地的炕上。

李土地傻呵呵地呆在那里一动未动，直到电蹦子走远了还没有回过神。

“尿他妈个投机倒把！”

“这道上黑着呢！”

“这江山是打出来的！”

好长一段时间，李土地总是不停地呢喃着这几句话。

相当长的历史时期，一听到“投机倒把”这个词，李土地就心惊肉跳毛骨悚然。

第十二章

生产队长赵大勇抓生产，副业队长李四搞副业，政治队长张三专心抓政治。

分析评估全国的政治形势后，张三做出了一个大胆的决策——排练样板戏。

老榆树样板戏剧团总导演赵六被张三叫去委以重任时，自己也觉得好笑，就凭老榆树这几头蒜，能排出样板戏？

但张三的态度十分坚决，丝毫没有商量的余地，退却就是逃兵，就是叛徒，就是大逆不道，以往所有的成绩肯定一笔勾销。

“有条件要上，没有条件创造条件也要上。”张三斩钉截铁。

就在老榆树样板戏剧团筹备组组长赵六甄选演员四处碰壁一肚子苦水之际，天上的七仙女翩然而至，而且是两个七仙女结伴下凡——张三的女儿张甜甜李四的女儿李禾苗高中毕业，蹦蹦跳跳回到村里。

张三定下的目标是排三部样板戏：《红灯记》《沙家浜》《智取威虎山》。如果按照正常程序，应该是根据剧目找演员，可根据老榆树不折不扣的实际，程序只能倒着来——根据能找到的演员确定排练的剧目，鸠山、王连举、胡传魁、刁德一、座山雕、栾平之类的角色，老榆树可以胜任的不乏其人，出洋相扮丑角逗人开心的主，村里多的是，剃个光头穿个行头逗人笑笑，问题不大；拉二胡、弹三弦、打扬琴、吹笛子、敲锣打鼓拍镲的倒是现成，闹元宵耍龙灯跑旱船的乐器班子可以配上用场。

李玉和、李铁梅、郭建刚、阿庆嫂、少剑波、白茹不仅形象得好，端得上台，还得唱得了。严格地说，这样的角色老榆树一个也找不出来。筷子里边拔旗杆，矬子里面选大个，最后确定的人选是，总导演赵六亲自扮演《红灯记》中的李玉和，张甜甜扮演李铁梅；赵大勇扮演《智取威虎山》中的少剑波，李禾苗扮演白茹；《沙家浜》中的核心人物阿庆嫂原本想让“铁嘴一号”孙家媳妇扮演的，试了几次，动作太大，嗓子过粗，看的人笑得前仰后合，连制止别人发笑的张三赵六也笑得抱起了肚子，“铁嘴一号”几经努力仍然没能征服笑声，一怒之下扬长而去，不干了。排练《沙家浜》的计划宣告搁浅。

《红灯记》《智取威虎山》的排练提上议事日程，所有演员每天按拔麦子的劳动量计算工分，隔三岔五还安排炸油饼炖羊肉犒劳。放在张三办公室的留声机被抱到排练场地大会议室，《红灯记》《智取威虎山》的唱腔被听了一遍又一遍。大会议室墙上挂满了现代京剧剧照，供演员们模仿。《红灯记》《智取威虎山》的小人书，每个演员人手一册，排练时的每一个动作，每一个身段都要和小人书里的相符合相一致。

胆子是吓出来的，力量是压出来的，本事是逼出来的。人有多大胆，地有多大产，不怕做不到，只怕想不到。县里的剧团都没敢轻易排练的样板戏居然在山沟一隅的老榆树被排练了出来，而且像模像样。

确定样板戏中的角色，张三在最终定夺前颇费一番心思。尤其是铁梅和白茹两个角色，较之白茹，铁梅在戏中戏份要大一些，角色的重要性更为突出。李玉和和铁梅是父女辈分，少剑波和白茹是同辈，赵六演李玉和张甜甜演铁梅赵大勇演少剑波李禾苗演白茹，戏中的辈分和在村里的辈分正好对应，相得益彰。

一脉相承，血浓于水，张甜甜的想法和父亲惊人地一致。张甜甜和李禾苗从小在一起玩耍上学，从小学初中高中都在一个班，两人彼此熟悉得像熟悉自己一样。张甜甜知道无论李禾苗演铁梅白茹哪个角色，凭着天赋和嗓音都不会比自己差，要想高出李禾苗一头，选择演戏份更大更容易出彩的铁梅更胜一筹。

李禾苗扮演了白茹，张甜甜如愿扮演了铁梅，张家父女这一不经意的选择后来被证实是一个石破天惊的举措，不仅张甜甜因此一炮走红红得发紫，连张抗美的命运之舟也在妹妹的牵引下来了一个一百八十度的大转弯。

三轮彩排后，先在老榆树范围内试演，试演成功后，全大队的社员被安排到老榆树观看样板戏演出。之后范围进一步扩大，邻村上下十里八乡的社员坐马车的骑自行车的步行的潮水般涌向老榆树观摩样板戏演出。

老榆树村中央最大的一块空地上搭起了一个大大的戏台，台上演员们一丝不苟地演出，台下观众屏息凝神地观看。清一色庄稼汉的观众们诧异如此高规格的剧目，如此高水平的演出，演出单位居然是老榆树，演职人员居然是和他们一样的庄稼汉，不可思议，简直是奇迹。

的确如此，一点不假，所有这一切归功于伟大的张三。政治队长张三决定排练样板戏时，就没把这件事定位为文体娱乐，而是一项政治任务；那些演员们担纲剧中人物时，接过来的就不是一个角色，而是一项政治任务。

据说《毛泽东选集》的编辑出版创造了出版史上的一个奇迹，没有一个错字，这其中的奥妙就在于它不光是一项出版业务，更是一项政治任务。试想倘若某一卷某一页出现一个错字，相关的责任编辑责任校对甚至更高层次应该为此承担责任的负责人将会如何？现行反革命估计是轻的，杀头掉脑袋立即枪决就地执行不杀不足以平民愤，杀了才大快人心，枪下留人坦白从宽痛改前非洗心革面，算是格外开恩。

老榆树排样板戏相当于出版社编辑《毛泽东选集》，一颦一笑一字一句，一招一式一丝不苟，不差毫厘。台下的旧毡帽观众们起初怀疑这戏班子是不是老榆树凭着财大气粗从外面请来的专业演员，但怀疑很快就被否决。演李玉和的赵六是社办老师，其他村的社办老师都认识；演少剑波的是民兵连长，其他村的民兵们在公社大比武时都见过；演铁梅的张甜甜和演白茹的李禾苗就更别说了，其他村，她俩的初中同学高中同学多的是，不仅能够证明她们是老榆树的，还知道她们俩的父亲都是老榆树的村干部，“别给人家瞎嚷嚷”！

不仅演员，职员亦如此。

老榆树的二后生学驴叫学猫叫学狗叫惟妙惟肖，排样板戏二后生派上了用场，戏里火车的汽笛声等音响就是从他嗓子里发出来的。

和张甜甜李禾苗一起毕业的另一个高中生胡兵脱颖而出。胡兵上高中时师从学校的美术老师学过画画，回村后，画在玻璃上的风景画被镶在相框里挂上了墙，老榆树许多人家围绕大炕的墙围子也出自他手。样板戏开排后，他成为画布景的不二人选。画出的舞台布景和年画上小人书里的一模一样。

老榆树纯本土的样板戏获得了极大的成功。当年秋天排练，当年冬天演出。春节后的正月被请到全公社的各个大队巡回演出，每到一地，演职人员被社员们热情地邀请到家里吃饭住宿，连为戏班子赶大车的也在派饭派住之列。当然，社员们最乐意领回家吃住的是铁梅和白茹，巡回演出的最后一站是公社的大礼堂，《红灯记》《智取威虎山》各连演三场，观众如潮，掌声雷动。

春风拂面的季节，老榆树的马车已经开始向地里送粪。一个更大的好消息传来，老榆树排练的样板戏现代京剧《红灯记》将代表全公社参加全县的文艺汇演。

老榆树不愧是老榆树，不愧是全县的先进，搞农业生产是典型是模范，搞起样板戏来也不含糊。老榆树的《红灯记》力挫众多《红灯记》力拔头筹，老榆树的铁梅盖过所有铁梅技压群芳。

县革委会副主任县文艺汇演领导小组组长朱九以身作则，不仅认真观看了汇演的所有剧目，还亲自为获奖的剧组演员颁了奖，连颁奖后的会餐和欢送演员都身体力行。

由造反司令而一路到县革委会副主任的朱九个头不高，可营养过剩加心宽体胖搞大了他的肚子也搞粗了他的脖子，下坠的脸颊和白眼珠大黑眼珠小的眼睛加上厚厚的嘴唇，让他在镜子中看到自己都有些情绪低落，但这丝毫不影响朱副主任的工作热情和平易近人。尤其在女同志面前，朱副主任从未因为自己的形象欠佳而退避三舍，而是急流勇进当仁不让。该握手时握手，该说笑时说笑，甚而至于放下副主任的架子不放过任何一个向漂亮女性表现的机会。

老榆树的《红灯记》让朱副主任眼前一亮，老榆树铁梅粉嫩的脸蛋让朱副主任目不转睛，一双水汪汪的大眼睛笑起来像清水怒起来如刀剑，让朱副主任魂不守舍，尤其是那美丽的身段更是妙不可言。老榆树铁梅的戏服由老榆树最好的裁缝缝制，全部采用最新最好的布料，连补丁也是新的。老榆树最好的裁缝，不愧是裁缝里最好的，戏服紧贴铁梅的玉体，把她还原得具体而生动：细细的腰，丰满的胸，圆润的臀，看得朱副主任心旌荡漾，口水横流。

朱副主任亲自为铁梅颁奖，握住铁梅的手久久不愿松开，合影留念时，被铁梅遮住大半个身子的朱副主任毫不介意。铁梅身上传递出的少女的热量让他心猿意马。会餐时，朱副主任招呼获奖演员铁梅紧挨他的座位，原定由他致祝酒词的程序改由文化教育体育局局长致辞，整个宴席朱副主任的目光几乎没离开铁梅的脸蛋和身段。第二天早晨其他演职人员都上了马车，欢送演员的朱副主任还对着铁梅千叮咛万嘱咐。

张甜甜绝对继承了爷爷和父亲血统中善于抓住机遇的基因，绝对属于那种善于趁势跃上马背的骑手。上高中的时候有一个地方她最喜欢去——供销社。供销社的房子是全镇最威风最漂亮的，高高的台阶，大大的玻璃窗户，小白石头子儿掺在水泥里抹成的墙顶上，“发展经济保障供给”八个红字分外醒目。明亮洁净的柜台里琳琅满目的商品件件都让人喜欢，最让张甜甜倾心的是站在柜台里的女售货员，个个精神饱满，笑容可掬，乡下的顾客们买了货，少不了夸奖几句。镇里的小伙们有事没事，跑到供销社买东西不买东西，总想和女售货员搭讪几句。所有这一切都在张甜甜幼小的心灵里播下了一颗种子，将来一定要当售货员，哪怕当上一天，死了也值。

张甜甜想当售货员的想法得到了父亲的高度赞许和鼎力支持，但张三为女儿争取当上售货员的努力却一败涂地。

公社供销社的售货员里确有不少社队干部子女，但指标并不是每一个大队都有，还有一个致命的问题是即便是争取到指标，也是以大队为单位，由大队支书和大队长为首的大队队委会决定售货员的人选。老榆树虽是全县的先进村模范村，但在行政级别上只是一个生产队，和公社之间还隔着一个大队。张三虽是公社县里的先进模范，许多事情可以和公社乃至县里的领导对话，可在这件事情上，大队这道分水岭，他是无论如何也跨不过去的。到公社供销社当售货员，那是多少年轻人梦寐以求求之不得的美事。到了大队，支书大队长的子女亲戚都争得面红耳赤，头破血流，哪里有你一个生产队政治队长说话的份儿。一个大队有若干个生产队，每个生产队都有政治队长、生产队长，人人都像你张三，那得有多少指标，别说公社供销社，大队供销社也未必轮得上你，别做梦了。

张甜甜当售货员的梦想梦断大队。

老榆树倒是也有个供销社，可那充其量是个“假洋鬼子”，公社供销社的分社也只办到大队一级，生产队根本不考虑。老榆树的供销社张三费了九牛二虎之力才争取到个公社供销社供货，但供销社是老榆树自己盖的，供销社售货员翠英妈压根领不到公社供销社的工资，挣的是老榆树的工分，充其量是一个干着售货员工种的社员。这样的售货员不在张甜甜考虑之列。再说了，即便老榆树供销社售货员在张甜甜考虑之列，也等于给张三出了一道天大的难题。女儿和情人，选择谁？放弃谁？

张甜甜毕业后，当售货员的梦想依然持续，特别是当她曝晒于太阳下，在田野上劳作不堪苦累时，当她看着镜子中自己粉嫩的肌肤日渐粗糙时，这种梦想和渴望愈发显得强烈而执着，她必须寻找实现梦想的机会，她必须找到帮她实现梦想的人。

排练样板戏让张甜甜的售货员梦想暂时搁置，但是当县革委会朱副主任坐在第一排观众席上，用贪婪的眼神欣赏她的演出更欣赏她的脸蛋身段时，当朱副主任为她颁奖握着她的手久久不愿松开时，当合影时朱副主任的身体紧贴她的身体时，当朱副主任热情地招呼她在紧挨他的座位就座就餐时，当就餐时朱副主任的眼睛始终不离她的脸和身子时，当朱副主任和她依依惜别时，她梦想的火焰再次燃烧，而且比以前烧得更旺。她知道县革委会副主任的分量，这样的人到公社说一句话，比父亲磨破嘴皮说十年都强，安排一个公社供销社售货员，那是猪八戒吃豆芽小菜一碟。她苦苦寻觅的那个实现梦想的机会终于来了，她千呼万唤帮她实现梦想的那个人就在眼前。是的，朱副主任肯定不是个省油的灯，朱副主任对她的所有热情肯定有所图谋，但是只要能够实现自己的理想，什么样的付出都是值得的。守身如玉又能怎么样？窝在一个穷山沟里，最终还得嫁给一个黑不溜秋的农夫，不也同样被糟蹋被蹂躏吗？

想是这么想，只代表有这个观念，想得开。但真要付诸行动，下定决心的难度还是相当大的，毕竟是黄花姑娘，毕竟得瞻前顾后，毕竟任何一个女人迈出那一步都特别难。

张甜甜上县城寻求梦想的步伐始终处于稍息立正的状态，始终没能起步走。

世界上的事情之所以千变万化，扑朔迷离，难的就在一个巧字，张甜甜没有从老榆树上县城找朱副主任，朱副主任从县城上老榆树找张甜甜来了。

几乎与老榆树墙上的标语换成“深挖洞，广积粮，不称霸”“备战备荒为人民”的同时，一份动员县机关干部报名加入县战备办公室的文件摆上了朱九的办公室。朱九知道凡下文件动员的事情一般没好事，凡好事都不需要下文件动员，但当他漫不经心翻弄文件时，县战备办公室常设办公地点却引起了他的兴趣，老榆树村，这不是铁梅家吗？

县战备办公室把常设办公地点设在老榆树，得益于老榆树西北的那座山。这里是反修防修的要冲，如果苏联修正主义的军队打过来，北边一马平川的草原几乎无险可守，老榆树西北的山头将会成为第一道防线，成为保卫首都、保卫毛主席的最前沿。加之老榆树扼守着一条北联苏联南通北京的铁路，如果苏修从北方打进来，可以切断铁路，阻止其南进。如果我们的军队向北运动，守住老榆树，就等于守住了保障铁路大动脉畅通的咽喉。县战备办公室设在老榆树，一眼就能看出是一个伟大的决策，具有深远的战略眼光。

要想据守老榆树天险，要想扼守铁路大动脉的咽喉，县战备办公室首当其冲的任务就是在老榆树西北的山里挖山洞，这完全符合伟大领袖毛主席的战略部署。

县战备办公室是一个非常设机构，成员都从各单位抽调，县最高决策机构县革委会副主任踊跃报名参与加入战备办公室，理所当然被任命为战备办公室主任，成为该机构最高首长，当然是兼任。县革委会副主任的头衔还在，只不过分管工作有所调整，由原来分管文化教育体育医疗卫生调整为主抓战备，县战备办公室几位副主任由各相关职能局局长和相关公社革委会主任兼任，目的是好开展工作。比如选物资局局长兼任副主任，以便协调钢筋水泥；选武装部部长兼任副主任，以便协调炸药和民兵；选粮食局局长任副主任，以便协调粮食供应；选当地公社革委会主任任副主任，以便协调办公住宿；等等。

县战备办公室主任赴常设办公地点老榆树走马上任的第一站就直奔政治队长张三家。按照级别和朱九主任的一贯工作作风，应该是在兼任战备副主任的当地公社革委会主任陪同下到达老榆树生产队队部，然后由通信员或司机去通知张三开会布置协调工作，而所有这一切朱九全都免了，直接亲自奔张三家，而且一到地方他就把司机打发走了。他有一种预感，铁梅正在等着他。

果不其然，张甜甜真的一个人在家里。早饭后，父母哥哥照例出工下地，唯有张甜甜推说不舒服留在家里。一想到下地干活的苦和累，一想到火辣辣的太阳晒在她粉嫩的脸上，她就气不打一处来，这哪里是她干的活，她应该到镇上的供销社上班，她生来就应该在那栋亮亮的房子里，站在柜台里，被前来买货的顾客欣赏夸奖。现在供销社里那些被欣赏被夸奖的售货员有哪一个长得比她漂亮。

县革委会副主任兼县战备办公室主任朱九握住张甜甜的手再一次久久不愿松开，而且握的时间更长，握的力度更大。上次是在礼堂的主席台上颁奖，众目睽睽，今天只有他们两个四目相对，彼此感觉到对方的呼吸，听得到各自的心跳。

直到张甜甜羞红了脸，晃起了膀子，朱九才意识到握痛了美人的手，手不情愿地松开后眼睛始终没离开张甜甜。等张甜甜端着一杯开水递给他时，他接过水杯顺手放到炕桌上，再次紧紧攥住了张甜甜一双软绵的小手。

这是张甜甜朝思暮想盼望已久的一刻，多少个不眠之夜，她梦寐以求的这一刻终于到来了。为了这一刻，她多少次差点只身跑到县城去找朱主任，以少女的情怀换来售货员的身份，但始终没能下定决心。然而这一刻却发生在她家里，自己找上了门。

一个如花似玉的大姑娘委身一个丑陋不堪的有妇之夫。张甜甜不是一时冲动而是深思熟虑，多少个辗转反侧的夜晚，多少次想上县城找朱九的关口，张甜甜反复掂量过比较过无数次：委身朱九可以农民变市民，可以离开那间烟熏火燎的屋子到窗明几净的供销社站栏柜，可以一步登天乌鸡变凤凰，朱九对自己垂涎三尺不就是想要自己的身子吗？女人不就这么点本钱吗？想开了不就什么问题都解决了吗？不委身朱九又怎么样？嫁个耕田种地的农民风吹日晒，洗锅喂猪不一样被人日被人操被人蹂躏被人糟蹋吗？头天晚上被日被操被蹂躏被糟蹋够了，第二天还不得顶着大太阳脸朝黄土背朝天地干农活吗？一想到毒辣辣的大太阳张甜甜就犯晕，就恶心，就痛不欲生，亏得父亲是队长，一遇大太阳天自己就装病不去下地，可这装病得装到啥时候？能装一辈子吗？

一个人，当他怀揣一个伟大的理想，就会不顾一切勇往直前。有一种女人，当她认定一个心仪的目标，就什么也豁得出去。张甜甜就是这样的女人。

没有挣脱，也没有躲避，自己渴望的幸福从天而降，张甜甜绝不是那种让机会失之交臂的人，她半是埋怨半是感激的目光和朱九狼见到羊羔般的目光对视良久，脸颊绯红中将头触向朱九赘肉下垂的脸。

朱九在县城里也有几个相好的，但都是小媳妇，都是别人过过手的。和张甜甜相比，相当于残花败柳，自从见到了张甜甜，昔日在他眼中尚有几分姿色的那几个相好的，一下子变得黯淡无光，丑不堪睹。但是张甜甜毕竟是大姑娘，是黄花闺女，是含苞欲放而未彻底伸展花瓣的花骨朵，能不能下手，张甜甜是否就范，下手后会引起什么连锁反应，会带来什么意想不到的后果，朱九心里也没底，也在打鼓，只是一种意识不到的冲动怂恿着他毅然报名加入战备，直奔张甜甜而来。

而眼前的张甜甜一不挣脱二不躲避，温柔的眼光中透着感激透着渴望，当张甜甜将头凑近他肥胖的脸颊，一绺秀发贴住他臃肿的脸庞时，他的心理防线顷刻间崩溃。能将如此年轻如此漂亮如此温柔的美人揽入怀中，明天就去死也值了。

朱九一把将张甜甜揽入怀中，厚厚的嘴唇贴向张甜甜粉嫩绯红的脸蛋。

一张脏兮兮的猪嘴伸向一棵水灵灵的大白菜。

大白菜入得猪嘴，张甜甜如愿当上了售货员，不仅每天上班时间在镇子上最漂亮的那所房子中的柜台里接受方圆几十里前来购物的顾客的欣赏，照片也被放大到最大，挂在了镇上唯一照相馆的玻璃橱窗第一排的正中央，随时接受所有路过这里的人们的赞赏。

随着张甜甜到镇子上上班，县战备办公室主任的办公地方也由老榆树迁到公社，理由自然是交通通讯方便便于开展工作之类。公社革委会办公室主任领着朱九看了好几个地方，朱九都摇头，最后在废弃的拖拉机站门前驻足。这是一个独立的僻静小院，有实力的生产队纷纷自主购买拖拉机后，这里就无人问津了，满院的衰草随风摇曳，宣告着这里的冷落荒凉，堂堂县革委会副主任兼县战备办公室主任，居然对这个破败不堪的地方一见钟情。老榆树的拖拉机拉来的战备工人们大干了好几天，院子的面貌焕然一新，铁大门被用红油漆重新漆过，大门的红砖垛子上挂出了县战备办公室的牌子，院里的杂草被铁锹铲得干干净净，房子粉刷一新，玻璃擦得锃光瓦亮，办公桌椅文件柜搬了进来，还特意为朱主任宿舍买来了一张崭新的双人床。

战备办公室本是个烂摊子，县里的干部没有一个愿意去干，朱九毛遂自荐时人们都以为他犯了神经病。朱九到任后麻烦不断，从全县各生产队民兵中抽调来的骨干，不是大队生产队干部的亲属，便是生产队里游手好闲管不住的刺头，领导这些人难度可想而知。战备办公室挖山洞的民兵被称作战办工人，来的时候是冲着县人事局那张合同制工人的表格来的，希望有朝一日能够转正成为正式工。战办工人仍在原生产队挣工分，只是每个月有八块钱的津贴，但干的活比在生产队要苦要累，每天在潮湿阴冷的山洞里打眼放炮清除石块后再打眼放炮清除石块，日复一日地掘进，苦累不说，还相当危险。一段时间过去后，刚当上战办工人的激动和热情没有了，取而代之的是牢骚和怠工。幸亏朱九灵机一动，从县武装部和当地公社武装部各抽调一名现役军人，一则好管理，二则安全也有了保证。把张甜甜安排到公社供销社后，朱九索性把自己的办公地也挪到了公社所在的镇上，离开那些成天吵吵嚷嚷的战办工人们。

张抗美作为老榆树选派的民兵骨干也成为了战办工人，但张抗美干的工种比其他战办工人好多了。作为材料员，张抗美每天的工作是掘进时给工人们领取雷管炸药，浇筑时领取钢筋水泥。牢骚满腹的战办工人们对张抗美的工种自然不满，大舅哥的称呼在工人间心照不宣，传到张抗美耳朵里，很不是滋味。

工作上没有好心情，生活条件比县城也相差很多，唯独让朱九开心的只有张甜甜。

供销社上六天班休息一天，家在村子里的职工和家在镇上的职工倒班休息，村里来的职工休息的前一天下班后就骑着自行车回家。休息日的第一天一早才骑着自行车返回单位，每次休息可以在家里待上两个晚上，张甜甜休息的这两个晚上就是朱九的节日。

每次休息日前一天下班，别的同事欢天喜地回家，张甜甜只推说等上初中的弟弟一起回家，别人都走了，她还待在宿舍。其实自行车就在院里，弟弟放学后自己来有钥匙，她并不和弟弟一起走。

张甜甜永远忘不了第一次洗澡的感觉。镇上的澡堂张甜甜上学时看见过，但从来没有进去过。农村来的孩子在镇上住校上学，洗澡对于他们来说太奢侈了，别的同学不去张甜甜也就不去。张甜甜和母亲每年也有一次洗澡，腊月里的某个晚上，父亲哥哥弟弟被母亲赶走后，她和母亲把烧开的水舀到大洗衣盆里，娘俩轮流着站在大盆里擦擦身子，互相擦擦背，但那充其量只是擦澡，根本算不上真正意义上的洗澡。

当张甜甜将自己粉雕玉砌般的肢体置身于水龙头喷出的水柱下时，一种从未有过的幸福感油然而生。村子里的男人们夏天会脱得精光，跑到下雨积下的水坑里泡泡，权当是洗澡。可像母亲一样的女人们一辈子也没进过澡堂，没享受过洗澡的滋味，一年一次擦身子的机会也未必每个女人都有份儿。张甜甜开始惊诧她们一辈子不洗澡是怎么活过来的，开始庆幸自己抓住了机遇走出了村子，过上了有澡可洗的生活，她开始觉得像她这样的女人生来就应该能洗到澡，自己干净无比的躯体只有在水龙头洒下的不冷不热不凉不烫的水柱下才更加白净更加迷人。

自从到供销社上班，她很少愿意回家，除非像过春节这样全单位放假的日子不得已回家。休息天她也待在干净的宿舍，她再不愿睡在自家那盘散发着农夫脚汗味的大炕上，听父亲哥哥打呼噜的鼾声，再也不愿看到村里衣服里一身虱子头发里长满虮子的男孩女孩。虽然自己从小在那条炕上长大，虽然自己也曾经像村里的男孩女孩，但现在那猪狗一样噩梦般不堪回首的生活已离自己渐行渐远，自己已从那个行列脱胎换骨脱颖而出。

休息日前一天下班后，所有回家的同事都走完后，张甜甜才慢慢地从单位走出来，转过单位所在街的街角，新华书店旁边，一辆吉普车肯定在那里等着她。

县战备办公室院里平时上班的只有朱九、司机、炊事员兼勤杂工三个人，张甜甜一到，司机和炊事员便放假回家了。紧锁的红漆大门里两旁各立一木牌，分别写着“战备重地，闲人免进”“军事禁区，非请莫入”。

“满山的松树青又青啰哦，满山的翠竹根连根啰。新型的大学办得好喂哎，他和工农心连心啰哦。”

随着一部叫《决裂》的电影的上映，“大舅哥”张抗美打起背包走进了大学的校门。尽管是半工半读的“共产主义劳动大学”，尽管学的课程离不开养鸡养羊养牛养鸭，可毕竟是上大学。毕业之后，也会有一个金光灿灿的饭碗，再也不用回老榆树脸朝黄土背朝天，再也不用遭战办那些“假洋鬼子”工人们冷嘲热讽。

每每想到自己上大学的“渠道”，张抗美总是有一种负罪感。《决裂》里那双长满老茧的手总在眼前浮现，“这就是我们贫下中农上大学的资格”的台词常在耳畔萦绕。可自己上大学的资格呢？既不是老榆树那个农民、那个拖拉机手，也不是战办里那个轻闲自在的“假洋鬼子工人”，而是妹妹的身子，是一个黄花大闺女委身于一个丑陋不堪的有妇之夫，是一棵水灵灵的大白菜置于一张脏兮兮臭烘烘的猪嘴，是被旁人耻笑奚落骂祖宗戳脊梁骨！

人，最大的弱点就是善于原谅自己，总能找出一千条一万条理由为自己的懦弱懒惰等各种各样的恶习以及不如意加以开脱，求得心灵的解脱。妹妹委身朱九，原本是为了自己脱离农村的，是贪图供销社站栏柜那舒适体面的工作的，自己上大学，充其量是妹妹乌鸦变凤凰的衍生品，充其量是沾光，是捎带。倘若妹妹光光是为自己被指指戳戳闲言碎语，那自己便该万劫不复死无葬身之地啦！每每如此想，张抗美才稍稍释然。

“自欺欺人”“恬不知耻”“厚颜无耻”，良心发现时，张抗美也会自责，甚至于抬起厚实的手掌朝着自己的长瓜脸狠狠地扇去。

自我安慰的张抗美备受煎熬，独占花魁的朱九心安理得：一个供销社的售货员已经足以让张甜甜心满意足心花怒放了，附加出来的工农兵大学生又怎能不让卖油郎身价倍增呢？朱九贪婪地沉溺于张甜甜青春美妙的身子，俨然忘记了不远的县城里还有一个家，有个并不漂亮但却称得上贤惠的妻子和两个儿子。

但朱九的好日子并不长。

随着一架三叉戟飞机坠落在蒙古国的温都尔汗，形势急转直下。林彪企图逃往苏联，更证明了反修防修的重要性，战备工程须得抓好，战备洞须得加快进度，战办主任须得把时间和精力投入到战备工程中，张甜甜那边的投入有一搭没一搭。更为糟糕的是，林彪摔死不久，市里县里不少当年被朱九们批倒批臭“钉在历史耻辱柱上永世不得翻身”“靠边站”的老家伙又重新出来工作而且在革委会中担任重要职务。朱九们虽说职务没啥变动，但无疑背后有人盯着，言行举止都在被监视范围，生活作风问题开始被作为把柄之一，相貌丑陋但头脑活泛的朱九越来越迫切地意识到一个问题：得尽快让张甜甜嫁出去。

朱九想摆脱张甜甜的心思并非从今日始。

刚当上售货员的张甜甜对朱九是既崇拜又感激，小鸟依人般百依百顺，可那阵子热乎劲过去后，情形开始发生变化。过足了售货员瘾站在商品琳琅满目的柜台里被十里八乡的乡亲欣赏夸奖的张甜甜开始觉得当售货员也不过如此，开始埋怨站得腰酸腿疼，开始埋怨不给售货员上城镇户口依然是农民身份，开始挑剔朱九肚子太大身子太沉，开始责怪朱九动作莽撞语言粗鲁。所有这些，朱九都以物质补偿加以化解，时不时给张甜甜买一些零食化妆品之类，还会偶尔给一些零花钱，每逢奖赏，朱九和张甜甜的性事便会和谐一段时日。可渐渐地，随着张甜甜的见识逐渐增长，眼界越来越开阔，起初是启发诱导式的，供销社的采购员给老婆买回了的确良衬衫，五金公司的采购员给妹妹买了个袖珍收音机，百货公司新来了一批皮鞋，心领神会心知肚明的朱九别无选择，只有掏钱包数钱的份儿。到后来，张甜甜的胃口越来越大，十几元一条的毛哔叽裤料，几十元一件的呢子大衣，一百二十元一块的上海手表，张甜甜直截了当张口要朱九买。朱九虽说是县革委会副主任，可每月也就三十多元钱的工资况且县城里还养着一个家，但架不住张甜甜的死磨硬缠，架不住张甜甜到来时不睡觉，更捺不住张甜甜睡觉不脱衣服，捺不住被窝里给个脊背。好在战备是个大摊子，各类物资采购外加上百号人吃穿用度，朱九各个口子上伸伸手克扣一些，从战办工人嘴里抠一些，总算满足了张甜甜的要求，继续了自己的“性福”。

每每看着物质和性欲得到双重满足的张甜甜在自己的臂弯中甜美地入睡，朱九都会想起那个《渔夫和金鱼》的故事。臂弯中酣然而睡的美人无疑是故事中那个贪心不足贪得无厌的渔婆，自己就是那条被一次次勒索又不得不一次次满足对方的小金鱼。

电影《决裂》的上映，让渔婆再一次狮子大开口——推荐哥哥张抗美上大学。本来，坐在电影院里的渔婆脑海中迸出的第一念头是自己想去上大学，不过这念头闪出的同时，瞬间也就泯灭了，朱九要的是自己，是自己的身子，自己上大学走了，朱九逮不着自己了，沾不上自己的身子了，他能答应吗？有这么傻的人吗？于是，幸运转让到了张抗美头上。“月亮进家啦，越看越来啦！”可怜的小金鱼朱九，县革委会上舌战群儒力战群雄讲得口干舌燥唾沫星子横飞费尽九牛二虎之力才为战备确切地说是为张抗美争取到了一个工农兵大学生的名额。不过，在把省城大学的录取通知书交给张抗美之前，已被勒索得太久太久的朱九多长了一个心眼，与张甜甜来了个约法三章：工农兵大学生名额实在太少，县革委会主任、副主任及各公社革委会主任每人只有一个，自己是坑了亲小舅子得罪了众多亲朋好友把名额给了“大舅哥”，实在难能可贵，应该百般珍惜。言头话尾，流露出今后不可使性子耍脾气，否则实在对不住大恩大德的意味，渔婆点头应允，小金鱼得以消停了一阵子。

后院火刚灭，前院却又硝烟弥漫。

还记得老榆树那个骂娘操祖宗的刘七十一吗？当年修梯田发牢骚被张抗美李土地痛打一番后，多年来仍然怀恨在心，听说张抗美被推荐上了工农兵大学，一股恶气冲上心头，在老榆树，到处游走演说，揭穿假优秀战办工人真“大舅哥”上工农兵大学的内幕。面对张抗美是凭着张三上大学的质疑，刘七十一本来就啥难听讲啥的言辞更加激烈：“凭他爹，他爹张三算个屌！全县生产队多了去了，政治队长多了去了，哪个队长的儿子上得了大学？他凭他爹个屌，他凭的是他妹妹的屄！”

刘七十一把痛恨张抗美的账记在了朱九头上。这年秋天开学，儿子上小学，村里的孩子小时候只有小名上学时才起官名，许多不识字给孩子起不了名的都由老师代劳，刘七十一的儿子本该由老师代劳起名，这次却大显身手自己为儿子取名刘朱九。面对老师的阻止，刘七十一振振有词：

“哪一条规定县革委会副主任叫朱九我儿子就不能叫朱九？叫朱九有什么不好？叫朱九可以当官发财，可以作威作福，可以欺男霸女。叫朱九的人大舅哥可以上大学。”

此事虽经赵六、张三强力弹压得以平息，却在老榆树街头巷尾成为茶余饭后的谈资。传到朱九耳朵里，心里很不是滋味。

比这些更要命的是：林彪摔死不久，县革委会重新改组，一大批靠边站的老家伙们官复原职重新出来工作。新任革委会主任是被朱九们赶下台的老县委书记，被朱九们打断肋骨的腰上戴着钢腰围，对朱九自然没有什么好脸色。而且，派往战备“加强战办力量”的书记是老书记打仗时的警卫员，“文革”前的县招待所所长。朱九总觉得有一双眼睛在后边盯着自己，总有一只脚瞅着踩自己的脚后跟，截留倒卖战备物资、克扣战办工作伙食随时都有可能被发现。尤其是和张甜甜的事，一旦被捅到老不死那里，吃不了也得兜着走。

不行！得想办法！得尽快想办法！得尽快想出好办法！

最好的办法就是尽快给张甜甜找个婆家。张甜甜一嫁，销尸灭迹，一切流言蜚语都将戛然而止，一切问题都将迎刃而解。

别看张甜甜如花似玉秀色可餐，但要说嫁出去，可不是件容易的事。说难于上青天不过分，比作搬走三座大山不夸张。

第一座大山是媒人的问题。虽说是婚姻自主恋爱自由的时代，但父母之命媒妁之言在中国社会仍占主流地位，尤其在这鸡犬相闻民风淳朴的小镇乡村，再好的婚配也少不了个牵线搭桥的。即使一对年轻男女自由恋爱找成对象，临到办喜事父母也会请个媒人装装门面。张甜甜家在农村，镇里人几乎都认识她，知道她是供销社的售货员她的照片挂在照相馆，但了解她的底细能和她父母对上话的人为数不多；为数不多者中，认识张三能和张三对上话的有的不善说媒，有的不屑说媒，余下的已经寥寥无几；寥寥无几中了解张甜甜底细的知道了张甜甜背后戳着个朱九，敢给提亲说媒的实属凤毛麟角无处寻觅。没人拉线提亲，小伙子不愿找或不敢找自己又不主动找，怎么嫁出去？

第二座大山是张甜甜的身份问题。张甜甜是供销社的售货员不假，但供销社的售货员也分两种身份：一种是拥有城镇户口的正式工，其工作关系隶属于县供销社，劳动人事档案在劳动人事局；另一种从农村来的半工半农工，其工作关系在镇里，户口仍然在农村，没有城市户口，因而也没有供应粮，充其量是半个城镇人。卡在城镇农村之间，夹在工人农民之间，不高不低，不上不下，农村人她不找，城镇人不找她，高不成低不就，怎么嫁出去？

第三座大山是张甜甜的名声。说句公道话，镇子里青睐张甜甜的小伙子并不少，其中不乏拥有城镇户口的干部和正式工，甚至连她没有城镇户口也不在意，可每发展到打听底细的环节，一个温馨而浪漫的憧憬便就此打住。谁愿意媳妇还没娶就戴上一顶绿帽子呢？

朱九毕竟是朱九，县革委会副主任兼战办主任毕竟是县革委会副主任兼战办主任，大山在别人眼里高不可攀牢不可破，愚公移山却轻而易举易如反掌。

凤毛麟角无处寻觅是因为压根就没有，凤凰麒麟原本就是人类编造出来欺骗自己的，找它们的毛和角岂不枉费心机竹篮打水。好在人类在自欺欺人的同时，还发明了李代桃僵、李鬼扮李逵、狸猫换太子等一系列手段，可以以次充好以假乱真。鬼是最好画的，因为谁也没见过鬼，你画啥样鬼就是啥样。凤毛和麟角是最好找的，因为谁也不曾见过凤凰和麒麟，你随便找一根不常见的毛一支稀缺的角宣称那就是凤毛就是麟角，再附带一个寻觅凤毛麟角吃尽千辛万苦跋涉千山万水经历千难万险比上天揽月还难比西天取经还险的故事，眼前的罕物就是凤毛就是麟角便确定无疑啦！

聪明的朱九敏锐地认识到，横亘于媒人与张甜甜之间的唯一阻碍不是别人，就是自己。没有人给张甜甜说媒，不是不会不能，而是不敢，只要自己金口一开，便会应者云集趋之若鹜。当然，凤毛不是鸡毛鸭毛可以滥竽充数的，麟角也不是羊角牛角可以鱼目混珠的，得有头有脸有身份有地位的，否则张甜甜是不会买账的。

张甜甜所在供销社的康主任被委以重任。

康主任的名讳因为从来就没派上过用场，恐怕已无从考证。康主任在镇机关食堂当厨子时被唤作康师傅，康师傅奉献给机关职工的是家常便饭，可逢年过节镇里有头有脸的干部们家里吃的红烧肉、肉丸子、烧鸡、炸带鱼都出自康师傅之手，康师傅因而也一路由厨子而供销社副主任而主任。没有人知道他的名字，人们只知其姓不知其名，只知道他从前叫康师傅现在叫康主任。只不过，康师傅当上康主任，人们私下仍叫他康师傅。

朱九打和康主任第一次谋面就把康主任称作康师傅的。陪同县革委会副主任兼战办主任朱九前来供销社视察的镇革委会主任介绍："这位是供销社主任康师傅"的话音未落，朱主任已经紧紧握住他的手说："康师傅好！"对于朱主任称他为康师傅，康师傅非但毫不介意而且倍感亲切，在康师傅心目中，县革委会副主任中的"副"字是万万不可带的，必须称"朱主任"，至于战办主任，那就更名正言顺实至名归啦。和朱主任比，他这主任狗屁不是，压根就不配叫主任，叫康师傅恰如其分恰到好处。

康师傅与朱主任的第二次谋面其实并未谋面。当时，朱主任亲驾吉普车直入供销社后院，康师傅正待出迎，朱主任已直奔宿舍，尾随至宿舍的康师傅以为朱主任要寻欢正待望风，却听得朱主任对着怄气的张甜甜放了一通"能把你弄进供销社就能把你弄出去""能把他弄进大学就能把他弄回农村"之类的狠话后，张甜甜乖乖地跟着朱主任上了吉普车。康师傅赶紧躲起来，权当什么也没看见，什么也没听着。

这次委以重任，康师傅被请到了朱主任的办公室，朱主任还亲自为他泡了一杯茶。不过，该送媒人的礼品是没有的，因为朱主任说他也是受张三之托："张三是你的老熟人啦，礼品会后补的！"

媒人有了，第一座大山搬走了。剩下的两座大山，就交给媒人了。愚公一家加上帮忙的叩石垦壤，移走的仅为太行王屋二山的九牛一毛，真正能撼动太行山王屋山几块石头？太行王屋二山不是愚公移走的，而是上帝派下的大力士背走的，愚公只是挑了个头，表了一番"子子孙孙无穷匮也"的决心而已，此刻的康师傅就是背山的大力士。

大力士康师傅背走第二座大山的方法是王八对绿豆——门当户对。张甜甜是半工半农不土不洋不上不下，镇上的干部正式工不找她，可镇上上班的不也有合同工临时工吗？土坷垃是不嫌弃泥人人的！

大力士康师傅背走第三座大山的方法是柿子拣软的捏，家庭条件好自身条件好的有选择余地不愿戴绿帽子，家庭条件差自身条件差眼看即将打光棍的还顾得上红帽子绿帽子吗？穷得叮当响的牛郎遇上七仙女，高兴还来不及，还顾得上考证女方的历史吗？

历史让一个老杀猪匠的儿子闪亮登场，命运把张甜甜交给了一个小杀猪匠。

狼寻狼，鬼寻鬼，物以类聚，人以群分。康主任虽贵为供销社主任，但毕竟是曾经的康师傅，少不得买肉买菜，和老杀猪匠混得烂熟自然也在情理之中，老杀猪匠杀猪康师傅买猪肉那阵子，小杀猪匠成天屁颠屁颠地跟在屁股后面，康师傅眼瞅着小杀猪匠长大。杀猪是个力气活，这些年，老杀猪匠杀不动了，单位又找不出个杀猪的，小杀猪匠被招为临时工接替了父亲的工种，临时工找半工半农工，王八看绿豆，门当户对。杀猪匠工资不高，老婆常年有病，杀猪的唯一外快就是能买到点便宜猪头猪下水，高脂肪高蛋白把杀猪匠吃得溜圆，像个皮球。杀猪匠的家境恰好是个软柿子。

这边康师傅殚精竭虑，那边朱主任苦口婆心。

“没错，我是答应过你离婚和你结婚的，可此一时彼一时，当初的县革委会是什么格局？我姓朱的在革委会是什么位置？现在呢？那老不死的卷土重来，被我打断肋骨的腰还戴着钢腰子，他能容得下我吗？本来就想找茬子整我，我再闹离婚，他还不把我当陈世美拿铡刀给铡了。”一阵酸楚从张甜甜心头掠过。

“陈世美那是什么人？状元！陈世美岳父是谁，皇帝，国家一级干部。你父亲呢？中国的干部分二十四级，你父亲和陈世美岳父整整差二十四级。即使如此，陈世美还是被黑脑袋包公给铡了。如今，那老不死的东山再起，心比包黑头的脑袋还黑，弄不好，铡了我不算，连你也铡了。”

“那我就嫁个圆皮球？”

“圆皮球怎么了？营养好，心态好，心宽体胖！”

“那我就嫁个临时工？”

“好，这事包在我身上，正式工争取，合同工保证，我现在就打电话。这下你满意了吧！”

县劳动局局长是和朱九一同造反的哥们儿，正式工难度较大，合同工指标没几天就下来了，等到张甜甜出嫁，夫君已从临时杀猪匠升格为合同杀猪匠。

张甜甜终于嫁出去了。

洞房里的杀猪匠像一只初次自行觅食的小狼崽。眼前的羔羊，未经反抗挣扎逃跑逃脱就已乖乖地就擒坐以待毙，垂涎欲滴，唾手可得。可羔羊迎来的不是牙齿，而是舌头，狼崽的长舌贪婪地舔着羔羊的脸蛋并不下口。只有当深谙此道的羔羊教唆着将鼓足风帆的小艇导入航道时，狼崽才意识到此刻的主角应该是牙齿而不是舌头。可就在牙齿嵌入羔羊的喉咙、听得到羔羊喉咙被咬碎的嘎巴声中，劲头十足的快艇却像脱缰的野马一头扎向芦苇荡——小艇一入热辣辣的航道便澎湃汹涌，狼崽一泻千里后依偎着羔羊昏昏睡去。

第十三章

牛绛出走了。

八月秋忙，绣女下床。正是一年一度的麦收季节，老榆树老老少少男男女女都在忙着拔麦子，整整一个暑假，牛绛每天都跟着父母哥哥下地干活的。这天早上出工，牛绛被母亲安排在家洗衣服和被单褥单。村里的小学已升格为“戴帽子”初中，“戴帽子”的含义是小学五年级毕业后，孩子们还可以在村里读两年初中，七年级之后，须经考试才能到镇里的中心校上初中三年级。村子里读完六年级七年级的十几个孩子，李四的小儿子李粮食和牛七家的牛绛考上了初三，后天就要开学，到镇上读初三得住校。牛七媳妇吩咐牛绛留在家里把开学穿的衣服和要拿的被褥的被单褥单洗干净，住校不比在家里，虽说没钱置买新的，旧的也要洗干净，免得让同学们笑话。

可中午收工回来，门锁挂在门上并未锁，院里也没有晾出洗出来的衣服被单褥单，牛绛也不见人影，直到吃完午饭下午又要出工，牛绛仍然不见人影。

起初，牛七还沉得住气，制止住媳妇的絮叨，吩咐着儿子牛犇到李四家打探打探，李四的小儿子李粮食也考上镇中心校了，牛绛或许是找李粮食探讨开学的事去了。

牛笨牛犟是两年前的1977年改名为牛犇牛绛的，那年牛笨参加高考，牛犟也要上初中，打倒“四人帮”后胆子稍大的一点牛七试探性地让两个孩子在报名时在报名表上把名字填成了“牛犇”和“牛绛”，看看并无反应，一直沿用至今。由牛笨而牛犇的儿子高考分数超出了分数线但政审未过关至今仍在务农，由牛犟而牛绛的女儿考上了初三，人却不见了。

牛犇到李四家没有找回妹妹，却跟来了李四。

李四带来的消息更让牛七头皮发麻——李粮食也不见了。

牛绛不单是一个人出走了，是和李粮食私奔了！

“不要找我们。我们去办大事，办正事，办不成就不回来。”捏在李四手里的字条，“我们”分明告诉众人，他俩是一起走的。

“弟妹别哭，哭也没用。牛七，你仔细瞅瞅家里，看看家里有啥和平时不一样的情况，兴许能找到点线索。”

屋外，出下午工的人们已不时路过，牛七像热锅上的蚂蚁，李四的额头上也沁出了汗珠。

家徒四壁，老光棍留下的一个破柜子是用来盛面的，刚才做饭已经开过了。牛七的目光落在炕上的被褥垛。

掀开盖在上面的一个布单，再揭去几层被褥，垛底，是全家人的棉衣棉裤，上面，散落着一个牛皮纸信封和一大堆材料。

那是牛七寻求平反的申诉材料。1977 年以来，牛七不断地向县委组织部递送申诉材料寻求平反，这事除李四外瞒着全村人，连老婆孩子也瞒着。家里没有藏东西的地方这些申诉材料连同组织部答复不予平反的材料统统被牛七装在一个牛皮纸信封里藏在被褥垛下面。今天，全被洗衣服的牛绛看到了。

“孩子们的确是办大事去了，办正事去了。”李四松了一口气，随即紧锣密鼓地开始了布置。

“弟妹、牛犇，你们照常出工，什么也不要说，有人问起牛绛，就说开学了。”李四吩咐牛七媳妇和牛犇。

“你回家给我们准备一身干净衣服，准备点钱，在家等我，等我回去你再出工下地。”李四吩咐跑来探信的媳妇灵芝。

“你换身干净衣服，到我家等我。”李四吩咐牛七。

“张队长，镇中心校要开学啦，学校的宿舍还没收拾好，通知考上的学生家长去帮忙收拾，我和牛七得请两天假。”村头，李四截住正要下地的张三扯了一个天大的谎。

回到家里，李四执意要把自己平时出去开会穿的一身灰色中山服让牛七穿上，自己穿另一身也算干净整洁的旧中山服。呼哧呼哧给李四自行车打着气的牛七不以为然。

“县组织部的门槛我都快踢破了，我每次都老虎下山一张皮——就这身打扮，穿什么中山服？”

“你知道我们要去哪儿吗？”

“去县里。不是吗？”

“上省城。”

“上省城？”

“上省城！”

“盘缠得多拿点。”李四吩咐灵芝。

灵芝转身掀开大红柜拿出二十元钱和先前已准备好的二十元放在一起就下地了。李四边锁上门边和推出自行车的牛七分析着：“我估摸，两个孩子肯定是上省城了。县里你已经跑了八十趟，人家明确答复你，你的右派是一个团伙，团伙的首要分子是你从前大学的校长，他的右派没平反，你的右派就平不了反。如今这些材料让孩子们都看着了。俩孩子多聪明呀！你走了八十趟走不通的路他们还会走吗？肯定奔省城去啦！”

“这孽障，一个十五六岁的女娃，她有多大本事？还把李粮食也拉上。”

“你还别说，我还喜欢这样的孩子。将来呀，肯定比你我有出息。”

“这下好，把你家也连累进来了。”

“孩子们干的是大事、正事，何谈连累？”

两人一辆自行车，李四骑着，牛七坐着，牛七家没有自行车牛七也不会骑，连替换的份也没有，急着赶路，上坡时李四骑着牛七在后面跑着推着，下坡或平路，牛七坐着。到了镇上，李四到粮库找主任，从主任的办公室往县里姐夫的办公室打了个电话，如果李粮食到了县城，一定去大姑家落脚，结果证实李粮食根本没有到县城，李四更坚定了自己的判断：两个孩子奔省城去了，奔牛七从前教书的省立大学去了。肯定！

从镇上到省城，须坐火车到市里换车，镇上到市里每天只有一趟的客车已经错过。牛七开始焦躁不安，手里的烟卷一根接着一根。一个十五六岁的女孩子，从未离开过老榆树半步，连镇上都没去过，怎么去得了省城？更何况，还拉上了人家李粮食。唉！

李四并不着急。李粮食不仅去过镇上，还去过县城大姑家坐过火车。中午，灵芝已经清点过大红柜里的钱，少了二十块。有二十块钱，有坐火车的经验，两个初中二年级孩子上个省城应该不成问题。

牛七领略了一把李四的神通广大。

孔工长的前任老工长此时已是镇上火车站的站长，听得李四急着上省城，站在墙上的列车时间表前思索一番后便有了方案：“这么着！半小时后有一趟货车，我给车长打个招呼，你们搭货车到市里，市里到省城，晚上有两趟客车，我给你们带个条，如果客车没票，你们就拿条找市里火车站的站长帮忙，明天天亮，就能到省城。”

从省城火车站到省立大学，仍然是二十多年前的一路公共汽车，依然是每人一角五分的票价。进得校园，依然是二十多年前的老样子，经历了无数风雨洗礼的六层教学主楼仍然那样庄严雄壮。

循着“省立大学 1979 年开学典礼现在开始”的广播声追到大礼堂门前的牛七李四被臂挎“执勤”袖标的学生礼貌地挡在了门口：“开学典礼仅限老师学生参加，家长请留步。”

坐在大礼堂台阶上听着广播里校长讲话的牛七，眼泪像断了线的珠子，没有手绢，想抬起衣袖擦擦，又不忍弄脏了李四平时都舍不得穿的中山装，只好任凭眼泪肆意地奔流——广播里传来的，分明是老师、老校长那洪钟般的声音。这声音牛七再熟悉不过了，二十多年啦，牛七一下就听了出来。

校长讲话结束后，主持人的介绍证实了牛七的听力：“老师们，同学们，许多人都认为今天讲话的校长是位新校长，不，他是我们的老校长，二十二年前，他就是这所大学的校长，今天，他平反昭雪，又回到了我们学校！”

伴着广播里的掌声、欢呼声，台阶上的牛七一下子蹦了起来，满脸的泪水甩向太阳烤得炙热的水泥台阶。

可是，开学典礼结束后，全校师生从大礼堂鱼贯而出，牛七仍然没有从人群中找到自己的老师校长。

老校长被混进会场的两个乡下孩子拦下了。

试图阻止牛绛李粮食拦住老校长的工作人员被老校长威严的目光逼退了，牛绛蹦豆子似的乡下话老校长听了个半懂不懂，只是判断出这孩子是替她右派父亲平反奔走呼号的，俯下身子，一双大手轻轻地放在牛绛头上，一双慈祥的花白长睫毛大眼让牛绛胆子更大了。

“你爸爸叫什么名字？”

“牛七。”

“啊，你是牛七的女儿！”老校长已老泪纵横。

“校长，您认识我父亲？”

“何止认识！走，孩子，跟爷爷回家！”

大礼堂只有一个出口，牛七确信老校长还在里面，决心死等。终于，老校长出来了，一手拉着牛绛，一手拉着李粮食。不顾一切冲上去抱住老校长的牛七已泪如泉涌。

这一年，右派牛七平反昭雪，被安排到镇里的学区中心校任教，李粮食和女儿牛绛都在自己班上。

牛绛属虎李粮食属兔，牛绛大李粮食一岁，两人的性格恰似属相，牛绛像一头伶牙俐齿的母夜叉，李粮食像一只性格乖巧的小白兔。不过，母夜叉并没有把小白兔一口吞下，而总是深情地注视着小白兔，精心地呵护着小白兔。初三那年，李粮食住校吃食堂，学校食堂条件差，只做午饭晚饭早上没有早点，李粮食牛绛每天上两个早自习，一个是自己早早起床后就到教室学习的早自习，一个是学校课程表上排出的早自习。两个早自习的间隙，李粮食总会被牛绛领回家里，昔日右派娘现在的学校食堂炊事员已经做好了热腾腾的早餐等着两个孩子。

李粮食牛绛一同考上县一中同一个重点班的那一年，牛老师因为所教班级成绩优异被调到县一中担任重点班的班主任，每天早晨的两个早自习间，李粮食像上初中时那样在牛绛家吃早饭。每当牛绛在宿舍门外喊李粮食，同宿舍的男生都会开玩笑“你母老虎媳妇喊你”，羞得满脸通红的李粮食赶紧跑出宿舍，听话地跟着牛绛去吃饭。

高考时，金榜题名的牛绛和李粮食填报志愿时选择了同一所大学——省立大学，分别被录取到中文系和经济系的李粮食和牛绛结伴赴省城报到上大学的火车上，牛绛在一个饭盒里泡了两袋方便面，两人头顶头开吃。当天晚上，省立大学校园人工湖畔，李粮食被并肩散步的牛绛搂抱结实，脸上一记重重的吻。大学毕业，两人一同留校任教并结婚，中文系和经济系结为亲家。婚礼上，中文系经济系两个老学究系主任依例要求新郎新娘谈谈恋爱经过，新郎羞红了脸一言不发。“我俩是青梅竹马两小无猜，光屁股时就定了亲。”新娘却落落大方地说。

意犹未尽的年轻老师们哄笑着催促讲得更细点更具体点，新娘又一次语惊四座：

“当年，我们家里穷我哥娶不起媳妇，家里就把我许配给他换了他姐给我当嫂子，我们是换亲。”

换亲之说纯属逗乐，但李粮食的姐姐是牛绛的嫂子却千真万确。李粮食牛绛上大学那阵，因父亲落实政策而被安排子女的牛犇被安排到父亲所在的教育局，教师进修学校里进修时和进修的社办教师李禾苗在一个班上，进修结束，两人在同一学校教书入了同一个洞房。

第十四章

美酒飘香啊歌声飞，朋友啊请你干一杯，胜利的十月永难忘，杯中洒满幸福泪……

李光羲一曲《祝酒歌》，开启了中国改革开放的大幕。纪念改革开放三十年时，中央电视台推出的大型综艺节目《歌声飘过三十年》，这首歌成为首选。伴随着这歌声，中国的老百姓开始全新的生活。

可自打这首歌唱起，张三的烦心事一件接一件，用他自己的话说，叫“没过过一天好日子”。

社员们变得不再“听话”，不好指挥了，磨洋工的多了，嚷着要自留地的多了，粮食产量直线下降，先进村模范村的表彰没有了，波涛汹涌的分田单干包产到户大潮席卷而来。老榆树齐齐整整的万亩海绵田一夜之间被分成数不清的一条条小块块，五花八门的庄稼出苗后活像一块块尿布晒在太阳底下。

“尿布”上面，“铁牛”“东方红”根本施展不开，犁地时没等张罗就到地头了，掉头转弯的工夫已经闯进别人家地里。没人要，也没人要得起，分田单干时干脆卖掉，全村人分了钱，一家一户耕种一块块“尿布”，只能用马牛驴骡等畜力，老祖宗在唐朝时就发明的曲辕犁重放异彩，老榆树的农业生产状况一下子退回到合作社以前的水平。

包产到户后，老榆树被从原来的大队分离出来，成了一个独立的行政村，相当于过去的大队。张三盼了几十年的、争取了几十年的事，现在很轻松就实现了，可便宜没好货，好货不便宜，支书让赵大勇当去了，自己仍然是个村长。

村长相当于当年的大队长，职务比过去的生产队政治队长算是高了一级，但这村长压根就是个不值钱的货，家家分田单干，各种各的地，谁还把他这个村长当碟子菜。

就连几个老情人也翻脸不认人，翠英妈开始不冷不热，翠英爹也一反常态，张三上门不再躲走，一副当仁不让的样子；白美人过去温顺得像绵羊，这会儿嘴里居然骂出了“老畜生”“不要脸”，连磨倌矬子也横眉竖目，“八千岁”简直要成精；“一枝花”倒是依然热情，张三赶着驴车一进院，就把丈夫支走了，可临到脱衣上炕，手伸得老长：“拿钱来！过去老娘就算为人民服务普度众生了，如今老娘得来点实惠的，想操老娘，可以，谁来就谁来，老娘脚叉开，掏现钱！”驴车上的张三一路上骂着“婊子”，悻悻而回。

张三开始怀念那些政治挂帅阶级斗争为纲的岁月。政治这玩意儿真是个好东西，张三当了二十多年政治队长，对政治的作用和好处体会并不深，“不识庐山真面目，只缘身在此山中”，“不上高山，不显平地”。如今政治观念淡薄了，阶级斗争不搞了，当年搞政治抓阶级斗争的优势才凸显了出来。当年的生产队无论是生产上的事还是生活上的事，有不服气的，不听指挥的，胆敢唱反调的，大喇叭一广播，全体社员大会一开，地主王五、右派牛七拉到台上批斗一番震慑一番，张三讲话再把村里不服气不听指挥唱反调的现象事件人物上纲上线到阶级斗争新动向，要抓几个反动典型、抓几个现行反革命的风一放，有哪个愿意与地主王五、右派牛七之流同流合污沆瀣一气的？有谁愿也被拉上台被批被斗的？所有的牛鬼蛇神妖魔鬼怪都在张大圣奋起的千钧棒下威风扫地服服帖帖，万里尘埃顷刻间化作玉宇澄清。用张三的话说叫作：“这还有屌说的，这还说个屌。”

而现在阶级斗争不抓了，地主的帽子摘了，右派平反了，王五牛七见了张三，不再像过去那么卑躬屈膝，几次差点被张三打成现行反革命的七十一现在反唇相讥，一副玩世不恭的样子。

“文化大革命”中的事被翻腾了回来找来了后账，张三和赵六被弄到县里进了一个名为“讲清楚”的学习班，要求把“文化大革命”中诸如王二狗之死之类的事情“讲清楚”。亏得在省城里给大领导当秘书的大儿子闻讯赶回来，张抗美在县城里待了好几天，张三的事情才算讲清楚了。只可惜了赵六，在县里待了几个月后才回来，民办教师的位子也没有了。

高考恢复，附近许多村子的学生相继考上大学、中专。二儿子张援朝和同村王五的儿子王小五李四的儿子李粮食牛右派的女儿牛绛一届考入了县城的重点高中。可高考下来，李粮食和牛绛都考入了省城的重点大学，王小五考到四川大学，张援朝却连续补习三年四度高考，最后还是灰溜溜地回到了村里。

回村也罢，正好家里缺劳力，祖宗三代都是农民，种地也不是什么丢人的事，可张援朝这个孽种誓死不在“希望的田野上”给地球挠痒痒，嚷着要去贩地毛贩羊毛贩羊绒贩羊皮，没等张三表态，堂妹已经把所有的存折拱手交出来。那钱一部分是生产队时候分工攒下的，还有一些是生产队后期张三偷着卖生产队白面莜面胡麻油贪污的，当初看起来是点钱，现在看来那点钱太可怜了，哪经得住张援朝这个败家玩意儿花，几天就折腾完了。

当了几十年脱产政治队长的张三又重新抄起锄头，在“希望的田野”上给地球挠上了痒痒，亏得有两个光棍儿哥哥，要不，分到的责任田也得撂荒。

光棍儿是此地一道独特的风景线。

男孩子到了该娶媳妇的年龄，因为个人或家庭条件欠佳而娶不上媳妇，无妻无子光得像棍儿，被冠以光棍儿称号恰如其分。究其原因，部分光棍儿是自己长相不济或干活不出色，部分光棍儿是因为家庭条件不好出不起彩礼，有的相亲失败或被彩礼吓退，有的甚至压根就没人提亲。自打老祖宗走西口来到这片既非平原又非丘陵既似荒漠又像草滩的地方，光棍儿就层出不穷，屡见不鲜，前仆后继，生生不息。

娶不到老婆当了光棍儿的人们，并不等于从此退出男人的序列，永世不得翻身。换一种说法，即光棍儿并非终身制，除个别有自知之明永久打消讨老婆念头的铁杆光棍儿以外，许多老的小的不老不小的光棍儿们，像当年企图复辟恢复失去天堂的阶级敌人一样，不时甚至时时梦想着桃花运翩然而至，半道捡个离婚的死了男人的嫁不出去的寡妇，从此脱离光棍儿序列，再不当那茕茕孑立、形影相吊的光杆司令。

光棍儿绝非仅存于人类，动物界也大有所在。

在农村、在牧区、在半农半牧区，农民、牧民、半农半牧民饲养的马牛羊驴猪，母马母牛母羊母驴母猪的际遇大致相同，生儿育女繁衍后代，吃草干活临了被杀被剐被食肉寝皮。但雄性的公马公牛公羊公驴公猪们却会因机遇不同而命途迥异。它们中的大部分交配意识刚刚萌动之际，就会被扼杀在摇篮中，兽医会在它们即将有能力交配之前将它们摁倒在地，用刀子在它们的阴部割开一道口子，生生将它们的一对睾丸拽了去，从此它们便活生生地失去了雄性的功能，恰似人间的太监。而那些在这场劫难中侥幸逃过一劫的雄性，从此便与别的同性同类不同，不仅可以少干活不干活，而且伙食标准较之阉党或雌性也高出一截，连名字也另辟蹊径以示区别：分别被称作儿马、牤牛、叫驴、骚猪，公绵羊叫圪羝，公山羊叫臊忽。尤其让被阉掉的同性别同类不能容忍的是，每当发情交配季节，这些儿马、牤牛、叫驴、骚猪、圪羝、臊忽们便大发淫威，过上了一夫多妻、骄奢淫逸的生活，大群的雌性任它们蹂躏糟蹋而忍气吞声或者半推半就甚至趋之若鹜，而数量比例占绝对优势的同性阉党们却只有眼馋的份儿。

有一个骂人的词叫“牲口”，泛指马牛驴羊猪。其实极不准确，打击范围太大，那些雌性和被阉的雄性们是被冤枉的，应予平反昭雪，恢复名誉。名副其实，当之无愧的“牲口”，其实只有牲畜中的儿马、牤牛、叫驴、骚猪、圪羝、臊忽。因为，随着资历渐深资格渐老，它们在畜群的地位不断攀升，奸淫的对象也由妻妾而扩展至姐姐妹妹表姐表妹堂姐堂妹甚至母亲姨姨祖母外祖母曾祖母曾外祖母……

话到此处，还有件事不得不说。牲畜们交配，本该齐刷刷找同类，即牛找牛、马找马、驴找驴、猪找猪、羊找羊，偏偏就有独出心裁独树一帜的，敢于冲破传统的樊笼，整出点新花样来的，那便是马和驴，公马与母马耳鬓厮磨之外，还把淫荡的目光瞄向母驴，公驴也不甘示弱，奋起还击，不少母马因此遭殃。于是，一个崭新的畜种诞生了——骡子，按照中国几千年夫权社会的标准，骡子被分为马骡和驴骡，即公马与母驴所生之骡叫马骡，公驴与母马所生之骡叫驴骡。大抵是因为马和驴的染色体仅仅相近而非完全相同，因此只能繁殖一代，骡子一生下来就是绝户，无论公母，都没有性能力，因而也谈不上传宗接代、烟火永续。马骡与驴骡扯远了，还回到光棍儿的话题上来。

光棍儿既讨不到老婆又半道上捡不到寡妇，但在性方面，绝不像被阉掉的公畜束手就擒缴枪不杀。看到异性，听到男女间亲热的声音，他们也会耳热心跳、下身鼓胀，也会时常心潮澎湃浮想联翩。于是，偷腥便成为不可避免。

在这片山西人走西口落脚的广阔区域内，光棍儿偷腥有一个专用词——跳墙头，大抵是因为光棍儿偷腥大多不是堂堂正正地从大门穿堂入室，而是越墙而入，偷过腥又原路返回，由此而来。流传久远的歇后语“光棍儿跳过墙，暂躲一时忙”便是佐证。不过，跳墙头恐怕并非光棍儿们的专利，有老婆的男人出去偷腥，恐怕也得练就一身跳墙的本领。

光棍儿偷腥跳墙头的历史因持续时间长流行区域广涉及范围大而无法细细道来。这里，只能越过时间的隧道玩一次穿越，用一个21世纪的奇闻略见一斑，以期达到窥一斑而见全豹之效果。

话说21世纪初老榆树的邻县，就在距离老榆树几十公里的另一个村子里，有个小伙子传媒大学毕业后当了若干年北漂只捞着几个跑龙套的角色不得志不得已而穷愁潦倒悻悻然回到家乡回到山村，加入了村子里数量不菲的光棍儿的行列。一段时间过后，村子里光棍儿偷腥的事便了如指掌，甲光棍儿与乙女人有染，乙光棍儿与嫂子偷情，丙光棍儿和弟妹不干不净，甲乙两光棍儿跳的是同一堵院墙，甲乙丙丁等光棍儿找的是同一个女人。新奇的发现催动了传媒学士的创作激情，一部取名《村里那点事》的剧本不久便杀青。满心欢喜拿着剧本找到原型演员表达拍一部原汁原味原生态电影思路的传媒学士被光棍儿们“给多少钱？”的诘问弄得目瞪口呆，还差点挨了打。垂头丧气的传媒学士躲挨打跑到京城，找到当年一起漂流的一个女伴讨酒喝。女伴与学士同病相怜，若干年的努力只挣来几个龙套，幸好有张好脸蛋，嫁了个有钱的洋人准备聊度余生，听完学士的经历眼前一亮，久已湮灭的艺术梦重新绽放出绚丽的火花，当即拍板出资拍摄电影《村里那点事》，条件是：片中的女一号由她来扮演。

当学士带着大捆钞票荣归故里时，光棍儿们的态度来了个一百八十度大转弯，争先恐后担当原型角色，竞争白热化到打得鼻青脸肿头破血流差点弄出人命的程度。也难怪，又能挣钱又能上镜头名利双收，还能与城里来的洋气老婆演床上戏，哪个光棍不垂涎三尺。很快，电影《村里那点事》被拍摄制作完成，影片的最大亮点是：除集编剧、导演、摄影于一身的学士和女一号外，其余演员素材场景均为原汁原味原生态。

可惜，电影《村里那点事》未能上映，被责令不准上映。原因呢？大抵是内容偏激，以偏概全！

气急败坏的传媒学士将影片传到网上长睡不起，直到有一天一个光棍儿送来一封写着洋文的邮件，拆开邮件，一笺粉红的请柬飘落炕上：“您拍摄的电影《村里那点事》在某电影节上荣获某大奖，颁奖典礼于某年某月某日在某国某市举行，恭请届时光临……”

墙里开花墙外香的传媒学士一夜走红，多家电视台电影制片厂争相录用。

总言而之，统而言之，总统而言之，光棍儿的优势就在于光，无牵无挂，“一个人吃饱都饱啦，干完坏事逃跑啦”。

分田单干后，长久不干活且腿上有伤的张三面对分到的责任田一筹莫展，两个光棍儿哥哥帮上忙派上了用场。

第十五章

成都之行不仅让张甜甜大开眼界，而且看到了光明，看到了希望。

供销社的业务基本已处于歇菜和半歇菜状态。雨后春笋般冒出来的小卖部、商店遍布小镇的大街小巷，经营的品种五花八门门类齐全，顾客进门，笑脸相迎，商品新颖时髦还可以讨价还价，一派繁荣景象。与这些个体商店形成鲜明对比的是昔日风光无限的供销社、百货公司、五金公司之类，售货员们守着多年卖不出去的陈货底货和标价签整日发呆。侥幸卖出去的一点点陈芝麻烂谷子，勉强换回一些新鲜玩意儿支撑着门面，会计的账上，别说利润，全部营业额加起来，也开不出职工的工资。头脑活泛的纷纷自立门户忙乎起了自己的生意，偶尔来趟单位充其量也就是打听打听拖欠的工资何时能发上，不得已仍旧上班的三天打鱼两天晒网，在百无聊赖无所事事中打发着光阴。可怜康主任康师傅，绞尽脑汁喊破嗓子也无力回天。

张甜甜是应老情人朱九之约赴成都的。

典型的“三种人”朱九被抓进“三种人”学习班时原本准备去坐监狱的，三个月后从学习班出来“重新安排”工作时对政府的“政策宽大、给出路”千恩万谢。昔日随他造反后来这局局长、那乡那镇主任副主任的小兄弟们有的回单位当了一般干部有的当了教书匠，副县级的朱九被安排到市里一家副食品公司给了个副经理，调令上副经理后面的括弧里括着一个“副科级”。这些年改革开放搞市场经济，国营商业单位江河日下，有路子的正科级正经理另谋他就，把一个烂摊子甩给了朱九。未承想，山重水复疑无路之际，竟有柳暗花明又一村之时，“无边落木萧萧下”的一潭死水，在朱九手里大有“不尽长江滚滚来”之势。“富贵不还乡，如衣锦夜行”，西装革履腰挎 BB 机的朱经理不朱总经理自然要在老情人张甜甜面前炫耀一番。

朱九让市副食品公司起死回生峰回路转的全部要诀在于充分发挥了公司名称前“国营”二字的魅力。有这两个字的闪闪光芒，朱九就有充足的胆量和有实力的厂家签订订货合同，而且数量越大越好，小到一个、几个、几十个集装箱，大到一个甚至几个车皮，来者不拒，多多益善。朱九的销售策略是“人无我有，人有我贱”，别的个体户没那么多钱订不回来的货朱九以正常价格销售，别人也能发回来的货朱九以厂价或低于厂价抛售。别人诧异朱九不为赚钱图热闹，却不晓得朱九签订的进货合同“付款方式”一栏内全部为“货到付款”或“托收承付”。换言之，朱九进货压根就不用现款其实公司账号上也没有现款，源源不断运进朱九仓库的货，全是冲着“国营”二字发来的。接下来，朱九的招数更绝——“货到不付款，托收不承付”。货到了尽管卖，卖了钱尽管花，厂家催款电话一个接一个，得到的答复只有两个字“没钱”，至于托收承付就更简单了，厂家的付款单到了朱九的账户，账户上根本就没有钱，没有钱，银行也无法承付。

“杀人偿命，欠债还钱”天经地义，自古使然，难道朱九欠厂家的货款可以不还吗？非也，钱是没有的，卖下的钱朱九得留着自己用，但债还是要还的，及至厂家找上门来催债，“国营”二字再次发出闪闪光芒。朱九会满脸愁容一脸无奈地向对方诉说市场经济的排山倒海，痛陈国营企业的举步维艰，之后，会诚恳地把厂家的讨债代表领到财务亮出账本和没有余额的存折，领到自己的仓库亮出全部家底，然后以天价把这些永远卖不出去的商品抵顶给厂家以尽一个濒临倒闭但还无比诚信的国家企业的最后责任，厂家无奈，只好就范。

打包着一堆破铜烂铁回去交差的厂家讨债代表哪里知道朱九另有

一本账和多个存折，另有存放着卖得出去商品的仓库，即便怀疑有，人生地不熟初来乍到，自己也找不着。

遇上难缠的不肯轻易就范的厂家讨债代表，朱九就得出点血了，请吃饭塞红包给点小恩小惠，讨债代表一旦“笑纳”红包还接受了朱九安排的小姐伺候之后，事也就成了。

也有把朱九告上法院的，此时，中国的法律会帮上朱九的忙，厂家告朱九，得到朱九公司的所在地法院起诉，即便厂家所在地法院接受了起诉找上门，朱九也会以“管辖权异议”予以应对。最终，法院为厂家从朱九那里“执行”走的依然是一堆价格高昂永远也卖不出去的破铜烂铁。

朱九给自己的经营之策起了个名字叫“割草”。野草割不尽，春风吹又生，只要春风吹到的地方，到处是青青的野草。

此番朱九约了张甜甜赴成都，名义是游玩，实则是参加每年都在成都召开的全国糖酒订货会，有了身旁的漂亮脸蛋，朱九此番的合同比往届订货会多签了许多。

时而驶进山洞时而驶于山间的火车让张甜甜新奇无比，漫山遍野缤纷绚丽的油菜花让张甜甜心旷神怡，巧夺天工妙趣横生的都江堰让张甜甜叹为观止，订货会会场上铺天盖地的广告行进演奏的军乐队让张甜甜自惭形秽，朱九眉飞色舞唾沫星子横飞的“经营之道”讲述让张甜甜茅塞顿开。

说者无心，听者有意，朱九向张甜甜展示“割草”术只是炫耀，而张甜甜却大受启发已经准备如法炮制。

县供销社已经多次动员各乡镇供销社的能人搞承包经营，可几番动员后依然无人问津。承包经营供销社，得上缴利润支付众多职工的工资承担庞大的费用，那得有多少资金多大的本钱？谁有那么大的本事？

这本事张甜甜学到啦！

张甜甜没费多大劲就说动康师傅承包了供销社，说动康师傅的内容仅为“国营”二字的含金量部分，其余对康师傅全部保留——猫教老虎还留着上树一招。仅凭要账的来了她处理的承诺，康师傅就和花枝招展的张甜甜踏上了参加订货会的旅途。小镇虽小，但交通位置重要，比例尺很小的中国地图上，找不到市，找不到县，但小镇的名字赫然在列，厂家因而认为这是一个卖得出产品的中枢。镇供销社比不了朱九的市级单位，但经营范围比朱九的副食品公司可以更大，大到五金家电、服装鞋帽，小到土产日杂、日用百货，只要有订货会，就会有康师傅和张甜甜的身影。因而，大批的各类商品络绎不绝地充实着供销社的仓库和柜台，一度沉寂到几乎门可罗雀的供销社再度人声鼎沸熙熙攘攘，呈现出历史上从未有过的红火景象。

当然，在穿梭于各类订货会忙于割草之余，康师傅和张甜甜各有意外的收获。

康师傅收获的是张甜甜。作为张甜甜的顶头上司，康师傅对张甜甜动心非今日始，只不过过去碍于张三的面子更慑于朱九的威风有贼心没贼胆，待到张三朱九威风扫地之日，也是自己江河日下一落千丈之时，一个连工资也开不出的主任还哪里有资格觊觎自己的女部下？如今不同了，康师傅是供销社的承包人，是力挽狂澜的英雄，是让濒临倒闭的供销社峰回路转的大能人，是让一具僵尸凤凰涅槃、浴火重生的企业家。“每一个成功的男人身后都有一个了不起的女人”，康师傅背后的这个女人当然是张甜甜，康师傅的成功离不了张甜甜的出谋划策运筹帷幄，但在承包合同上签字画押的毕竟是康主任。随着一次次一同出差，随着一回回结伴旅行，茫茫人海中，张甜甜最亲最近的人只有康师傅，坐火车抗硬板时，有时候她会依偎在他的怀里熟睡，卧铺车厢里，他会望着睡美人发呆，积蓄在心底多年的垂涎之火又重新燃起。康师傅觉得，该是把这个站在自己背后的女人揽在自己怀中的时候啦！

终于，一个漫漫长夜的旅途中，从风挡处抽烟回到铺位的康师傅没有躺上自己的铺，而是坐到了对面张甜甜的铺上，借着过道里微弱的灯光，一张散发着浓烈烟味的老嘴向睡美人桃花般的面庞伸去。

就在臭嘴即将触到桃花的一刹那，康师傅的脖子被一只胳膊紧紧勒住，动弹不得，康师傅不敢挣扎更不敢出声，听任胳膊摆布。胳膊将康师傅的耳朵摆布到嘴边，轻轻地送出一句："到地方再说。"

到了地方，宾馆房间的门刚关上，张甜甜就脱得一丝不挂钻进被窝招呼着康师傅，倒弄得康师傅手忙脚乱，十分狼狈。

被康师傅收获的同时，张甜甜也没有空手而归。一番云雨之后，康师傅畅快地答应了张甜甜管钱的要求。之后，凡要账的上门，都是张甜甜操刀开割，小镇不比朱九的市里可以找到小姐，每逢需要"俘虏"要账的，张甜甜就亲自到要账人下榻的镇招待所"送货上门"，待要账的回味着张甜甜的万种风情打包一堆破铜烂铁打道回府，张甜甜就会把此单生意中割到的草从供销社的存折转到自己的存折。张甜甜并不贪，此单生意中商品零售价与进货价之间的差额归承包人康师傅，张甜甜拿走的只是那堆破铜烂铁的顶货价与原始价之间的差额。康师傅对这一算账方法并无异议，在充分肯定这是社会主义多劳多得少劳少得不劳不得分配原则的充分体现的同时，心里在希冀着下一次订货会饱餐张甜甜的秀色。

一个康师傅加上一个张甜甜打烂了碾碎了掺和在一起再捏成一个整的，也撵不上一个朱九的高屋建瓴高瞻远瞩。比起朱九的高识远见高深莫测，康师傅、张甜甜的割草显然慌不择路，饥不择食。朱九专选有实力的国营大企业"割"，这样的草割起来容易也经得住割；康师傅张甜甜却不管三七二十一，不论国企私企，不管集体个体，统统纳入割的范围，整日奔忙于各地各类的各种订货会上寻觅各等各色割不尽的野草。

这样的不择手段不计后果给康师傅留下了深深的隐患：一个绳匠老汉，原本是背着一大包绳子追着订货会卖绳子的，未承想天上掉下个大馅饼，康师傅蹲在老汉订货会会场外的绳摊前和老汉签下了一笔大大的订单。老汉回家后东挪西借凑钱买足原料老伴儿女亲戚朋友加班加点加工好绳子按时发了货，可合同约定货到付的款却迟迟不到，追上门讨债的老汉遭遇康师傅的一推六二五和张甜甜的破铜烂铁之后，毫不犹豫地尾随康师傅到康师傅家，在两侧凉房中间大门门洞里的檩条上系上随身携带的产品样绳，一边高喊着："活不成了，康主任逼得没活路了！"一边将脖子伸向绳套。老汉本想装装上吊逼康师傅还钱的，未承想绳子结实有力自己上吊又是头一回没有经验，脖子刚挂上绳套脚就离了地，等康师傅飞奔近前，老汉已两腿一蹬眼睛珠子上翻了。

押走康师傅的警车扬起的尘土尚未散去，目送过戴着手铐的主任的供销社职工们便转身向单位狂奔，开始拼命地抢夺供销社的商品。这里有他们的血汗，有他们被拖欠的工资。承包人已经被抓走了，再不抢就什么也捞不着了。

张甜甜声嘶力竭的哭喊丝毫没有放慢抢夺的节奏，"没良心""白眼狼"的责骂没有任何人理会。接到了张甜甜电话的县供销社派来的副主任顺坡下驴，不仅把商品而且连商铺仓库宿舍按职工人数分成若干份以抓阄的形式分给了职工。快刀斩乱麻的副主任返回县供销社只带回去两张纸：一份是与镇供销社全体职工签下的"一次性处理完毕，永远不找组织麻烦"的协议，另一份是当初康师傅承包供销社的合同。一份是给大主任交差的，另一份是准备将来对付找康师傅要账的。

张甜甜下岗了。

社会的变革就像汹涌澎湃的大潮，所到之处，土丘被它夷为平地，大树在它面前轰然倒下，至于沿途的杂树野草，还没等反应过来，就早已被迅雷不及掩耳翻滚着的潮水狠狠地掀起又重重地摔下，要么随着呼啸着的洪流一路向前，要么被远远地抛到岸边。

被抛在岸边的张甜甜别无选择，驾起小舢板又投入到了滚滚洪流之中。供销社留给张甜甜的遗产只有半只小舢板，散伙分家时每人分到的门脸房是狭长的一条，相邻的难兄难弟难姐难妹们把两条凑在一起才勉强够开一个铺面，两个铺面之间不用砖砌而以铁板隔开以节省面积，偌大的供销社被分割成若干个铺面操起了卖菜的卖肉的卖水果的卖土产日杂的卖五金家电的卖服装鞋帽的卖日用百货的卖糖酒副食的若干家生意。浩浩荡荡的市场大潮中，波涛滚滚的洪流中千帆竞发、百舸争流，巨轮之侧、巨舰之畔，张甜甜的副食品店充其量是一叶小舢板。而且，这只小舢板只有一半是张甜甜的。

“君看一叶舟，出没风波里”。世上最浪漫最想得开的莫过于诗人啦！但颠簸于风波浪里的小舢板尚在被诗人同情之列，小舢板上风吹浪打的下岗职工境遇就更可想而知了。

有人给下岗职工编了顺口溜：

下岗男工不用愁，腰里揣上半砖头，夜深人静上街头，该出手时就出手。

下岗女工不用愁，梳洗打扮上街头，见了大款招招手，你有我有全都有。

为了提振下岗职工的信心，让下岗职工走出迷茫惆怅，有人写了词、谱了曲，用歌声呼唤下岗职工重整旗鼓。半砖头录音机的磁带里，传出了《从头再来》的曲调。

昨天所有的荣誉，
已变成遥远的回忆，
辛辛苦苦已度过半生，
今夜重又走进风雨。
我不能随波浮沉，
为了我挚爱的亲人，
再苦再难也要坚强，
只为那些期待眼神。
心若在梦就在，
天地之间还有真爱，
看成败人生豪迈，

只不过是从头再来！

巨轮汽笛长鸣，大船扬帆出海，小舢板竹筏子上的人们一支竹竿苦撑着生计。

县城的货是二倒手，已被剥了一层皮加一次价，小舢板上的难兄难弟难姐难妹们进货须到市里。清早天不亮就起床坐头趟班车到市里，小旅馆里开个房间权当库房，各处购进的货租三轮车连拉人带拉货将货在“库房”汇集齐了再租三轮车拉到班车站坐末班车返回镇上，班车上的行李架上，班车车厢的座位下面过道里，被各种商品的纸箱堆得溜溜满满塞得满满当当，惹得其他乘客怨声不断。车到镇上，天已黑，卸下货运回铺子，人已疲惫不堪。即使如此，微薄的利润也仅够安身立命。还得感谢供销社留下的铺子，倘若租房开店，恐怕养家糊口也难。

和张甜甜驾同一舢板的大姐头一次一同进货就深切地感受到了张甜甜不同凡响的魅力。之前，大姐已和别人到市里进过一次货，名为给别人帮忙实则为自己探路。这次和张甜甜给自己进货，不用起大早坐头趟班车，而是半下午坐火车到市里，晚上朱九的公司里有住处还设宴款待。第二天进货，朱九公司里蹬三轮的伙计把进到的货一趟趟拉回库房，下午，朱九公司往县城乡镇送货的车把进的货直接送到镇上，张甜甜和大姐也搭着送货车凯旋。

不过，知趣的大姐那晚并未在朱九的公司留宿，推说看一个亲戚实则在一个廉价的小旅馆将就了一夜。她得给朱九和张甜甜让出足够的时间和空间。开张的鞭炮刚停下，大姐就不失时机地向张甜甜抛出了分工的试探：张甜甜负责进货大姐负责看店。大姐已经深切地体会到，倘若两人轮流进货轮流看店，轮到自己进货时成本会特别高，还有，两人给店里的货定了批发和零售两个价，自己守店，零售款的一部分可以算成批发价，自己还可以多落些。

大姐本是试探，心里打鼓似的忐忑不安，生怕小九九被张甜甜看穿难堪。未承想，张甜甜却爽快地一口答应了下来，连片刻的犹豫都没有。张甜甜早已厌倦了尘土飞扬肮脏不堪的小镇，厌倦了逢熟人必谈下岗的话题。如此一来，不仅生意不误利润平分，而且可以到朱九那边大展身手风光一把！何乐而不为？至于批发零售的差价，张甜甜不是不懂或没想到，而是根本就不在乎。

“百灵鸟，从蓝天飞过。”

张甜甜不由自主地唱出了声。

歌声中，张甜甜找回了荣光，找回了自信。连自己也惊诧于歌声是如此的高亢，如此的美妙。她是凭着这副歌喉找到蓝天的，她还能凭着这副歌喉突出重围，突出这垃圾满地臭水横流的小镇鸟笼，突出这世俗不堪土里土气的人群，重新找回自己失去的蓝天。

她的蓝天是朱九，朱九才是她的蓝天。

一只百灵鸟挣脱羁绊她的囚笼，展翅飞向蔚蓝的天空。

从此，手持大哥大的朱九总经理身旁形影不离地偎依着一只腰挎BB 机的百灵鸟业务经理。

朱九的草越来越难割。

“国营”二字的光芒已逐渐褪去，被“割”过的厂家提高了警惕，再也不相信“货到付款”“托收承付”之类的鬼话，不见兔子不撒鹰，

不见货款不发货。订货会上，有人公开打出了“谨防割草队”的条幅，遇上被割过的厂家，少不了被责骂甚至被威胁一番。不过，这些都难不倒朱九，朱九仍会以国营企业经营困难的无可奈何加以搪塞，以“都是公家的事，何必那么认真”加以宽释，余怒未消的厂家代表木已成舟生米已成熟饭也就不再纠缠。

难缠的是那些上门讨债的。

老大老二老三三兄弟东挪西借东贷西欠办了个厂子为了名气响亮还挂靠公家单位弄了个国营的名头，头一次上订货会就碰上了朱九这个财大气粗的大买主，生产出来的全部产品刚刚凑够朱九总经理订的货。可满心欢喜等着货款到位再采购原料大干一场的三兄弟却迟迟没

等到货到后朱总经理汇来的货款。屡次催要只能见到一堆破铜烂铁后，三兄弟已经摸清了朱九的底细，知道了吞进狼嘴的肉是不会吐出来的，明白了朱九承诺的那个日子是2月28号。一个绑架朱九的计划酝酿已久。

那晚，朱九张甜甜正悠闲地徘徊在街头之际，一辆无牌的轿车上冲下三兄弟。试图阻止架走朱九的张甜甜脑后被重重地一击就眼冒金星栽倒在地，被塞进后座的朱九本能地拼命反抗，待驾车狂奔的大哥确认两兄弟已制服了朱九朱九已不再反抗，朱九已七窍出血一命呜呼。折戟沉沙的百灵鸟被救醒后恍惚了有半年之久，亏得杀猪匠白天晚上悉心照料，每日供养的猪肝吃得张甜甜看见猪肝就恶心才缓过神来，人瘦了一圈，皮肤也不再细腻白皙，从此消停低调了几年时光。直到有一天，在另一个城市发达的弟弟发出呼唤，百灵鸟才再次展翅高飞。此乃后话，不提。

第十六章

当个破队长一点好处捞不着，得罪人的事儿可一件也逃不过。农业税、“三提五统”、计划生育罚款，被村民们骂作“乡丁”的乡干部一来先找村长，村长领着“乡丁”挨家挨户要钱要粮，要不到钱粮，搬东西赶羊，搅得鸡犬不宁、鸡飞狗跳，到头来“乡丁”不满意，骂骂咧咧，村民更不满意，村长张三成了风箱里的耗子，两头受气。

凡事都有两面性，有利必有弊有弊必有利，被“乡丁”们吆喝驱赶着要钱要粮食，张三想起了自己青少年时代领着“乌鸦兵”们四处抓丁的保长，觉得自己很像那个倒霉的保长，可保长也有沾光占便宜的时候，张三眉头一皱，计上心来。大集体解散时，张三从会计手里把外边村子借粮的账要来自己保管，会计不想给，但又不敢不给，勉强给了。张三的本意是怕村里人朝他秋后算账，没承想人们分到田地后就欢欣鼓舞地单干去了，这档子事情被尘封起来，被人们遗忘了，没有人再提起过。别人忘记了，张三记着，瞅着“乡丁”们，张三发现了他们的作用。张三把那些账拿出来让他们到借粮的村子收税收三提五统时顺道帮忙收旧账，收回的账五五分成，“乡丁”们当然乐意，收回的账张三不声张，悄悄拿回家。

“赵校长被抓走了。”

赵六被抓的消息不胫而走，不到半天工夫，老榆树已经家喻户晓

还有！地主右派怎么轻而易举就摘帽平反了呢？“不忘阶级苦，牢记血泪仇。”阶级敌人和劳动人民之间的血海深仇难道就这么轻描淡写地一笔勾销了吗？

大惑不解的赵六仿佛一夜之间从风光无限的万仞山巅一下子跌进了黑咕隆咚的万丈深渊。

赵六下地干活服服帖帖没一点脾气，回到家里看见躺在炕上的媳妇脾气却大得很，特别是媳妇絮絮叨叨地翻腾出“文革”时他不听劝阻一意孤行指责他当初斗争自己的亲姑舅王五亲姨表兄李四，根本不是什么“大义灭亲”而是“大逆不道”时，他更是火冒三丈；政府还没深究放了人，你个臭婆娘还蹬着鼻子上脸来了，看见老子倒霉了，是吧？老子丢了校长丢了民办教师饭碗别人可意也轮不着你可意吧？一个雨天，赵六喝得醉醺醺浑身湿漉漉回到家里发起了酒疯，猛地从炕上爬起来准备与他理论的媳妇胳膊没支稳，一头栽在炕上再没起来。如果说，被抓被放间，赵六还心有不甘，不愿承认自己缺德丧良心还试图将自己的行为归咎于国家政策，媳妇的死，才让赵六幡然醒悟大彻大悟——善有善报，恶有恶报，所有的报应都来自自己欠下的孽障。

媳妇出殡那天，来了一个游方和尚，见到赵六后，合掌闭目只念出两个“报应”“报应”。媳妇的棺材被抬走那一刻，赵六扯住眼前的袈裟，头也不回地跟着和尚走了。

第十七章

李粮食接到大学录取通知书后的第八天上午，一辆吉普车开进了李家的院里，车上下来五个人，司机以外，一对中年夫妇带着一双儿女。

夏锄已过，秋收还没到，地里没有多少活可干，李土地趁着农闲弄来一大盆清水和一小盆汽油，卸下四轮车的滤芯、散热片清洗保养，为即将开始的秋收做着准备。零件刚卸下来放进水盆油盆，吉普车开进了院里。

“这就是李四家吧。”最先下车的中年男人眉清目秀，白色半袖衬衫灰色西裤棕色凉鞋，浓密的头发沿头顶左侧的头缝梳向右后侧，露出宽宽的额头，普通话中夹杂着山东味。

“我妈在家。”有些拘谨的李土地答非所问，手指指向父母住的院里东边的屋子。

李土地指路的手指还没放下，中年男人身后的中年妇女便快步向母亲的屋里走去，那阵势怕是被别人抢了先的样子。

“嫂子，你还认得我吗?”

灵芝听见院里有汽车的声音，正从开着的窗户往外看，一个白白净净的女人已进到屋里，右手搂住她的左肩膀，左手扶着她的右胳膊。

好像在哪里见过，声音也似曾相识，就是想不起来。

灵芝摇摇头。

白净女人不甘心，搂着灵芝的肩头摇晃着，脸努力地伸向灵芝眼前，一副你非得认出来不可的架势。

灵芝仍然摇摇头。

“嫂子，我是以前咱这儿工区的孔工长，这是我媳妇。”后面的男人已经急不可耐。

“噢，孔媳妇！”

孔工长三个字一出，灵芝马上认了出来。

就在灵芝“噢”字刚出口的一瞬，孔媳妇双手搂住她的脖子，哇的一声哭出了声。

像走失的羊羔回到了羊群。

孔媳妇饱含着思念和委屈的哭声中，灵芝一手抚着她的头发，一只拳头捶打着她的肩膀，埋怨着：“这么多年了，你跑哪儿去了？”

“好了好了，见到嫂子应该高兴才是，把孩子们也弄哭了。”孔工长身后，两个孩子也抹着眼泪。

“对，嫂子，这是儿子，这是姑娘，小时候你见过的，现在都长这么大了。”被提醒的孔媳妇这才松开灵芝，扯过儿子姑娘介绍给灵芝。

“好，好，多好的孩子，快，快，上炕上炕。”灵芝也觉着失了礼，赶紧招呼客人上炕。

“李队长，你家来卧车子啦！”

李四正领着李粮食拔莜麦地里冒出的野燕麦，一个放马路过的老汉向他报信。村里人把包括吉普车小轿车越野车一类的交通工具通通叫作“卧车子”。

“以往村里也来卧车子，但都是找张三的，今天怎么跑到我家了？”李四心里嘀咕着，脚已迈向一道高坎。站上高坎向村里张望，自己家院子里果然停着一辆吉普车。拔起来散放在田埂上的燕麦苗也没顾上收拢，拔腿便往村里走去。李四走起来脚下生风，李粮食一路小跑才追得上。

孔工长正要喊上司机下地找李四，李四已到院里。

孔工长快步迎出院，一把抱住了李四，或许是因为孔工长变化并不太大，或许是俩人印象比两个媳妇间的印象更深，李四一眼就认出了孔工长。刚才还埋怨媳妇掉眼泪的孔工长，此刻却没能管住自己的眼泪，两双大手握在一起的那一刻，扑簌簌的眼泪夺眶而出。

李四的眼里也涩涩的。

没有经历过他们那个年代的人，没有过他们那个年代经历的人，或许永远也无法理解他们之间的情感。

进到屋里见过孔媳妇，来的两个孩子喊过“大爷”，李四也招呼着李粮食喊过“叔”“婶”“哥”“姐”之后，李四反身来到院里，对着摆弄四轮车的李土地喊道：“骑上摩托车找羊群去，逮一只羊回来杀着吃。”“不用，有羊。”跟出来的孔工长话刚出口，用布子擦车的司机已经揭开吉普车后面的盖子，里面塑料袋里套着一只整羊羊肉。

李土地见状，从自己屋里搬出一块大案板放在打开马槽的四轮车车斗上，司机提着羊肉放上案板的工夫，李土地已从屋里取出了一把杀羊刀。

李家院子里一下子热闹了起来。城里来的两个孩子虽说都已参加工作，成家立业，但这里的一切对他们来说都是新鲜的。屋里大娘做莜面的手艺让他们大饱眼福，八根莜面鱼鱼一头四根扭着窜着从大娘的手托与案板间向前伸展，莜面面块被大娘握在手心，在一块大理石块上用手托搓出薄薄的一片，卷到手指上立到笼屉里就是莜面窝窝。院子里刚才鼓捣四轮车的大哥这会儿抄着刀子在肢解羊肉，一只整羊一会儿工夫就被肢解成最小的单位，既不砍也不剁，骨头与肉之间的缝隙，骨头与骨头之间的缝隙，找得准准确确，分毫不差。姐弟俩正议论着有一篇什么古文描述过这种情形，李粮食脱口而出：“《庖丁解牛》。”

两个女人张罗着做莜面炖肉，两个男人坐在李粮食搬到树荫下的板凳上，唠着各自别后的情形。

1960年，孔工长工区所属地段的铁路防护林在所有工区中看护得最好。别的工区所属的防护林树叶被捋，树皮被剥甚至树被砍掉，都进入人的肚子。剥皮后的白花花的死树和树被砍掉后留下的高低不等粗细不一的树桩比比皆是，唯独老榆树工区没有发生砍树事件，剥树皮的情况也很少。孔工长也因此受到表彰，并被请到分局介绍经验。介绍经验时，孔工长把成绩归结为当地村干部配合村民觉悟高的谦逊引起领导重视。了解情况后，发现孔工长高小文化，还写得一笔好字，于是孔工长被提拔到分局机关工作，后来又被任命为副段长，现在已升任段长。

李四可给孔工长介绍的，只有房子和孩子。当年孔工长待过的三间老屋已经淘汰，老屋院里又盖了六间新房，东边三间李四住，西边三间大儿子住。三个孩子，大儿子早已成家，姑娘已出嫁，小儿子刚考上大学。

说到小儿子李粮食考上大学，孔工长接过了话茬，他就冲着这事来的。

孔工长调到分局进城二十年，老榆树一直是他心中的牵挂。也不知是凑巧还是老天特意地安排，周末下班回家，路边一个面孔似曾相识，探索记忆库想起来是老榆树的一个老汉，看打扮也般配，上前搭话，老汉发呆，一提老榆树，老汉兴奋了，孔工长自我介绍，老汉认出来了。老汉的闺女嫁到城里，夏秋间农闲进城看闺女，巧遇孔工长，少不了谈论老榆树的事，孔工长自然问起最挂念的李四家，老汉把李四家的情况介绍了个详详细细，生怕有所遗漏。

“二儿子刚考上大学。”老汉带来的这条信息让孔工长辗转反侧夜不能寐。农村孩子考上大学是天大的好事，但供一个孩子上大学却并不那么容易，须竭尽全家之力，甚至还得举债借贷。孔工长老家的亲戚，这几年有考上大学的，供孩子上学的钱是靠卖鸡蛋攒下的，孔工长了解。李四的二儿子考上重点大学，是他家的德性品行的回报，但供孩子上大学肯定得费一头汗，不行，我得帮帮他。天一亮，孔工长打电话喊上司机带上一双儿女和老伴直奔老榆树。

一路上，坐在前排的孔工长给两个孩子讲着老榆树的旧事，后排的老伴帮着腔。讲到1960年的事，孔工长语气变得沉重，声音变得哽咽，老伴在后排不断抹眼泪。

车近老榆树，孔工长深情地注视着他曾经工作生活过八年的地方，铁路像一条黑色长龙横亘在大地上，两条长龙相依相偎，伸向远方。铁路东平展展的耕地分成一条条、一块块，铁路两侧的防风林绿色长龙傍着铁路。庄稼五颜六色，村西的山坡变成了梯田，工区早已撤并，房子已拆得无影无踪，但老榆树模样没有多大变化，大致还是从前的老样子。

“四哥，供孩子上大学不容易，我给你找了点活，能挣点钱。”聊过自己来的过程，孔工长的话题转到了自己来的目的。

“什么活？”

“包工。”

“行吗？不犯法，别连累了你！”李四听说过从铁路上包工程的事，可那包工被人们称作黑包工。

“行，现在政策变了，你们村里不也都包产到户单干了吗？我们铁路上的政策也在变，只要你不偷工减料，不偷税漏税，你就不犯法，也不会连累我。”

“铁路上的都是技术活，我干得了吗？”

“干得了，我给你琢磨下的活，是你的拿手活，砌石头墙。”

“铁路上砌啥石头墙？”

“咱这一段不是风大雪大吗？冬天雪埋，春天沙子埋，又埋铁路又埋防风林，这你是知道的。现在我们准备沿铁路防风林西侧砌防风墙，挡雪挡沙子，保护铁路保护林带。砌石头墙，你是老本行，我给你老兄琢磨下的就是这个活。”孔工长手指着近在咫尺的铁路和防风林讲解着。

接过孔工长递过来的烟凑近孔工长手里的打火机点着，李四陷入了沉思，一支烟抽完了，还是下不了决心。

“我心里还是不落底儿，怕给你添麻烦。”

“要求砌多高你就砌多高，要求砌多宽你就砌多宽，能砌成你家院墙这样子质量肯定过关。算账的时候该给国家交多少税，你一分别少交，你就是合理合法的，不会给我添麻烦。”指着李四家的石头院墙，孔工长解释着，等着李四点头。

“我就是怕连累你。”

“不会的，不会连累我的。四哥，兄弟的为人你是了解的，慢说我是老党员老干部，该有的觉悟应该有，就凭我们老孔家的家训，没把握的事，兄弟也不会干，更不会让你老兄干。我们孔家犯法的子孙是连祖坟都不让进的。”

孔工长的话已经说到了这个份儿上，李四也只有点头的份儿了。

“那就先少包点，先试试看。”

孔工长如释重负地笑了。

羊肉的香味夹杂着莜面的香味飘来，该开饭了。

一张大案板雄踞大炕中央，吃饭的人盘腿围坐在案板四周，主食副食咸菜碗筷摆上案板，各取所需，还是二十多年前后半夜里的老样子。

众人坐定后，孔工长心里默默盘点着围坐案板的人，与二十年前的后半夜对比着，少了李母老太太一个，多了李粮食、司机两个。人数变化不大，人的变化不小，该老的老了，该长大的长大了。

端起酒杯，孔工长的眼泪又下来了，和李四碰过杯，目光转向一双儿女。

“二十年前，咱一家就是大爷家的莜面救的命，要不是大爷大娘接济，咱一家早饿死了。”

那边，孔媳妇也已泣不成声。

“来，来，喝酒，喝酒，好容易又见面了，别让孩子们不高兴，咱现在不挺好吗？有肉吃，有酒喝，有莜面吃，挺好，挺好，孩子们，吃，吃。”

李四岔开话题。

“对，喝酒，吃肉，吃莜面，四嫂做的莜面是天底下最好吃的饭。”孔工长也回过了神。

第十八章

三伏天一个燥热难耐的晌午，鸡呀猪呀躲在树荫下，狗趴在地上吐着长舌头散着热，依然不停地喘。李四一家正在歇晌，村里一个老头领着一个绿自行车绿衣服的小伙子找上了门，绿衣服小伙子瞅瞅揉着惺忪睡眼的李四问了一句：“你是李贵？”

“不对不对，他是李队长，李贵是他爹！”领路的老头赶紧纠正。

“对，我爹是叫李贵，可，可他已经去世好多年了！”

“你们村还有叫李贵的吗？”小伙不好意思地笑着发问。

“没有，没有，七十年之内，这村叫李贵的只有他父亲一个。”没等李四回答，领路老头已代为释疑而且口气坚决。

“那就对了！”小伙如释重负。拧开身上的绿邮包上的两个旋转纽扣，掏出一个精致的信封，白色信封上印着红蓝相间的边框。

“航空挂号，美国寄来的，您签收一下吧。”

“美国寄来的？我们家美国没亲戚，怎么会有美国人寄信呢？会不会是寄错了？”

“不会错，为了投递这封信，我们邮局可费了大劲了。地址是解放前的，但是你们村确定无疑。”

接过精致的信封，李四仔细端详着上面的邮寄地址，收信人姓名，落款，都用中英文两种文字，地址是解放前的，但确是解放前老榆树的称呼，并且“老榆树”明白无误，“李贵 <收>”也对得上号，落款是一长串美国地名。

思忖良久，李四点点头：“应该是寄给我父亲的。”

“那好，您签个字吧！”指着一样表格空白处递过一支圆珠笔，待李四签了字，绿衣服小伙如释重负地告辞，领路的老头也知趣地道别。

“这信能拆吗？”李四向闻讯赶过来的大儿子李土地发问。

“能，不能拆就不该收，收了就能拆。”儿子语气肯定。

精致的信封不忍撕破，李四找来一把削铅笔的小刀小心翼翼地划开了粘口，一页精致的信笺落在了炕上，白底红格的信笺上整齐地竖写着蝇头小楷。

四弟你好：

别来无恙。

离别桑梓三十余载，日夜思念故土亲人，关山迢迢，海峡阻隔，音信难通。之前，愚兄曾投书山西老家李家寨但杳无回音，今鸿雁寄思于弟，如弟能见到此信，则我李家之大幸矣！我已年届九十，风烛残年，万念俱灰。惟望子孙后代认祖归宗，李家香火永续。

台湾大陆互不通言，此信托犬子从美国寄出，如能收到，万望按寄信地址回信美国，犬子名唤李中国，切切！

中华民国七十四年八月

三哥李富于台湾台北

“三爷爷！三爷爷！三爷爷还活着，在台湾！”读完信的李四还在愣神，李土地已经跳起来。

笔挺的军装，黄呢子大衣，和父亲一个模子铸出来的国字脸，漂亮的三伯母领着一个蹦蹦跳跳的小弟弟。民国三十六年正月，父亲带李四回过李家寨，十八岁的李四已经记事，对三伯三伯母和堂弟印象颇深。

一纸薄薄的信笺从台湾辗转美国寄到自己手里，已经让李四心潮澎湃，收信人父亲早已作古近三十年，这更让李四感慨万千反反复复把信看了无数遍，把信中“惟望子孙后代认祖归宗，李家香火永续”的词句一遍又一遍咀嚼过后，李四领悟到一件早该做而没有做现在已箭在弦上不得不马上做的事情——回趟祖籍李家寨。

从镇上坐火车到市里再换一趟火车到山西，小旅店里休息一夜，第二天，搭一辆小四轮半道下车又步行三四里路后，李家寨已经尽入李四李土地父子眼底。进得村子，向懒散于阴凉下的几个老者打听了好一阵子，父子俩被一个老者领进了一户院墙颓废房屋破旧满院鸡屎的人家。

屋里，一位老妇人坐在炕上纳鞋底，一个三十出头的男子在地上编织着一个柳条筐。李四介绍过自己的身份后，男子木然地摇摇头继续编筐，老妇人则停下手中的活计若有所思，良久，冲着编筐的男子说了声：“叫你姐。”

他姐来后，李四再次介绍身份，他姐同样摇摇头表情木然。

远路风尘来认祖归宗未承想碰了钉子，李土地心里已打起了退堂鼓。

李四却并不急躁，掏出烟盒抽出两支香烟，一支递给编筐男子另一支自己点着。

世上的事情，贵在坚持。譬如一场战争，不在开头的轰轰烈烈，也不在中途的波澜壮阔，刺刀见血司空见惯，尸横遍野屡见不鲜，但是，决定胜负的，往往在最后五分钟，挺过这五分钟，才是胜者。

李四手指间的一支香烟抽到不足一半时，炕上一直念念有词地重复着李四两次自我介绍中核心语句的老太太突然一拍大腿惊呼道：“我弄明白了！我认出来了！我知道你是谁了！”

“你是老四家的儿子。”

“你大伯李荣。”

“二伯李华，三伯李富，我爹。”李四接上话茬还没说完，老太已经“哇”的一声哭了出来，伸手搂住了凑上前来的李四。

“孩子呀！你是怎么找来了的？这么些年，你们都到哪儿去啦？”

屋里的人全哭了，男女混合交响的哭声回荡在黑暗低矮的小屋内，震得墙上挂着的蛛丝瑟瑟发抖。

哭过一阵，屋里的人回过了神，止住哭声的老太捧住李四的脸责备自己：“我这老不死的，明明第一眼看着就眼熟，就是没反应过来，你小时候我见过你，长得像你爹，像你几个伯伯。”

“不能怪大娘，那时候我还是个孩子，变化太大。”

李四招呼李土地叫过“奶奶”“姑姑”“叔叔”，姑姑急忙生火烧水，叔叔掀开大红柜扯出一个柳条笸箩，再从柜里提出两个口袋将里面的核桃红枣把笸箩盛得溜溜满满，又朝李四李土地父子憨憨地笑笑，从锅台上提起一把菜刀出了家门。旋即，院子里一阵躁动，几声哀鸣之后，一只翎花公鸡已成了刀下之鬼。

晚饭时，姑父怀里揣着两瓶老白干也赶来了。炖鸡肉盛上来，众人谦让一阵，奶奶率先端了一碗，可等众人端定饭碗再待举筷开吃，奶奶却长叹一声又放下了饭碗，随后就放开了悲声。

“孩子，看得出，你的教养深着呢！自打进家门，你大伯二伯三伯你就没问起过。你不问，大娘得给你说，你远天远地来寻亲，得给你个交代！”

大奶奶拉过坐在身边的李四的手开始述说，李土地想起了样板戏《红灯记》的一个唱段叫“痛说革命家史”，支起耳朵倾听着自己的家史。

刚解放那阵子，还只是减租减息，李家只是朝佃户少收些租子。土改时，土地房子全部没收，有人检举李家养过家丁，有长枪短枪无数，戴红袖标的上门抓恶霸时，老大李荣闻风而逃，三房夫人及众多子女吓得筛糠。大夫人把所有的首饰细软交给两个儿子吩咐赶紧逃命逃得越远越好后自己抹了脖子，二夫人撇下一个闺女投井自尽。

“我是你大伯的三房，孩子小跑不了也无处可跑，留下来当了地主婆被斗了半辈子。”

天全黑了下来，点上灯，述说家史进入问答环节。

“二伯呢？”李四首先提问。

“你大伯跑了，二伯被抓了去，后来死在监狱里，两房太太带着孩子东跑西散，至今没有音信。你三伯是国民党的大官，你小时候见过的，自从你爹领着你回来那次后，再没回来过，有人说战死了，有人说去了台湾。”

“我爹跑哪了？”叔叔发问。

“你爹跑出去改名换姓当了教书先生，半夜偷偷回来过两次，后来就没了影儿。我托人打听过，‘文化大革命’时，有人在黑板上写出的他的真名，上吊自尽啦！”

“那二夫人撇下的那个闺女呢？”姑姑急不可耐。

“就是你！”

已经有预感的姑姑“哇”的一声号啕大哭。

“妈把你当亲闺女不假，你的确不是妈生的，那些年妈不敢跟你说，我们家也不敢这么哭呀！”

连哭也成了奢侈品。

这哪里是“痛说革命家史”，分明是“痛说反革命家史”，并且，这家史比《红灯记》的家史更复杂、更沉痛。

“二伯家的两个大娘打听得着吗？”李四进入第二轮提问。

“那些年咱是地主，不敢打听，她俩娘家都不远，应该打听得着。”

“现在咱摘帽子啦！不是地主啦！不怕尿他了。”姑父愤愤不平。

至此，李四也大致介绍了父亲李老四母亲王二女的寿数以及两个姐姐和自己家的状况。末了，从贴身的衣服里掏出一个印着红蓝相间边框的信封郑重其事地宣布：

“三伯还活着，在台湾。”

一家人传看过从美国转来的台湾来信，又唏嘘感叹了一番，有人喊起了饿。

炖鸡肉归回锅里重新热了一回，端起酒碗，叔叔眼睛亮晶晶地对着李四说：“哥，咱得把二爹家的两个婶子找着，我去找。”

“你回封信吧！”从李家寨回到老榆树，李四吩咐李土地。

“弟弟明天回来，让他回吧。”李土地觉得自己难以胜任，舞文弄墨不是自己的长项，开拖拉机还差不多，再说，字丑得也出不了手。

“也是，回信得寄到美国，那洋文得照着抄，写错一个码子就收不到了。”

回给美国的信寄出没多久，又一封红蓝相间边框的白色航空信封送到老榆树，与上次不同的是：地址变成了老榆树现在的称呼，收信人变成了李四，称李四为“四哥”的美国堂弟李中国在信中说：父亲李富希望能在香港一聚。

“去！一定去！花多少钱也要去！”李四斩钉截铁地拍板后，两个儿子分头忙乎了起来，李土地负责联系老家李家寨的叔叔，李粮食负责打听办理护照之类。

李家寨叔叔回信中抱歉惋惜的话说了一箩筐，总结成一句话——香港去不了，只寄来一张大伯母和他们姐弟俩的合影照片，并同时告知寻找二伯后人的努力无果。李禾苗教书的学校和李粮食读书的学校马上要开学啦，最后成行的只有李四李土地父子俩。

坐火车到北京再坐飞机到香港，李四一身灰色中山装李土地一身浅色西服，衬衫是新买的，领口硬硬的。北京比老榆树天热，父子俩的上衣搭在左胳膊上，右手各提一个崭新的公文包，虽说是人造革质地，因为是新的，也油光锃亮。

坐飞机，逛香港，见久别的亲人，本是一连串的好事、喜事、高兴事。可一程下来，李四怎么也没能高兴起来。

坐飞机压根就是件苦差事，是个玩命的活儿。

领机票、安检两番漫长的排队后，被像审贼似的浑身上下搜了个遍皮包被翻了个底朝天，好容易过了关，飞机连个影子也没有，还得继续等待，好在还有椅子坐，有口水喝；广播里已经喊着登机了，排队出了候机楼，还是不见飞机而是上了像公共汽车又比公共汽车矮一截的摆渡车，摆渡车走走停停停停走走，直到停下不走了，门打开，眼前才是一架飞机。

上得飞机，想象中比火车豪华气派的飞机远不及火车宽敞明亮，窄窄的过道，仅容得下身子的座位，人还被一条绳子绑起来。绑人的绳子美其名曰安全带，“飞机真的从天上掉下来，一条绳子绑得住一条人命吗？”绑也绑了，飞机仍然没有飞的意思，只有模样俊俏花枝招展的空姐一遍又一遍地检查行李箱是否扣牢安全带是否系好。好容易飞机动了，可滑行了一段后又停下来不动了，终于起飞了，想象中可以俯瞰的江山如画却并没有出现。窗外，北京城庞大的建筑变得渺小，人则如蝼蚁。再往高飞，机翼下白絮般的白云连绵不绝挡住了视线，江河山川一概不见。倒是每每飞机钻入一团云朵，便招来阵阵颠簸，仿佛随时都要掉下去，有晕机的发出阵阵呕吐声，机舱内一片恶臭。好容易飞机飞低了，要降落下了。谢天谢地，飞机总算没掉下去。从云层中一头扎下去，光怪陆离的香港已在舷窗外招摇着林立的高楼中湛蓝的港湾。可机翼下，并不见机场并不见跑道，飞机径直朝着一座山撞去，眼看撞上了，突然一个九十度右转弯，飞机上的人被甩向左边。机舱内一阵惊叫之际，飞机沿着两侧两片高楼间的一条通道急速下落，“轰”的一声，轮胎着地，人们惊魂甫定之际，飞机已落在了启德机场。

解开绑着身子的安全带长舒一口气，庆幸没从天上掉下来之余嘴里还嘟囔着埋怨香港人小气不把机场建在宽敞开阔之处，慨叹着飞行员刀尖上舔血。李四哪里知道，那香港寸土寸金，哪里有老榆树天宽地广？李四更不知道，有人曾以降落难度系数给世界上的机场排名，那启德机场榜上有名且名次不俗，只有训练有素经验丰富的优秀飞行员才配执飞。

出得机场，早已有一牛仔裤T恤衫手执“中国大陆李四”牌子的中年男子等待。一看到和自己一样的国字脸，李四便知道是堂弟李中国无疑。李四父子随李中国上了一辆中巴车，又是漫长的等待，宾馆免费接送客人的中巴车司机一会儿英语一会儿汉语招呼着乘客，后续须提取行李的旅客才陆续上车，直到中国的外国的黄皮肤黑头发黑眼睛的白皮肤黄头发蓝眼睛的黑皮肤黑头发黑眼睛的各色人等坐满了中巴，才驶向宾馆。

三伯父李富三伯母唐甜甜堂弟媳玛丽早迎在宾馆大厅，李四四十年前见的三伯父依然腰板挺直精神矍铄，只是头发眉毛已然全白，三伯母依然风韵犹存不减当年，很难判断出已是六十多岁的老妪，洋鬼子堂弟媳玛丽大大咧咧，和李四握过手后还拥抱了李土地，臊得李土地满脸绯红。

回到客房，李富拉着李四坐在居中的大沙发上，转过脸双手搭在李四的一双臂膀时，眼泪从一双浑浊迷离的眼睛里扑簌簌地滚落。

唏嘘喟叹一番后，李中国招呼吃饭，餐馆是一家山西风味的中餐，饭菜是清一色山西特色，油炸糕、扒肉条、丸子、烩菜，酒是李四父子带来的，山西老白汾。

被堂弟鼓动着多喝了几杯，一觉睡醒，已是夜色浓郁，万家灯火。窗外，夜幕下的香港尽显婀娜，五彩斑斓的灯光印在高低不同错落有致的座座大楼上，流光溢彩，马路上车水马龙络绎不绝，各类店铺灯红酒绿琳琅满目晶莹剔透。其时，中国政府已与英国开始谈判，恢复行使对香港的主权。不过谈判一波三折，几经反复，到中国政府收回香港，已是十几年以后的事啦，以至于当时执政中国的邓小平先生曾一度希望等到中国收回香港时到香港走走看看的愿望也未能如愿，但邓公在扳着指头就可算得见香港回归之日前不久仙逝，不能不说是一大遗憾。此乃后话，不提。

那夜，李富李四李中国李土地三代父子彻夜长谈。从山西老家谈到老榆树，再谈到台湾，谈到美国。李四李土地惊诧于李富李中国关于台湾、美国的描述，半信半疑地大瞪着眼睛：国民党反动派盘踞的台湾，帝国主义统治的美国真的那么富庶、那么繁荣吗？倘若眼前的讲述人不是自己的伯伯、堂弟，李四一定会断然认定那讲述纯属胡编乱造，胡说八道。

李家三代父子四个人交谈的内容海阔天空，从大陆谈到台湾从台湾谈到美国，李中国将八亿农民养活十亿人口的大陆农业现状和美国两个农业人口养活一百个美国人做了对比，李富描述了台湾稻米生产的过剩以便与李四讲述的老榆树人 1960 年挨饿对比。夜愈深，交谈的内容愈深，甚至谈到老榆树的张三。

“张三腿上有几处枪伤？”李富问。

“一处，他成天向村里人炫耀，老榆树人都见过。”

“那枪伤不是在朝鲜负的，是在中国负的。”

“不可能！张三是从朝鲜抗美援朝负伤后转业回老榆树，他的两个儿子，一个叫张抗美，一个叫张援朝。”

“那腿是我打断的！”

李富从头讲起。

天下竟有这样的事。冤家路窄！无巧不成书！李四李土地如听天书，目瞪口呆。

中国大陆万元户、包工头李四，此次香港之行本来是想显摆一番的，一次从银行取出一万元现金由小儿子李粮食从省城托同学换来的四千多美金被媳妇缝在一条布带里，此刻就缠在腰上，准备在香港孝敬三伯父的，可情形却来了个大逆转。

李四父子带来的山西老家物产红杏核桃老陈醋老白汾三伯父三伯母视为珍品，可比起李富父子从台湾美国带给李四父子的录音机、照相机等显然廉价许多寒碜许多。况且，李四准备孝敬三伯父的美金根本就没有施展的机会，相反李富送给李四两万美金时吩咐办两件事：一、修缮山西老家的祖坟。二、给李家寨没娶上媳妇的堂弟张罗着成个家。末了，老爷子一字一顿地向李四李中国嘱托：“我已是风烛残年，离见你们爷爷的时日已不多，我死后，如果有条件，你们一定把我的骨灰带回大陆，带回山西老家，葬在你们爷爷的脚下。”嘱托间，老爷子已老泪纵横，泪流满面。

李四李土地的回程取道深圳陆路，那深圳特区名不虚传，座座高楼拔地而起，各路洋货汇集于此。李四懒得闲逛，待在旅馆里，旅馆里的电视是彩色的而且可看的台太多太多。李土地则奔走于各大批发市场采买，自己带的钱用完了，三爷爷给的美金也派上了用场。有当年投机倒把的经验，采买来的打火机、电子表、T恤衫一律打包托运到县城姑姑家，当年投机倒把时的合作伙伴如今都脱胎换骨摇身一变为正规商人开起了店铺，回去把商品推销给他们，赚个盆满钵满。

这年秋天，山西老家李家寨的祖坟修缮一新，富丽堂皇，堂弟家的砖瓦新房盖了起来。冬天，李四回去喝堂弟的喜酒时，大伯母高兴得合不拢嘴。

第十九章

四月里南风吹动麦梢黄，
妇女们把蚕养，
双手攀尽陌上桑。
看起来庄户人与那春蚕一样，
也不知为谁辛苦为谁忙。
蚕生才如蚁，
蚕成两寸长，
早晚长厮守，
移箔避暑伏避凉。
喜蚕肥忧蚕瘦，
盼的是蚕儿长，
蚕眠人不睡，
蚕醒人更忙，
好容易新蚕把簇上，
抽丝织锦顶皇粮。
只有那朱户豪门披锦绣，
谁见那养蚕的人儿换新装。
老天生人何两样，
贫的贫富的富太不应当。

闷悠悠过荒庄，
手提竹篮穿羊肠，
猛抬头桑田在望，
望绿树成荫排成行，
排成行，
要把那日光遮挡，
我只得挽起袖儿多采桑。

张三将自己的驴车支在树下，听着收音机里的晋剧。在他眼里，世道变了。惊世骇俗的东西横行、泛滥，让人瞠目结舌的歌声从电视机荧屏蔓延至穷乡僻壤。小儿子张援朝给他弄回来的收录机，放上磁带，全是些亲呀爱呀的歌。

我认识你的时候，
你还留着光光的头。
那大大的眼睛瞪着我，
赶着一头老黄牛。
让我牵着你的牛，
递过一根老绳头。
只是笑着，只是不撒手，
只是默默地跟我走。
满山的大风，
拢住了我的袖口。
十八个坡上，
全是星斗。
分明是在央求，
妹妹你跟我走。
我说呀哥哥，

我不呀能够。

那歌，唱的分明就是村子里的事情，近在咫尺之间，却分明又离村子那么遥远，远得遥不可及；那歌里的事情，仿佛近在眼前，却又似乎是在天边；那歌声，沁人心脾，撩得人心痒难耐，如痴如醉，虚无缥缈，却又若即若离。

一串葡萄在眼前晃来晃去，可就是摘不到、够不着，让人干着急、撩骚。

"骚货，骚货"，张三只能以酸葡萄论处。

年近六旬的张三尚且被撩拨得火烧火燎，年轻的人们听了又将是何等热血沸腾，急不可耐，心猿意马，想入非非……

想到此，张三脸上一阵燥热。

张三更加怀念那整齐划一、步调一致的岁月。

张三哪里知道，被他视为异端、斥为"骚货"的歌声还远不至此，从老榆树的小伙子们喉咙里吼出来的，远比这更露骨更肉麻更直截了当更恬不知耻：

我为你备好钱粮搭兜，
为你牵来临行的牲口，
我为你打开吱呀的后门，
我为你点亮满天的星斗满天的星斗。
我带你躲过村口的黄狗，
我带你走过十八年忧愁，
我带你去赶长长的夜路，
我带你去看东边的日头东边的日头。
我和你今年咱俩是兄妹，
我和你明天睡一个炕头，
不管丢人不怕羞，

叫声哥哥你带我走，
叫声哥哥你带我走。

这下子放心了吧！也不用羞羞答答遮遮掩掩隐隐约约飘飘忽忽闪闪烁烁啦，挑明了，敞开了，赤裸裸，浑身不挂一根线，怎么着？

葡萄到手了，人领走了——私奔。十八年忧愁一扫而空，一挥而去了，冲破满天的星斗涉过长长的夜路，东边就是升腾的日头！

无可奈何的张三慨叹人生苦短，可短短的人生已让你苦不堪言，回首往事，连自己都觉得荒唐，觉得可笑。

你带领群众学大寨建成万亩海绵田，如今又变成了一条条一块块的尿布；你争斗的半辈子的地主，如今摘了帽子，成了和你平起平坐的人民公社社员；你改造了半辈子的右派，如今平反昭雪恢复名誉回城上班，而你所有的荣誉如今都一文不值。

有几次，他还想过过当年高高在上的瘾，对几个耕种责任田的社员指手画脚，结果被呛得一鼻子灰。

采得百花成蜜后，为谁辛苦为谁甜？

张三一瘸一拐踟蹰在老榆树的街头上。20 世纪已经进入最后的十年，张三也步入花甲之年，20 世纪 90 年代的阳光照在六十三岁的张三脸上，暖洋洋的。这是近十年来张三少有的心情愉快的日子。

多少个驴打滚似辗转反侧难眠的夜晚，自己的人生经历像放电影似的在脑海中重播回放，一头垂暮的老牛从肠胃中将咽下的青草倒腾回嘴里反复咀嚼反刍，牙齿与青草间青草与青草间牙齿与牙齿间发出的协奏汇成三部交响曲。

交响曲的第一部晦涩而凄凉。童年、少年、青年的张三悲惨、悲凉、悲壮。打记事起，自己就比别人家的孩子低一头、贱一等，别人家的孩子整天和父母厮守在一起，其乐融融，而自己的父亲给地主当长工，长年累月住在东家家的长工屋里，隔三岔五回趟家也是后半夜偷跑回家悄悄溜进母亲被窝天不亮就又没事人似的提起裤裆硕大的裤子匆匆而去。地主家、富农家甚至贫下中农家他们拥有大量的中量的少量的土地，可以生产出许许多多的粮食，吃的都是白面、莜面，而张三家是雇农，只有半亩薄田，只能生产出少量的土豆杂粮，父亲在从地主家领取当长工的工钱粮时，在麦子、莜麦、杂粮间，往往选择杂粮。家里一个饭量惊人的老婆和三个吃死老子的半大小子张开大口等着，一斤细粮可以折合成两到三斤的杂粮，选择杂粮可以获得更多的数量从而填饱四个贪得无厌的胃口。穿的就更别说了。小孩子最最盼望的就是过节，过节可以有新衣服穿，有好吃的，可过节时，小伙伴们吃的月饼、果子、红枣黑枣核桃柿饼子，张三只有看着流口水的份。至于新衣服，充其量是把哥哥们穿旧的拆洗干净传到张三身上且总是又肥又长极不合身，母亲总说自己很快就会长高长大衣服很快就会合身，可记忆中，从未有很快长高长大衣服合身的那一天。父亲半夜偷着回家有时也会带回白面馒头，那是地主家开恩给长工吃白面馒头时父亲悄悄揣进怀里的，馒头贴着父亲的身体带着父亲的体温到了母亲的被窝里，第二天天亮后又带着母亲的体温到达他们哥仨嘴里时已干巴巴的，咽下去时不知是香还是涩。

交响曲的第二部亢奋而激昂。十四岁便跟着父亲到东家当上小长工的张三看着同龄人背着书包上学堂的张三不甘于命运的安排，毅然抓住了卖壮丁的人生机遇。前两次卖壮丁的成功实践让家里被烟气熏得黑而发亮的椽子、檩条、柳笆的屋顶下响起了银元撞击时发出的悦耳响声，家里锅里煮出来的笼屉里蒸出来的和哥仨身上穿出来的也焕然一新。第三次卖壮丁虽未得手，但却又造就了自己革命军人的身份，奠定了日后高级社社长特别是生产队政治队长的基础，在那舒心而畅快淋漓的三十年里，他成为了老榆树至高无上的太上皇。全村老小没有一个人不看着他的脸色行事，吃的穿的无人能比，村里有姿色的脸蛋白净的屁股圆润的身段窈窕的风姿绰约的娇艳妩媚的女性只要他看得上的想弄到手的没有一个能逃出他的掌心。

交响乐的第三乐章沉闷而抑郁。自打那帮乌龟王八蛋们闹起包产到户分田单干，张三从天堂一下子又跌落到了地狱。生产队大块大块的海绵田被分割成一条条一绺绺，庄稼长出来五颜六色，在张三眼里就像挂在绳子上的尿布。饲养院里成群的马牛羊骡子毛驴被一家一户牵走，犁耧耙碌碡小车大车胶轮车被扛走、拉走，“辛辛苦苦三十年，一夜回到解放前”。三十年来，张三从未干过农活，虽然有时也高姿态搭把手，但工种无非是“切草解要子，饮马打哨子，扛东西喊号子”，不用出力，不用出汗。可现在，他不得不赶他的“坐骑”驴车，拉上老伴二儿媳下地干活了。两个儿子一个女儿，那全是些孽障，他们很少回家偶尔回家也从不过夜甚至连炕也不上，生怕盘腿而坐后笔直的裤管会顶起膝盖印，只在屋里站一会儿至多在凳子上坐一会儿不咸不淡地唠几句家常便坐上乌龟壳或骑上摩托车、自行车扬长而去。可怜张三拖着一条残腿脸朝黄土背朝天“在希望的田野上”成天给地球挠痒痒，老伴和二儿媳倒成了壮劳力。

分田单干的起初几年，张三的日子还算好过，虽说自家地里收成比别人家少几成，但每年秋收，张三便赶他的驴车到邻近各村“讨债”。大集体时，附近许多村子都从老榆树或多或少借过不少粮食，分田单干时，这些欠债也分到了各家各户，张三讨粮食名义上是给生产队讨的，讨回来便入了自家的粮仓甚至直接拉到市场卖掉。

常言道，财咋来的咋走，张三讨粮发黑财没人追问或者老榆树人粮食充裕懒得追问，可卖粮得来的黑心钱却被一个血盆大口贪得无厌地吞噬掉了。

张三小时候听到过一个故事：一个贪心财主偶尔发善心施舍给一个乞丐老太一碗米，菩萨变成的乞丐老太答应还财主一斗米。财主将一个凿穿底子的木斗架在房顶上要乞丐老太将斗注满。乞丐老太明知斗是个无底洞但还是把斗注满了。

可张三不是菩萨，没有乞丐老太的神通广大，他赚来的那点黑心钱，远远满足不了二儿子张援朝的需要。先是高考落榜补习花钱，继而是做生意买摩托垫本钱吃喝嫖赌还得盖房子娶老婆，那点黑钱也就很快入了无底洞。张三不得不再赶着驴子暴晒于太阳下从土中刨食。张三痛恨改革开放，痛恨包产到户分田单干。虽然还是队长，可这个队长和当年大集体时那个呼风唤雨叱咤风云的队长简直不可同日而语，没了权威没了油水没了号召力，干的净是些催费催税催三提五统催计划生育罚款惹人招骂费力不讨好的事。每每到欠税欠费欠罚款的人家拉牛拉马拉羊拉猪搬家具时遇上当事人家主妇发出撕裂人心的哭喊声时，张三总觉得有人在用鞋子抽自己的脸。

今天，张三的好心情缘于昨天到镇上开的一个会。

大批判的年头，有一句词叫作“梦想恢复他们失去的天堂”。张三何尝不想恢复他失去的天堂。

昨天的会议让他泯灭十年的梦想又燃起了希望的火苗，仿佛天堂已在他眼前若隐若现。

村委会主任，由村民选举产生。并且，老榆树从原来的大队分离出来，成立一个独立的行政村，附近的三个生产队作为自然村划归老榆树行政村。

一个垂死的病夫，突然注入了一剂强心剂，精神为之一振。别人怎么理解会议的精神，张三漠不关心，唯一让张三敏锐地意识到的是：大集体又要回来了。

一个观念、一个思路，在一个人的大脑里待久了，就会形成定势。一个骗子扮成军官骗了若干年，连自己都忘了自己这个军官是假的，直到被抓，仍然执着地认为自己就是个军官。张三的脑海，大集体迟早要恢复的，那是生产力发展到高级阶段的产物，比包产到户分田单干进步多了，恢复只是迟早的事。话说“天下大事，分久必合，合久必分”。这是历史发展的必然趋势，是任何力量都无法阻挡的，谁要想螳臂挡车，必将粉身碎骨。五年前人民公社改乡镇生产队改行改村时他这样企盼过，五年的等待，机会终于来了，张家的血脉里素有抓住机遇的基因，到手的鸭子还能让它飞了？

“解放区的天，是晴朗的天，解放区的人民好喜欢。”

“太阳出来照四方，毛主席的思想闪金光。太阳照得人身暖，毛主席思想的光辉照得我心里亮，照得我心里亮。”

散会返回，张三倒坐在驴车上，任由驴儿自由驰骋，而自己搜肠刮肚地想着歌词，把能表达他此时此刻心情的歌儿尽情地一唱为快。

路上的行人以为是拉车的驴儿边走边叫，而张三对自己的歇斯底里毫不感觉失态和羞涩。什么叫苦尽甘来？什么叫心花怒放？什么叫峰回路转？什么叫“山重水复疑无路，柳暗花明又一村”？你们懂个屌！懂个毛驴屌！老子重新出人头地的时候到了！失去的天堂就要回来了！天又要变了！

至于能否在选举中当选村委会主任，对于张三来讲，那根本就是不成问题的问题。并且，这个村委会主任相当于原来的大队长，这个张三曾“踏破铁鞋无觅处”的头衔，此刻，“得来全不费功夫”。

“七九六十三，不死鬼来缠”，在“人活七十古来稀”的中国，活到六十多岁已是一个不错的寿数，七十多岁的就更少。“三十而立，四十不惑，五十知天命，六十花甲，七十古稀，八十耄耋。”这都是老黄历了。六十三岁的张三大有“老骥伏枥，志在千里。烈士暮年，壮心不已”之势。

“村委会主任”“村长”，张三反复玩味着两个称呼，觉得哪个都是那么贴切，那么亲切。主任这个头衔，他称呼了十几年，那是公社革委会的最高首长，如今，这个称呼即将落到自己头上。至于“村长”嘛，更是自然，从前，村子叫生产队，一队之长叫队长；如今，村子叫行政村，村长实至名归，顺其自然。

但改叫村民委员会主任的村长不再任命而由全体村民选举。本以为选上村主任没问题的张三被半路杀出的程咬金李四的儿子李土地一举击败。落选也就罢了，两个候选人的得票居然是李土地全票张三零票，连自己的老婆亲戚也把票投给了李土地。张三的两个哥哥原本准备把票投给弟弟的，一想到生产队那时成天受非议，现在两头受气不当也罢。张三当了几十年官，外面找了多少女人，老婆恨不得他落选。听着唱票时，张三已经浑身战栗，眼冒金星，赵大勇宣布最后得票数后，张三在一声杀猪般绝望的号叫声中当场气绝身亡。

第二十章

刚当选的村委会主任李土地哼着小曲，得意地开着四轮车穿村而过。

虽然没有能像张抗美那样捞到一个工农兵大学上，但比起同龄人，李土地算是幸运儿——当了半辈子农民，地里的脏活累活基本没怎么干过，回想起来，只有高中刚毕业那年的秋天和冬天最难熬。

高中毕业，刚当上农民的李土地就赶上了秋收，一上手就是最累的活——拔麦子。收割麦子比较普通的是用镰刀割或用收割机，可老榆树的麦子种在旱地里，根扎得浅，苗也不高，产量只相当于水浇地种出小麦的五分之一甚至更少。根浅苗低的小麦根本经不住镰刀割，轻轻一拔就起来了，因此，自打老祖先王秃子老汉在这儿垦荒拓地开始，这里收割小麦就是用手拔。

“拔麦子，脱大坯，女人生孩子，男人操大屄”，这一带流行“四大”，同类的事物列举出其中最典范的四个，编成顺口溜，就是“四大”。诸如“四大红”“四大绿”“四大不放心”之类，其中，“四大累”之首就是拔麦子，是比脱土坯、女人生孩子、男人操大屄都累的活。

半跪半爬于麦垄之间，双手轮番着拔起干涸的黄土中长着的麦子。一阵风吹过，前左右三个方位的麦穗挥着长而硬的麦芒，指不定从哪个方向劈在头上，盖在脸上。烈日当空，汗流浃背，挥汗如雨，汗滴禾下，挂满汗水的脸被麦穗麦芒抽过，刀割般生疼。裸手拔麦子当天就打泡，即使戴上农妇们专为拔麦子缝制的套住中指食指小拇指三个手指的手套，几天下来，你的手也会血肉模糊，甚至开裂。但你却不能停下来，生产队里拔麦子六个人一组，称为一道“镶子”，男劳力每人四垄，每道“镶子”二十垄；女劳力每人三垄，每道“镶子”十五垄，前面一个“拉镶子”的在麦海中劈波斩浪，两边两个“拉边套”的紧随其后，后边一个捆个子的，用刚拔起来的新鲜麦子结成“要子”，把拔起来撂在地上的麦子捆成腰粗细的捆，叫作“个子”，码在地里晒干等待运回去打场。倘若哪家美术大学的高材生能目睹此番景象，灵感突发，绘之于纸或刻之于木，绝对可以诞生出一幅传世的油画或版画。一道“镶子”六个人必须同时推进，结伴向前，倘若有一个拔麦子的掉队了，捆个子的活就没法干了，所以一旦开拔一鼓作气，以“镶子”为单位整体推进，没有掉队的机会，没有想歇就歇的理由，即使是包产到户分田单干也歇不了。老天不等人，误了农时，大风就来了，熟透了的麦穗会在大风中散成麦粒撒在地上，到了那时你哭也哭不回辛辛苦苦种了一年的麦子了。

那个从拔麦子开始的秋天，李土地是咬着牙坚持下来的，也亏得有父亲暗中助他一臂之力。李四十几岁时就开始在农田里摸爬滚打，样样农活都干得了。当上初级社社长和生产队长后，更是带着头领着干，尤其拔麦子，那是全村的状元，村里的两个探花，两个榜眼和状元组成一道镶子，“别起一只手”都撵得上其他人。所谓的“别起一只手”，不是别人双手拔他们一只手拔，而是别人开拔了，他们歇在地头抽烟唠嗑，别人拔到两个地头中央歇下了，他们才开拔，一口气拔到地头的另一端，到得比别人还早。

大儿子高中毕业回村务农的这个秋天，拔麦子时状元从探花榜眼们的组合中退了出来，和儿子组合在一道镶子里。父亲在前拉镶子，儿子在边上拉边套，儿子的四垄麦子一会儿变成了三垄，一会儿变成了两垄，只有撵上了父亲才又变成四垄。即使这样，一个秋天下来，李土地也像脱了一层皮。

“力气是奴才，去了还再来”，父亲的话一点不假，一个秋天下来，李土地干活不再浑身酸痛，入冬修梯田攥着镐把的手也不像拔麦子时打泡。七十一发牢骚开骂时，他和张抗美出去开揍，揍出去的拳头呼呼生风，自己也觉得孔武有力。

李土地卖力气干农活，只干了一个秋冬，第二年春天，“铁牛”开回村，他就和张抗美当上了拖拉机手。秋天拔不了几天麦子，他们就开着拖拉机耕刚拔过麦子的麦田。配合拖拉机手耕地的，还有打犁的和倒个子的。打犁的坐在犁车上，摇动调节深浅的轮子，按地形将犁调深调浅。到了地头，则将犁调起待拖拉机拖着犁调过头，再按下调节杆将犁插入耕地。倒个子的则是把尚未耕过的地里的个子搬到已经耕过的地里，腾出地来供拖拉机工作，打犁的得呛个半死，忙个不停，倒个子的跑着与拖拉机赛跑，累得气喘吁吁，拖拉机手坐在驾驶室里踩着油门换换挡，轻松多了。

开“东方红”履带拖拉机时，秋天的活儿也是耕地，自己村里的干完了还到别的村耕，给生产队挣钱挣粮食，反正拔麦子之类的活不用多干了。

包产到户分田单干后，李土地当上了工头，秋收时从工地上喊几个小伙子来帮忙，自己干的活是杀羊炖肉打酒之类。

李土地列入候选人名单出乎张三的意料。而对于李四来讲，纯属“有计划、有预谋、有组织”。

“三十而立，四十不惑，五十而知天命”。五十岁以前，李四像抱窝的老母鸡把孵出的小鸡崽时时刻刻遮盖在自己的翅膀下面那样时时处处遮护着李土地，三个小鸡崽，一只小公鸡飞到省城，一只小母鸡嫁了人，只有李土地跟在他身后，从大集体到单干，出则一起劳作，归则同住在一个院子里，李土地的一言一行一举一动都在李四的视线之中。随着小公鸡一天天长大，李四的心也一天天放宽，李土地完全秉承了他的品行，不仅相貌动作像他，连说话的声音腔调，办事的做派神态都像是从那里克隆过来的一样。只是有一点——没有主见，大凡小事都得问父亲，自己做主的情况很少。四十岁的时候，李四把这看作是李土地的优点，五十岁的时候，李四开始认识到，应该让李土地独立行事，独当一面，毕竟将来他必须独立支撑门面。在老榆树这个波诡云谲、险象环生的地方，没有足够的单兵作战能力，栽跟头受欺辱是小事，弄不好哪天就会陷入泥淖跌进陷阱落到深渊的。毕竟，自己有老去的一天，到时候儿子应该能够左右逢源，应对自如，至少不被欺辱不被戏弄不被蒙蔽独善其身洁身自好。

小儿子上大学孔工长找上门给工程之初，李四每一个环节都不敢怠慢，小心翼翼谨谨慎慎兢兢业业。开山炸石头，必须挑选有经验靠得住的；拉石头到工地，胶轮车也好四轮车也罢，谁家的车结实人把式好用谁家的；砌防风墙更得一丝不苟，李四亲自上手当大工别人只能给他打下手，百年大计质量第一，这玩意儿砌出来得经历岁月考验，别说塌了垮了丢人家孔工长兄弟的脸，就是砌得不直不齐脸上也没光。

随着铁路边上防风墙的延伸，李家以及跟着李家炸山开石头的、搬石头的、拉石头的、砌石头的腰包也日渐鼓胀，找上李家门的老榆树人也络绎不绝。对此，李家一切以质量第一为标准，不符合条件的一概回绝。

当意识到需要在村子中树立大儿子李土地威信的那天起，李四感觉到在分配工程中儿子可以大有可为。

李四不止一次读过《毛泽东选集》，里面的《中国社会各阶级的分析》一文更是读了一遍又一遍。土改时读，互助组合作社时读，人民公社时期读，包产到户分田单干后还在读，每一次读，都要将文章中的各阶级与老榆树的现实对号入座，老榆树每一时期阶级层次的变化，都要与毛泽东的论述相对应。旧社会，自己所在的阵营无疑是老榆树的统治阶层，处于剥削地位；从土改到人民公社，老榆树应该消灭了剥削，从人民公社起，统治与被统治又重新确立，权把子印把子掌在张三手里。包产到户分田单干后，社员获得了许多自由，统治者的权力被削弱，大部分社员摆脱贫穷挨饿的局面过上了吃得饱住得暖的生活，但仍有一部分社员一部分家庭仍然贫穷落后。尤其是，权把子仍然攥在张三手里，要想改变这一局面，必须依靠广大的人民群众，团结被压迫被统治被剥削阶层组成广泛的统一战线。

李四把建立统一战线的使命交给了儿子李土地。

20 世纪 80 年代中期的一个冬天，当李四把这一年开石头拉石头砌石头的工钱交给开石头拉石头砌石头的人们手里的同时，宣布了一个决定，从明天起，开石头拉石头砌石头的事情统归儿子李土地管理，自己金盆洗手，退出江湖。

说的是少东家掌舵，其实决策者仍是老东家。根据对老榆树各阶级成员成分组成情况的新变化，李四对统一战线的策略做出了相应调整。原来开石头拉石头砌石头的队伍，以李家亲友团为基本核心，随着时间的推移和情况的变化，原核心团队的一些人有的经济条件好转后，不再愿意在忙乎完田地里的农活后再受苦受累，弃权了；有的干脆外出打工，远走高飞了；有的年岁渐大，干不动了，“退休”了。旧的不去，新的不来。面对上门求情的，李四向李土地交代了补缺三原则：一、在村子里各家族中各有选择，尤其选择在各家族中有威望有影响力有号召力的。二、重点照顾生活相对困难的，特别是近年来在征收农业税、三提五统、计划生育罚款中被张三领着上面的人上门吆喊过的，家里牛马羊被强行拉走过的，家具粮食被抢走过的，总之与张三之流势不两立水火不相容恨不得白刀子进去红刀出来的，井水不犯河水老死不相往来的，面和心不和见面点头心里暗暗诅咒的，表面还过得去但内心心猿意马王顾左右而言他的，都适当照顾。三、安全第一，开石头那边打眼放炮的，拉石头这边赶胶轮车开四轮车下山的，一定要选择可靠的。

李四没有吩咐砌石头的环节是因为，眼下砌石头的队伍已熟稔有余，这里边有几个大集体时就有砌石头的基础，这些年在自己的带领下，技术已日臻完美，炉火纯青大有青出于蓝而胜于蓝之势，大可不必操心。

新的非熟练工加入，势必造成效率的下降，为此，李四教了李土地一招：所有的结算改在防风墙上，开石头的拉石头的砌石头的，工程量以砌出的防风墙长度乘以宽度乘以高度结算，用完一家的石头一结。这种结算方式较之以前在山上丈量石方，把山上垒成方块的石堆中的空隙水分挤掉了，从而挽回了效率下降的损失，但因为减少了山上垒石堆的工序加之天衣无缝无可挑剔，干活的人除了没有怨言反而佩服少东家的精明干练刚毅果断。

李四对大儿子李土地的提携不仅于此，村子里发生的每一件有益于提升李土地威望的机会都被李四敏锐地捕捉并付诸实施。

杨家老二有点石匠手艺，前些年县城里铺油路，需要石条做道牙子，交通局的人四下打听找上杨二家门把打造石条的工程给了杨二。杨二起早贪黑叮叮当当在山上凿了大半年如期交工，可石条拉走后工钱却石沉大海杳无音信。杨二上县城要了一遍又一遍，不是账上没钱等等再说就是领导不在回来再说，到后来干脆领导换了这事不好办了眼看就要赖账了。

杨二的老婆有几分姿色且水性杨花，大集体时就与张三有染，且杨二得过张三的回报在山上磨洋工叮叮当当一阵子就挣过高工分。如今，杨花折了几分水分但风韵犹存，张三不再能够给予照应因而也就失去了上门的资本，可光棍闲汉心术不正心怀鬼胎追腥逐臭心旌荡漾的像苍蝇聚集于茅厕般趋之若鹜。杨花逢人必骂，骂男人窝囊败兴不中用，骂交通局背信弃义恃强凌弱堂堂国家单位骗小小老百姓。杨花骂，光棍闲汉心术不正心怀鬼胎追腥逐臭心旌荡漾也附和着骂，一时甚嚣尘上黑云压城风急天高渚清沙白，不仅村里老少，连镇里县里到老榆树下乡的干部，都知道这里有一个比小白菜还苦比窦娥还冤的杨二嫂。

该是出手的时候了。

李四先是指示李土地趁去县城的机会找李土地在交通局当副局长的同学打探了一下风声，探知杨二打石条的工钱根本不是不给结不能结结不了，而是杨二不识眼色不会来事不合时宜，光会大喊大叫大吵大嚷而吝啬抠门一毛不拔，天下哪有那么好算的账那么好要的工钱？

探明虚实后李四指示大儿子李土地领着杨二上县城要工钱，临行前没忘了给杨二带上早已备好的胡麻油、猪肉，要回工钱后，对于杨二要补偿胡麻油、猪肉的请求又坚决予以拒绝。“那是我们同学之间的交往，给二叔结算工钱是捎带，您老别多心。”

杨花一改大骂交通局而改为盛赞李土地，光棍闲汉心术不正心怀鬼胎追腥逐臭心旌荡漾也附和着盛赞，老榆树老少连同镇里县里的下乡干部悉数知晓。

孙二娘在人民公社生产队大集体年代是著名的“高音喇叭”，随着电视的普及，又被冠以“中央二台”之美誉，其宣传范围之广力度之大影响之深在老榆树力挫群雄无人匹敌。

孙家的日子向来紧巴巴，旧社会紧巴巴土改后紧巴巴互助组合作社紧巴巴人民公社时依然紧巴巴，忆苦思甜那阵子，孙家老太被请上台，忆的是1960年挨饿的苦，从而理所当然被请下台，高声喇叭戛然而止。

孙家紧巴巴的日子延续到包产到户分田单干有所改观，最起码挨饿的日子一去不复返，可比起别人家，腰包要瘪许多。穷则思变，孙家老二毅然决然出去下煤窑，抱上粗腿不愁没钱花。

煤矿的确是条粗腿，开出的工钱是每天一百元，一个月下来就是三千元，那可是孙家脸朝黄土背朝天给地球挠一年痒痒也无法企及的收入。

可是就在孙二抱上粗腿的第三天，一块煤粉碎了孙家发财致富的梦想——孙二的细腿被砸断啦！

煤矿附近的小医院里，孙二的断腿经过草草接骨，打在腿上的石膏一取，黑心矿主丢过三千元钱下了逐客令。

孙家一家像热锅上的蚂蚁之际，李四出手了。

打给小儿子李粮食的电话语气坚定不容回绝，办得了办办不了还得办且只许办好不许办坏，只是有一点，这头出面的是李土地，有了结果尤其是好结果告诉你大哥李土地，不必惊动老爷子。

李粮食不愧是省城最高学府新闻系的主任，弟子记者们出动后的第三天，黑心矿主给孙二开的补偿费价码涨到八万元。怀揣八万元现金的孙二和前天陪床加交涉的老婆一刻也没敢逗留，打了个出租车直奔老榆树，出租车进了老榆树没奔孙家直奔李家，下跪磕头被李土地制止后，孙二夫妇奉上了带着体温的一万元。

对面奉上的一万元，李土地本能地回绝，推搡之际的李土地从旁边“看热闹”的父亲那里接过了一个眼神，眼神告诉李土地：收下。孙二拄着双拐领着老婆屁颠屁颠地走后，李四给手里捧着一万元发呆的李土地下的指令是：给孙家老太送去。

因祸得福的孙二天上掉下个天大的馅饼，全没从儿子那里得过一分钱的孙家老太也收获了一个锅大的馅饼，高音喇叭再次开播，“中央二台”的触角遍及老榆树每家每户无一遗漏，收视率达到百分百，并向周边的村镇蔓延，李家的恩德无人不知，李土地的神通广大无人不晓。

张三并没有把恩德无量神通广大的李土地放在眼里，在张三眼里，他充其量还是个毛头小子。选举进行到投票唱票环节时，张三端坐村委会办公室的椅子上俨然一位稳操胜券的将军，对于院子里熙熙攘攘乱哄哄的人群一副漠不关心与己无关的神情。可当喇叭里一声声唱票中接二连三的“李土地”“李土地”不绝于耳之时，他再也坐不住了，一瘸一拐踉踉跄跄地凑近记录票数的两块黑板时，写着李土地的那块上面画满了“正”字，而写着自己名字的那一块却一画没有。主持人宣布唱票结束公布得票结果的那一刻，张三跌跌撞撞冲向票箱，想看看是什么魔力让票箱里的选票上的名字都变成了李土地而非张三。就在他的一只干瘪乏力青筋暴起的手伸向票箱的那一刻，突然一阵眩晕，颀长的张三轰然倒地。当人们把他从票箱边扶起时，张三已没有了鼻息。

老榆树首届村委会选举以李土地以全票当选村委会主任而另一位候选人张三气绝身亡宣告结束。

张三原本可以得到多一些选票的，至少自家的至亲应该投他的票的，一票没得，功归于他的老婆。

大集体那阵子，张三仗着当队长，在外面混了多少女人，堂妹不是不知道，而是知道不能说不敢说，只有背着人偷偷抹眼泪的份儿；包产到户后，张三依然当队长，好处捞不着半点，净干些惹人遭骂的事，别的村农业税三提五统收不上来，队长睁一只眼闭一只眼，老榆树谁家没钱没粮交农业税三提五统，张三领着“乡丁”上门牵羊赶猪，闹得鸡犬不宁怨声载道，堂妹也遭尽了白眼和数落。最让人不能容忍的是搞计划生育，庄户人家没个男娃，谁给挑水谁给传宗接代？老榆树的人死了，得儿子上坟，女儿进不得坟地，没个儿子，连个上坟的都没有，那不成绝户啦？迎弟润弟引弟招弟盼弟换弟生一大堆女娃还要生男娃那是人之常情，凭什么把人家罚了训斥了还要把人家男人女人弄去做绝育手术，那不相当于把牲口劁了骟了吗？这种断子绝孙缺德带冒烟的事你张三干得还少吗？过去是上面让你当队长，不当不合适，如今是竞选了，可以不竞选，不当村长，不再干那些缺德丧良心的事。可你偏偏还鬼迷心窍一条路走到黑，还争着抢着当村长，还要丧尽天良。休想！

女人主意一旦拿定，什么力量也无法阻挡，她走遍所有可能给张三投票的人家，说服众人不要给张三投票，选举时，连她自己的票也投给了李土地。

老榆树无产阶级事业的奠基者、掌舵者、引领人张三同志与世长辞。张三同志的一生，是奋斗的人生，他从一个贫苦的长工起步，不屈服命运的暴戾多舛，奋起抗争，不懈努力，终于成长为一名优秀基层干部，成长为老榆树首屈一指的领导者。张三同志的一生，是豪壮的一生，他经历了多次政治斗争的风风雨雨而在老榆树立于不败之地，独当一面，说一不二，所向披靡，锐不可当。一切敢于与他为敌的对手统统被他打倒在地踩在脚下永世不得翻身。张三同志的一生，是充满革命浪漫主义的一生，他风流倜傥挥洒自如，尽享老榆树威仪，尽显英雄本色，将所有他喜欢的看上眼的老榆树女性尽揽怀中尽置胯下，即使是改革开放后他的作威作福处于低潮时期，他仍然斗志不减希望犹存，仍然韬光养晦老骥伏枥。张三同志的逝世，是老榆树无产阶级革命事业的重大损失。

张三同志永垂不朽！

第二十一章

张家一下子变得财大气粗，腰杆子挺直。人们纳闷：张家的钱是从哪里来的？

张家的钱是从伊市来的。

历史上的伊市是个赤贫的地方，所有的县都是国家级贫困县。20世纪八九十年代，省府各高等院校里来自伊市的学子是最寒酸的，是扶贫对象，毕业分配时千方百计改派其他市，唯恐回到老家受穷一辈子。

风水轮流转，打21世纪初，一种黑色的块状物，让这里天翻地覆慨而慷，GDP由全省倒数第一跃居正数第一，人均收入超过省府数倍，基础设施建设和房地产开发风起云涌，各路投资的开发的淘金的，怀揣梦想蜂拥而至。

几个足以彰显伊市富裕程度的例子被人们津津乐道。国家领导人视察伊市，指着市府门前气派的广场和豪华的办公楼对市长说，你们的办公条件比我们的好多啦！亚洲的一项艺术节次年夏天在伊市举办。头年秋天，组委会成员考察过各类场馆，表示满意后讲了一种缺憾，这个地方建筑好，道路好，秩序好，什么都好，就是缺水。于是环绕市府新区的一条人工河在冬季里破土动工，承揽土方石方的各类工程队与市府签下了生死状，延期完工一天罚款一百万，提前完工一天奖励一百万。第二年夏天艺术节开幕时，呈现给组委会的人工河长八千米，宽八十米，深八米。不仅如此，沿河道修建的音乐喷泉人工瀑布等，其规模都创下了亚洲之最。伊市人说，幸亏这个艺术节是亚洲级的，如果是世界级的，那规模就更大了。

一个关于老两口拆迁的故事启发诱导着这里所有的拆迁户。

矿上人上门，准备要五万的老爷子伸出一把手张开五个手指。“五十万？”矿上人试探地发问，老爷子本能地一愣，矿上人赶紧改口，“大爷，我逗您，五百万！”始料未及的老爷子“咯”的一声抽了过去。聪明而镇定的老太太埋怨道：“你这孩子不懂事，这么金贵的地块才给五百万，看把你大爷气成啥样啦？”两个小伙子又是揉前胸又是捶后背，好容易老爷子醒了。“大爷，您看还得加多少？”老爷子抽过去时，张开五个手指的手还没放下，“五十万？”“好，五百五十万！”老爷子的手仍未放下，“再加五万，五百五十五万！”老爷子的手才放下。

伊市一位拆迁户老汉攥着大把的拆迁款，不知该干什么用，看到别人买霸道车也买了一辆。老汉既不会开开出去也没事干，车放在后院用玉米秆儿苫着，每天给车晒一会儿太阳再盖上。伊市另一位拆迁户老汉领这三个儿子到省府的4S店买车，店里的导购对土里土气的父子四人并未重视，受了冷落的老汉选了店里价格最贵的越野车，一要就是三辆，现金结算，招呼三个儿子抬来两个尼龙袋，哗啦啦两尼龙袋整捆的百元大钞倒在了收银台前。

伊市人结伴到北京买房，新来的售楼员无动于衷，老售楼员欣喜若狂：“老板，老板，讲那种普通话的人又来啦！”

1997年刚到伊市淘金那会儿，张援朝把前些年贩地毛贩羊毛贩羊绒贩羊皮加上在省府包工赚来的统统收拢倾囊而出，不过八百多万。要在一个地方立足，总得有个窝。头些年在省城和张援朝一起干过工程的工头达英比张援朝捷足先登伊市一步，张援朝进军伊市时达英开发的一个小区正在出售。张援朝瞅中了建在小区边上的一幢五层小楼，那时伊市的房价还不算太高，达英和张援朝几经讨价还价，小楼以三千万成交。看在往日的交情，看在日后少不了找张抗美帮忙，达英答应了张援朝付三分之一赊三分之二的请求，张援朝通过哥哥从银行贷了几百万，加上自己的全部家底，拿下小楼。

张援朝拿下小楼后没多久，伊市的房价一路看涨，原来两三千一平方米的房子一路涨到七八千上万，张援朝小楼各楼层的租金也水涨船高。张援朝把一二楼辟作餐馆，三四楼作为酒店出租，只留下五楼自己开公司办公。

尽管如此，张援朝仍然入不敷出，银行贷的款平时付利息，到了期要还，欠英达的两千多万,三年内要还清，光凭餐馆酒店收的那点租金远远不够。张援朝的目光，便向更广阔更赚钱的方向扫描，经过缜密的考察和深思熟虑，张援朝选定了一个项目——经营高利贷。

暴利为伊市高利贷这个畸形的宠儿孕育了胚胎，挖到一个菜窖的深度便是黑油油的煤，在旁边建一座炼焦炭的炉子投资大约在一百八十万元左右，一个星期之后，一百八十万的投资就收回来了。新世纪初，煤矿铁矿等矿山的开采进入有偿开采时代，拿到采矿权的单位或个人需交纳数量不菲的资源补偿费之后，方可开采。有些矿主拿到采矿权时已花得罄尽，再交纳资源补偿费时便会捉襟见肘，此时高利贷便会适时介入。大笔的资源补偿费交上之后，拿钱的主便会将会计出纳派驻煤矿，卖煤的钱除少量留给矿主周转外，大部由垫付资源补偿费的债主收做本金及利息，等高利贷主收足本利，赚得盆满钵满，之后卖煤的收入才开始由矿主支配。

在肥沃的土壤中，沐浴着阳光雨露，高利贷茁壮成长。在这个遍地是煤的天堂里，利息二分三分五分一角的高利贷根本不足为奇。没有人担心自己放出去的钱会收不回来，谁家如果能凑足五位数的一个整数而不去放贷，那绝对会被视为傻瓜。谁如果有亲戚朋友同学战友的关系能筹到钱而不赶紧张罗，错失良机，那绝对就是典型的白痴。这里的工资水平与相邻乃至全国相比，高出一大截，甚至翻番，但那些死守着每月两三千元工资，依旧每天起早贪黑上班度日的人肯定会被耻笑被奚落被漠视被小瞧。凑几十万几百万在当今社会并不是多难的事，发动周围的亲戚朋友同学战友借点，把房子车子抵押在银行贷点，用较低的利息从别人那里拉点，找个合适可靠实力强势力大的老板放出去，睡醒一觉就是几万十几万几百万，还用得着每天看领导脸色低声下气上那个班挣那份辛苦钱？于是每个家庭都放贷，每个企业都收贷的局面在这里蔚然成风。

张援朝的高利贷生意刚开张那阵子，上门放贷者寥寥，动员员工主动出击，效果也一般。在这片大公司林立有钱人遍地的热土上，张援朝公司的小楼在众多的高楼大厦间，那简直是鸡立鹤群，连张援朝自己都觉得寒碜。

硬件拼不起，软件上下功夫。张援朝请来姐姐嫂子坐镇，两个半老徐娘被打扮成珠光宝气的贵夫人，装修一新的办公室内，嫂子从家里找来的哥哥与中央及地方领导合影握手的照片被放大后镶进相框挂在墙上，那些照片分明在向客户诉说，这家公司是有靠山、有后台的，是靠得住的，你们的钱就放心地往这投吧。有靠山有后台的张援朝和姐姐嫂子穿着打扮自然不能差劲，花钱开销也得出手阔绰，于是，十几万一套的名牌服装、几十万一块的名牌手表、几百万一辆的豪华轿车被张援朝和姐姐嫂子频繁更换。

连小的细节，张援朝也考虑得周周到到，办公室里备有冰箱，客户到访时，年轻漂亮的服务员身着制服穿梭服务，冰箱里取出的水果饮料全是一流的高档货。

面对会计递过来报表上的负数，张援朝不以为然。张援朝认为生意如水，只要哗啦啦地流着，舀一瓢，打一桶，拉一车，甚至建座扬水站，整天用大功率大口径水泵抽着都不碍事。倘若守着一潭死水，即使再大再深，也总有干涸的一天。

种瓜得瓜，种豆得豆。张援朝的良苦用心得到了殷实的回报，上门放贷的客户越来越多，放贷的数额越来越大，张援朝成功了。

张援朝的生活开始日新月异。

当皮毛贩子那阵子，张援朝接受了伙伴们一个教诲：男人不能苦了两头子，一个嘴头子，一个尿头子，在吃喝方面和女人身上，连张援朝自己也觉得很奢侈。

及至到伊市，张援朝开始为自己曾经的奢侈自惭形秽。

贩地毛贩羊皮贩羊毛贩羊绒那阵子，炖一锅手把肉，路边店里找一回小姐，一笔生意赚了，算完账后到澡堂子里潇洒一把，张援朝都有一种负罪感，毕竟那钱是千辛万苦千难万险千盘算万合计用勤劳心血智慧换来的，来之不易。

及至在省城里搞工程，下一顿馆子几千上万，歌厅里狐朋狗友一晚销魂，临走带个小姐回宾馆，几万元花掉了，倒不觉得没什么不自在了，那时已不再是凭着一身臭汗或绞尽脑汁赚钱了。是用钱赚钱，用哥哥的面子赚钱。钱来得容易，花得也容易，这话一点不假。

伊市的挥金如土，令张援朝以往所有的体面相形见绌，站在十字路口浏览半小时，一个国际级的顶级车展就在你眼前上演，一辆辆世界一流的豪车穿梭而过，几个顶级名牌的省级车友俱乐部不是设在省城，而是设在伊市。伊市一家名叫盛宴豪门的酒店，预订一个雅间，每桌餐饭标准午餐五万元起价，晚餐最低消费十万元。入乡随俗，到什么山唱什么歌，想在伊市打天下，就得随上伊市的行情，跟上伊市的节拍。钱吗？赚嘛！天生我材必有用，千金散尽还复来。

长城商学院 EMBA 生涯，将张援朝的豪华奢侈推向极致。落第是张一生都挥之不去的梦魇，三年补习屡试不第，四度高考名落孙山，把张援朝煎熬得面黄肌瘦，神经衰弱。几十年来，每每遇到烦心事倒霉事情绪低落灰心丧气，肯定做噩梦，噩梦里的时间地点场合各不相同，但内容却惊人地一致，不是考试迟到了，就是考卷上的考题答不上，要么就是在考场上作弊被监考官发现，反正万梦不离考试，考试肯定失败，多少次梦呓中被人推醒，梦到胸闷气短挣扎而醒，张援朝都会诅咒这万恶的科举制度。

长城商学院的求学之路不仅让张援朝踏上了圆梦之旅，而且让张援朝大开眼界。张抗美对于张援朝做过的事情没有一件满意，手足之情，无可奈何，帮忙之后少不了牢骚满腹，训斥埋怨是家常便饭。唯独在张援朝上长城商学院这件事上，投了一次赞成票。上长城商学院需要两位副部级官员推荐，张抗美拿着自己打印好的推荐信找两位老领导签字时一点也没有求人的委屈和低下。两位老领导欣然签字后的溢美之词反而让张抗美找到了荣耀和自豪，从一个娘胎里出来四十多年来，这是张抗美从未有过的感觉，是从弟弟身上找到的绝无仅有的一次欣慰。

张抗美的满意在情理之中，三年 EMBA 五十多万元的学费让许多人望洋兴叹，两位副部长官员的推荐信又让不少人却步。汇聚到长城商学院的学子都是顶级的商人和副厅级以上政府官员，如此重量级的政界商界精英云集一处，简直就是精英荟萃，学知识长见识自不待言，同学间的交往将来肯定受益匪浅。

但与此同时，这里的花销也是一场饕餮的奢靡大 PK。

学费仅仅是学费，是为了聆听一流的经济学者和商界巨子传道授业付出的听课费。每月一次上课，课堂都设在一线城市星级宾馆的会议室，住宿费用餐费自不待言，往返于上课城市的飞机上，倘若在经济舱撞上熟人，一定得反复解释，订票订晚了，没订上头等舱，长城商学院的 EMBA 坐经济舱，那是很没面子的事。

如果穿的戴的用的某一件物品被长城学友发现不是名牌或疑似假冒名牌，那将是一件很尴尬的事情，哪怕你不厌其烦地解释是司机秘书不识货没眼光，蔑视和鄙夷也会让你受不了。

每次上课只有短短的几天，因为下午有课，午餐不得已全在宾馆吃自助餐。晚餐就不同了，请客必须提前预约，能够排上队在一个晚上为同学们豪掷十几万几十万，刷卡时会感到很幸运、很有面子。

如果哪位长城学子能把同学校友邀请到自己所在的城市搞一次聚会，那简直就是荣幸之至，接待的过程将是你光芒四射的人生记忆。

张援朝就有幸光芒四射了一把。

张援朝能把长城人请来，或许是因为伊市一夜暴富闻名遐迩的吸引，或许是因为张援朝的个人魅力，或许二者皆有。

三辆奔驰越野车开道，三辆宝马越野车殿后，中间是一辆豪华考斯特，二十多名同学校友聚在考斯特上，同来的夫人丈夫孩子奔驰宝马随意选择，从一下飞机到整个接待结束，乘车秩序就此确定。伊市的假日酒店很给力，门首是伊市国宾馆字样，住宿自然安排在那里。整个行程安排了一次参观两次旅游。参观当然是参观张援朝的山水一厦，虽说基石刚露出地面，但站在为迎接这次聚会特意新竖起的巨幅喷绘前看着未来气派的山水一厦，听服务员讲解着伊市第一高楼，啧啧声还是出现在这些不轻易夸奖别人的群体中。两次旅游，一次是草原游，骑马射箭摔跤后，午餐在号称天下第一包的一号桌。一边品尝着烤全羊，一边欣赏着草原歌舞。另一次沙漠游，边就餐边欣赏沙漠风情歌舞表演的餐厅没有天下第一包的大桌，预订的是一号桌和二号桌。恰逢省旅游局造访，景点不敢怠慢，电话里央求张援朝订座的办公室主任让出一桌，张援朝坚决不答应。最后脑子活络的办公室主任想出一个折中的办法，横向面对舞台的一二号桌，让出二号桌给旅游局长；纵向相邻的一号三号桌留给张援朝，但有一点，三号桌上的桌签换成一号。如此才皆大欢喜。

主持完光芒四射的同学聚会后，张援朝庆幸了好一阵子，一种荣耀感荡漾心头。办公室主任报销接待费找张援朝签字时，望着合计栏里四十多万的总额，张援朝不以为然，这么多长城同学聚一次才花四十万，在北京我们高中同学聚一把，几个人一晚上就干掉了五十多万。

长城商学院把张援朝带到了京城，京城里有张援朝的几个高中同学，都是高考中的佼佼者，考到北京毕业留在了北京，有在高校当了教授的，有在科研院所干上研究员的，有在国家机关当司长处长的，有在洋人开的公司里干买办的。三十年来，这些同学都是张援朝可听不可及的，只有从别的同学那里听说他们如何出色如何发达的份儿，通个电话见个面的机会都没有，连他们长啥模样几乎都忘记了。张援朝没有联系他们的勇气，落第是他挥之不去的心病。

此番张援朝进京，想法截然不同。现在我也是EMBA了，况且还是名校，不再比你们低一头了，我虽落第，后来居上。至于财富，我张援朝不比你们差，你们未必比我强。

那天张援朝在京城召集的高中同学聚会，在一个鲜为人知的会所举行，五十多万的开销，张援朝连眼都没眨，人活着不就是为了出人头地高人一等吗？过去他们出人头地，高人一等。现在我比他们出色，高他们一等，我够份儿了，我满足了，我没白活，我活出人模人样啦。

人生得意须尽欢，莫使金樽空对月。

于是，当年的校花王茹便被张援朝揽入怀中。

王茹因父亲万分推崇《林海雪原》中的白茹而得名，社办老师出身的父亲给她取名时只恨自己不姓白。王茹的婚姻是一笔交易，省府师范大学毕业时为了留校而嫁给了系主任的儿子，系主任的儿子拥着美人儿入过洞房后，扑面而来的是四个进城读书的小舅子和若干个进城打工的叔伯、姑舅、两姨小舅子，家里常住人口和常吃人口若干年平均下来不低于五个。系主任的儿子起初皱眉头后来发脾气，摔盘子打碗是家常便饭，王茹只有忍气吞声。

上司是一副凶脸孔，老公也没有好声气，教人活泼不得。只有同学聚会，王茹才找回了自我，找回了当年校花的感觉。市面上流传的顺口溜名副其实："同学会同学，全是搞破鞋""小姐太贵，情人太累，要想自在，同学聚会，每逢聚会，拆散个三对两对"。几次聚会后，百无聊赖的王茹便滑进了组织者兼出资者张援朝的臂弯。

老皮匠们有句名言：皮毛生意好三年赖三年。可惜，张援朝听到这名言时为时已晚，那年冬天，镇子上的皮毛贩子们经历了一场大亏本，许多赚得盆满钵满宣称不要老婆的皮毛匠们血本无归后回到了自己的猪窝狗窝从头干起，张援朝正是在那一年在父母的呵斥中娶妻的。在张援朝眼中，邻村媒婆说合来的胖老婆，简直就是一头猪，一头肥猪。

"灭了灯，女人都一样"，这话难听了点，但话糙理不糙。对于男人而言，性生活质量的高低，关键取决于性伴侣的脸蛋。

每次与“肥猪”性交时，张援朝必然灭灯，漆黑中，将“肥猪”的脸蛋设想得很漂亮。也奇怪，张援朝从前那么多的情妇，没有一个被张援朝设想过，每次性生活，张援朝假想中的“肥猪”的脸蛋都是王茹。

然而，当张援朝汗流浃背地从王茹的肚子上滑落下来的那一刻，一股失落感油然而生，一种因时光流逝红颜老去的沧桑感充斥心头。毕竟，四十岁的王茹不再拥有十八九岁时留在张援朝记忆中的容颜，眼角的鱼尾纹和松弛的乳房宣告着一个美人坯子渐行渐远，药水脂膏面膜之类永远抵不过岁月无情的镰刀。

别说张援朝，连张甜甜也饱尝了钱多的好处，着实体验了一把什么叫荣华富贵。名表名包名车不在话下，几百元烫一个头，几千元做一次美容，十二万元打一针羊胎素。天生丽质的张甜甜在珠光宝气环绕下更加光彩照人，但在张甜甜看来还远远不够。张甜甜眼中，最能体现一个妇人尊贵的是身上的衣服和身边的男人。北京的燕莎张甜甜开着车去，回来时拉一车衣服。出手之阔绰，令望京的使馆夫人们羡慕不已，杀猪匠已多年近不得她的身，之前几个相好的也被淘汰。张甜甜新招聘的司机是她特意挑选的一个帅哥，五十多岁的张甜甜，挽着二十出头的小情夫毫无愧色。

直到参加过一个市长同学邀请的聚会，张援朝才更有感悟，市长同学的接待从规模和档次上似乎没有什么超过张援朝的，但处处透出的官方色彩令张援朝耳目一新。车队由警车开道，车辆清一色武警牌照，过收费站免费放行。聚会被命名为商务考察，当地报社电台电视台记者前呼后拥，录像机全程跟踪，闪光灯闪烁不停。前些年贩羊皮贩羊绒贩羊毛那阵子，张援朝给一个认识的羊倌儿编过一个故事，说这个名字叫二孬的羊倌儿本可以去当官的，只是当初在当官和放羊任由二孬选择时，二孬选择了放羊，为什么，因为二孬不知道当官好还是放羊好。张援朝仿佛成了自己故事中的二孬，现在终于搞明白了当官好还是放羊好。商人有富没贵，当官既富且贵。

这些年来，张援朝在同学朋友中的形象可谓辉煌阔绰大方，魄力无限魅力四射，可有一个地方，那是张援朝心中永远的痛，时常让张援朝心中隐隐作痛的地方是家乡，是生他养他的地方。虽说自己的家在那里，老婆孩子在那里，年近八旬的老母拒绝进城，也和张援朝的肥猪老婆死守故土，但张援朝却很少回去，即使回去也是来也匆匆，去也匆匆，扔下点钱便借故离开。在那里人的眼里，张援朝的形象是功不成名不就高不成低不就，是屡试不第的落第秀才，是浑身散发着羊膻味儿倒腾羊毛羊绒羊皮的皮毛贩子，是不着家不管家的浪荡公子。

人过留名，雁过留声。

伊市省城京城，我张援朝都拿下了，征服了，但凡进入我张援朝圈子里的，无不心悦诚服。一个小小的老榆树，就让我狼狈不堪成这个样子？得在老榆树做点事，做件大事，做一件让全村人刮目相看的大事，做一件彻底改变我张援朝形象的大事。

第二十二章

较之首届选举，老榆树的第二、三届村民委员会选举波澜不惊。每次都是以李土地得票压倒多数当选，并入老榆树的另两个自然村推举出的候选人只是陪衬。

转眼就是 2000 年，老榆树第四届村民委员会选举剑拔弩张杀气腾腾，一匹黑马横空出世呼啸而来。

静谧而悠闲的老榆树何来黑马?

别忘了，尽管在外闯荡近二十年，可张援朝的身份依然是农民，户口依然在老榆树村，依然在老榆树的村民委员会选举中拥有选举和被选举权。这匹在外颠沛多年的黑马此时已膘肥体壮精神抖擞斗志昂扬，完全具备了回身一枪置敌于死命的基础。

黑马挟怒气而来。九年前，他的父亲在这里惨败落选气绝身亡，杀父夺妻之仇，不能不报。

黑马挟怨气而来。奴才、走狗、忘恩负义的势利小人，人民公社生产队那阵子，你们个个对老爷子点头哈腰俯首帖耳，千方百计千辛万苦巴结攀附。老爷子一落选一蹬腿，你们个个躲瘟神般唯恐避之不及，连个烧纸磕头上香祭奠的都没有。迟早有一天，老子要在老榆树东山再起再展雄风，让你们这些狗眼看人低的贱货们重新拜服在张家人的脚下。

黑马挟杀气而来。九年前，自己惨淡经营穷愁潦倒，姐姐下岗失业举步维艰，哥哥官场不畅苦苦煎熬，自己无心无力也没有兴趣参与村子里那些陈芝麻烂谷子的破事，放弃那神圣的一票实属无可奈何。如今，自己财运亨通，姐姐风光无限，哥哥青云直上，该是放手一搏的时候了！

2000年春节联欢晚会上演正酣，全中国人都沉浸在节日的欢乐气氛中喜气洋洋。除了那些在无法停下的工作岗位上当班的、站岗的、放哨巡逻执勤的，十三亿中的绝大部分都徉徜在春晚的热闹中如痴如醉。

只有一个人例外。

此刻的张援朝俨然一位统领千军万马攻城略地的将军，坐在沙盘前运筹帷幄指挥若定。

张援朝的战略部署为三大战役。

首战为夺地。地是刮金板，地是摇钱树，地是命根子。对于庄稼人而言，没有比土地更金贵的东西。千百年来，血溅沙场改朝换代你争我斗，争夺的就是土地。旧社会，张家受贫穷被剥削被压迫被欺辱不就是因为没有土地？人民公社大集体时，父亲呼风唤雨叱咤风云也就是因为拥有了对土地的支配权。

二战为夺印。别看村委会只管着百十户人家，别看包产到户分田单干了，可印把子还是炙手可热。印把子是权力的象征，是君临老榆树的皇冠，这顶皇冠戴在谁头上，老榆树的臣民们就对谁心悦诚服。如今是竞争时代了，可以演讲，可以竞选，可以鼓动拉动煽动发动许许多多的人们在村委会主任选举的选票上写下自己的名字。

三战为整肃。拿下土地拿下印把子只是手段，目的是发财是出人头地，我张援朝是生意人，赔本的买卖是不干的。依托老榆树肥沃的土地和自己雄厚的资金，可以发展种植业养殖业深加工等一系列产业。别看老榆树这个出去挣钱了那个出去发财了，你们在外边吃的什么苦受的什么罪招的什么气挣的什么钱，老子一清二楚。野人怀土小草恋山故土难离落叶归根，老子的种植养殖深加工企业一开张，想来打工的老鼻子去了。到时候，老子就是众星捧月的香饽饽，老榆树的老老少少就得重新看张家人的眼色行事。老子会把全村的各色人等分门别类予以处置，区别历史和现实表现区别对待。老子就是老榆树的黄世仁，老子就是老榆树的南霸天，顺我者昌，逆我者亡，让他们永远记住永世不忘张家的厉害。

张援朝的脑海中掠过了堂吉诃德的身影。落第秀才张援朝读过不少书，许多时候他把落第的原因归咎为当时太爱读“闲书”而没有全力以赴于功课。《堂吉诃德》是他高中时补习时屡试不第颠沛流离时不止一次读过的作品，在西班牙那片欣欣向荣的原野上，那位对骑士心驰神往膜拜顶礼的堂吉诃德纵马持枪向着吱呀作响的大风车发起了冲锋，那是何等地豪迈何等地悲壮何等地令人向往。

堂吉诃德只带着一个仆人桑丘·潘沙，张援朝可以调动的力量却是不可小觑。

攻占一个高地，炮击是第一步，炮击可以打掉高地上的工事并对守军予以杀伤然后发起冲锋。有时，空军出动轰炸机投下重磅炸弹也必不可少。

初六上午十点，空军轰炸机的重磅炸弹如约而至。

张抗美偕夫人衣锦还乡荣归故里，省府副秘书长正月初六还乡的消息，春节前已在“无意”中泄露。张抗美到家屁股还没坐热，镇里的书记镇长，县里的书记县长，市里的秘书长尾随而至。去年夏天，张援朝从伊市的工地上抽上一支小分队转战老榆树，在张家院里原来的土房子前面盖起了一排崭新的砖瓦房并装饰一新，屋里的家具也全部从省城购进。哥哥荣归各级领导前来，张援朝也很有面子，一辆辆豪华气派的越野车鳞次栉比排列于张家门前，老榆树人开了眼界长了见识。

唯一让张援朝心里隐隐作痛的是：镇里县里市里的领导奔哥哥而来，却先去了李土地家，这让张援朝像吃下了一个苍蝇般地难受。这个从未在官场上混过一天的商人虽然腰缠万贯，但却不懂得官场的规则：这里毕竟有他们管辖的一级政权，领导进村，没个招呼的引领的喝道的，成何体统？

不过，心里的隐隐作痛也更加坚定了张援朝在打好第一战役之后，对第二战役志在必得的信念。

领导们并没有在张家吃饭，镇里已准备了一桌丰盛的午餐，市里县里如此规格如此规模的领导阵容对于镇里也是千载难逢，自然不能错过热情接待的机会。不仅领导连张家老小也在被邀请之列，领导们一一向张母奉上红包说过健康长寿之后，按照张抗美的眼色，其他人一概推辞谢绝只有张抗美夫妇和张援朝应邀赴宴。

席间，张抗美将弟弟介绍为老榆树村民，只在外边有点生意，张援朝也不失时机地表达了热爱家乡的赤子之情，表达了愿意把生意上的收入造福桑梓的情结。领导们交口称赞之余也没忘记提醒张援朝，如今村子里的事许多情况下市里县里镇里说了不好使，还得村民们说了算，要团结乡亲树立威信云云。

初六晚六点，大戏在老榆树戏台鸣锣开场，这是张援朝炮击高地的发射场。春节前，他就早早预订了附近最火的戏班子在老榆树连唱三天，首场戏开演之前，出钱请戏班子的东家免不了登台寒暄一番。中午宴席后美美睡了一个下午的张援朝此刻容光焕发，崭新的羊绒大衣鲜亮笔挺且不系扣子，敞露着里面同样崭新笔挺的西装革履。接过漂亮妩媚的女主持人递过的话筒，张援朝的寒暄简短而平淡，重点是宣布了一个重要的信息：本人愿意承包老榆树的耕地连片作业机械化集约经营，乡亲们大可在保证收入不低于自己耕种的前提下，放心地外出赚钱，有意者明天可当面接洽。

走下戏台时张援朝心口怦怦作响，双手裹紧的羊绒大衣难掩一颗几乎蹦出喉咙的心脏。他分明看到一发发炮弹拖曳着闪光掠过戏台下密密麻麻的人群头顶，呼啸着飞向自己的目标高地。

张援朝成功了，元宵节由张援朝出钱操办的踩高跷耍狮子舞龙灯走上街头开演前，老榆树所有适合连片作业的耕地被张援朝悉数拿走，签约仪式伴随着轰鸣的礼炮鞭炮二踢脚在大戏台上隆重举行。

张援朝的成功得益于天时。如今的县城市城省城以及周边的城市，房地产开发如火如荼，老榆树青壮年的劳力，有一技之长没一技之长的都可以在城里的建筑工地干个木匠漆匠泥瓦匠，至少是扛水泥搬砖和水泥铲沙子之类的活且收入不菲。许多人也不屑于在希望的田野上给地球挠痒痒那点微薄的收入，巴不得有人包走耕作省时省力。

张援朝的成功得益于地利。老榆树的土地在“农业学大寨”大造海绵田中整理得平平整整，适合机械化连片耕作集约化经营。

张援朝的成功得益于人和。春节里，外出打工的青壮年大多回村过年，即使是定居城里的也会在正月里回乡探视老人亲友，可以把所有的土地所有者全部网罗，一一拿下。

唯一让张援朝不舒服的是，签约双方中间插进了一个李土地：几乎所有的村民一致要求，签订合同的双方要有村委会做见证方，李土地手执大印端坐戏台中央，在每一份合同上盖上了村委会的大印。村民自有村民的小九九：一则盖上村委会的大印转让土地合规合法，二则是有闪失时得有人替他们说话。无疑，这个能替他们说话的人就是李土地。

老榆树第四届村民委员会选举剑拔弩张，硝烟弥漫。

两位候选人李土地张援朝的得票交替上升，互不相让。选举者和被选举者心提到嗓子眼，紧张激烈的唱票统计后，主持选举的县民政局副局长和镇人大主任宣布：李土地当选为村委会主任，张援朝当选为村委会副主任。细心的人们计算出李土地和张援朝得票的比例是51%：49%。

新任村委会主任从自己家里扛来了整羊，新任村委会副主任从自己的霸道车上卸下了整箱的五粮液、整条的中华烟。老榆树村委会选举成功庆功宴丰盛而热烈。

喝得酩酊大醉的老榆树村委会副主任被司机扶上车后就昏昏欲睡，鼾声中，两句梦呓循环往复："希望寄托在2003年！""狗日的李土地，给老子来了个农村包围城市。"

张援朝飞机大炮呼啸之际，李土地也没闲着。

打初六晚上张援朝宣布包地起，李土地就密切注视着"阶级斗争新动向"。张援朝与各家各户紧锣密鼓的谈判直至正月十五作为见证人戏台上签约，张援朝的所有动向都在李土地密切注视之下，在一份份打印整齐、填写完整的合同下盖下一枚枚鲜红的印章时，李土地已经给张援朝算好了一笔账。

老榆树的一万亩海绵田，张援朝以每亩每年一百五十元的价钱包了下来。这一万亩地，倘若种小麦、莜麦、杂粮，除去种子、农药、化肥等成本，雨水稍好的年成，一百五十元的承包价可以保平，不赔不赚，歉收的年成，只能亏本。倘若种土豆，丰年略有盈余，雨水少的年份可持平或略亏。所有这一切，都是不计算劳动成本的数字，如果雇人耕作必亏无疑，如果管理跟不上东跑西漏，亏的不会是小数字。张援朝毅然决然怡然自得包下这一万亩地，醉翁之意不在酒，项庄舞剑意在沛公。张援朝是冲着今天的村委会选举而来，图的是此刻攥在自己手里的这个印把子。

签完合同，张援朝的霸道车屁股后一阵黑烟扬长而去。端坐戏台上的李土地待高跷踩过龙灯耍完狮子舞毕，拿起话筒宣布了一个信息：他准备承包全村的坡地梯田荒山荒坡，有意的村民可接洽商谈。

"农业学大寨"的成果得到了显现和延伸，包产到户分田单干时，老榆树一百户人家五百人口，每人分到六十亩地，其中平整的海绵田每人二十亩，坡地每人二十亩，梯田每人二十亩，每人拥有的土地量在全镇全县都是首屈一指的。包产到户分田单干之初，村里人在海绵田里种小麦、莜麦、土豆，在坡地梯田里种些杂粮。虽说靠天吃饭十年九旱，可广种薄收也能集腋成裘，因而粮食充裕，再不愁填不饱肚子。随着大批的青壮年外出打工做生意，人们专注于海绵田，甚至有的人家海绵田也开始轮作，这种种地方法叫押青，相当于东北的“夏翻地”，即每年留出一部分耕地休耕，夏天的草籽未熟时耕翻一遍，第二年播种时休养生息了一年的土地肥得流油且杂草全无，有磨刀不误砍柴工之效果，收获自然颇丰。平整肥沃的海绵田尚且如此，坡地和梯田自然被冷落，许多人家弃耕荒芜，一任杂草滋长蔓延。

作为一村之长，瞅着村里的两万亩坡地梯田杂草丛生无人问津，李土地不是没动过心思动过脑筋，种点树种点草或许也能有些收入，可苦于劳力日益流失，有心无力。最为致命的是包产到户分田单干后，原来生产队集体饲养的牛马羊食草动物分到各家各户各家饲养四出觅食野草野树都被啃食殆尽，种草种树就无从谈起。

而此刻李土地要承包村民的坡地梯田，令人匪夷所思。

李土地不是傻瓜，也不是和张援朝抢风头斗气，作为一村之长，镇上的会议县里的文件乃至省里包括国家的大政方针他都烂熟于心，心领神会。春节前，镇里已开会动员各村实行牲畜圈养以配合国家省里的退耕还林、退耕还草政策，县里鼓励在荒山荒坡种树种草补贴政策的红头文件李土地已反复研读过无数遍。牲畜圈养一旦能够实现，种树种草就成为可能，而且大有可为。李土地对承包坡地梯田酝酿已久。张援朝承包海绵田夺地继而夺印的攻势促成他下定了最后的决心。

李土地不仅承包了老榆树的一万亩坡地一万亩梯田，连三万亩荒山荒坡也一并承包了下来。李土地给村人开出的价码是：坡地每亩每年八十元，梯田每亩每年四十元，荒山荒坡每亩每年二十元。如此一来，李土地给老榆树人带来的实惠就与张援朝旗鼓相当。弃而无用的坡地梯田、荒山荒坡有人承包有人给钱，老榆树人自然欣然接受。

俗话说：有三门富亲戚，穷人也穷不到哪里；有三门穷亲戚，富人的日子也不好过。老榆树出了一个张援朝一个李土地两门富亲戚，村里人自然受益，两个富人争风吃醋争强好胜，村里人都跟着沾光。之后的三年中，老榆树每家每户都能从张援朝和李土地那里拿到数量不菲的土地流转出让金，过上了不劳而获的好日子。

抗日战争时期，中国军队和日本军队相比，在训练和装备诸方面都处于劣势。中国的将军们指挥对日作战时，往往采取集中优势兵力围而歼之的战略，兵力比例不达到5∶1时不轻易发起进攻。此刻张援朝每一个正规军，面对的是李土地一个杂牌军一个游击队三个民兵的包围之中，陷入了人民战争的汪洋大海。这就是张援朝所谓的“农村包围城市”。

出让土地，不劳而获者的情形大致相似。承包了土地的经营者情形大相径庭。

攻城略地后，守城方式各异的张援朝李土地收获悬殊。

得益于政策性的禁牧，李土地的坡地梯田、荒山荒坡一片欣欣向荣的景象，收获颇丰。

坡地里李土地种上了苜蓿，夏天里，满坡的苜蓿紫花怒放，一片片连绵不断煞是好看。李土地购置了拖拉机、打草机、播草机、捆草机，国家对农牧户购置农牧业机具实行补贴，最高补贴比例达到80%，自己出的钱很少。秋天里，拖拉机牵引着打草机将苜蓿一排排割下再用捆草机堆拢用捆草机打捆。销路是无需顾虑的，老榆树向北十几公里，就是广袤的大草原，那里的牧民养着数量不菲的牛马骆驼羊，草原上的草仅够这些牲畜夏秋季节啃吃的，冬天就得买饲草饲料喂养，如果赶上大雪的冬天，牲畜们能从草原上啃食到的枯草更是少而又少，牧民们需要购买的草料就会更多。附近的牧户都买李土地的饲草，遇上牧户们收入欠佳手头紧张的年头，李土地就把饲草赊给牧户，来年春暖花开牧户们收获了羊毛羊绒后再结算。

梯田里，早些年李土地已经配合县里农业局种上了柠条，苦于牛羊的啃食踩踏，长势不好。如今禁牧了，各家的牛羊都圈养了，柠条长势看好。草木这玩意儿也颇有灵性，人们善待它，它就疯长、就茂盛，反之则朽焉枯萎甚至死亡。秋冬里，绿油油的柠条枝上顶着黄澄澄的花朵完成一年的生长时，开饲料厂的老板们已经等在梯田畔上迫不及待地收购柠条枝，李土地用割下来的柠条枝换回来的钞票付过乡亲们的承包费后，自己也有不错的收入。

老榆树海海漫漫的荒山荒坡过去是牛羊们的乐园，贫瘠的土地上顽强生长的野草每年都被啃食殆尽，种树是不可能的，种下的小树苗没等扎下根，就会被牛羊啃掉树皮，被啃了皮的树苗白花花地裸露在太阳下，哪里有存活的可能？现在禁牧了，林业局撵到村里动员种树，荒山荒坡承包人李土地积极配合，拖拉机牵引着林业局送来的挖树坑机，一天就可以挖出几百上千树坑，树苗是林业局免费提供的。拖拉机挖完树坑又肩负起拉水的重任，老榆树村北后海卜子里的水被李土地用一台小发电机加一台水泵抽进拖拉机车斗上的大水罐，再从后海卜子上山流入一个个刚栽下树苗的树坑。树坑里渴透了的新土贪婪地吸收着水分，发出咕嘟嘟咕嘟嘟舒快的呻吟，土地用吸吮到的水分滋养着树苗，满山遍野一片葱茏。

老榆树周边的生态已经十分脆弱，农区的耕地秋翻后，沙性的土壤裸露于外，劲风吹动，沙尘四起；牧区的牧民们无限量地养羊养牛羊马养骆驼，牲畜的数量远远超出草场的承载能力，草被啃食殆尽的草原像剃了头的秃子，风一吹，草根也会在寒风中瑟瑟发抖，农牧区的沙尘汇聚一处，沙尘暴一路南下直奔首都。迫于北方的生态环境，国家采取了诸如退耕还林、退耕还草的一系列措施，并对种树种草等有利于生态恢复的举措予以大力度奖励和补贴。李土地种下的树，林业局数着棵补贴款项，而且年年补贴，李土地用补贴付过承包荒山荒坡的费用，自己付出的劳动也有丰厚的回报。

而张援朝承包海绵田的情形却一塌糊涂。

老榆树的万亩海绵田，适宜连片播种的作物是小麦和土豆。邻村的种粮大户，依托机井灌溉连片耕种，小麦亩产过千斤土豆亩产两三吨。可老榆树缺水，大集体那阵子，张三李四也反复申请多次尝试，水利局的来钻过井，留下几个干窟窿。地质队的来搞过综合钻探，从深深的井底钻出来的岩芯被小心翼翼地拉走，分析报告称，老榆树的地下既没有煤、石油、天然气等值钱的东西，地下的土层和岩层中包含的水分也微乎其微。无奈，老榆树人只好延续着靠天吃饭的耕作模式，从种子播下，就祈盼老天爷下雨，期盼着雨水滋润干涸的土地，滋润稚嫩的幼苗，滋润着壮苗，滋润着庄稼扬花、灌浆、果实饱满。然而，老天并没有因为老榆树人的期盼而改变她的秉性，而是一如既往地秉承着十年九旱的脸孔，春旱连着夏旱，老榆树的庄稼吃力地从土地吸收水分顽强生长。如果春旱能偶尔有几场小雨，那便是烧了高香，阿弥陀佛，老天开眼。秋后，一亩小麦能有一二百斤，一亩土地能有百八十的收账，已是老榆树的丰年。

承包了万亩海绵田的张援朝逃不脱老榆树的铁律，大片大片播下的小麦土豆，秋天的收成也只能寄希望于老天春夏两季雨水的赏赐。不过，即便风调雨顺，张援朝的亩产收入也远远比不上一家一户从被张三视为“尿布”的小条条一块块里的收入。

农谚曰：地锄三遍锄出水了，地种三遍种出鬼了。老天赐予的雨水少，可勤锄不仅可以使土壤松软，有利于庄稼吸收土壤深层的水分，而且即便是零星的小雨，水分也会被迅速吸收。所以，勤快的农家会反复锄地松土，干旱的年份也能有所收获。锄地如此，播种恰好相反，如果一次播种二次播种没逮着苗，三次播种大概也不会有什么希望，仿佛鬼在捉弄一般。

一家一户在“尿布”上绣花的耕作方式是张援朝做不到也不屑做的，大片的小麦出苗后，喷洒一遍除草剂就算完成了规定动作，只待秋天收割机开镰，收成多少听天由命，张援朝的心思本不在种地上。

种土豆在老榆树算是比较有把握的活计，土豆生长期长，直到老天秋天下了霜仍生长不息努力不止。春夏季节，老天吝啬如葛朗台，到了秋天，麦子收了，人们开始打场，老天反而大方起来。人们刚刚在晴空下铺开麦场，还没等把牲口套上碌碡，天上随便飘过的一片云就会送来绵绵细雨。女人们只有在灶膛里烧纸祈求雨停下来的份儿，否则，一年的收成就趴在了场面上。

麦子打场害怕下雨的日子，正是土豆疯长的时节。三天两天频频光顾的雨水让土豆苗下结好的小土豆一天天变成中土豆大土豆，顶歪了苗子，顶裂了土地，喜得庄稼人乐不可支。

比之小麦收成较好的土豆到了张援朝手里并不奏效。这种土豆本是个费劳力的活，春天播种，张援朝需雇用大量的牛具、马具、四轮车具一垄一垄地犁开土地，雇用大量的人力将一颗颗土豆种子切成块儿，每块儿上留下至少一个能长出苗的芽眼，再雇用大量的人力将这些种子块点进犁开的垄沟里。小麦可以打杀虫剂代替锄耘，土豆地如果不锄，扬花的土豆结下的果实就会被干瘪的土壤束缚住，果实就长不大，张援朝无奈又雇用大量的劳力锄地；即使是秋天用机械起土豆，机器挖出的土豆躺在新翻开的黄土上，也得雇人一颗颗捡起来装入麻袋尼龙袋，张援朝为此狼狈不堪，卖了土豆算算账，收入还不如种小麦。

两年下来，张援朝承包一万亩海绵田的总收入为负两百万元。也就是说，交了老榆树人的承包费，每年每亩亏损一百元。

面对亏损，张援朝异常平静，对外宣称来五去五，不亏不赚，海绵田里的收入正好付乡亲们的承包费，权当为乡亲们做好事，为人民服务。

张援朝可不是吃哑巴亏的主，甘愿吃亏，是因为他心里一个长久的夙愿，一个伟大的理想。

当一个人为一个伟大的理想而战时，他会奋不顾身，前仆后继，义无反顾，一往无前。

表面的平静毕竟难掩内心的焦躁，“堤内损失堤外补”，小时候从革命现代京剧《龙江颂》中记下的台词让张援朝聊以自慰。村里的土地上亏了，城里的高利贷上补回来。

“阿 Q，阿 Q”，张援朝内心里骂着自己。

第二十三章

经营高利贷成功者张援朝马不停蹄地向房地产领域进军。

收回来的大把大把的钱总得有个投的地方，并且这个地方的回报足以支付高额的利息，否则拆了东墙补西墙，那迟早必将败露，巨大的亏空，那可不是闹着玩的。

“世界上最广阔的是海洋，比海洋更广阔的是天空，比天空更广阔的是人的胸怀。”这句名言是谁说的？什么时候说的？在什么场合说的？伊市的人们恐怕一概不知，况且根本没必要知道。知道又能怎样，又变不成钱，相反知道的人倒会被视作酸腐，视作庸俗，视作不合时宜，视作不识时务。但是由这句名言引申而出的另一段名言在伊市却家喻户晓，妇孺皆知。

世界上赚钱最快的是开银行，比开银行赚钱更快的是抢银行，比抢银行赚钱更快的是当开发商。紧跟时代的脉动，这里的老板们纷纷瞄上了房地产业，纷纷当上了开发商。

搞房地产开发，很快成为张援朝选定的第二个目标。

雨后春笋般拔地而起的开发商们成了时代的宠儿。节节攀升的房价让这座城市的每一个黎明都诞生出许许多多新的百万富翁千万富翁亿万富翁。不仅开发商，就连相关的周边个人或小企业也受益匪浅，有的人家前两年平房刚被拆迁，不久楼房又被拆迁，层层加码的拆迁费富了不计其数的人家。年末干工程的小工头没有能够从开发商那里全额要到工钱，一小部分现金安顿工人们回家，自己落下的是几套房子，满脸愁容回家。

聪明的张援朝清醒地认识到，经营高利贷和搞房地产开发是相互依托的两项产业，两者互为补充，相互促进。高利贷经营好了，房地产开发才有后盾，有支撑；房地产开发搞得动静越大，名声越高，放高利贷的就会不请自到。

搞房地产首当其冲是拿地，在炙手可热的伊市，拿地可不是件容易事。如果想拿地段好、升值潜力大、建成后经营起来方便顺畅的地难度就更大，张援朝自然想到了哥哥。

伊市的蔺副市长是张抗美的老同事，俩人同年参加工作，一起在省府供职二十余年，论资历论业务能力，张抗美不在蔺之下，但蔺总是快张抗美半拍。张抗美副科蔺正科，张抗美正科蔺副处，张抗美副处蔺正处，张抗美正处蔺副秘书长。如今蔺平调往伊市任副厅级副市长，张抗美补蔺的空缺，任副厅级副秘书长。虽然级别扯平了，可分量和含金量相去甚远。

蔺比张抗美升得快得益于他的老婆吕艳丽，准确地说，得益于吕艳丽的父亲。张抗美和蔺刚进市府上班那阵，吕艳丽的父亲便是这座楼里的三号人物，张蔺上班的第二年，吕艳丽也进了省府。尽管吕艳丽奇丑无比，但攀龙附凤者却不乏其人，张抗美就曾经动过念头，可惜被蔺抢先一步。

吕艳丽的脸由三块蔓菁状的肉团拼合而成，一双刀片划开的眼刚刚睁得开，鼻尖上泛着红色，酷似煮熟的虾，倒是眼镜的厚玻璃足可以与瓶底媲美。

秉承母亲的遗风，吕艳丽生来就是官太太的料，凡找丈夫办事的都由她来把关，该收收该拒绝拒绝，办不了该退的退，滴水不漏，天衣无缝。此前张抗美曾给吕艳丽当过皮条客，引荐过几个烧香的，吕艳丽都很满意，两人心照不宣。

蔺副市长和张抗美住同一栋楼。蔺调任伊市副市长后，吕艳丽也调到伊市弄了个工商联副主任，平时没什么事，也不怎么上班，在家的时间居多。当天中午，张抗美还在电梯里遇上过她，下班后，张抗美带着弟弟直奔蔺副市长家。

张抗美领着拜佛的来，吕艳丽知道肯定是好事，自然笑脸相迎，听说是张抗美弟弟更是殷勤备至，沏茶递烟削水果忙个不停。接过张援朝递过来的见面礼，两筒茶叶拽得她一个趔趄，吕艳丽心中已有七八分定数。道明来意后，张家兄弟知趣地告别，张抗美已跨出门外，张援朝回身打开茶叶筒的盖子，将码满百万大钞的茶叶筒伸到吕艳丽鼻子底下。

“嫂子，闻闻这茶叶味道好不好？”

“好茶好茶！你的事我一会儿就给老蔺说，有了信，给你哥哥打电话。”

两个茶叶筒中，张援朝码进了四十万现钞。

回到了张抗美家，一支烟还没抽完，吕艳丽的电话就来了。

“张秘书长啊，我和老蔺通过电话了，听说是你弟弟的事，老蔺连个磕巴也没打，就答应给办，你们哥俩谁跟谁呀？几十年的老交情了，他老蔺不好好给办，传出去人们会笑话他的。张秘书长啊，你说是吗？你弟弟的事不仅要办，还得快点办，办得妥妥帖帖。这样吧，我明天亲自去一趟，老蔺事多，催得不紧办得不快。张秘书长啊，你看这样行吗？”

张援朝开着他的路虎车径直上了伊市市政府门前高高的台阶，把吕艳丽送到市政府门口：“嫂子，你先上去，给秘书打个招呼，我买条烟，一会儿上去。”

蔺副市长张援朝认识，张援朝去省府找哥哥，不止一次遇到过他，但彼此最多只是打个招呼点个头，连一句话都没说过，而且蔺的脸上从来都毫无表情。但此刻的蔺副市长却满脸堆笑，没等吕艳丽介绍完，蔺副市长就接过话茬开了腔：

“我们俩还用你介绍吗？二十多年前我刚参加工作和张秘书长一

个办公室的时候，我们就认识了。岁月不饶人啊，转眼二十多年，弄不好都快三十年了。兄弟呀，还是你年轻有为，搞大企业赚大钱，比我和你哥这些老朽强多了。不行了，老了，我和你哥都搭上末班车了，干完这一届就该退休回家颐养天年了，将来还得仰仗你们啊！兄弟呀，你来伊市好几年了吧，我调到这儿有一年多了，你怎么不和我联系呢？”

看着旁边的吕艳丽欲言又止，蔺副市长终于谈上了正题：“兄弟呀，你的事你嫂子跟我说了，一个字，办！不仅办，还得快点办，办好，再不你哥饶得了我吗？这样，你记下我的电话，隔几天催我一次，我事多，忙起来弄不好忘记了，改天逮着新区的区长，我和他说。有我这张老脸，他会答应的，更何况不是还有你哥的面子吗？他可是省领导跟前的大红人啊，谁得罪得起？”

2006年春节前，张援朝拿到了一块令开发商们眼馋得眼珠子里能滴出血的好地，地块处于新区中心位置的一个十字路口的一角，周围商圈也成雏形。新建的长途汽车总站就坐落在十字街头的另一角，火车站也近在咫尺。

地刚到手，几家颇具实力的房地产开发公司就找上门来，有的表达了联合开发的意向，有的则单刀直入，要从张援朝手里买走那块地，开出的价码也颇具诱惑力，除去地价，张援朝投入的四十万足足有一百倍的利润。

面对合作者和收购者，张援朝微微一笑，不动声色，你们把老子看成什么人啦？老子是那号见点蝇头小利就动心的人吗？谁不知道搞房地产开发拿到地已经赚到了一半，大把的钱老子自己不会赚，非得给你分一杯羹？老子拿这块地容易吗？动用人情关系送上厚礼不说，老子连人都贴进去了。

蔺副市长对于夫人吕艳丽早已失去兴趣，或者准确地说，应该是压根就没有过兴趣。蔺感兴趣的是吕艳丽的父亲。在蔺的眼里，吕艳丽只是他仕途上的一个跳板，是他升迁的一块垫脚石，往重要里讲，充其量是他奔赴成功彼岸的桥梁纽带。随着岳父的退位和仙逝，彼岸消失，桥梁失去了用场，纽带不再连接两端。河过了，龙门跃了，跳板垫脚石也就失去了意义。性生活方面，新婚燕尔的蔺还有点新鲜劲，反正熄了灯也看不见吕艳丽的模样。等有了孩子以后，吕的精力倾注于孩子，对蔺的要求也降低了许多。前些年在省府大院里蔺循规蹈矩，有人请客时出去找个小姐尝尝鲜后，抹抹嘴巴就赶紧回家，夜不归宿是吕艳丽绝对不会容忍的，只有他出差时才能放纵一把。

调任伊市后蔺分到了一套小别墅，倒不是蔺搞特权。伊市四大班子副厅级以上的领导全有份儿，只是那别墅尚在施工，入住还需时日，蔺便住在办公室。吕艳丽调到伊市任职，只是挂个虚名，很少上班，吃不惯伊市的饭菜，住在办公室又洗不上澡，吕很少来伊市。蔺年轻时对吕艳丽就没有兴致，如今吕艳丽人老珠黄更是避之不及，目光自然瞄向年轻漂亮的女性。调到伊市不久，一年轻漂亮的公务员少妇送货上门，俩人如胶似漆，在外面租了一套房子过上了。

张援朝带着吕艳丽见蔺副市长那天，蔺推说下午要下乡，实则赶吕艳丽走。吕艳丽知道留下也没啥好戏，当天便又让张援朝送她回省城。

把吕艳丽送回省城送进家门的张援朝被吕艳丽留了下来。

张援朝对是否把吕艳丽列为自己的情妇一直莫衷一是。从真正意义上讲，不是他征服了吕艳丽，而是吕艳丽俘虏了他，他只是吕艳丽的一个玩物，一个用于解决性欲的工具，即便说吕艳丽是他的情妇，他这个情夫也是个倒插门的货。随着两人情人关系的发展，张援朝不仅饱尝了恶心的滋味，阳痿早泄缠身，而且经济上和精力上也饱受纠缠。省府的家属楼里吕艳丽不敢造次，每次约会都选择在吕艳丽喜欢的海边，大连北戴河海南岛。倒插门的情夫把大把的金钱和时间花在让自己恶心的情妇上面。

老子花了这么多心血、付出这么大代价才弄到的地，你们想坐享其成，瞎了你们的狗眼。送走觊觎他地块的合作者收购者，张援朝非要对着这些嘴馋的家伙们恶狠狠地补上一句。

即便在人生低谷，张援朝也不坠青云之志。补习时，时常吟诵着的是：“天将降大任于斯人也，必先苦其心志，劳其筋骨，饿其体肤，空乏其身，行拂乱其所为也，所以动心忍性，曾益其所不能。”做小买卖时，反复嘟囔的是：“盖西伯拘而演《周易》；仲尼厄而作《春秋》；屈原放逐，乃赋《离骚》；左丘失明，厥有《国语》；孙子膑脚，《兵法》修列；不韦迁蜀，世传《吕览》；韩非囚秦，《说难》《孤愤》；《诗》三百篇，大底圣贤发愤之所为作也。”如今肥肉到口，岂能浅尝辄止，一点蝇头小利便束手就擒。

“燕雀安知鸿鹄之志哉！”张援朝愤愤然。

“面首，知道什么叫面首吗？就是被女人玩弄的小白脸，老子就是面首，是被又老又丑的女人玩弄的小白脸，比当乌龟戴绿帽子都难受，老子的地是当面首换来的，你以为容易吗？”

转手就是几千万，张援朝不干，傻瓜一个？张援朝不傻，“山水一厦”的设计、预算、销售、评估报表摆在张援朝办公桌上时，连张援朝都为自己英明果断的决策兴奋不已，总投资十六亿，预期总收入二十六亿，总利润十个亿。“放着十个亿不赚，老子稀罕你们那几千万？”张援朝恶狠狠地想。

第二十四章

水，难道老榆树的地下就真的没有水？这个被老榆树人祖祖辈辈世世代代发问过千千万万遍的千古大惑再次被张援朝问及。

打水的主意的不只张援朝，还有李土地。

张援朝知道，如果有水浇灌，他承包的万亩海绵田就不会亏损，就有钱可赚，他离理想就会更近一步。李土地知道，张援朝承包只是权宜之计，是醉翁之意不在酒，是项庄舞剑意在沛公，解决老榆树种地的长久之计还在于水。

就像抗日战场上的共产党和国民党一样，虽然各怀心思，但打起鬼子来却并敌一向。

李土地三番五次不厌其烦找县水利局的同学局长，几次拉上局长上市水利局，痛陈老榆树缺水之苦，痛展老榆树有水将如何如何之望。张援朝甚至动用了张抗美，找到了省水利厅。

有张抗美打招呼，水利厅不敢怠慢，组织了一个专家组到老榆树测量勘察，综合老榆树地质资料状况和邻村的地下水蕴含状况，专家组给出了一个令人欣喜若狂的结论：老榆树有水。以往打井不出水，是因为井打得不够深。

当年秋天，五台深钻开进老榆树，一台立于村中，另四台立于海绵田东西南北四个方位，钻井机的轰轰隆隆声，在张援朝李土地听来，简直是一曲激昂的交响乐。

与此同时，县水利局实施的惠民工程，老榆树万亩海绵田地下浇灌管网铺设全面开工，播种前，粗细不一纵横交错的地下管网已经在默默地等待着为老榆树的万亩良田输送水源，只待深井见底出水。村子里的自来水管网工程也将水龙头伸向了各家的水缸。

可是，试抽水及岩芯报告结论：海绵田的每眼深井每年仅够十亩水浇地，村子里的水井仅够饮用。

“狗屁水利厅，饭桶专家，全他妈骗人！”张援朝破口大骂。

李土地则闷头抽烟。

原本准备在李土地家举办的庆祝老榆树打井完工成功出水的宴席改在镇里一家饭馆的一个雅间里。省里来的水利专家、县水利局局长、镇长经紧急磋商后决定宣布，无论对外对内，统一口径，老榆树打的井有水，水量足够浇灌万亩海绵田。

毕竟，打井、埋渗灌设备，花了国家那么多钱，到头来没水，无论省水利厅还是地方官员，都不好交代。

庆功宴改为统一口径的碰头，谁也无心喝酒，草草吃过饭就散场了。

李土地从镇上返回家里，才知道家人还等着开席。李土地回来，没有客人的宴席伴着“不足为外人道也”的打井无水的消息开始了。

可是，宴席开场时，做梦都没有想到的一幕出现了。

当李四眼噙泪水，嘴里嘟囔着：“老榆树有水！老榆树有水！”夹起一个油炸糕送入刺猬般的胡鬓包围的嘴里，炸糕在没有牙齿的嘴里呼噜着，在喉咙里打了几个转，仍然没有吞下去的迹象。瞬间，满脸胡楂的老脸变得铁青，随即直挺挺躺在炕上，鼻子里已经没有一丝气息。

“儿子哭丧惊天动地，儿媳哭丧虚情假意，女儿哭丧呼天抢地，女婿哭丧毛驴放屁。”

大儿子一番惊天动地的大哭之后，灵芝老太指挥大儿媳从大红柜里找出早已准备好的整匹白布给儿孙们开孝，从大哭中回过神来的李土地招呼几个闻讯赶来的同宗李家本家帮着抬棺材。棺材是李土地早已准备好的，镇子上棺材铺里最好最贵的，备在后院老屋的堂屋里。棺木很沉，几个壮汉从后院抬到前院，途中还歇了两趟，四条板凳支在父亲家窗前，又找来砖头码成垛加固了支撑。

什么时间入殓，如何入殓，李土地不懂。这才想起该找阴阳先生。

弟弟弟媳在奔丧的路上，妹妹妹夫也还没到。李土地于是派儿子到镇上找阴阳先生，一个本家亲戚自告奋勇带路，他去年刚办过父亲的丧事，认得阴阳先生的家。

从李土地找阴阳先生开始，怪事便开始了。

满头白发，下巴下一绺白山羊胡子，高高凸出的眼棱上，两绺长长的白眉左右伸展，脸色红润而有光泽。

中国地域辽阔，人口众多，各地风俗各不相同，差别很大。老榆树及其周边的地区，家里老人过世，儿孙亲戚戴孝很有讲究：和逝者同辈的，胳膊上系一白布条；儿子媳妇全身重孝且腰系麻束头顶麻桃，典型的披麻戴孝；女儿全身重孝但不系麻束不顶麻桃；女婿三腰孝，头上腰上脚上三处着孝；孙子外孙全身孝，但孝帽有区别，孙子孝帽前边缝一红三角，外孙孝帽前边缝一蓝三角；子侄辈的亲戚孝褂孝帽；侄孙侄外孙辈的只戴孝帽，侄孙孝帽上缝红三角，侄外孙孝帽上缝蓝三角。丧事上，看过戴的孝，上点年龄的经历过丧事的人就能判断出辈分，就知道与逝者的关系。

看过李土地儿子身上的孝服，阴阳先生开问：

“哪村的？”

“老榆树。”

“你爷爷叫啥？多大年龄？”

“我爷爷叫李四，七十五岁。”

话刚出口，阴阳先生浑身一阵战栗，两行热泪扑簌簌从一双浑浊的眼里淌下，流向清癯的面颊。一双青筋暴起的大手伸过桌子，坐在桌子对面的李土地儿子的双手被阴阳先生颤抖的手牢牢攥住。

“爷爷，你认识我爷爷?”

“岂止认识。”

一袋烟后，阴阳先生抓着李土地儿子的双手松开了，情绪也稳定下来，掏出一块洗得干干净净叠得整整齐齐的方形手帕擦拭过眼泪鼻涕后，开始吩咐：

“孩子，你爷爷七天后出殡，两班鼓匠昼夜鼓吹七天。你先回，鼓匠班子打坟的修墓的随后就到，丧事怎么操办，去的人会告诉的。”

“爷爷，总共得多少钱?”

“不要钱?”两班鼓匠七天昼夜吹打外带打坟修墓不要钱，天下哪有这样的事?嘴上没毛，办事不牢，李土地刚要责怪儿子，儿子讲出了阴阳先生流泪哭泣等情节，李土地判断，阴阳先生一定是父亲的故交，不好意思讨价。于是不再埋怨。

一顿饭的工夫过后，一辆破旧的无牌吉普车停在门前，车上下来六个壮汉，是打坟修墓的，进得屋里，又是一桩怪事。

六个打坟修墓的要求披麻戴孝，口气不容拒绝并特别强调，是掌柜的特意吩咐的，必须照办。

老榆树及其周边广大地区的习俗，丧礼的隆重与否，孝子多少是一个很重要的标志，而只有死者的儿子儿媳和亲侄子亲侄媳才配披麻戴孝当孝子。打坟修墓的披麻戴孝，岂不冒出六个孝子?

李土地虽然纳闷，可有人情愿披麻戴孝当孝子总归是花钱也买不来的天大的好事。父亲是独子，自己只有兄弟俩，多出六个，孝子阵容岂不强大。既然是阴阳先生安排，权且服从，过后再酬谢不迟。

六个人中一个自称是阴阳先生儿子的，把入殓下葬的日期时辰操办丧事的诸多细节都一一向李土地详细交代。

说话的中间，李禾苗李粮食夫妇相继进屋，孩子们也被父母带回来给爷爷姥爷送葬。新一轮“惊天动地”“呼天喊地”再度上演。

女婿牛老师性格内向，喜怒不形于色，自己的父亲过世时也没怎么哭过，岳父过世的“毛驴放屁”干脆免去，连屁也没放。

说二儿媳牛绛“虚情假意”，就有点冤枉了。

望着炕上公公的尸体，牛绛的眼泪像断了线的珠子，虽说不像大姑姐李禾苗那样呼天抢地、撕心裂肺，但眼泪也是来自内心。

童年苦涩的记忆中，“右派”的家人人避之不及，一个同情的眼神就能让牛绛感动许多时日，公公是村里唯一敢上她家串门敢和父亲聊天的人，公公家也是她唯一敢去唯一敢让她待的人家。公公和父亲之间，还有一个全村家喻户晓“钉子下酒”的故事。

在牛绛心目中，公公就是一个善良忠厚的父亲。头几年，在牛绛的主力和操持下，李粮食在镇上给父母买了一套二手房，房子是原来镇政府的家属房，一个小院两户人家，一户两间房，同院的另一户是一个牧区来的老太，带着孙女一起生活。两位老人只在夏天去住一季，冬天仍回老榆树睡热炕头，倒是李粮食牛绛的女儿特别喜欢那个小院，喜欢吃奶奶做的饭，喜欢喝邻居牧区奶奶熬的奶茶，喜欢牧区奶奶家的孙女牧兰，喜欢院子里栽的马兰花。为此，还成就了女儿高考时的一篇满分作文《马兰花》。

马兰花

奶奶家的院子里长着一丛茂密的马兰花。每到夏季，马兰花柔软翠绿的叶片伸展着腰肢，蓝紫色的花淡雅美丽，缕缕清香从小院飘向蔚蓝的天际。

马兰花的主人是和奶奶同住一院的格日乐奶奶，佝偻着身子，脸上的皱纹刀刻一般。

奶奶家坐落在草原边上的一个小镇，从小镇向北，便是一望无际的大草原。那里是我儿时的天堂，每年暑假，我必在那里度过。那里不仅草长莺飞，鸟语花香，一簇簇一片片的马兰花点缀在草原上，朵朵蓝色、紫色的花朵随风摇曳，而且还有我儿时的玩伴——格日乐奶奶的孙女牧兰姐姐。

随着时间的推移和年龄的增长，我从奶奶家带回来的问题也不断变化，五花八门。

“奶奶家的天为什么比我们家的天蓝？”

“格日乐奶奶熬的奶茶为什么那么香？”

“牧兰姐姐为什么没有爸爸妈妈？”

其他问题后来都自己找到了答案，唯独牧兰姐姐的身世直到去年春天才揭开谜底。

当时，牧兰姐姐正备考研究生。突然有一天，牧兰姐姐急匆匆地从她所在的城市打电话给我，电话中，传来一个不幸的消息：格日乐奶奶病危。

奶奶家的小院里，格日乐奶奶已奄奄一息，每天只能喝下奶奶熬好的一小碗小米粥。但每天有一个时辰，格日乐奶奶会特别清醒：小镇每天只来一趟火车，牧兰姐姐回来，一定坐火车回来，火车来的时辰，格日乐奶奶会很精神。

第三天的那个时辰，牧兰姐姐回来了，格日乐奶奶一字一顿地讲述了牧兰姐姐的身世。

上世纪60年代初，上海三千多名孤儿嗷嗷待哺，草原额吉（母亲）们张开双臂接纳了这些孩子。格日乐奶奶当时是民政局的工作人员，负责照料这些孩子。渐渐地，上海来的孩子都被抱走了，只剩下一个最大的男孩，于是，格日乐奶奶把他领回家，在马兰花盛开的草原上把他抚养成人。1990年，他在工作中因公殉职，他就是牧兰姐姐的爸爸。

牧兰姐姐的爸爸去世时，牧兰姐姐刚刚出生。刚刚出生的牧兰姐姐被妈妈送了人，格日乐奶奶闻讯后，又把牧兰姐姐要了回来。

那是一个寒风凛冽的冬日，刺眼的阳光和白雪反射的日光照着年逾花甲的格日乐奶奶，照着她佝偻的腰，照着她脸上刀刻般的皱纹。怀里，是刚刚要回来的牧兰姐姐。

明明白白地交代过牧兰姐姐的身世后，格日乐奶奶在孙女的臂弯中永远地睡去了。

去年暑假，再回奶奶家，院子里没有了格日乐奶奶伛偻的身影，没有了她脸上刀刻般的皱纹。只有那圣洁的马兰花依然怒放着，那馨香的芬芳飘向遥远的天际。

两班鼓匠开始吹吹打打之后，李土地带着打坟的队伍来到爷爷奶奶合葬的墓地，在爷爷奶奶的脚下选了一片地方开始挖坟。坟挖到第三天的黄昏，更大的一桩怪事出现了。

李贵去世后，儿子找来的阴阳先生转遍了老榆树的山山水水后，最后在西山北山会合的山脚下石坡上驻足，随阴阳先生来的专业打坟队花了七天七夜才按阴阳先生的吩咐挖好了一个墓穴和四个栽坟树的树坑。三年后，他的老伴王二女过世，合葬于此，如今坟上四株老榆树郁郁葱葱。

坟已基本成形。打坟的队伍收拾工具先下山了，李土地拿着一把扫帚准备把墓道清扫清扫。当地的墓有两种，一种是简单省事的直筒子墓，向地下挖出一个坑，下葬时将棺材送下去，土埋在棺材上。另一种叫穿堂墓，挖下一个深坑后再向旁边掏出足够盛下棺材的一个“穿堂”，下葬时棺材送到坑底再移入“穿堂”，“穿堂”口用砖或石头、土坯砌严后，再向坑内填土。后者比前者费工费力。李土地为父亲修的是穿堂墓。奶奶过世时，李土地已是大小伙，挖开爷爷墓合葬爷爷奶奶时，李土地进去过，跟现在父亲的墓修得一样，也是穿堂墓，穿堂里已经预留了放奶奶棺材的空间。父亲的墓也是参照这一标准，穿堂的空间足以放得下两具棺木。

李土地用扫帚清扫到“穿堂”的石壁时，一块松动的石头晃了一下，待李土地伸手去往下抠时，石头却向里掉了进去，“穿堂”壁上出现了一个洞，洞里传出奇怪的响声。

天已放黑，狭小的洞口里面黑咕隆咚，洞口传出来的声音时而像大笑，时而像呜咽，瘆得人头皮发麻。沉思片刻后，李土地钻出墓道，向山下的家中走去。

砌了十几年防风墙的李土地，鼓捣石头的家伙一应俱全。回到家里，收拾几件凿子斧子锤子之类塞进工具包，又找来两支手电筒。弟弟在守灵，外人怕走漏消息，干脆喊上儿子。夜幕下，父子俩深一脚浅一脚来到坟地，钻进新挖的墓道。李土地用带来的工具将刚才发现的小洞往大扩展，儿子在旁边把父亲凿下的石块小心放在墓道里，生怕弄出声响惊动什么人。洞口扩展到足以钻进一个人的时候，里面传出的声音更大更响，从洞口探进身子用手电一照，里面是一个与洞口垂直方向的两米见方的暗洞，洞底，一泓泉水潺潺流淌，声音是从那里发出来的。李土地从工具包里拽出一条绳子，一头系在自己腰上，另一头递到儿子手里，吩咐儿子如果有情况赶紧拽绳子，随即便钻了进去。

落进洞里，李土地的腿脚便浸入水中，水并不太深，刚到膝盖，掌着手电往水流的下游照去，深不见底。李土地决定向上游方向探去，根据方位，爷爷奶奶的坟在上游方向。

刚探出一丈多远的距离，脚下一堆石头被流水冲刷得酷似河床里的鹅卵石，抬头看时，李土地被头顶上的一幕惊呆了：纵横交错的树根织成一张网，网的里面，托举着两副白花花的棺材。树根并不太密，粗的如碗口，细的似胳膊，棺材清晰可见。李土地明白，那是爷爷奶奶的棺材。

李土地听老人们讲过这种墓，名叫“树抬棺”：棺木被树根抬起，下面有活水流淌。老人们说，这种墓棺材下的水可以治病，墓主人的后代要当大官发大财。以前当作故事听听的事情，今天被自己遇上了，而且，墓的主人就是自己的爷爷奶奶。手电筒的亮光中，仰望着树根上托举着的两副白森森的棺木，李土地丝毫没有害怕的感觉，棺木里是自己的亲人，是最疼爱最溺爱自己的爷爷奶奶。奶奶下葬时，穿堂即将砌到封口的时候，自己曾深情地向两具棺木看过最后一眼，未承想，今天在这样的地方从这样的角度再次见到了爷爷奶奶的棺材。这不是偶然，也不是巧遇，这是爷爷奶奶显灵，庇佑他们的子孙后代兴旺发达。咀嚼着“树抬棺”的典故，李土地阵阵兴奋，伴着流水的声音，听得到自己的心跳。

洞里流水潺潺，空气清新，李土地确认并不缺氧后，招呼儿子也钻进来一睹奇观。

钻出洞口，回到新墓的“穿堂”，李土地沉思了一会儿后，带着儿子钻出墓道，从新挖出来的石堆上找来合适的石块用绳子送下墓底，把凿开的洞口封得严严实实。李土地砌石头的手艺的确了得，石壁上齐齐整整，根本看不出隐藏的秘密。

把碎石块装进工具包一包一包运上去，把墓室打扫得干干净净。

上到地面，李土地并不急着回家，拉着儿子在爷爷奶奶的坟头上坐了下来。

皓月当头，碧空如洗。月光透过坟树的枝叶，洒下斑驳的影子。李土地寻思，爷爷去世时，坟地是什么高人看的风水？是谁想起在坟头的东西南北各种一棵榆树？在石头缝里的四株榆树居然长成了枝繁叶茂的参天大树？冥冥之中，一定是有一种无形的力量在左右着这一切的一切，人的努力是达不到这种境界的。

当晚，李土地李粮食集体守灵。午夜，鼓匠把东家最乐意听的《父亲》吹了一遍又一遍，每吹一遍，李粮食都默念着歌词：

> 那是我小时候，常坐在父亲肩头，父亲是儿那登天的梯，父亲是那拉车的牛，忘不了粗茶淡饭将儿养大，忘不了一声长叹半壶老酒……

李粮食认为，这歌就是给自己写的，歌中的父亲，就躺在眼前的棺材中。

鼓匠们来到这儿的第一天就被告知，二东家是省立大学的头牌教授，写过砖头厚好几本书，参与编撰的书摞起来有一人高，不但工资高，稿费赚得更是老了去了。太有钱了！鼓匠们投其所好，每天午夜的结束曲都吹《父亲》，两班鼓匠此起彼伏的吹奏中，泪光盈盈的二东家送上小费，每个匠人一百元，天天如此。拿到小费的鼓匠们谢幕曲仍然是《父亲》，一天的祭奠达到高潮。

这一天，分工打坟的哥哥李土地回得很晚，与分工守灵的弟弟耳语一番后，弟弟显得格外兴奋，结束曲《父亲》吹过，鼓匠们每人分到了两百元小费，谢幕曲吹得更加高亢悲壮。

不觉中，天已大亮。

李四出殡创下了建村以来全村丧事之最，全村人家家烧纸磕头，上香吊唁。比起同龄人，每家五六七八十来个子女，三个子女的李四算是孩子最少的，孩子少，孝子就少，但六个打坟修墓的坚决要求披麻戴孝，孝子的队伍也颇为壮观。

早上出殡，中午摆宴，宴席沿袭村中传统的流水席，几张桌子在院子里一字排开，两侧置凳。炸糕馒头炖羊肉，全村人先来的坐下开吃，吃饱抹嘴走人，后边来的坐下继续，来的走的人如流水故名流水席。

二东家车上带来的烟酒摆上了桌，几个上点年纪的酒足饭饱过后离开时嚷嚷着："中华烟，茅台酒，听说过，见过，没抽过，没喝过。赶明儿见了李四有话说了，活人沾他死人的光，茅台酒喝上了，中华烟抽上了，死也值了。"

当天下午，李土地准备去找阴阳先生结账，两班鼓匠一班打坟的七天七夜，人家不好意思收钱，咱不能好意思不给。儿子怕他找不着要陪他一起去，李土地表示不必："碗大个小镇，还有我找不着的地方。"问过儿子大致方位，骑上摩托车一溜烟走了。

拐进巷子，朝着一户门上挂着"易经取名"牌子的大门就进去了，肯定是这儿，镇上能有几个阴阳先生？

"你是李四的儿子吧？你小时候我见过你，那时你也就八九岁。"

胸戴“孝”字徽章，左臂佩黑纱。当地习俗，老人过世出殡后除去孝服，臂佩黑纱一百天守孝，为父亲守孝纱佩左臂，为母亲守孝纱佩右臂，叫作“男左女右”。此风俗传来传去，有的人弄不懂，误将“男左女右”理解为儿子守孝纱佩左臂，女儿守孝纱佩右臂，以致别人搞不清他们是父亲过世了还是母亲过世了，闹出笑话。

但阴阳先生懂，太懂了。这些习惯没有他们这一类人传承推广，恐怕就绝迹了。来者一进门，瞅过黑纱，来者是谁阴阳先生已心中有数。

“好人啊，你父亲是个好人！天底下再也找不着这样的好人啦！”一番感叹后，老先生眼里噙着硕大的泪珠，盈盈泪光中，闪现着的是寒风凛冽那个傍晚如血的残阳，是那塞得满满当当的一麻袋土豆、树皮、杂粮。

“鼓匠和打坟的工钱你就别提了。”老先生知道李土地是干什么来了，没等李土地开口，已经先下手为强。

“你父亲救过我的命，救过我一家人的命啊！”

“我父亲怎么救过您的命？救过您一家人的命？啥时候？怎么救的？我怎么没听说过？”

“孩子，你就别问了。”

“鼓匠班子是我养的，打坟的都是我的儿子侄子。我老了，不方便了，我的儿子侄子能给恩人披麻戴孝，徒弟们能吹吹打打送他老兄一程，是我前世修来的福分。四十多年啦，藏在我心头的一份恩情终于有了报答的机会。将来到了阴曹地府，我可以大大方方地见我的恩人啦！”

涕泗横流的老先生哽咽着，抽泣着。

“孩子。”李土地告别阴阳先生，一只脚已经迈出了门，又被一声呼唤叫了回来。

向屋外张望了一番，确信没人偷窥偷听，阴阳先生告诉了李土地一个秘密，吩咐了两件事情。

“你爷爷的坟是我父亲修的。”

“看好你家老屋，守好你家祖坟。你家将来不仅出富人，还要出贵人。”

安葬父亲后，李土地紧锣密鼓地办了几件事。

注册成立了一个农业合作社，合作社取名“天意”，含义只有李土地知道，天机不可泄。

儿子从省城回来，本来是筹办婚礼的，去年领结婚证，两人已经住进省城的楼房里过上了小日子，不抓紧回村里摆宴席，恐怕得挺着大肚子当新娘了。可眼下父亲刚去世，办完丧事办喜事，会被村里人笑话。好在儿媳妇懂事，父亲的丧礼上忙前忙后不说，主动提出婚礼往后推一年，想想小两口小日子已经过上了，李土地也就释然了：顶多晚抱一年孙子。

为儿子婚礼准备的整猪整羊此刻派上了用场。

儿子的小车后备厢里塞得下一头整猪，两只整羊被用大塑料包了好几层再装进尼龙袋，垫上硬纸箱放在了后排座，儿子开车李土地坐副驾驶位，直奔县城。

“烂炉底，没冠的针，骡子的鸡巴，高中生。”灶火里的炉底是铸铁的，一旦坏了，收破烂的都不要。针冠是引线的，针没了冠也就没了使用价值。骡子生来就是绝户，其鸡巴只用撒尿，没有性功能。李土地那个年代的高中生，学工学农学军就是不学文化，因而被列入“四大没用”。而且位居第四，属没用中最没用的。高中生没用，高中同学有用。县水利局的局长，就是李土地的高中同学，去年当上局长，还邀请老同学摆乎了一出，被同学们称作“地主”的李土地也在被邀请之列。

“地主！”

水利局门口一下车，局长同学就迎了出来。

“说，啥事，你小子无事不登三宝殿。”

“水管子我有的是，浇地的水管夏天用，埋不了多深，用不了几个钱，局里的项目款也有，给你点没问题。问题是，你们村没水呀！”

“水的事儿不用你管，我负责。”

“你小子又闹什么妖？再议，再议，先喝酒，我打电话喊几个同学好好陪陪你。”

饭后，李土地家的车开进局长家楼下的车库，车上的猪羊放进了车库兼仓库。

“正月一上班就往村里运管子备料，土挖得动就动工，下种之前，保证你用上。”局长酒量大，喝完酒办公事一点不含糊。

“一言为定！”

“一言为定！”

“一种动物，早晨四条腿行走，中午两条腿行走，晚上三条腿行走，腿越多时越无能。”嘴里念叨着古老的斯芬克斯之谜，脑子里想着谜一样的人，中山服、前进帽，拄着一条拐杖漫步于老榆树的街头，牛七颇有“老牛自知夕阳晚”的感慨。

退休后的牛七和老伴当起了牛郎织女，牛七在省城照顾外孙，老伴在县城照顾孙子，每天早晚家—幼儿园、幼儿园—家两点一线雷打不动。“没有孙子盼孙子，有了孙子当孙子”，大抵是他们这一代人的宿命。好在女儿姑爷任教于昔日自己曾经任教的省立大学，昔日的老师同事如今都已退休，都生活在一个校园里。接送外孙之余，每当旭日东升抑或夕阳西下，校园的无名湖畔，时常能陪老校长散散步，能和老同事们一起聊聊天。回到家里，女儿已做好可口的饭菜，晚饭时姑爷还陪着喝二两，也落得个清闲自在，其乐融融。只有到寒暑假期才是牛七的“七夕”，才可以返回县城自己的家会自己的织女老伴。

这样的日子持续十年之后，牛七和老伴“下岗”了，孙子外孙从抱着送幼儿园到拉着上学前班再到领着坐公交上小学，一上初中，骑上自行车，就算脱壳起飞了，不再需要老母鸡老公鸡张开翅膀掩着护着了。

当老母鸡老公鸡时成天埋怨“当孙子”，小鸡振翅飞跑了，倒一下子觉得空落落的。每天忙忙碌碌，觉得自己还不老，还有用。突然闲了下来，仿佛一夜之间就老了，腿脚开始不利索了，耳朵开始背了，脑子也不再好使，从卧室到卫生间洗漱，走在客厅停下来愣起了神：“我要干啥？”琢磨半天才好容易想起来“洗脸”。

“腿越多时越无能。”两条腿时，当老师教书也好，当农民种地也罢，再苦再累，休息二十分钟，立马精神抖擞。“好驴一个滚，好汉一个盹”，老榆树的好马好驴，耕田拉磨累上半天，地上打个滚体力就恢复如初；六十岁以前的牛七，种半天地讲半天课，迷糊一小会儿，下午接着干。“花有重开日，人无再少年”，如今，已到了倚仗拐杖的时辰，三条腿走路的老翁能不无能？

生理的无能尚可克服，心理的无能势不可挡。老校长仙逝，牛七哭昏在追悼会现场，女儿姑爷连背带抱弄上车弄回家。打那之后，“死”成了牛七常常念叨的一个词。面对孩子们“老骥伏枥”之类的安慰，牛七还勉强以“好，好，长命百岁”回应，面对老伴“好死不如歹活”的责备，牛七则一脸从容、义无反顾：“早死早转生，辈辈活年轻。再过二十年，又一个大学生。”

或许是因为五十多年的党龄中有二十多年被“开除党籍”的断档，或许牛七这个党员压根就不是一个彻底的唯物主义无神论者，三条腿的牛七固执地认为：人死了如果火化了魂就随着火化炉的青烟消散了，就不能转世了，就没有来生了，二十年后就少了一个大学生。况且，党组织对党员死后的火化，也只是倡导，只是号召，没有硬性规定。基于此，已经为自己的死做着谋划的牛七瞄上了土葬，土葬得有一块墓地，牛七瞄上了老榆树。

找自己出生长大的故乡，人家会“笑问客从何处来”；找自己曾经教书的省立大学或县一中，人家绝对认为老爷子疯了，人家上哪儿给你个疯老头找墓地？人家毫不犹豫就把你个疯老头扔进火化炉烧了，让你随着一股青烟魂飞魄散，永无转世，永无来生，二十年后当不上大学生。唯一的希望就在老榆树。

牛七自有牛七的道理：故乡长了十六年，省立大学上学加教书十一年，县一中教书十一年，而在老榆树一待就是二十二年，不往老榆树埋往哪儿埋？

他热爱老榆树。这里有他汗水浸过的土地，这里有他患难与共的乡亲。这里，他养育了一双儿女，他们吃老榆树的粮喝老榆树的水长大，他们身上流淌的是老榆树人的血液，老榆树早已融入了他们一家人的生命。

老榆树村牛七住了二十二年的破土房是村集体财产，包产到户分田单干时鉴于牛七在老榆树二十二年的贡献分给了牛七。牛七搬到县城后，每年李四修抹自己的土房子时都捎上牛七的，因而未曾倒塌。退休后的牛七每逢接送外孙间隙的寒暑假，都要回来住上一段，一则与李四对饮闲谝，二则觊觎老榆树的坟地。老榆树的土地醇厚甜美，他已经闻到了那土地的芳香。

李四的过世让牛七进一步找到埋在老榆树的理由：人生得一知己足矣，斯是当以同怀视之。在我人生的最低谷，是他驱走追打我的不谙世事的顽童，是他驱散了笼罩在我心头的阴霾，我们一起吸吮着钉子下酒，我们一起吟诵“天生我材必有用，千金散尽还复来”，我的闺女做了他的儿媳妇，我的儿子娶了他的闺女。如今，他走了，我有什么理由不埋在他近旁，永生永世陪伴他呢？

老榆树村村委会主任李土地接过牛七郑重其事递上的《申请书》，看过工工整整书写在申请书中埋在老榆树的几条理由后，点着头肯定地说：“您老的要求正当合理，一点也不过分，完全应该支持。不过，村集体的事不能我一个人说了算，这得上村委会研究，得半数以上村民表决通过。您别着急，容我走过了这些程序，您的事就搞定了，您百年之后就可以天天和我大喝酒聊天了。”

说到做到，不放空炮，没过多久，李土地就将一纸盖有老榆树村委会红章大印的决议交给了牛七：

老榆树行政村村民委员会决议

2006［1］号

事由：县一中退休教师牛七同志向村委会提出申请，希望村委会分配一块墓地给他，以实现葬在老榆树的心愿。

理由：牛七同志1957年被错划为“右派”，下放老榆树劳动二十二年，对老榆树怀有深厚的感情。

村委会意见：村委会认为，牛七同志曾长期在老榆树工作生活，为老榆树做出过不可否认的贡献，同老榆树村民有着深厚的感情，牛七同志的要求合乎情理，老榆树村委会有条件有能力满足牛老师的愿望，应予支持。

程序：村委会根据牛七同志的申请，经研究决定，启动“一事一议”议事程序，经半数以上村民表决，全票通过。

结论：1. 同意为牛七同志分配墓地一块。

2. 墓地应选择在非耕地以外的荒山荒坡处。

3. 面积不超过十平方米。

老榆树村民委员会（盖章）

2006年元月6日

第二十五章

老榆树一下子变得人头攒动，熙熙攘攘，令人想起赵本山宋丹丹小品中的“红旗招展，人山人海，锣鼓喧天，鞭炮齐鸣”。

自打生产队散伙包产到户，村子里人少多了，冷清多了，稍有办法的青壮年都外出打工谋生，留下的老弱病残傻呆愣延续着这里的香火，半数以上的户家门窗砌上了土坯，抹上了泥巴，人口从五百多口锐减至不足二百。

可这几天以来，外出的村里人回来不少，尤其是张家的宗亲以及与张家能钩挂上的三姑舅二两姨七大姑八大姨都被张援朝请了回来，邻村上下的乡邻也纷纷向这里涌来。

村南打场的场面上搭起了一个大大的戏台，大红丝绒门面大红地毯，扬琴二胡京胡板胡锣鼓镲钹排放戏台一侧，戏台正面大红横幅上金灿灿的一行“热烈庆祝张母八十寿辰”颇为耀眼。

戏班子是从山西请来的正宗的晋剧团，三天三夜的大戏都是打老祖先就耳熟能详，听过看过N遍，人人都会哼唱的老剧目《打金枝》《骂金殿》《辕门斩子》《铡美案》《白蛇传》《算粮登殿》《金水桥》《金沙滩》《四郎探母》。

这些年来，老榆树也有过唱的，但大抵不过是发丧的请来草台班子唱些荤段子，娶亲的请来“轻音乐”团喊几嗓子流行歌曲。摆开场子唱大戏，三十多年来头一遭。

各路神通随之而来。

卖小吃的、卖水果的、卖饮料的、卖衣服的、套圈的、玩把戏的、变魔术的、耍猴的、练武术的、把铁丝捆在肚子崩断了展示气功的、电动玩具车给孩子们坐每分钟收一块钱的，多不胜数。

壮年的、中年的、老年的钟情于晋剧，看过无数遍的戏目依然津津有味，乐此不疲，青年们则徜徉于各类杂耍。

总策划、总指挥、总导演张援朝忙得晕头转向一塌糊涂，杀了一头牛、一头猪，宰了十只羊，"大跃进"时生产队大食堂的三口大锅被找了出来，三个灶台垒在戏台北侧的空地上，木棒子火烧得炽气逼人，三口锅里分别炖着的猪肉、羊肉、牛肉是寿辰的主菜。

头两天，回来的亲友寄宿村里的亲友家，张援朝做了礼节性的拜访。第三天张母寿辰，张抗美从省城赶了回来，随之而来的有市里的秘书长，县里的副书记、副县长、副主任、副主席，镇里的书记、镇长、副书记、副镇长。戏台西侧搭起了一座迷彩帆布的大帐篷，有头有脸的悉数在帐篷内就座，桌椅板凳厨具餐具是从镇上中学的食堂借来的，溜溜满满拉了一大卡车。

正午开席前，戏台下挤满了人群，从高处放眼望去，一个个黑头发顶子密密麻麻。讲话的张抗美朝着帐篷开了腔，一连串尊敬的"某某某"之后，戏台下的男女老少被"各位父老乡亲"一言而囊括之。按规矩张抗美的"尊敬的"只尊敬到比自己级别高和同自己平级的即可，但今天是母亲过寿，副处级的乃至科长级的镇长书记也被尊敬了一把。

张抗美讲话后，八十支礼花相继升空，足足放了半个小时，随即开席，帐篷内的十几桌上各有八道凉菜，四荤四素，都是张援朝从镇子上的饭馆提前订好的，热菜是三大盘肉，一盘猪肉、一盘牛肉、一盘羊肉。帐篷外戏台下众多的"父老乡亲"手持自带的碗筷，排着队到灶台前盛肉、领馒头，再端着肉，筷子上串着馒头回到戏台前看戏，灶台边的桌子上放着酒箱酒瓶和盛酒的一次性纸杯，有专人负责倒酒服务。

穿戴得大红大紫的张母被搀扶进帐篷，帐篷内全体就座的头头脑脑们全体起立，鞠躬致敬，张母双手抱拳，作揖答谢不迭。

戏台下，灶台旁，场院旁边人家的院墙上，房顶上，马车上，牛车上，毛驴车上，三轮车上，四轮车上，大卡车上，手持肉碗、馒头、酒杯，站着的，坐着的，趴在墙上的，靠在车边的，姿势各不相同，吃相千姿百态。

没多久，酒精带来的效应彰显无遗，大声喊叫的，扯开放牛嗓子歌唱的，解开裤子不避人群小便的，各式各样，各具特色。

张援朝红润着脸笑对醉汉们的表演，这么大的排场，没几个喝醉的不热闹。

帐篷里的人们有些坐不住了，秘书长先行告退，张抗美陪着送行，其余人一哄而散，一辆辆停在帐篷边上的小轿车越野车鱼贯而去。

有醉汉冲上戏台，从演员手里抢夺道具，乐器声戛然而止，台下观众作鸟兽散。

有头有脸的走了，邻村上下的走了，张家人收拾厨具餐具桌椅板凳走了，戏班子收起乐器道具走了。留给老榆树的是三个黑乎乎的灶台和遍地的尿渍以及牛粪马粪驴粪人粪。

张家老太的八十大寿不可谓不隆重，不热烈。

人的寿命与所生活的环境息息相关，许许多多长寿村的出现，大抵与这里的空气、水土、温度、湿度分不开，好的环境造就了人的高寿。老榆树穷山恶水，十年九旱，有史以来高寿者甚少，出生后没见过爷爷奶奶姥爷姥姥者比比皆是，活过七十岁的人屈指可数。李四七十五岁驾鹤西去，已属罕见，张家老太是第一个问鼎八十岁者，是村史上的首位耄耋老人。

寿辰过后的相当长时间，人们还在回味着那三口大锅里的炖肉的余香，咀嚼着庆典给老榆树历史创下的若干个“之最”。

从人上看，张抗美及省里同来的以及市里的秘书长等，同属副厅级，冲着张抗美来的处级副处级科级副科级不胜枚举，这么多这么高级别的大官一时间云集老榆树，这在村史上是从来没有过的，此乃“之最”之一。

从车上看，张援朝带回来的奔驰、宝马、路虎、悍马以及追随张抗美而来的霸道、奥迪、别克、大众简直是开了一个车展，让山沟里的老榆树人大饱眼福，大开眼界，此乃“之最”之二。

从戏上看，唱样板戏那阵，老榆树的戏的确名振四乡，十里八村来看戏的人确乎不少，但请专业的戏班子展开班子一唱三天三夜，也确乎没有过，此乃“之最”之三。

从吃上看，“大跃进”那阵子大食堂人声鼎沸，规模空前，但是，连十里八村看热闹的也管饭，老榆树没有过。况且，大食堂里吃的啥？给你喝酒？张家老太过寿吃的啥？酒是敞开了喝。那是一个档次一个水平吗？简直不可同日而语！不收一份礼，不要一文钱，谁家这么大方过？此乃“之最”之四。

倘若将张老太的年龄以及庆典上喝醉的多、出洋相的多、撒下的尿渍多、留下的马粪牛粪驴粪人粪多也都统计进去，此举创下的“之最”绝对是空前的，再倘若后人不能打破这一纪录，那就是绝后了。

当然，庆典也有不和谐的音符：晚上有人听见张家传出猫嚎春般的哭声——那是张甜甜的声音。至于哭的原因，不得而知。

第二十六章

正月里，新一届村委会换届选举，全村的选民全被叫了回来，投上神圣的一票。

作为老榆树第六届村民委员会选举的前奏，正月里，承包一万亩海绵田的竞争在张援朝和李土地间达到了白热化。

一眼井仅能使老榆树的十亩旱田变为水浇地，别人不知情，你李土地心知肚明，老子包了三年砸进去了三百多万，你李土地不是不会算账，还要横插一杠子，还要搅浑水，无非是想借着老榆树人对井的出水状况不知情抬高行情，逼着老子多出血，老子也不是傻瓜，也得悠着点，行情涨到每亩两百元老子就打住，想多赔你就干去。理想固然可贵，可实现理想也得讲究策略，能够拿下就拿下，为了理想，付出一定的代价也是值得的。如果你志在必得，老子也不会头撞南墙，把包袱甩给你，把你拖瘦了拖垮了老子再卷土重来也未尝不可！

“一百五十。”

“二百。”

张援朝想仍以原价承包的希望瞬间破灭，而且李土地一口就喊到了自己的底线价，咄咄逼人。

“二百一十。”

“二百二十。”

“二百三十。”

“二百四十。”

“二百五十。”

“三百。”

人们哄笑张援朝“二百五十”间，李土地的报价大幅度攀升。“我也三百”，反正已经突破了自己的底价，反正已经不准备承包而采取迂回战术拖垮对手后再卷土重来，干脆把水搅浑，来个相持不下。

台下针锋相对，寸土不让，台下的疑问、责问、质问不时传来。

“别打肿脸充胖子了，已经赔了那么多，还赔得起吗？”

“别空口说白话，一亩三百,一万亩三百万，我们要的可不是空口说白话，到了秋后，两手一摊，我们能把你们怎么样？想承包，把承包费押下，我们要的是白花花的银子，你们有吗？”

张援朝李土地哑然。

“有。”一个苍老但坚毅的女高音在人群中炸响，循着声音，人们齐刷刷地把目光转向人群中央，目光扫开了一条通道，一个满头白发的老妇人巍然屹立。

“走，拿上手电筒，拿上铁锹，跟我走。”没等与会者探得“解决”之道，老太太已下达了新的指令。

老太带着人们到的地方是老屋。历经半个世纪风雨剥蚀，老屋已显得破旧，但仍保持完整。这些年，每到冬天，李土地在这里存放羊草。现在，羊草已用尽，屋子空着，但打扫得干干净净。

指着自己睡了几十年土炕的炕梢，老太太下达了第一道指令：

“拆。”

拆开炕洞，一个隐藏在炕洞下的暗洞暴露无遗。

李土地李粮食知道，那是当年父母藏莜面的地方。

“挖。”

指着暗洞的洞底，老太太下达了第二条指令。

扒去周边的炕板，腾出足够大的空间，李土地和儿子挥锹向下挖去。挖出一锹深再踩下第二锹时，锹尖被绊住了。

一条口袋被从土中扯了出来。那是一条用牛毛线织成的口袋，水桶粗细，五尺长短。在土里埋了不知多少年，那牛毛织的玩意儿居然完好无损。

清理掉散土，看到的是两条青石板，两条等长等宽的青石板整齐地拼成一个正方形。

“掀。”

随着老太太第三条指令，两块石板被掀了起来，青石板下，是一个用石头砌出的方形洞，方洞中央，放着一口带盖的收口水缸。砌了几十年石头的李土地认出，石洞是父亲的手艺。

去掉封在缸盖和缸身间封的蜡揭去缸盖，里面白花花的大洋在手电光下熠熠生辉。

“抬。”

四个男人四个方向使足了劲，也未能完成老太太下达的第四条指令。

“让。”

瘫在洞口的四个男人听到老太太第五条指令时，老太太怀里已抱着一块长条石头，那是李土地冬天取草时用来支门的石头，刚才进门时，老太太就瞅着了。那石头少说也有几十斤，老太太居然抱得动。

四个男人刚刚闪开，老太太怀里的石头已丢向水缸，随着一声清脆的水缸破裂，白花花银元倾泻而下。银元这玩意儿，放在牙上咬咬，凑近耳朵就能听到嗡嗡的响声，人们以此鉴别银元的真假。此刻，银元与银元撞击着，银元与石壁撞击着，“银瓶乍破水浆迸，铁骑突出刀枪鸣”，像滚滚春水奔涌而下，似万马奔腾呼啸而来。

三百元，相当于村民们自己耕种的平均年纯收入的三倍。又有白花花的现大洋担保，此等好事，岂有不干之理。早已备好的合同上，人们争相签字画押，全村的土地悉数纳入李土地承包之下。

以每亩三百元的高价包下全部海绵田的李土地在老榆树第四届村民委员会选举中兵不血刃轻取张援朝。退出承包土地的张援朝也就退出了竞选，自愧不如，望尘莫及——谁让自家祖上没传下来白花花的现大洋呢?

那一天，正是李四去世的百天忌日，跪在父亲坟前烧纸的李土地，眼中流出的热泪中，包含的不再是悲哀和伤痛，而是欣喜和感激：大啊！你领着全村人造下的“海绵田”现在儿子包下了，全老榆树的地又全归咱家啦！“两峡沟沟崖有水流”，你认定咱村有水但始终没找着。你活着没找着水，去世了，用你的坟墓引领着儿子找着了，有了水，咱村的地就值钱了，儿子就能大干一场了。托您的福啊！

回家的路上，李土地这样想：谁是土地的主人，并不重要。关键看谁是土地的最大受益者。旧社会，全村人种我们家的地，最大的受益者是我们家。现在，全村人的地我种，最大的受益者是我。凭力气，从土地里是刨不出几个钱的，能从土地上发财，自古以来都是动脑子的人。

水是人家祖坟里流出来的，人家受益，此乃天意。

那晚，住在母亲炕上的李粮食，把心里的疑问变作向母亲的采访，寻找着久远历史中埋藏的谜团。

“妈，奶奶的一毛口袋银元不是替王五舅舅还账了吗？怎么咱家还有一口袋?”

“傻儿子，亏你还想续家谱、写家史。”

“你奶奶拿出一毛口袋银元是哪一年?”

“1947 年腊月。”李粮食回答得迅速而准确。

“那一年以后，咱村全村的地该谁收租子了?”

“该奶奶收了。”

“咱村哪一年土改?”

“1950 年冬到 1951 年春。”

“奶奶收了几年地租?”

“四八年、四九年、五〇年，三年。”

“全村几百顷地，三年的地租，攒够攒不够一牛毛口袋?”

“那时候你还没嫁给大吧？”

“妈和你大是四八年夏天定亲，四八年、四九年每年秋天打完丰收，打场要雇许多短工，家里缺人手，奶奶就把妈这个没过门的媳妇接来帮忙做饭，打下粮食换了多少银元，换回的银元藏在哪儿，你奶奶全听妈的。五〇年秋天，妈嫁到你们李家的第二天，你奶奶就把全家的钥匙交给妈了，家里所有的财产都归妈管，银子就更甭说了。”

“咱家收了三年租就攒了一毛口袋银元，奶奶的父亲收了那么多年，怎么就没攒一毛口袋？”

“你奶奶的父亲王老掌柜攒得更多，攒几年就从镇上买一处四合院，共买了四处。你不是知道你王五舅舅的镇长是怎么不当的吗？那些房产还是都给鲍署长送礼了吗？”

“噢，原来如此。”李粮食恍然大悟。

这年春天，牛七病危，儿子牛犇儿媳李禾苗瞅着老爷子努力地想说什么，耳朵凑近，老爷子嘴里蹦出“老榆树”三个字。于是，叫来的救护车没把老爷子拉到县医院而是径直驶向老榆树。老屋里，寿衣棺材早已备齐，穿好寿衣躺在炕上的牛七一脸安详。女儿牛绛女婿李粮食急匆匆从省城赶回来时，随着女儿撕心裂肺的哭声，牛老爷子从容地找他的老伙计李四喝酒聊天去了。

葬礼一切依老榆树规矩操办。只是，棺材前的供桌上，多出了一瓶酒一碟酱豆腐，盛酱豆腐的碟子里，放着两根钉子！

不用推选、不用委任，总管李土地已主动作为。妹妹的公公弟弟的岳父父亲的故友，无论哪一头都足斤足两，都应该尽心竭力。况且，安葬牛七的过程中，李土地还完成了自己的一件惊天大秘事。

牛七的坟地毫无疑问选择在李四坟地的近旁，不仅坟建得气派，坟树也栽得轰轰烈烈。老榆树人知道的是，李土地领着弟弟妹妹弟媳妹夫忙乎了一个星期，坟树从李四的墓地绵延到牛七的墓地再延伸至山下。老榆树人不知道的是，那坟树下面埋着的水管，从李四的坟地延伸到牛七的坟地再接续到浇灌万亩“海绵田”的管网。

就在这一年，政府实施的“美丽乡村”向老榆树及周边各村庄挺进。可眼瞅着别的村子新房已盖得整整齐齐，老榆树的进度却一筹莫展，“安居工程”遇上了“钉子户”。

镇里为老榆树定下的“美丽乡村”方案是整村推进，所有房子一律拆除，全部盖成整齐划一的排子房。方案公布次日，村长李土地向镇上请假带上老婆“看病”去了，镇干部在村里喊破了嗓子村民就是不买账，不同意拆房子。县里明令不许强拆，一定要做通群众的工作，拆谁家的房子房主签字画押不说，还得房子房主合影留存。面对不识好歹的老榆树人，镇干部无可奈何。

挂念着“美丽乡村”进度的市长反复催促学弟县长无效后，亲自跑到县里质问，面对学弟的一脸委屈、一脸无奈，俩人不约而同地说：“我们到老榆树看看吧！”

老榆树人不认识县长市长，但从他们的坐骑和派头上判断出不是一般人，因而不敢搭讪，只有魏老师指点迷津。

魏老师的手指指向村子最东头铁路边上的那户人家。

市长县长进得李老太家门，李老太的炕上躺着的一个人坐起来摸索着戴上眼镜时，俩人齐声喊了一声：“李老师。”躺在炕上的是李粮食。

不是老榆树的人不识好歹，人家的老院子，打老祖宗起，住了几十年上百年，一夜之间没了，谁愿意？再说了，人家的房子，绝大部分好好的，再住三十年五十年上百年没问题，非要拆了重建，虽说国家出钱，可这崽卖爷田不心痛的事老百姓能认可、能容忍吗？还有，告诫你们的属下，莫伸手，伸手必被捉，国家给老百姓的，拱手交给老百姓即可，老百姓会花钱，知道钱怎么花。非得你们的干部拿着给老百姓花不可？个中原委你们当市长当县长的恐怕不会不懂吧！恐怕你们的干部早就和准备施工的工头联手了吧！“美丽乡村”是民心工程，可搞砸了反而会失去民心，这种赔了夫人又折兵的事谁愿干让他们干去吧！我的学生不能干。

这时，李老师才从炕上的皮包里找出一张图，那图上，老榆树现有的房舍无一遗漏，并且以A、B、C、D分类。A类为原封不动，B类为略加修缮，C类为增补围墙，D类为推倒重盖。现有房舍外，图上还有街心花园、幼儿园、小学。

看过图后，县长松了一口气："我正愁着县里拨的那些钱不够用呢？如此一来，绰绰有余。"

"你说得轻松，那图上的花园、幼儿园、小学谁出钱？"市长责备下属。

"我出！"背后一个苍老而有力的女声。是李母。

"我儿子竞选村长时，我给乡亲们出示了一坛祖上传下来的银元，我承诺要把这些银元用在村上，现在该兑现了。"

"那可是祖上留下来的，您舍得吗？"

"那本身就是老榆树老一辈的血汗，用在老榆树，恰如其分。"

"银元你带回省城换成钱，给咱村建学校、建幼儿园、建花园。"李老太吩咐儿子李粮食。

次日，老榆树的村长李土地返回村中，仅用一个月，老榆树"美丽乡村"完美收官且受到高度表扬。

第二十七章

搞房地产开发，拿到地钱就赚到了一半，这话不假。但另一半的路还很长，钱没有那么好赚的。

张援朝给他开发的项目选了个既好记又好听的名字——山水一厦。这里边，既有风水先生的智慧，也凝结着张援朝的许多心血，山、水、一三字各有名头，建成后的大厦，北边倚一座山，南边就是长八公里宽八十米深八米创造了多项亚洲纪录的那条人工河，大厦设计高度一百一十一米，建成后是伊市第一高度，依山傍水高度第一，故名山水一厦。

拆迁耗去了张援朝大半年的时间。

节节攀升的房价把拆迁户的胃口撑开了血盆大口，一平方米平房动辄两万三万毫不脸红心安理得，平房院里的凉房，拆迁风声一出，一夜之间加高加大，院里仅留一条过道，高度也全部达到拆迁条例中按照主房计算面积的高度，苦口婆心，连篇累牍，三番五次，翻来覆去，几轮谈判过后，张援朝几乎崩溃了，这哪是讨价还价啊，纯粹是敲竹杠，比劫道的强不到哪儿去。

此山是我开，此树是我栽，要想从此过，留下买路财。无可奈何的张援朝狠狠心咬咬牙，花大价钱请了一家专业的拆迁公司。

专业的终究比外行强上十倍百倍。

拆迁公司入驻后，首先调查摸底，笑容可掬态度谦和的美女员工挨家挨户走访，填表造册，拆迁户的姓名籍贯年龄性别民族学历工作单位子女情况详详细细，拆迁户的要求有多少期望值有多高明明白白。摸清底数后分门别类，各个击破。

拆迁公司把拆迁户分为三类：温和派，中间派，死硬派。

对于温和派，拆迁公司采取了鼓励加奖励措施，张榜公布价位和时限，在时限内签约的，价位优惠外，早签一天奖励一个百分点。此举一出，三分之一的拆迁户拿下。

对于中间派，拆迁公司报给张援朝一个名单，名单详细罗列出拆迁户家里在行政事业单位上班的成员，工作单位主管部门单位负责人姓名电话一应俱全，拆迁公司老板嘱咐张援朝，从政府找人做做工作。

蔺副市长接过张援朝递上的花名册浏览了一遍，当着张援朝的面就打电话给区长布置了下去，名正言顺地强调了“山水一厦”是市里的标志性工程，是主要领导关注的重点工程，建成后将是伊市的一道风景，将给伊市的税收就业增光添彩，放下电话，嘱咐张援朝赶紧把名册递过去。

此招一出，果然奏效，又一批拆迁户相继签约。

留下的死硬派钉子户只有霸王硬上弓啦！

拆迁户一旦签约，过度安置的租房费搬家费装卸费马上到位，拆迁公司的人还帮着搬运装卸，搬家车一挪窝，工程车随即到位，一处平房顷刻间夷为平地。

把一处处夷为平地的地块用装载机翻斗车作业运走垃圾，作业的过程中挂断电线挖断水管在所难免，断了电线水管没人修，便达到了断水断电的效果，装载机装完拆房的垃圾后继续向下挖，把签约户的地基挖得连起来，便达到了断路的效果。

瞅着拆迁公司的系列动作，张援朝偷着乐。

即使如此，仍然有个别钉子户负隅顽抗。

此时，拆迁公司的员工来了一个大调整，和颜悦色笑容可掬的女员工们被调到了别的工地，取而代之的是一帮流里流气光头文身的愣头小子。

愣头小子们并不发愣，而是严守规矩，恪守职责，对钉子户连一个字都没蹦过，只要每天保驾护航，你上班你家孩子上学，我紧随其后寸步不离，你下班放学，我候在单位学校门口一路护送回家，你步行我也步行你骑车我也骑车你开车我也开车，你甩都甩不掉我，不打不骂，不吵不闹，不离不弃。

十多天过后，所有拆迁户签约走人，拆迁公司也算账撤退。

张援朝长嘘一口气。

接下来该跑开工的手续了。

土地、规划、城建、消防、供电、供水、热力、电信、交通、城管等，办一个建设项目得找多少单位填多少表格跑多少路耗多少油费多少唾沫星子请多少次客送多少次礼盖多少个公章恐怕不好统计，倘若问办过此类手续的人，他们会告诉你："数不清。"

眼看秋去冬来年关将至，山水一厦项目开工手续办好的日子依然遥遥无期。

这一年的春节，张援朝是陪吕艳丽在海南岛过的。被开工手续折磨得精疲力竭的张援朝心不在焉，愁眉苦脸，吕艳丽探究原委，张援朝总打马虎眼，吕艳丽以为是张援朝嫌她老嫌她丑嫌她花他的钱，较起真来穷追不舍，张援朝这才道出实情。

"捧着金碗讨饭。"一肚子苦水的张援朝被吕艳丽鄙夷。

"是的，是有蔺市长，有我哥，可以提他们的大号，扛他们的大旗，可你知道得跑多少个单位多少个部门见多少个领导多少个办事人员吗？我总不能挨个地跟他们讲蔺市长跟我什么关系我哥是谁吧？！"

吕艳丽用细得刚好睁得开的眼端详张援朝良久后，对着气急败坏的张援朝扑哧一声笑了。

"傻瓜，笨蛋，白痴，我说的金碗不是老蔺，也不是你哥。你缺心眼，你不开窍，你智商太低，朽木之材不可雕也！"

"那是谁？"张援朝大惑不解。

“是你大姐，你二奶，你二妈，是老娘我！”指着自己红红的鼻子，吕艳丽揭晓了答案。

“你？”张援朝哭笑不得。

“你是那号吃闭门羹坐冷板凳的人吗？你受得了那些白眼经得了那些顶撞忍得了那些训斥吗？楼道里等三个小时才说上三句话又被拒绝推诿踢皮球的窝囊气你受得了吗？拉倒吧！我的大姐，二奶，二妈，老娘！”

“没有金刚钻，不揽瓷器活，先干活后收费，一包到底，合计人民币一百万，活干不妥，分文不取，拉钩上吊，谁说了不算谁是小狗。”吕艳丽掷地有声。

小狗出马，一个顶俩。吕艳丽出手，果然气度非凡。

打着蔺副市长的牌子，打着工商联的幌子，吕艳丽召集的“关于加快山水一厦建设项目工程进度”的协调会如期举行。市政府的一位副秘书长坐镇，与开工审批有关的局委办各职能部门的头头脑脑悉数到场，吕艳丽以工商联为民营企业开路搭桥为题开了场，副秘书长从市政建设、城市形象、领导关注、群众期待、有益社会、造福桑梓的高度阐述了加快山水一厦项目工程进度的重要性。各职能局委办与会的头头脑脑纷纷表态拥护支持，张援朝千恩万谢时没忘了表明，以往各职能部门都很支持很配合很给面子，只是市里的大环境需要加快速度加大力度。至于受过的冷落吃过的苦头，连个屁也没敢放。

协调会后，吕艳丽手里攥着一张与会者签到的表格。张援朝在哪里卡了壳，吕艳丽就找着这个部门表过态的头头脑脑的电话打过去。

在这些手握重权的职能部门眼里，工商联狗屎一堆、狗屁不是，况且，参加协调会的多是副职，说了不算。可吕艳丽何许人也，副市长的太太，炙手可热，得罪不起。并且，通过协调会前会后私下的交流，与会者对张援朝的背景也都搞得明明白白、真真切切。吕艳丽电话一到，与会副职不敢怠慢，赶紧向正职禀报，讲明情况，阐明利害。

于是，开工手续办理的速度大为加快。

新一年第一缕春风吹向伊市的时候，吕艳丽不仅为张援朝办妥了全套的开工手续，连山水一厦的预售手续也办妥了。

张援朝如约支付了吕艳丽的一百万酬劳外，还为吕艳丽买了一辆车算作奖励。在张援朝的算盘中，这笔生意是划算的，吕艳丽出马，不仅为自己赢得了时间，经济上也不亏，如果自己靠请客送礼办，这些钱恐怕拿不下来。看到吕艳丽潜质的张援朝索性聘请吕艳丽为兼职副总，年薪一百万。

招投标后，各施工单位相继在山水一厦工地的周边搭起工棚，两座大型塔吊矗立了起来，奠基仪式正在紧锣密鼓筹备中。

奠基仪式的接待工作分工明确，责任到人。

张援朝：负责接待省市区剪彩的贵宾。

吕艳丽：负责接待各职能局委办的领导嘉宾。

张甜甜、张抗美老婆：负责接待投融资公司的客户来宾。

张援朝的奠基庆典原则是宁缺毋滥，邀请的宾客一定要上档次、有面子。唯独在姐姐嫂子那边，张援朝开了一个口子，邀请投融资公司客户时，可以同时邀请他们的亲友参加，但要讲明，同来的亲友应该是有档次、有实力的。潜台词是，下一步可能向投融资公司放贷的，张甜甜、张抗美老婆对此心领神会。

山水一厦工地旁的空地上，一个高高的台子搭了起来。台子背景是一幅大大的喷绘，上有“山水一厦奠基开工仪式”字样，台上铺大红地毯，台前是由数个用气泵吹起的华表。台子两侧，军乐队和威风锣鼓轮番演奏，好不热闹。

主持人介绍过参加仪式的各位贵宾嘉宾后，蔺副市长和张抗美分别为舞上主席台的狮子点了睛。随后，蔺副市长发表了热情洋溢的讲话，代表市政府阐述了山水一厦工程的意义和价值，对开工表示祝贺，对山水一厦工程寄予厚望。

仪式选在上午十一点零一分开始，除暗合“山水大厦”一百一十一米的高度外，仪式结束后，时间正好就餐。平日里，蔺副市长们参加完类似活动后一般不就餐，有经验的公司举办类似活动，仪式前就已经把礼品红包交给领导的司机秘书，但今天有张抗美，蔺副市长不能走。蔺副市长不走，各局委办来的头头脑脑也不敢走，张甜甜、张抗美老婆邀请来的以及他们捎带来的宾客本来就是冲着饭局礼品红包来的，断没有走的道理。宴席因此而高朋满座热闹非凡。

奠基仪式虽然让张援朝出了一把血，但带来的效应也令张援朝欣慰。在仪式档次和规模的感召下，投融资公司的生意异常火爆，新客户不断涌现，老客户纷纷加大力度。

高利贷在伊市司空见惯蔚然成风，但毕竟恪守行业规矩，收的放的相互保密，放款结息交易都以现金结算。张甜甜、张抗美老婆办公桌上的验钞机点钞机高速运转，保险柜因业务骤增而一大再大，连每天傍晚前往银行存款的专车也加派了两个保安。

纷至沓来的高利贷放款为山水一厦的建设奠定了坚实的基础。

一个房地产项目开工后，决定其速度和质量的因素集中于两个方面——钱和人。

山水一厦的钱不成问题，人却出了问题。

张援朝重金请来的总工程师的确不外行，讲起工程上的事情头头是道，口若悬河，真正到了上手的时候，纸上谈兵的本色暴露无遗。张援朝估摸，他充其量也就是在小型工程的工地上混过几天，指挥三两个工程队干点小工程可能还凑合，“山水一厦”十几个工程队两三千号人呼啦啦狂风骤雨般涌来，赵括之辈必然原形毕露。也难怪，只有一百多万人口原本只有数家正规建筑公司的伊市，雨后春笋般一下子冒出三百多家房地产开发公司，昔日蹬三轮的炸油条的修自行车的练地摊的，找找人托托关系注册个公司摇身一变就是房地产开发商。反正不缺土地，市政府新区到旧区间三十余公里的区域可以尽情盖，反正不缺钱，房地产公司的招牌一亮，上门放贷的客户络绎不绝。这么个地方有这么多开发商八仙过海各显神通，懂技术会管理的专业人才能不紧缺吗？凑合吧，买来的新车不还得磨合一阵子吗？兴许熟悉一段，就会好起来的。

一辆车，磨合后可以正常行驶有两个基本条件，一是车的质量没有问题，二是驾驶要合格。山水一厦现有的硬件，这两个条件都不具备，磨合无济于事。

首先，中标的各工程队水平参差不齐，合格的不足半数。有的是边干边学的，有的干脆就是借了别人的资质挂个项目部名义滥竽充数的草台班子，关键时刻还得出去花钱雇人，可偌大的工地上各忙各的，急来抱佛脚恐怕也逮不着。

其次，总指挥总调度角色的总工程师不合格。用句驾驶行话说，他充其量只有C本，只开得了七座以下的小客车，现在给他一辆几十人的大轿子，玩不转！

北方不比南方，冬季到来滴水成冰施工就难以进行。眼看着秋去冬来，山水一厦还在地下蜗牛般缓慢向上蠕动，直到寒风扑面雪花飘落，还是没能露出地面。

但总工程师仍然振振有词，万丈高楼平地起，打基础就得扎扎实实，稳步推进。

张援朝意识到，再不能听他说得天花乱坠了。投融资公司收回的高利贷，每天的利息就是一笔惊人的数字，两三年就得翻一番。等你磨合好了，老子也该破产了。

打虎亲兄弟，上阵父子兵。张抗美亲自出马，带着弟弟屈尊拜访省城一家知名建筑公司向老总求援，老总沉思片刻后答复："合适的人倒是有一个，就怕请不动。"

老总说的这个人姓殷，已退休回家安享晚年。

"您给掏掏耳朵吧！待遇由他要。"张抗美志在必得。

架不住单位老总的劝说，驳不过张副秘书长的面子，经不起张援朝年薪三百万的诱惑。共和国的同龄人、六十二岁的殷总工程师二度出山，于春节后走马上任。

行家毕竟是行家，殷总总归是经过大场合见过大场面的，上任伊始，三把火烧过，各施工单位便被调度得井然有序。草台班子施工队经不住老爷子三句提问便露出马脚被清退出局，殷总手头有的就是工程队，一通电话过后，合格的工程队很快到位。

山水一厦工程进度明显加快。

一波未平，一波又起。葫芦按下去了，瓢又浮起来了。

人的问题解决了，钱的问题又卡壳了。

原本，张援朝的希望寄托在投融资公司上，寄托在姐姐嫂子身上，寄托在伊市那些手握大量拆迁费的投资客身上。可拆迁户手里的钱毕竟有限，三百多家房地产公司挤在伊市巴掌大的地方家家融资，僧多粥少，狼多肉少。张援朝的房地产项目下手晚，伊市的拆迁高峰已过，不少开发商融资的触角已经向周边城市乃至外省伸展。奠基典礼后，投融资公司的确是红火了一阵子，融资总额不下五个亿。但偌大的工地张开血盆大口吞钱，材料款、工程款、运费、税费多如牛毛，几百口人每天大张着口要吃要喝要工钱，高利贷的利息也是一笔不菲的开支。现在，投融资公司趋于沉寂融资数量减少，一下子便显得捉襟见肘。

不少工程队发出了停工警示。

面对窘境，张援朝采取了一系列应对措施。

抵押起家的小楼贷了一笔款支付给各工程队，以免停工。

召集公司各部门负责人开会：建筑材料能赊的尽量不付现款，能少付款多进货的尽量多进货，以前欠下的材料款停止支付，实在不行找新的地方进货。各部门开源节流，做好勒紧裤腰带过日子的准备。

山水一厦的预售不能说不得力，甚至很完美。在伊市人眼里，房源就是摇钱树，就是聚宝盆。有人计算过，上半辈子班挣的工资累加起来，不如倒腾一套房子的进项，住房如此，商业房更为火爆。山水一厦开工后，售楼部门前排起的长队很快就将整幢大楼吞下，地下一二层的超市卖了，一至五层的商场卖了，五至十层的酒店卖了，十层至十五层的宾馆卖了，十五层以上的loft公寓卖了，连地下三层的车位都卖得干干净净。

按照伊市的行情，商业房预付首付的比例是40%，封顶时交30%，投入使用交钥匙再付30%。山水一厦总售价是二十六亿，收回首付40%的七八个亿，已经被这个庞然大物吞下去了，融回来的五个多亿除去支付利息外也有四个多亿扔了进去，大厦才建到了一半，离封顶还远着呢！收房款是指望不上了，大楼要封顶，至少还得五六个亿。唯一的希望寄托在哥哥身上，张抗美那边，正马不停蹄地在跑贷款。

国有大银行都是全国一盘棋，各地贷款的规模都是按指标划拨。伊市这个三线乃至四线城市在这些银行眼里再平凡不过了，如火如荼大规模的房地产开发急需的大笔资金，根本不在考虑之列。

几经努力，张抗美终于和省里的一家大银行达成了贷款意向，以山水一厦的土地使用权抵押，贷款五个亿。

大银行财大气粗，一把贷几个亿不是大问题。问题是手续复杂，审批繁多，土地评估报告出来后，考察论证的来了一拨又一拨，终于走完了所有程序，当年的施工期已宣告结束。张援朝急得像油锅上的蚂蚁，审批的进度却像树上的蜗牛。

其实，审批进度再快也没有用，银行当年的贷款指标早已用完，要想贷款，次年的新年钟声不敲响，一分钱也甭想要到手。

这年的春节，是张援朝一生中最为惬意的一个大年。农历的春节已是公历的2月，春节前的元月，五个亿贷款的一纸合同让各路材料供应商大小工程队往日的牢骚埋怨责备诅咒谈笑间灰飞烟灭，取而代之的是啧啧的奉承和羡慕的神眼。目送着一路路没拿到钱却画饼充饥望梅止渴心满意足回家过年的队伍，一种前所未有的成就感在张援朝的心头涌动。

大哥二兄弟，钱是好东西。

过完年就该开春了，一开春，工地上就是一片繁忙施工的景象。秋天，山水一厦就能封顶，水暖电一通，内装修冬天也能搞，下一个春节前，商户就能入场。封顶和交钥匙的钱一到手，还完贷款还完融资，十个亿的利润就到手里，即使预算超一些，即使管理上有些跑冒滴漏，利润少个一亿两亿，七八个亿的进项是有把握的。到那时，老子这个亿万富翁就实至名归了。

第二十八章

2009年盛夏，一场规模空前的经济大萧条大衰退降临伊市，这场始料未及的风暴一直被伊市人称作“金融危机”。这场“金融危机”从高利贷市场发端，迅速涉及房地产、金融、路桥、旅游、餐饮住宿服务等多个行业，涉及范围之广、影响程度之深前所未有。

危机的开始以高利贷经营大户叶淑女、郝白等人锒铛入狱为标志。那一天对于张援朝来说，记忆铭心刻骨。当晚，张援朝本是约了叶淑女、郝白等人一起聚餐的，同时被邀请的还有张元继、陈路。

物以类聚，人以群分。高利贷经营者之间的关系，与银行间的关系相似，作为民间银行、地下银行，各经营者之间既有竞争也有合作。所谓竞争，就是拼实力、拼名气、拼信誉，实力大名气大信誉高的自然吸引放贷者的眼球，可以吸引到更多的资产，反之则门庭冷落，生意萧条。所谓合作，类似于银行间的拆解调剂。融回来的钱，得让它运转起来去赚钱，锁在保险柜里空付利息，存在银行利息倒挂，傻子都不会这么干。怎么办？调剂！那一阵子，我手头融回的钱数量大又暂时没有合适的投资项目，就把钱放在你那儿，利息上有的赚更好，赚不到利息最起码保本，不至于空付利息。这一阵子，我手头紧，有讨本的结息的无钱可付，便从你那儿挪一些，当然付利息是必须的，有时还得付高利息。高利贷在伊市盛行的时候，如果你遇上开着豪车夹着名包边走边打“给我弄四十个”“我这儿有四百个”电话被人们称作“刘总”“李总”“王总”的，那一定是经营高利贷的。

张援朝的高利贷生意由姐姐和嫂子打理，但她俩的权限仅在收贷结息之内，如果需要与其他高利贷经营者拆解调剂，那就得张援朝出面。昨天张援朝约请聚餐的叶淑女、郝白是他的上线，张元继、陈路是他的下线。也就是说，张援朝钱富余时放给叶淑女、郝白，因为叶淑女、郝白生意做得大、付利息高；而张援朝缺钱时，找张元继、陈路，张元继、陈路是小户，融来的钱得从张援朝这里赚利息差价。

当然，这只是一般情况下的模式，遇上特殊情况，那就得打破常规，特殊处理。

在伊市，有两个专用名词叫“戏戏”“把子”，男人的情妇被称作“戏戏”，女人的情夫被称作“把子”。张援朝这样层次的人，聚餐时带“戏戏”已是不成文的规矩。

“男人没个戏戏，活着没有意义”，“女人没个把子，活得像个傻子”。置身物欲横流的伊市，情妇情夫司空见惯。尽管如此，“老婆基本不用”的张援朝，依然恪守着“喝酒不醉最为高，贪色不滥逞英豪”的底线，不像许多大款那样频繁更换“戏戏”，专注于妫荣一人。正经场合上，妫荣被介绍为表妹，起哄嬉戏的场合，妫荣则以“戏戏”身份出场。“落第秀才”能举出李白、李商隐、陆游、胡适、傅雷、余光中等文豪，汉武帝、孝明帝、康熙等帝王，牛顿、达·芬奇、达尔文等洋名人，李嘉诚等富豪的例子，佐证表妹做情人的合理和浪漫，私下独处时，两人则以贾宝玉林黛玉自居。

但凡请客聚餐，官方民间套路基本一致。东道主先到，身份低的随后，架子最大的最后出场。张援朝和妫荣点好茶，吩咐服务员先上凉菜客人到齐了再上热菜的工夫，张元继、陈路各领着一个打扮入时、花枝招展的姑娘就到了。两位姑娘各自自我介绍叫斯斯、文文后又等了好一会儿，叶淑女、郝白还迟迟不肯出场。

抽烟、喝茶、嗑瓜子、聊天侃大山摆龙门阵又是长时间等待，叶郝二仙还是没有露面。

张援朝不得已宣布酒席开场边吃边等。看着张援朝面带尴尬，机敏过人且油嘴滑舌的张元继提议讲故事，每对男女讲一个带色彩的段子，把别人逗笑了别人喝，逗不笑别人或别人能把故事接下来的自己喝。

模仿小品中赵本山、宋丹丹讲故事的腔调，每个故事以“说”开头，气氛一下子热闹了起来。

倡导者张元继身体力行率先垂范，故事的主角却是陈路。

“说，陈路四岁时，与一个两岁的女孩定娃娃亲，陈路母亲表示反对，‘我们儿子四岁，他们姑娘才两岁，相差一半儿，等他们姑娘二十岁出嫁，我们儿子都四十了，那不得打半辈子光棍儿？’陈路父亲听不下去了，大声呵斥：‘半脑子娘儿们，女娃两岁，咱娃四岁，才差两岁，再过两年不就撵上了，同岁了吗？’妫荣一手扯过桌上的面巾纸擦着笑出的眼泪，一手搭在张援朝肩上笑倒在张援朝身上，斯斯嚼着一块儿风干牛肉吐不出吞不下捂住嘴笑得伏在桌子上，一直目视“把子”讲故事的文文嘴里呷着的茶径直向张元继脸上喷去。

陈路开始反击：“前几天有个给张元继摆阔的说他们家早上面中午面晚上面对面，张元继当即回应，我们家早上肉中午肉晚上肉挨肉。”

女人们依然笑，鉴于故事的内容，女人们笑得比较羞涩。

两个故事都因带有色彩且逗笑了听众而得到认可，喝过买单酒后，该张援朝出场了。

秀才的故事颇有秀才特色：“说，一位贵夫人在一个斗牛场附近的餐馆里看到另一位贵夫人吃着一个又粗又长的东西，吃得满嘴流油，可口无比，于是也要点这道菜。服务生告诉他，这道菜是斗牛的战利品，斗牛每周一次，本周的已被那位夫人享用。贵夫人便订了下周的，下周去吃时，端上来的却又细又小，贵夫人愤而理论，服务生解释说：对不起夫人，今天是牛赢了。”

听过这故事的妫荣没有笑，斯斯文文装作没听懂并不笑，被瞅得憋不住了，各自扑在自己男人怀里哧哧地偷笑。

“张总，人鞭子好吃吗？”

“估计比牛鞭子强！”

张元继、陈路附和着、追捧着。

看着时候已经不早，妫荣吩咐服务员上热菜。点好的八个热菜上了四个，另四个等客人到齐了再上。

热菜上来后，张元继、陈路各自携“戏戏”敬了一圈。

仍然不见叶淑女、郝白的身影。

牌子大的晚到，牌子越大，到得越晚。可今天晚得也太离谱了吧！

看来，再客气下去，再不好意思打电话催，今天就得晾摊子。张援朝不得已掏出了手机。

“对不起，您所拨打的电话已关机。”叶淑女、郝白的电话约好似的。

机灵的张元继、陈路赶紧圆场，电话分别打给叶淑女的男把子和郝白的女戏戏。

两个电话带来了同一内容的消息：

“叶总被抓了。”

“郝总被抓了。”

连“为什么”之后的回答也完全相同：

“非法吸收公众存款。”

伊市的“金融危机”终于爆发了。

叶淑女、郝白和张援朝同为伊市工商联执委。叶的“淑女国际大酒店”生意兴隆，门庭若市，北京、海南、伊市的房产数十处，好车多不胜数。郝白修了一条高速公路，一座黄河大桥，每天收费站收入颇丰，房地产项目好几处，一家五星级酒店即将开业，伊市新旧两区，冬季的供暖都来自郝白的热电厂。

“不是说让民营企业坐正席、唱主角吗？”

“叶淑女、郝白不是成天被表彰的先进吗？”

“不是还号召我们向他们学习吗？”

“过去不是没人管吗？市政建设、修桥修路、房地产开发的许多钱不都是民间借贷融资的吗？”

“政府欠大笔款项的许多工程不都是用民间融资建起来的吗？”

张援朝们大惑不解。

其实，春末夏初，危机已露端倪，各类投融资公司、典当行、小额贷款公司已开始收不到放贷。相反，结息的、讨本的一日多过一日。

春节前，张援朝把姐姐嫂子收回来的和五个亿贷款付过欠账后余下的几千万放给了叶淑女、郝白。今天请客，主题是借口山水一厦用钱，把放的贷讨回来。请张元继、陈路，一是作陪，同时也让他们做个见证，自己也欠别人的钱，需要周转。

张援朝的计划被两个重量级人物被抓的消息碾得粉碎。

讨债一下子成了伊市人生活的核心主题。

危机尚未发生之前，有人估算过，伊市有 85% 的家庭放贷，其余 15%，5% 是用不着放贷看不上这点小钱的，比如说市长、银行行长；有 5% 是吸收贷款的；另 5% 是连一个整数都凑不齐，吃了上顿没下顿，有心无力，没资格参加放贷队伍的。

危机爆发前后的贫富状况可谓“天翻地覆慨而慷”，昔日阔绰的企业老板房地产开发商们，几乎一夜之间都变成了负债的“负翁”，当初东拼西凑搞点钱放出去赚点利息，希冀凭此改善生活条件，改变贫穷命运的“穷人”，一夜之间变成了向富人讨债的债权人。

但能讨到钱的少之又少。

“伊市人的钱全放了高利贷，收回的高利贷全盖了房子，房子全成了烂尾楼。”三句话，钱的去向明明白白。

市府新旧两区的公安局都成立了一个新的机构叫“打击非法吸收公众存款办公室”，简称“打非办”，收贷的放贷的都和这个机构挂上钩。按照 85% 加 5% 的估算，伊市 90% 的家庭，生活开始与“打非办”息息相关。

关于讨债、还债、赖账、躲债、抵账的传闻不胫而走。

第二十九章

在“秘书处长”的称呼下干了若干年的张抗美，心里比别人再明白不过，自己仅仅是个秘书，只不过熬的年头长了，与相关位置比对，该给个处级，充其量也就是个处长秘书。最初，他曾天真地以为，处级就是县级，自己的级别同那些县长、县委书记是平级，干上一段时间的处级秘书，就有希望被委派到某个县里当个县长书记的干干，也可以享受享受“太爷”的风光。时间一长，他才发现自己太天真，太幼稚，太富于幻想了，处级秘书和处级县长、书记简直是两个世界。且不说处级秘书未必都能干上县长、书记，省里各机关大院里，处级、副厅、厅级比比皆是，屋顶上掉下一片瓦来，指不定能砸倒几个处长厅长。论派头和实权，就更不可同日而语了。同为处级，张抗美出去办事，还得向机关车队要车，遭遇无车可派或有车不给派是家常便饭，有时不得不打的甚至去挤公交。而同为处级的县太爷们，哪怕是再穷的县，太爷们也清一色霸道越野车，出入前呼后拥，动辄警车开道。说得彻底一些，张抗美这样的处级，连人家县里的科级局长、乡长、镇长都不如，这些小科长们也都有专车，并且比着赛似的，一辆比一辆豪华，一辆比一辆气派。县太爷们大笔一挥，财政上大笔的资金就随着运转，经济条件好的县，一个县财政支配的资金比省城一个厅级单位都多得多，甚至几倍、十几倍、几十倍。因此，当县太爷便成了许多处级干部们梦寐以求的渴望。可是，县太爷的交椅毕竟太少，许多处级干部甚至连屈就个县里的正处级副太爷的努力都宣告失败，只有在机关大院里干个空有处级头衔、实为秘书的差事，聊以度日，再待机遇。

漫长的秘书生涯告诉张抗美，干秘书这一行，机遇就在于跟对领导，给哪个领导当秘书至关重要，领导升得快，秘书也升得快，领导行情看涨，秘书水涨船高。张抗美许多曾经的同事、伙伴，都随着领导的升迁而走红，干上实职县长、书记的有好几个，有的已经干到副市长、副厅长。

偏偏张抗美跟着的领导却稳如泰山，张抗美因此也纹丝不动。倒不是领导不努力、不上进、不出色，相反却很努力、很上进、很出色，好多个节点上都呼声很高，大有希望，许多人都认为非他莫属，确定无疑，可一到节骨眼上肯定出事。小的、可以摆平的、能息事宁人不影响仕途的就不提了，光是足以搅动省城、惊动京城的三件大事，件件都和由张抗美这个处级干部担任秘书的副省级领导摊上干系。

头一桩事发生前，领导即将提拔的传闻已不绝于耳，传得有鼻子有眼。说组织部门已经找领导谈过话，几乎已是板上钉钉，那些日子张抗美特别留意过领导的神情，态度比平时和蔼了许多，楼道里遇上小秘书小司机甚至保洁员也会主动热情地打招呼，安排工作的口气比往常舒缓了许多，和气了许多。平时可系可不系的领带每日必系，并且几乎每天都要换一条新的。平时可迟可早的上下班那些日子非常精准，而且一改往常的低头走路，旁若无人，刻意在一楼大厅里搭讪交流，逗留良久，并不时向身旁走过的人们打招呼，脸上的笑容量完全可以超出前若干年的总和。

出事的那天晚上，张抗美被破例安排与领导同桌陪同来宾，尽管差事是端茶倒水递烟点火，但也足以让张抗美受宠若惊了。

“张处，听说来的客人是红二代，爷爷是开国元勋。我看来咱们这儿挂职副市长也就是镀镀金吧。”赴宴的路上开车的司机向张抗美求证。

没有回答，只有张抗美冷峻的目光威严地射在小司机的脸上，小司机顿时感觉到了自己的唐突、冒失、不谙世事，不敢再问，专心开车。

混迹官场多年的张抗美深谙嘴和屁股的区别。嘴生来就得小心谨慎，吃东西时要拣合口味的、干净的，以防病从口入；喝的东西要符合卫生标准，温度也要适应嘴唇和舌头，适合季节；讲话时就更有讲究了，该说的说，不该说的千万别说，什么时候说，什么场合说，对什么样的人说，都大有学问，不可造次。

屁股则不然。屁股的优势在于既能放屁又能拉屎，放屁时可以随心所欲，裤裆放屁两岔走，任其自由扩散，不必顾虑臭气会留在裤裆里，更不必放一个屁脱一次裤子或放一个屁脱好几次裤子，兴之所至，还可以努力努努，放出声音很大的响屁或连环屁、摩托屁。甚至放屁放到拉到裤子里，也可以心安理得地解释为不小心、不留神、没在意。至于拉屎就更洒脱啦，可以拉稀的，可以拉稠的，可以拉不稀不稠的，可以拉半稀半稠的，前半泡稀后半泡稠，前半泡稠后半泡稀，两头稀中间稠，两头稠中间稀都顺理成章无可厚非。

张抗美属于那种管得住嘴的一类。

向客人介绍领导时，秘书长特意在职务、分管工作等内容上附加了“觉悟高、资历深、能力强、即将担任更重要职务，前途无量”，领导报以微笑，不予肯定也决不否定，嘴里忙不迭一串“抬举”“抬举”“抬举”，秘书长的介绍到副厅级为止，张抗美等余下的几位被一个统统包括的手势概括为工作人员，一阵酸楚掠过心头，随即被领导灿烂的笑容驱散——希望寄托在领导身上。显然，张抗美的角色充其量是塞满桌子、渲染接待的隆重热烈。但整个宴席上，张抗美始终以饱满的热情倒茶递烟点火，脸上的笑容丝毫没有不自然、不诚恳、不是发自内心的成分，每个知道底细的人也都充分相信张抗美的笑源自肺腑，随着领导的高升他被提拔已确定无疑。

当一个人被一个美好的憧憬所感召，为一个伟大的希望而努力时就会有使不完的劲儿、用不完的力，就没有受不了的委屈，就没有克服不了的困难。

席后，领导还特意去挂职副市长下榻的酒店巡视，到来宾的房间嘘寒问暖，张抗美也不失时机地向随行的宾馆经理吩咐了水果要新鲜等细节。

就在领导及张抗美一行握别来宾一小时后，一场大火把这座贵宾楼烧成一片黑乎乎的废墟，挂职而来的副市长葬身火海。

大火烧去了挂职副市长的生命，也烧去了领导的提拔机会。领导这城门被人烧了，护城河里可怜的小鱼儿张抗美也在唾手即可跃过的龙门前戛然止步。

时间是最好的稀释剂，时间是最好的橡皮擦。它可以让百姓忘掉曾经的磨难与欺辱，饱经风霜依然夙兴夜寐；更为可贵的是，它可以从首长和组织部门的记忆中，抹去某个干部曾经的失职或应该承担的责任。张抗美办公桌上台历的几度更换，领导擢升的信息又翩然而至，张抗美希望的火苗也再次燃起。

偏偏此时一个丧门星撞上门来。

这个丧门星，虽说只是个裁缝，但手里的品牌名声不小，生意做得也红红火火，赚了不少钱。可裁缝毕竟是裁缝，离社会上对他所宣传的“企业家”相去甚远。原本合伙起家的同伴讲好，有福同享、有难同当的，看着钱多了就想吃独食，想把同伴踢走、踹掉。同伴几经交涉无果，一怒之下雇了个刚从监狱出来的帮手，用胶带封其嘴、缚其手脚，就塞进车里拉出去活埋了。

埋也就埋了，中国多的是人，三条腿的蛤蟆不好找，两条腿的“企业家”遍地是。偏偏公安局破案时，调取“企业家”短信记录中有不少与张抗美领导往来的短信，内容显示“给您汇了三十万”，“感谢您的关照”。消息传出，人们自然而然联想到张抗美领导曾一度十分关心这个企业的发展，曾以“高新企业”“科技创新”等多种名目给其拨款“扶持”。

亏得张抗美领导城府深、人缘广、底子厚，更亏得两条腿的“企业家”一死了之、死无对证，此事得以顺利平息，有惊无险。但张抗美领导这条航船的扬帆出海就此搁浅，张抗美这只拴在航船后的小舢板也只能栖身港湾，原地不动。

“企业家”事件后，张抗美领导的提拔销声匿迹，老爷子本人也死了那份心，不求有功，但求无过，完完整整在原岗位上干完最后一任光荣退休，别无他求。为此老爷子使出浑身解数负重发挥，尤其在分管的招商引资工作中不遗余力。

在这个欠发达的北方省份，招商引资的重要性不言而喻。老爷子开动员会时的谆谆教诲，张抗美至今记忆犹新：老爷子从毛主席“中国革命的根本问题是土地问题”的理论讲起，讲到招商引资的实质就是“卖土地”。因为我们国家的税收分为国税地税两块，国税被国家拿走，上缴国库用于国家建设，地税才归地方支配，但税源有限，数额不大。地方财政想有钱，必须在土地上做文章，土地是刮金板，土地是摇钱树，土地是聚宝盆。因而，再小的行政机构，也要设立一个土地收储中心，把低价征得的土地高价卖出去，不仅当时可以赚得可观的差价，而且日后的土地使用税、房产税也源源不断地流入地税。注意，在这一系列的运作中，最关键的是把地卖出去，当地经济欠发达，投资办企业的少，怎么办？唯一的出路就是招商引资！

在上述理论基础上，老爷子分管的招商引资实践也如火如荼。单从领导对投资客的接待就能看出势头，起初几百万、几千万的投资客领导都亲自出面接待，到后来投资十几个亿、几十个亿的客商才有资格与领导共进晚餐杯筹交错。

功夫不负有心人，一个投资数十亿的港商找上了门。

港商就是港商，身后永远四个玄衣玄裤彪形保镖，女秘书手里始终攥着一枚打火机，不时点着他衔在嘴里的大号雪茄。烟雾从他嘴里徐徐流向鼻孔，又从鼻孔徐徐向鼻翼两侧升腾，如此循环三四匝之后，留存在口腔中的最后一团烟雾才从嘴里直泄而出。

老爷子不仅亲自接待了港商，而且答应了港商所有的要求，港商提出炸掉省所在地市政府大楼把土地卖给他，老爷子也答应协调市政府解决——人家承诺再盖个新政府大楼嘛！市政府旧楼变新楼，几十个亿的投资到位，何乐而不为？

老爷子就是老爷子，市政府的工作很快做通，新址用地更不在话下。随着被媒体誉为“北方第一爆”的一声轰响，原市政府大楼顷刻间颓然倒下。老爷子亲自参加了港商的开工典礼，亲自为这一史无前例的大项目剪了彩，亲自向奠基碑上撒下了第一锹土。

欢喜了一阵子之后，来自港商的消息每况愈下。中标的建筑单位向港商交上大笔保证金后纷纷开工，却迟迟等不到港商的工程款，倒是港商要求老爷子协调当地银行贷款的函件雪片般飞来。

老爷子并不在意，奸商奸商，无商不奸，以最小的投入获取最大的利润是每个商人恪守的规则，不必大惊小怪。直到有一天，公安厅长带着市公安局长将一份报告呈到老爷子桌子上时，老爷子才倒吸一口凉气，浑身的汗毛都竖了起来。

港商本是内地的一个木匠，改名换姓在香港弄到了居住证，其在香港的公司，注册资金为一港元。

“同意抓捕。”老爷子用颤抖的手完成了政治生涯中最后一次签字。

张抗美随老爷子走红而升迁的希望再次梦断滑铁卢。

2010年农历新年，精明的张抗美陷入绝望。

电视里春节联欢晚会已近压轴，主持人、演员铆足了劲上演最后的精彩，努力把晚会办得赶上和超过往年；手机里拜年的短信、彩信、视频、微博纷至沓来，原创的、翻版的、剽窃的、篡改的络绎不绝；外面烟花声爆竹声早已按捺不住，或空中或地下较着劲儿地开始了比拼，到处都弥漫着浓烈的火药味、硫磺味、土腥味。

大批的高利贷债主苦苦相逼，巨额的银行贷款无法偿还，蛇年注定是我张抗美的夺命年、劫难年。赵本山说，飞机不在飞得多高，关键看能不能平稳着陆，精辟，不愧是有私家飞机的主儿。

可恨那些高利贷债主。当初你们的钱也不是老子偷来的抢来的，是你们自己拱手送上门的，你们吃老子的利息时，个个满心欢喜、目露感激。如今金融危机了，老子遇到困难了，你们翻脸不认人了，本金、利息，本息驴打滚，这不要老子的命吗？

可恨那万恶的银行。老子如今才看出你是个嫌贫爱富的玩意儿，锦上添花是你的绝活，雪中送炭万万办不到，最多玩玩花架子，做姿态给人看看。

倘若再年轻三五岁，老子或许也能找到解套的办法，可谁都明白，新年的钟声一响，你就又向六十岁迈近了一步了，快退了，没用了，在这个势利眼充斥的世界里，谁还听你的话？谁还买你的账？

自己一事无成也就罢了，弟弟陷进去纯属咎由自取，他花天酒地，暴殄天物，上吊跳楼也是活该，也是报应。可妹妹怎么了？老婆怎么了？他们造了什么孽？犯了什么错？也被扯了进来。

事到如今，弟弟张援朝深居简出，办公室不能去，工地上不敢露面，只能背后操纵着手下人苟延残喘，妹妹和老婆有家难归，在外地租房躲债。最要命的是，讨债的人居然追到省政府大院来了，追到我张抗美头上来了，我怎么办？

一阵头晕，张抗美赶紧找降压药，没有开水，也懒得去烧，干脆倒了杯酒漱下。降压药下肚，仿佛有一只无形的手伸进血管，拖拽着汹汹涌向头顶的血流，让汹涌之势得以延缓，让居高不下的血压降下来。张抗美明白，这充其量的权宜之计暂缓之策，迟早有一天，那只无形的手会因过度疲劳而垂下去，澎湃的血流灭顶般冲向他的天灵盖，直至血管崩裂，呜呼哀哉！

报纸上、互联网上，有多少栽进去的官儿们忏悔因心理不平衡而误入歧途，前车之辙后车之鉴的道理你又不是不懂，怎么就鬼迷心窍执迷不悟呢？

有房、有车，子女工作有好的着落，退休金数量不菲，完全可以优哉游哉地安度晚年嘛，怎么就想不开、悟不透，放着阳关道不走，非要上这独木桥呢？退一万步，回到空气新鲜、民风淳朴的小山村，种二亩地、养几只羊，也落得个清闲惬意啊，可如今到哪里去找卖后悔药的郎中啊？

往事如烟，不堪回首，命运多舛，时运不济，心比天高，命比纸薄。从投胎到如今一路走来，没有一件称心如意的。生在农村，一落地就比城里人矮一截，耕田种地打大井修梯田挖山洞，人世间最苦最累的活干遍了。好不容易上个大学，偏偏又赶上恢复高考，在那些金榜题名的天之骄子眼里，推荐上来的工农兵学员狗屎不如，一文不值。参加工作，成家立业，表面风光，可那干的是人干的活吗？如履薄冰，如临深渊，战战兢兢，小心翼翼，出门，自己手扶着门让人家先出，自己最后出；坐电梯，请人家先进自己最后进，人家先下自己最后下；坐车，上车时请人家先上自己最后上，下车时自己抢先下跑着给人家开车门；人家坐着听自己站着汇报，人家在楼上雅间里享受西餐大菜美酒佳肴，自己在楼下和司机对付着填饱肚子，愚公移山，水滴石穿。好不容易多年的媳妇快熬成婆了，偏偏官运不济，屡遭坎坷，烧死市长，活埋企业家，炸市政府大楼，件件倒霉事都和自己摊上干系，一到该提拔的节骨眼上就掉链子、出岔子，只熬到头发花白，年近退休，最后一届末班车才捞着个副秘书长。

副秘书长也就罢了，别人眼里怎么着也是个副厅级干部，也算出人头地、光宗耀祖了，更何况还有一定实权，高攀者不乏其人，抬举者比比皆是。可偏偏鬼使神差弄了个房地产项目，沾上了高利贷这个恶魔，到如今骑虎难下，覆水难收，就好比好容易熬过漫长的冬天，迎来了万紫千红姹紫嫣红的春天，可偏偏一场倒春寒，昨天怒放的花朵，一夜之间冻得低下了头，你跟谁说理去？没个说理的地儿！到如今，上天无路，入地无门，叫天天不应，叫地地不灵。

人生没有彩排，机会转瞬即逝，该珍惜的当万分珍惜，不该自己得到的切莫伸手。你如果游戏人生，人生肯定游戏你，你游戏起人生来是潇洒的，人生游戏起你来却是残酷的。

就在张抗美一筹莫展之际，一根救命稻草送上了门。

正月初四，赵六的儿子赵小六上门拜年。

赵小六是老榆树继李粮食之后铜榜题名的学子，之所以说铜榜题名，是因为他考上的仅仅是个中专，是一所卫校，比起李粮食考上省城一流大学的金榜题名和考上大学专科的银榜题名，充其量也就是个铜榜题名。卫校毕业后的赵小六一直在家乡和县医院当大夫，企盼着能升个院长局长干干，为此还将名字写为赵升，可二十多年过去了，如今只升到个主任就再升不动了。

赵小六终究是赵六的儿子，去年县医院新楼落成剪彩，台下的赵小六认出台上被县太爷请来剪彩的张抗美那一刻，就对张抗美的价值和使用价值做出了评估。剪彩后赵小六不失时机与张抗美相认攀谈，张抗美也将赵小六向县长、局长、院长介绍为“同乡小兄弟”。

“同乡小兄弟”此番上门拜佛，欲求三炷香。上香为弄个院长当当；上香求不到，中香是弄个副院长，能管财务最好；中香不与，下香为弄个留职留薪，单位发工资，自己出去弄个诊所。三炷香中，只要能求到一炷，如今受气受穷的日子就将一去不复返了，美好的前程就展现在自己脚下。赵小六全然不知张抗美的苦楚，做梦也没想过眼前的佛是个过河的泥菩萨。在赵小六看来，张抗美一句话一个电话，自己求的三炷香至少一炷搞定。

张抗美对赵小六不屑一顾，但听完三炷香的内容后眼前一亮，冥冥中意识到一根救命稻草翩然而至。但张抗美毕竟是张抗美，狐狸中也属成了精那一类，不动声色且满脸堆笑地开了腔：

“兄弟，你我谁和谁呀？人不亲土亲，咱俩是吃一口井里的水长大的，更何况我们两家有几代人的情谊，我们是世交，你兄弟的事不就是哥哥我的事吗？你用不着跟哥这么客气。这样吧，你不用上班了，哥打个招呼，找个进修呀、学习呀之类的借口，工资照领。”

“不过，”张抗美略作停顿，呈面露难色状后继续指点迷津，“开诊所的事就别弄了，当地开不合适，外地开迟早单位会知道，到时候你收不了场哥哥我脸上也没光。”

话到此处，张抗美再次呈陷入沉思状，不过，很快就有了答案：

“这样吧，你跟你援朝哥干吧，给他当副总，他那儿缺人手，尤其缺你这样的干将，我给他说说，给你待遇高些，你看，一年十八万怎样?”

赵小六简直不敢相信自己的耳朵，他开始得意自己的拜佛，甚至责备自己腿迟脚慢：“前些年干啥去了，捧着金碗讨了那么多年饭。”天上掉下个大馅饼，自己正好逮着了，衔进嘴里了。轻而易举到手中的这炷香，比自己设计的三炷香哪炷都高出百倍千倍万倍。苍天哪！大地哪！功夫不负有心人，我赵升终于升啦！

赵小六副总经理握别知人善任有着知遇之恩的恩人张抗美后连家也没回，直奔张援朝公司所在地伊市走马上任，责任重大，使命非凡，得做出个样子给人家看看。

董事长兼总经理张援朝在一个咖啡店接见了新任副总赵小六，一边嚼着牛排品着柠檬茶，一边布置工作，作陪的有公司分管建筑工程的殷总以及办公室田主任，张总对赵副总分配的工作安排非常简单，只有两个字：“接待。”

“接待”，不就是来了客人吃饭喝酒吗?或许，我赵小六喝酒的水平张援朝早有耳闻，这些年在县医院，每逢难度较大的接待，院长办公室都得请我赵小六，赵小六往那儿一坐，酒量再大的客人也被喝个丢盔弃甲、人仰马翻。张家兄弟真是知人善任啊！

当赵副总经理真正开始“接待”工作后才知道，自己的使命远远不是那么一回事，所谓的“接待”就是支应要账的。正月十五一过，拿着张甜甜和张抗美老婆打的条子的债主纷至沓来，条子上借款的数额从几万、十几万、几十万、几百万、几千万不等，债主们上门的态度倒是几乎一致，骂骂咧咧是常事，责备埋怨算是客气。

半个月下来，张援朝公司的家底赵小六基本摸清了：张援朝总公司所在的这栋楼，是张援朝来这里起家时付了一半款买下的，后来生意红火时付清了账。地下室被别人租走开了足疗店，一二楼别人租了开饭店，三四楼别人租了开宾馆，五楼张援朝自己做办公用。随着伊市经济的繁荣，张援朝的业务扩大为房地产和投融资，房地产项目是在建的山水一厦，大厦 CBD 各楼层商铺和 loft 已基本售出，但现在停工近两年，成了烂尾楼；投融资项目是由张甜甜和张抗美老婆收揽高利贷，利息从五分到三分、四分不等，收揽回的钱一部分支付了投资者的利息，另一部分被张援朝用在房地产项目或者摆阔气给花掉了。

赵小六对上门讨债债主们的接待内容，一是登记，二是安抚。将债主的姓名、债务的金额、欠款的时间、债主的联系电话一一登记后，在债主的埋怨、责骂甚至呵斥中讲一些“金融危机”“大环境”之类的套话，然后说一些“慢慢会好起来的”“对于老板来说这不是个大数字”之类安慰的话，直待债主发够牢骚骂完脏话无可奈何悻悻离去作罢。

赵小六已是此项工作的第三任。危机刚刚爆发那阵子，债主们尚处于麻木状态，在张甜甜和张抗美老婆“正在跑贷款”“正在办承兑”“很快就能给”的哄骗下，从 2011 年秋转眼就到了冬天，发现苗头不对的债主们开始发狠了，有的把张甜甜和张抗美老婆堵在办公室不让回家，有的搬着行李卷住进了办公楼，有的则尾随张甜甜、张抗美老婆到住处大吵大闹。死猪不怕开水烫虱子多了不咬人，张甜甜、张抗美老婆手机一关，索性躲起来唱起了空城计。

第二任田主任其实并未上任，也从未明确过分工负责此项工作，只负责一推六二五，面对债务的询问，是推说他也联系不上老板，如此糊弄了一阵子。赵小六副总经理一上任，田主任推说父亲住院需要请假陪床，一走了之。

张援朝只让赵小六负责接待当地的债务，外地来的债主则安排其他人接待，赵小六并不多问，但私下留意中，欠外地的数额不比当地的少，少说也有几个亿。

其间，总公司的殷总同赵小六一起吃过几餐饭，殷总也是叫苦不选，工地那边要账的也比拜年的多，工程款、材料款、工人工资、广告费、策划费、代言费，等等。上门打闹的，法院判决的，劳动局仲裁的，各种债务不胜枚举。

张援朝在总公司和工地各有一间装修豪华的办公室，但赵小六从没见过张援朝来过。为了躲债，张援朝深居简出，每次开会都选择在一个饭店和咖啡厅的雅间里，除司机外，连赵小六们也不知道他的行踪。

2月份赵副总经理上任时，张援朝交代，要账的来催就说3月份给一部分，3月底到了，张援朝一文未付。要账的不干了，先前骂姓张的，这会儿连姓赵的也骂上了。

“没那个把握，别放那个屁。”

“你那嘴是屁股，还是你妈的屄?”

赵副总经理无言以对，心里打起了退堂鼓。恰在这时，该发3月份的工资了，3月加2月份的十几天，赵副总经理拿到了两万多元，经济收入抚平了心里的郁闷，退堂之事偃旗息鼓。

4月份，张援朝将一份打印好的“还款协议”交给赵小六，嘱他与债主们签约，协议内容的核心为：所欠款项免去利息，从5月份至2015年年底分期分批偿还。

吃挨骂一堑，赵副总经理长了一智，每签一份协议，都与债主约法三章：

一、签与不签，主意自己拿，本人概不勉强。

二、协议履行了，钱还上了，不用领本人的情。

三、协议履行不了，钱还不上，别找本人麻烦。

赵小六的担心不无道理，5月、6月，张援朝分文未还，债主催逼，赵总有言在先。7月债主们忍无可忍，结伙告状，张援朝自恃有哥哥和蔺副市长撑腰，置之不理。8月份，公安局经侦队给张援朝、张甜甜和张抗美老婆送来了《传唤证》。

赵小六领过3月份的工资后，4月至7月的工资张援朝一直拖欠，从8月中旬起赵小六多次向张援朝声明，儿子考上了三本，学费一次性交四年的，一年一万八千元，四年七万二千元，一次性缴纳，可免七千元，只交六万五千元，自己手头紧，得张总帮忙。其实是拐着弯讨工资。张援朝答应给解决一半，另一半让赵小六自己筹。8月下旬，几经催要，张援朝分三次共给了赵小六二万三千元。

2010年8月28日，赵小六以送儿子上大学为由请假回家，其实是一去不复返。

坐在回家的大巴上，赵小六过电影似的从三十六计中搜寻着自己近来的计谋：儿子早已辍学打工，考上大学是无中生有计，谎称学费高昂频频催促是连环计，请假送儿子是金蝉脱壳计，一走了之给张援朝唱了一出空城计，整个计划是一套明修栈道、暗度陈仓计。

“去你妈的张援朝吧，老子黄鹤一去不复返了，你白云千载空悠悠吧！你那里两岸猿声啼不住，老子轻舟已过万重山啦！”

“老子给你堵枪口、炸碉堡，你拖欠老子工资，克扣老子薪水，万恶的资本家，残酷地剥削老子的剩余价值。”

“你耍老子猴子，老子放你鸽子。”

“啊朋友再见，啊朋友再见，啊朋友再见吧再见吧再见吧！”哼着小时候从南斯拉夫电影《桥》中学来的曲调，赵小六永远告别了那个狗屁不值的副总经理，回家继续当他的郎中去了。

第三十章

“完了！完了！全完了！”租来的房子里，张抗美像热锅上的蚂蚁。

伊市“打击非法集资办公室”的警察们上公司抓人时，张抗美媳妇正好回省城，侥幸逃脱，张援朝闻风而逃，只有张甜甜被当场带走。家里没法住了，班也上不成了，不被警察带走，也得被追债的逮着了打个半死，租了一套房，门也不敢出，每天的吃穿用度都由保姆采买，这样的日子张抗美不知道何时是个头。

想熬出头，可又怕这个头到来，张抗美知道，这个头到来的那一天，就是自己和老婆被铐走，夫妻双双入狱。人生没有彩排，一步走错步步错。虽说仕途坎坷，可苦熬几十载，也不失副厅位置，眼看离光荣退休咫尺之遥，坐享清福安度晚年的生活就要到来，偏偏鬼迷心窍想赚大钱发大财。这下好了，钱没赚到财没发了，一家人都搭进去了。人啊，该珍惜的东西应该万般珍惜，切莫失去的时候才知道它的宝贵。

缩头是一刀，伸头也是一刀，反正是个玉石俱焚灰飞烟灭，与其坐而待毙，不如想个辙。

跑。跑出中国，跑到异国他乡，跑到中国警察抓不着的地方。

一个缜密的出逃计划开始实施。

妻子和弟弟已经被伊市警方列为抓捕对象，必须立刻消除这一身份，否则，后院火起，在国内就被抓住了。好在妻子弟弟尚未列入被通缉的名单，张抗美没费多大劲就把这个隐患消除了。护照办得也很顺利。

现在，最当紧的是搞到钱，搞到一大笔钱，可以供自己和妻子在国外安度晚年的钱。

这些年，家里有一些积蓄，但充其量几十万；自己替别人拉纤办事打招呼亲自出马协调得来的收益有百八十万；伊市高利贷崩盘前，嗅出味道的妻子卷回来百八十万。三项相加，二百余万，这点钱出国花，连牙缝都不够塞的，等待他们的只是粗茶淡饭清苦贫穷的日子。

“山重水复疑无路，柳暗花明又一村。”一个电话，让张抗美喜出望外。

弟弟的山水一厦，已经由张抗美出面协调抵押土地证贷一大笔款，可土地证一直没办下来，这个电话是张抗美拜托办理土地证的人打来的，土地证办妥了。

张抗美没有白白在官场上待几十年，很快就物色到了一个合适的人选为己所用——省金融办副主任。此副主任曾是张抗美部下，交往还算可以，张抗美托付后，马不停蹄地办理了评估等一系列手续，反馈给张抗美的信息让张抗美兴奋不已——可以贷到两个亿。欣喜若狂的张抗美按捺住兴奋，忍痛割爱拿出了三十万作为给金融办副主任的酬金和运作费。舍不得孩子套不住狼，偷只鸡还得舍把米。

把贷款的款汇到国外去，妻子这些年和玩钱的打交道有现成的渠道，没费多大劲就办妥了，充其量付出一笔手续费。

细节决定成败。张抗美夫妇没有从省城的机场出走，万一在那里遇上讨债的，之前的一切都会功亏一篑。租车从省城到邻省省城，从那里飞往香港，所有的计划都完成了。

告别省城的那天晚上，张抗美深情地凝望着窗外自己待了三十多年的这座熟悉的城市。

别了，儿子儿媳孙子，不是我们不想和你们整日厮守安享天伦，实在是不得已啊！况且，除了可以携带数额的美元，所有的现金都留给你们了，够你们这辈子下辈子花的。

别了，妹妹，别怨哥哥狠心不救你，哥哥实在是泥菩萨过河自身难保啊！有你在局子里挡着，那些讨债的还能消停几天，要不，哥哥嫂子都进去了，别的肮脏事也扯出来了，到那时，全军覆没。

别了，弟弟，人世间美好的东西，总得经历磨难黄沙百战才能得到。你所谓的成功来得太容易啦，所以也并未好好珍惜，暴殄天物，穷奢极欲，走到今天也是实至名归因果报应。哥哥救不了你，你也别怪哥哥狠心卷走了用你的土地证贷到的款，哥哥知道，再多的钱也填不满你的血盆大口，那简直就是无底洞啊！

张援朝就没有哥哥那么幸运了，“打非办”冻结了他的所有银行账户，躲起来时，随身只带了几万元现金，待在一个会所的豪华套间里，每天消费不低还得成天换手机，换手机号，唯恐被公安局抓住或讨债的逮着。

每一个白天，他都盼着天黑，每一个黑夜，他都盼着天亮，可天亮了又黑了又亮了，他仍然没有看到任何希望。

天又亮了，这世上的勾心斗角尔虞我诈坑蒙拐骗又将上演新的一轮。

天又黑了，这世上肮脏龌龊的一桩又一桩交易又将开始。

可所有这一切都与自己无关了，光明也好黑暗也好，自己参与的权利已被取消。

几十年辛辛苦苦兢兢业业奋斗所得一夜化为泡影，没有经历过的人或许永远不会体会到：建一层大厦是多么不易，而要毁掉它，只需一把火就够了。一座大厦算得了什么，阿房宫、圆明园，几代人胼手胝足，耗尽普天下钱财，不也转眼间化为废墟了吗？

自己也一样，苟且的躲避只是暂时的，迟早有一天，得死。牢房的苦是万万受不得，自杀应该是最好的选择。

当确切得到哥哥卷款外逃的消息后，张援朝希望泡影中最后一根稻草也飘远了，他毫不犹豫地奔向自己苦心打造的山水一厦，直奔十八楼平台纵身一跃。

张甜甜在被警察带走的那一刻把保险柜的钥匙丢在地下用脚踢进老板台下，可小小的保险柜难不倒警察，里面的钱被抄得分文不剩。待在拘留所的张甜甜起初还盼望着哥哥弟弟把她捞出去，随着日子一天天过去，由失望而绝望的张甜甜歌瘾大发，《红灯记》《沙家浜》《智取威虎山》的唱段轮番上演，无奈的拘留所只好带她去做精神鉴定并准予取保。寻找保证人又让拘留所的警察们费了好大劲，最后，联系原籍才好容易找到了她多年不待见的杀猪匠老公愿意保她。张甜甜才得以重返昔日风光无限的小镇再展余晖。可小镇上的人们见到她时，虽然张甜甜还是那么白净那么雍容，但已经呆痴疯傻，眼角似乎总有眼屎，充其量昨天是白色的今天变成了黑色的。只有她一展歌喉时，人们才仿佛找回她昔日的影子。

镇里的街头有两个唱歌的，一个是业余级别的愣刀二记，另一个是专业级别的张甜甜。业余级别的愣刀二记长年唱随时唱随口就来，专业级别的张甜甜偶尔才一展歌喉，想要欣赏难度较大。

老榆树村周围的广大范围，人们把傻瓜叫作愣子或愣货。愣刀二记原本不愣，年轻时钻到旱厕粪坑偷看女人的屁股被挂着“流氓犯”的牌子游街，每天被罚唱一百遍《三大纪律八项注意》，重点唱“不许调戏妇女”那一句。后来，公审一个死刑犯时愣刀二记被押去批斗陪法场吓疯了，从此成了愣子流落街头。据说，愣刀二记唱《三大纪律八项注意》，从来没唱对词，唱的虽然都是原歌词的句子，但唱一百次会有一百个组合，直到迟暮之年，才形成一个固定版本。

愣刀二记唱歌，看似使出了最大的力气，发出来的却是最低的声音，比放屁响不到哪里去，加上天长日久地不间断唱歌唱哑了嗓子，干裂的嘴唇里发出的歌声比狼嚎好听不到哪里去。

张甜甜可就不同啦！当年唱样板戏，别的演员每逢自己的唱段，总得凑近戳在戏台前的麦克风前借助扩音器高音喇叭发挥，张甜甜却故意避开麦克风让观众欣赏自己高亢的原声。尤其是露天演出，张甜甜的原声震撼山岳绕梁不绝，十里八村都能听得到。

涉嫌非法集资的张甜甜被刑事拘留后歌瘾大发，小小的拘留所被高亢激昂的歌声震得昼夜发颤，送去做了精神鉴定后被准予取保候审得以和杀猪匠团圆。历经戴绿帽子、破产多重磨难老境凄惨形影相吊的杀猪匠如获至宝般把失而复得的老婆接回小院，白天看着晚上搂着轻易不让张甜甜上街。小院大门常常铁将军把门，但百密总有一疏老虎也有打盹的时候何况老公，张甜甜总能找到机会溜出去一展歌喉。好在张甜甜歌声嘹亮，袅袅的歌声总能提醒杀猪匠出了纰漏，从而亡羊补牢赶紧顺着歌声找回老婆。每当杀猪匠追来，张甜甜的歌声就戛然而止，乖巧地跟着丈夫回家。

张甜甜唱歌有个品格，愣刀二记永远无法企及，那是对歌词的忠贞不渝矢志不移。多少次，街头上的老光棍、小混混们怂恿张甜甜将《红灯记》唱段中“我家的表叔数不清”改为“我家的老公数不清”并承诺给她买好吃的给她钱。面对金钱美食的诱惑，张甜甜丝毫不为所动。张甜甜唱出的样板戏选段是纯纯正正的原版，一句词也没唱错过，一个字也没改动过。

第三十一章

在李粮食看来：写个报道，搞个通讯，那是职业行为，同农民收获粮食工人造出机器是一个道理，没什么值得炫耀的。真正搞写作，可不是那么简单。搞写作肯定是天底下最难干的活。

首先是写什么内容难以抉择。

写一些顺应时代的吧，难免有人背后说风凉话，“顺杆子爬”“拍马屁”，不绝于耳，子孙后代看到会觉得一文不值，弄不好还闹个遗臭万年。

写一些针砭时弊的吧，谁知道啥时候刺激了哪个权贵的神经，戳痛了哪个贪官赃吏的脊梁骨，倘若来个对号入座，反攻倒算，吃不了就得兜着走。历史上这样的事情不乏其例，因此而被贬的、被放逐的、被摘了乌纱帽的、被关起来的、被劁了蛋的、被砍了头的、被灭了族的不胜枚举数不胜数。

所以，便有了“两耳不闻窗外事，一心只读圣贤书”，便有了“躲进小楼成一统，管他冬夏与春秋”。

就算写什么的问题不成问题，怎么写着实犯难。

譬如建房子。规划师也好，设计师也好，监理师也好，建筑师也好，工程师也好，甚至技术员，甚至泥瓦匠，他们只需干自己的工种，把好自己这一关就完全 OK 了，其余的事情由上道工序或下道工序完成。开工时，奠基典礼的人群里有自己的身影，竣工时，庆贺的筵席上自豪地举起酒杯。但写作就不同了，规划、设计、监理直至泥瓦匠的活全是自己的，偷不得懒，走不了捷径，一个标点符号不到位，文章不算杀青。别人的东西，偶尔用几句助助兴，添添彩可以，用多了变成抄袭，要被告上法庭，又是道歉，又是赔偿，名声也大打折扣。你需一砖一瓦地搬，别人打情骂俏时，你得构思作品；别人饱览风景时，你得观察周围人物的神态动作以备用；别人推杯换盏时，你得埋头苦学学以致用；别人酣睡交媾时，你得面壁灯下爬格子……

又譬如拍戏。编剧、导演、制片、摄像、演员、灯光、音响、录音、烟火各就各位，各司其职，一个片子便大功告成了。开拍时犹抱琵琶半遮面，既让人们知道有这么一部片子即将横空出世，又得吊足人们胃口，剧首映时高朋满座，张灯结彩，红地毯上，帅哥靓妹频频亮相，风光无限，风头出尽。

写作却不然，从编剧、导演直至打杂全由你一人担任，从主角、配角直至跑龙套全由你一人扮演，从谋篇布局、情节设置到人物刻画场景描绘全由你一人完成。你得随着作品而穿越时空，从资料中寻觅当时的足迹，绞尽脑汁搜寻相关的记忆。你得随着作品中的人物的欢乐而笑，你得随着作品中的人物的哀愁而哭，作品中的一个人物一旦产生了，你得呵护他长大，抚育他成人，让他欣喜，让他忧愁，给他娶老婆，帮他生孩子，给他找工作，帮他理生意，给他养老，帮他送终。他死了，一撒手什么也不管了，你悲悲切切喟叹伤心垂泪哭泣之后还得替他收拾留下的烂摊子……

当然，写作也有诸多好处，在小说、戏本、小品的名目下，你可以打着“请勿对号入席”的幌子随心所欲，为所欲为，信马由缰，自由驰骋。

对于那些劣迹斑斑、十恶不赦、恶贯满盈、罄竹难书、非得食肉寝皮之类，你可以将他的八辈祖宗从墓里挖出来陈列于前，用尿浇，用屎泼，用鞭子抽用棍子戳，用机枪扫，用火焰喷射器烧，直至你认为他们已经被永远钉在历史的耻辱柱上永世不得翻身了再歇手。

对于那些投机的、耍滑的、出鬼点子的、耍小聪明的、你觉得可厌但还不至于罪不容诛的，你可以极尽讽刺、挖苦、奚落之能事，让他们洋相出尽、颜面全无，直到你认为他们知错了、忏悔了、洗心革面了、金盆洗手了、脱胎换骨了，可以与他们握手言和了，可以相逢一笑泯恩仇了，你再罢休。

对于你崇拜的、敬仰的、心悦诚服的，你可以将天下美德聚于他一身，将人间智慧凝于他一人，让他大红大紫、闪闪发光，直到你觉得他好得不能再好了为止。

曾经有学生问李粮食：“好文章是从哪里来的？”

“这个问题其实很简单，在座的各位都答得上来：好文章是坐在电脑前，从键盘上打出来的。对吗？”

台下一片哄笑，笑声中，肯定否定者相持不下。

“不对！”吊起学生们胃口的李粮食牵着听众的鼻子渐行渐远。

“本人潜心创作二十余年，发表的新闻作品文学作品百余万字，可本人读书那阵子，学校不开有电脑课，老师也没有教过打字，经过后来努力学习，本人目前的打字速度可达到每天百八十字，一年三百六十五天常打不懈，本人的百余万字得打四五十年。”

台下掀起又一波笑浪。

“所以，本人弃电脑而用笔。我的答案是：好文章是用笔写出来的！

“本人写作有个习惯，写一阵子就抽支烟，抽烟的过程中既是休息的过程，也是构思的过程，一支烟抽完了，接下来写的内容就成竹在胸了。所以，好文章是抽烟抽出来的。

“本人写作了，就要吃饭，吃饭时还要喝二两。二两酒有两重功效，一是能让本人昏昏欲睡，起到催眠的作用；二是能让本人睡前飘飘欲仙，精骛八极，心游万仞，为下一篇的写作谋篇布局。所以，好文章是喝酒喝出来的。

“综上所述，好文章是用笔写出来的。写好文章的三大要素是：抽烟、喝酒、睡大觉。”

台下爆发出经久不息、开心会意的大笑。

李粮食讲课不拘小节落落大方，为母亲操办的八十寿辰庆典，每一个细节都考虑得周周到到，安排得妥妥帖帖。村子里年长的，不论亲疏通通在邀请之列。平辈的只请近亲，按照与哥哥列好的名单，李粮食把用打印机打好的大红请柬提前捎回村里，捎给哥哥。大红请柬好看的封套内夹着一张散着香味儿的粉红薄笺，上面打印着寿辰的举办时间地点，附带几句“略备薄酌恭请亲临”的文词，下面备注着“谢绝礼金，敬请见谅”。被邀请者的名号，则由李粮食用钢笔字工工整整书写，名号后面缀有“爷爷奶奶大叔大婶”的称谓，落款则是李家兄妹三人。请柬之外，李粮食还按照请柬的份数准备了小礼品。每个尼龙网兜里装有一包中华烟、十几粒糖果和一些黑瓜子。李粮食在电话里嘱咐村长哥哥，一定要亲自送上门，见到本人，不可请人代送，更不要电话通知。

寿辰头天午饭后，李粮食找来的两辆大轿车开进了老榆树，停在了张家为张母操办八十寿辰的场院上。事先得到通知被邀请的老少们闻讯后忙不迭一路小跑，奔大轿子而去，沿途招呼着的李土地的两个儿子则笑眯眯地喊着：“二爷爷，不忙。”“太奶奶，别着急。”大轿子行驶在老榆树通往省城的路上，许多一辈子没到过省城的“遗老”们，对省城模样的设想不时被李家儿子递过来的矿泉水、水果所打断。

大轿子驶出老榆树村时掀起了第一轮车上声浪，相互评论穿着打扮的，开玩笑打情骂俏的，评价李家子孙们有出息有德行的。乡下的土言俚语，逗得省城来的司机忍俊不禁。随着车子的行进，第一轮声浪暂时趋于平息，取而代之的是鼾声呼噜交响曲。车进省城后，第二轮声浪掀起。“你看，这座楼房这么高，有三十多层吧！”“这公交车是两层的哎！”“好多的车哎！”惊呼、感叹、新奇不绝于耳。有来过省城的则滔滔不绝地讲解着，显摆着。

为母亲祝寿，李粮食选择了一家叫作女神大酒店的宾馆。在李粮食心目中，母亲是一尊女神。

李粮食记忆中的若干个片段，构成了女神形象的大致轮廓。

1976 年唐山大地震波及老榆树，剧烈的震感和不断的余震，让人心惊胆战，家家屋外搭起了防震棚，晚上睡觉，柜上倒立一个瓶子，一有动静，马上撤入防震棚。那天父亲和哥哥不在家，母亲在西屋做莜面，李粮食和姐姐在奶奶的东屋玩。地震突然发生，栽在柜顶上的瓶子重重地摔到地下，屋顶的电灯晃个不停，母亲大喊着两个孩子赶紧往外跑，自己却从西屋穿过堂屋跨向东屋背起坐在炕上做针线活的奶奶冲向屋外。地震后，外出的父亲哥哥也飞快地往家跑，防震棚里气喘吁吁的一家人劫后余生般团聚。喘过气，奶奶疼爱地埋怨着母亲："孩子，你跑过去背妈，房塌下来咋办?""房塌下来，我就用身子护住妈。"母亲回答得很轻松，奶奶哭了，全家人都哭了，奶奶从来喊母亲叫"孩子"，一辈子没改过。村里的许多婆婆向着儿子，和媳妇不睦，说"猪肉贴不到羊身上"，可奶奶和母亲在家里却结成坚固的统一战线，对抗着父亲的"霸权主义"。

李粮食的岳父"牛右派"当年被打成右派，从城里下放到老榆树，村里人有的像对待掘过他家祖坟的敌人般对待这家阶级敌人。有的则敬而远之，不敢和右派一家交往。全村唯一和右派家来往的只有自己家，父亲是唯一敢去右派家串门敢和右派聊天喝酒的人，右派老婆敢领着女儿去串门的唯一人家是生产队长李四家。或许因为父亲是村干部的缘故吧，母亲从来不怕别人对她和右派家来往说三道四，相反每逢牛绛母女上门，母亲都热情欢迎，嘘寒问暖。牛绛小时候最开心的事就是母亲带她上李家串门，每次串门回来，牛绛的衣兜里肯定装满自己家没有的好吃的。

刚参加工作那年，学校给每个老师分的福利是一麻袋大米，城里人吃供应粮，大米是粗粮，可在老榆树，大米是稀罕东西。老榆树人世世代代种啥吃啥，交公粮交了过头粮，返销回来的是玉米，除了极个别城里亲戚送过大米的人家，绝大多数人家那时候没吃过大米。李粮食懂得大米回到村里的价值，费不少劲，把一麻袋大米用火车托运回了家。大米进村后，母亲把麻袋放在村中央，招呼全村各家各户都来分大米。母亲拿着自家舀水的水瓢，来一家挖一瓢，挖一瓢告诉人家一回，大米是儿子教书的学校分给的。全村的户家都来过了，麻袋瘪了，母亲乐呵呵地和刚从城里回来的儿子说着话往家走去，手里攥着水瓢，一手提着一条空麻袋。

父亲去世后，侄儿侄女外甥们被李粮食招呼到省城读书，住在李粮食的旧房里，七十多岁的母亲毅然离开故乡，进城为孙子外甥们做饭，只有孩子们放假了才回村里，和老姊妹们唠几天嗑。

文人终究是文人，总爱把自己肚子里的词诗句甚至文学作品中的形象场景用在自己遇到的人和事上。哥哥竞选村长母亲出示银元那天，李粮食正好在场。母亲抛下石头砸开水缸，银元四溢时，李粮食脑海里蹦出了白居易《琵琶行》中的诗句："银瓶乍破水浆迸，铁骑突出刀枪鸣。"收拾完银元返回新屋的路上，儿子在前面扶着母亲，李粮食在后面掌着手电，手电筒的光柱中，李粮食眼中母亲的背影幻化成了鲁迅笔下《一件小事》中的人力车夫："我这时突然感到一种异样的感觉，觉得他满身灰尘的后影，刹时高大了，而且愈走愈大，须仰视才见。"

"这么多银元，藏了几十年，给全村人盖学校盖幼儿园修花园，不心痛？"晚上睡在母亲身旁，李粮食发问。

"这些银元本来就是咱村现在这些人的爷爷奶奶父亲母亲辛辛苦苦从地里刨出来的，给他们的子孙后代盖楼，物归原主，适得其所，人心所向，天意难违啊。"八十多岁的老太措起词来，不逊她的教授儿子。

"卑鄙是卑鄙者的通行证，高尚是高尚者的墓志铭"，李粮食的文词又来了。是啊，卑鄙者拿卑鄙当通行证，夸起海口口若悬河天花乱坠，毫无愧色，甚至还洋洋得意。高尚者一诺千金，一言九鼎，有时毕其一生的时间精力智慧财富，其高尚的品行也未必在他入土为安之际被人标榜被人颂扬，有时甚至遭遇误会，含冤受屈。那屹立坟头的墓志铭往往是后人所立，许多甚至要等到平反昭雪，恢复名誉。

大轿车在女神大酒店门前停稳后，早有四个青年人迎在车门口。四个小伙子都是老榆树人，在省城落脚打工，此次被李土地的大儿子召唤来帮忙的。车门打开，一阵“大爷爷”“二奶奶”“三姑”“二叔”寒暄后，来宾被迎领着穿过豪华气派的大厅，门口身着蓝西服白衬衣领子翻到衣服外面的漂亮女孩鞠躬相迎，“欢迎光临，欢迎光临”不绝于耳。大厅里，一个长裙子拖到地毯上的姑娘弹着一架大大的琴。

来宾在四个小伙子的引领下分乘电梯到达入住的楼层后，四个小伙更是忙碌。之前李粮食特意给他们开过会，详细吩咐了他们的职责分工：教会每个房间的来宾怎么用房卡打开房门，怎么用水，怎么用电，怎么开关电视，怎么调换频道，怎么烧水，怎么使用抽水马桶如厕，特别是洗澡时怎么调节水温，万万不可烫伤，房间里的物品什么可以使用，如何使用，什么不可以带走，千万别动。如此等等，细致入微。

享用过茶几上叫得上名叫不上名的水果后，李家兄妹三人结伴前来看望。负责服务的村中小伙敲开门后，来宾忙不迭迎上前去，顾不上穿拖鞋，索性光脚上前，反正地上是绵绵的地毯。李土地常在村中，话题自然不多，李禾苗李粮食则被夸赞着“一点也不老”“发福了”，等等。

探望过后，人们被招呼着分乘电梯到了三楼一个不大不小的餐厅。十多张摆好餐具水果白酒红酒饮料糖果的桌子上，已有三三五五的客人落座。卯夜席的客人仅限于外地来宾，村子里的两大轿子人们还有从各地赶来的李家老太的侄男外女，李粮食用纯正的家乡话表示了欢迎及感激，末了还特意嘱咐，明天的正席有他们兄妹的同学同事朋友学生会搭礼，这是我们之间的礼尚往来，与在座的各位内亲无关，各位至亲能赏光赏脸，我母亲和我们兄妹已感激不尽，万万不可再行搭礼之仪，让我们兄妹羞愧难当。

寿辰正席的宴会厅整整摆了八十桌，大大的舞台中央，一幅大大的喷绘上中间一个大大的“寿”字，左上侧和右下侧是李老太太两幅笑眯眯的照片。顶端是一行“李母八十寿辰庆典”的大字。“寿”字喷绘两侧四十五度角各一幅中型喷绘，分别是福禄两个大字，厚厚的红毯从舞台伸向宴会厅另一端一个彩虹门，红地毯上一路是“囍”字样。

礼仪公司是李粮食精挑细选的，乐器选择了轻音量级的小提琴琵琶之类，摒弃了键盘架子鼓等的嘈杂，以温馨静雅的气氛适应寿辰的主题，连演奏播放的曲名李粮食也列了单子，有朱晓琳的《妈妈的吻》、阎维文的《母亲》、崔京浩的《那就是我》，等等。

正午前后，客人陆续入席，李粮食的同学同事朋友学生占了一半，另一半清一色是不折不扣的老榆树人。舒缓的小提琴琵琶演奏伴着各桌上的嘘寒问暖，别来无恙，家长里短。

宴会开始前，李老太被李粮食扶到主席台上的一张沙发上就座。李家儿孙们三十多口手捧鲜花从宴会厅一端的彩虹门下列队向李老太行进。一束束沁人心脾的康乃馨月季堆满李老太怀里，放不下时，工作人员忙不迭接过来传到后面的桌子上，摆放整齐。献过鲜花的儿子媳妇女儿女婿孙子外孙重孙重外孙一并站在李老太身后，摄影师摄像师忙着瞄准镜头，按下快门，闪光灯交互闪烁，彩带彩丝从空中飘飘坠下，落在一家四代人的头顶肩头。

主持人是李粮食从广播电台特意请来的和自己年龄相近的播音员，微微发颤的嗓音将李粮食拟好的主持词娓娓道来，仿佛一位归来的游子向阔别多年的母亲述说着思念。八十桌来宾屏声静息，尊敬的目光齐刷刷聚向主席台。

李粮食的讲话将庆典推向高潮，与昨晚不同的是，他讲的是普通话，像他讲课时那样。

“我们这代人的父母，在抚养我们的时候，正是我们国家物质极度匮乏、生活极其困难的时期，我们的父母省吃俭用，含辛茹苦，用粗茶淡饭把我们养大，送我们读书，教我们做人，他们是古往今来最值得尊敬的父母。”

台上传来抽泣声，台下有人操起桌上的面巾纸抹眼泪，全场爆发出久经不息的掌声。

有句话叫“不怕一万，就怕万一”。你安排得头头是道，布置得天衣无缝，架不住突然出现特殊情况，架不住半路杀出个程咬金。程咬金出场，三板斧下去，原来安排布置好的程序就得随机应变。

李粮食把母亲的寿辰庆典筹划得滴水不漏，但临到现场，意想不到的插曲还是出现了。

插曲缘于一个“跪”字。

“乌有反哺之义，羊有跪乳之恩。”李教授接下来的阐述，一个“跪”字刚出口，台下宴席中一个人径直奔到台上，跪在灵芝老太面前，一口气磕过三个响头，震得木质主席台砰砰作响。

被突然出现的插曲打断讲话的李粮食正在愣神，就见大哥李土地姐姐李禾苗也随着跪下，接着，台上李家儿孙们齐刷刷跪下。李粮食也赶紧跪下、赶紧磕头。

台上头磕成一片，台下一个西装革履老板模样的人率先起立，一阵椅子挪动的响动后，台下八十桌的人全体起立，鞠躬致敬。

那冲上台领先磕头的人老榆树人都认识。老榆树年长的人都知道，他就是当年在老榆树插队的知识青年马八，后来在铁路上当了大官；老榆树在省城落脚的年轻人都知道，他是铁路局马副局长，老榆树人找他办事，有求必应。

“脸上的刀疤咋没了呢？”

“做美容了呗！”

那台下率先起立引领全场人鞠躬的人老榆树人都认识。老榆树年长的人都知道，他是当年老榆树地主王五的儿子王小五，在四川上完大学留在成都和舅舅一起做起了大生意；老榆树在省城落脚的年轻人都知道，他是从成都来省城办大型饲料加工厂的大老板王小五董事长，老榆树人到他的工厂打工，来一个收一个。

所有人都对事先没有安排的环节感到突然，唯独台上的老寿星镇定而坦然，拉着冲上来磕头的马八说：“孩子，现在都不兴这些啦！起来！起来！”

“粮食兄弟说了，羊有跪乳之恩。羊羔吃它妈的奶，也不过吃几个月，我吃大娘做的饭，吃了两年多！”年近六旬的马副局长眼里闪着泪花，憨憨地拉着灵芝老太的手傻笑着，俨然还是当年的知青娃。

被插曲掀起高潮的庆典继续进行。

李家兄妹三人沿桌敬酒，一人持酒瓶倒酒，一人端着一个大盘子酒杯敬酒，一人陪饮。每到一桌，各位客人从盘子里领取一小杯酒。与陪饮者对饮或象征性抿一口酒后将酒杯交回，进度颇快，八十桌客人都喝到了兄妹三人的敬酒。

酒酣饭饱之后，一些有身份的客人先行一步，李家兄妹送别贵客后，主持人招呼着合影留念，客人间也开始了道别。

李粮食有些醉意，一边搭讪着一边安排大轿车送村里来的客人。

大轿车送回老榆树的人们带回三条消息：

张抗美和媳妇卷了一大笔钱跑到外国了。

张甜甜疯了。

张援朝跳楼了。

大轿车驶离老榆树时已近黄昏，冷飕飕的阴风卷集着西边天上黑压压的云彩，太阳只从云缝间透出斑驳的亮光。

天要变了！

第三十二章

2011 年春节，李家大团圆。

腊月初五清晨六点，李粮食从省立大学家属院驱车回老榆树。都说当老师的辛苦，表面风光，内心彷徨，起得比鸡还早，睡得比小姐还晚，白天讲课备课开会学习，晚上批改作业。可自然界也讲个平衡。一个学期辛苦后，等待教师们的将是一个假期。北方最炎热的夏日和最寒冷的冬日，正好是教师们的暑假和寒假。教大学的李粮食牛绛放假了，教中学的牛犇李禾苗也放假，放假前牛绛已经和大姑姐李禾苗每天在微信里合计着，什么时候回，在什么地方会合，各自需要带什么等，事无巨细，都计划得周周到到。大哥李土地微信里再三强调，他已经杀了一头牛一头猪六只羊，一个腊月一个正月，全家的肉食绰绰有余，弟弟妹妹回来只需带老榆树没有的母亲稀罕的，反正镇上买得到的都不必舍近求远。

尽管如此，李粮食的后备厢和后座还是塞得满满当当。烟酒茶自不待言，母亲咬得动的水果干果，老榆树稀罕的海鲜山货，光是牛绛买给母亲哥哥嫂子姐姐姐夫侄儿外甥的衣服，后座上就放了两大箱，顶上还加了不少手提袋。

车到县城牛犇李禾苗的车已等在路边，下车简单寒暄之后，两车随即启动。到了镇上，下了高速走了一截国道，再转上一条小水泥路，没多大工夫，老榆树已在眼前。家门口哥哥的身影已清晰可见。

冬天日短，李粮食从省城出发时天还漆黑，稀疏地亮着几盏路灯的马路上只有早出的清洁工在清扫马路，偶尔一辆出租车驶过的街道上显得空旷寂静。车过县城，天刚大亮，可刚刚露出鱼肚白的东天边很快一阵彤云掩过，风刮起的沙石打在挡风玻璃上，噼噼啪啪，鹅毛般的大雪扑打着车窗。李粮食牛犇开亮大灯谨慎驾驶，牛绛李禾苗坐在副驾驶位，眼瞅前方心里为丈夫捏着一把汗。好在风雪只是一阵，车到老榆树时，已是雪止风停，一轮红日挂在东南天际，照着房舍整齐的老榆树，照着家门口的大哥李土地。

雪虽不大，但天地间已白茫茫一片。车到家门口，没有进院，李土地李粮食牛犇操起院里的扫帚铁锹箩筐先把院里的雪清扫干净，李禾苗牛绛见过母亲后也出来帮忙，待院子干干净净后才把车开进院，又把轮胎碾下的雪辙扫去才进屋。

隔着窗户，坐在炕上的李老太看着院子里五个孩子扫雪铲雪，初晴的阳光洒在窗户玻璃上，李老太的心情也一如初晴的太阳。不经意间，抬眼天际，天上的太阳边上多出了一道光环，光环的两侧多出了两个太阳，西南天际，两道彩虹五彩缤纷，从大地的一段横跨天际，伸向大地的另一端。

母亲的三间正屋和自己的三间正屋一样格局，中间的一间是厨房兼餐厅，其余两间一间盘了炕，另一间摆了床。六间屋里李土地都装了土暖气，暖气炉就设在厨房，烧暖气的同时还可烧水做饭，弟弟妹妹及儿子孙子们回来都住得下。

但晚上就寝时，还是遇上了难题。

牛绛执意要挨着婆婆睡炕，李禾苗也非挨着母亲睡在炕上不可。李粮食牛犇嘴上推说也陪着母亲岳母拉话，心里也愿挨着自个儿的媳妇。最终一个完美无缺皆大欢喜的方案确定，五床被褥整齐地铺在李老太的大炕上，李老太居中，牛绛李禾苗紧挨老太各居二炕头四炕头，不怕炕热的李粮食睡大炕头，怕炕热的牛犇睡炕梢也挨着媳妇。东屋的床留给孩子们回来用。

当晚的卧谈会隆重而热烈。牛绛李禾苗的轮番提问，加上李老太的耐心讲解，将老榆树的一段一段往事得以重现，也将卧谈会一次又一次推向高潮。一直以来勉励自己的文学院院长丈夫将老榆树的故事写出来写成书的牛绛，所提之问题也为书中应录之重点之重点。每到婆婆讲到核心内容，黑暗中伸到丈夫被窝里的一只手就会掐一下丈夫的身体，以示重点。

过年回来最晚的是李土地的儿子。李土地的儿子和王五的儿子王小五在省城建一座大型现代化饲养场，工程土建已于当年秋天完工，冬天是紧张的机器设备安装调试，年后将投产，忙得不亦乐乎，腊月二十八才放假回家。

三年没回故乡，李粮食几乎不认识老榆树。三年前已经披上绿装的山顶坡头，此时更显葱茏滴翠。连绵不断、海海漫漫的大片油松樟子松茁壮挺拔，缓坡上打过草的苜蓿茬白中透着微微浅绿，与高处的翠绿掩映着显得错落有致、层次分明。万亩平畴捧出丰硕的小麦莜麦土豆杂粮后已经秋翻冬灌，此刻黑油油地舒展的身躯，尽情地享受着阳光的润泽，深绿浅绿黝黑三色绘出了老榆树初冬的水墨画。

昔日村子里高矮不一破破烂烂的土房已经不见踪影，取而代之的是红墙蓝顶整齐划一的砖墙彩钢瓦顶新房，从北山坡底向村中央的平缓处一排排镶嵌，鳞次栉比，色彩鲜艳。村南原来菜园子变成了一个大大的人工湖，湖中心一座假山南北两端各有月亮拱桥通向岸边，人工湖与村舍间，一个偌大的广场四周设置着各类健身器材，一条水泥路从广场的东西北三面伸向各家各户。

连自己家的院子也完全变了模样，原先的土房已不见踪影，取而代之的是崭新的砖瓦房。一排六间齐刷刷的房子，把院子分为前后两院，红墙环绕的后院里满是杏树果树，铁栏杆圈定的前院栏杆上爬满了爬山虎的藤蔓，曲径通幽的间隙中是地毯般的草坪。前院正中一条鹅卵石铺就的小路通向南边的铁大门，大门口九级台阶两侧的石头护坡被漆成黄色，与刷成银色的铁栅栏相映成趣。

只有那株老榆树还是先前的模样，默默地矗立于前院的东南角上，不屈的根深扎地下，根部的虬枝青筋般暴出地面，袒露着忠贞和率直。年复一年新皮顶出的老皮依然紧紧依偎着树身，被赭色新皮顶起的老皮支离破碎，刀砍过般斑驳，火烧过般黝黑。奇丑无比的树皮包裹着的树身已有合抱之状，浓密的树冠投下大大的树影，庇荫着脚下的土地。

“街心花园、幼儿园、学校建得很好，只是妈的一坛银元有点可惜。”

“妈的银元还在！在我家保管着，我媳妇还特意买了个保险柜存着。”

“那建街心花园、幼儿园、学校的钱哪来的。你的稿费？”

“我的稿费连我抽烟喝酒都不够的。小五哥赞助了一部分，小五哥说，旧社会他们家欠咱们家一牛毛口袋银元，他祖上父辈欠下的，应该由他还回来。”

“那其余的呢？”

“人家牛教授当上市公司独董的年薪。”李粮食朝着媳妇努努嘴。

“由你媳妇保管最合适不过。咱们家的媳妇，代代出英贤，祖辈是奶奶，父辈是妈，咱们这辈是你媳妇。”

被大伯子夸得不好意思的牛绛红着脸说：“祖上传下来的宝贝，在我们手里没了，岂不丢人？这些银元，已经不再是货币，而是一种纪念，一座纪念碑，必须留下，保存好！”

李粮食夫妇饶有兴致参观了哥哥李土地的蔬菜大棚和牛场羊场猪场鸡场。

从老榆树广场跨过两座月亮桥穿越假山，街心湖南岸一排六个六排三十六个蔬菜大棚。李土地的三十六个蔬菜大棚承包给了村里有劳力有四轮车且常年在村里的三十六户常住户家。大棚种植的蔬菜以反季节菜和稀有蔬菜为主，周边村庄这样的蔬菜大棚，每个大棚一年的承包费在一万元左右，李土地却分文不收。包大棚的条件是：一、包大棚户每年春天种土豆时和秋天起土豆时，承包户夫妇出工各十天，春天负责切土豆籽种、播种土豆，秋天负责把机械起出的土豆装袋装车。二、每个大棚承包户每年十天轮流到猪圈负责喂猪，夫妇俩开着四轮车把三十六个大棚上午下午卖菜时收集到的菜叶废菜收集起来，拉到猪圈煮猪食把猪全部喂饱即可。

李土地的猪场猪舍和基础母猪由李土地投资兴建购买，产出的猪崽养大出栏后中秋节全老榆树每户半头猪过年每户一头猪，富余出来的由看守猪场的一对老夫妇出售，算作工钱。

李土地的羊场的基础母羊由老榆树一百户人家集羊成群，每户三只不能少，也不能多。各家母羊连同母羊生下的羊羔耳朵上都戴着自家的标牌。每年的中秋节和春节，每家分一只和两只当年羔子或老母羊。羊场羊的头数每年保持不变，村里的有羊户，每有一只羊，羊的主人到羊场值班一天，负责割草喂羊打扫圈舍。李土地在羊场集了六十只羊，每年可出栏六十只羊，不过李土地留给自家的食用的羊数和全村各户相同，每年中秋一只，春节两只。

“其余的呢？”

“全去了镇里和县里领导们的家里。”

“凭啥？”新闻学院院长愤愤不平，镜片后的眼睛里泛着诧异。

“书呆子，纯属不懂国情。”处级院长被股级村长批判得一无是处。

李土地的鸡场建在猪场里，鸡舍就在猪圈顶上，鸡拉下的粪直接拉进鸡舍下的猪食槽里，权作猪的零食。李土地的鸡号称“场面鸡”“上树鸡”。一个略有斜坡的水泥平台是鸡“放风”的地方。“放风”过的鸡拉下的鸡粪被斜坡顶端流下的自来水冲向坡底的一个容器中，仍然是猪的零食。养鸡的收入除部分留作再生产基金用于购买仔鸡饲料防疫药物外，节余部分全部全村人平分。

李土地牛场的圈舍及奶站由李土地投资，起初的牛来自村里被列入扶贫对象的十四户人家。当年，政府给这十四户人家每家两头奶牛，买奶牛的钱政府拿大头贫困户出小头，各家各户分散供养着。各家饲养方式各异，水平普遍偏低，产奶量很低，而且每天得将挤下的牛奶运到十几里外的奶站出售，各家忙个贼死，也没什么收入，积极性不高，对扶贫政策产生怀疑的同时，大有杀牛而食之的势头。李土地及时建起牛舍奶站，并吸收村里另外十四户人家每户购进两头奶牛加入。二十八户人家在一百四十天的无霜期内，每家五天轮流割草喂牛。李土地选派赵小六出去学习了养牛技术和管理奶站，常年驻牛场上班。秋天，二十八户人家负责收割梯田里的柠条头。柠条头运回牛场，用机器打成碎节，裹上麦麸，晾晒干就是冬天的牛羊猪饲料。冬天的牛场不再需要割青草，二十八家轮流出投饲料即可。赵小六每天在牛场里指挥着喂牛赶牛挤奶，俨然老板。集中饲养后，饲料和饲养水平提高，出奶量也大幅度提升，卖牛奶的收入除去麦麸钱、电费、赵小六的工资外，二十八家平分，李土地分文不取。

“你这也太老实了吧！简直是全心全意为人民服务啦！你投了那么多资，自己半点没捞着，图个啥？”文学博导更加愤愤不平。

“捞着了，羊场牛场猪场的粪肥全归我。”

“那值几个钱？”

“值钱得很！不光是省下化肥钱，而且我的小麦莜麦杂粮土豆一下全成了绿色无污染的原生态有机产品。‘老榆树’商标的农产品价钱比别处的高几倍都不止。”

“你不傻，新生代地主。”文学博导折服了。

哥俩你一言我一语对话间，弟媳牛绛一言未发，偶尔莞尔一笑间，脑海中翻江倒海。大伯子的经营模式及用工方法是别人编的和自己编的经济学教材中从未涉猎的，这个EMBA导师对今后将如何向她的董事长总经理学生们授课不再一片茫然。

李粮食对哥哥的经营模式似乎没有经济学家媳妇那么兴致浓厚，倒是对牛场的两个人关注有加。

“赵小六不是当大夫吗？咋跑到你这儿管上了牛场？”

“被张家兄弟忽悠着挣年薪去了，年薪没挣上，饭碗也没了，鸡飞蛋打。好歹是亲戚，牛场不比羊场猪场鸡场，得有个有文化的人跟乳业公司对接，权当照顾吧！”

“铲牛粪那小子是谁？”

“张援朝的儿子。他爹弄高利贷跳了楼，讨债的把他家房子财产抢光了，连个吃处住处也没有，铲牛粪管吃管住。”

“穆仁志的儿子还是穆仁志，杨白劳的孙子还是杨白劳。”李粮食仰天长叹！

图书在版编目（CIP）数据

老榆树 / 颙铭著. -- 北京 ：作家出版社，2020. 1（2023.1重印）
ISBN 978-7-5212-0745-3

Ⅰ. ①老… Ⅱ. ①颙… Ⅲ. ①长篇小说 - 中国 - 当代
Ⅳ. ①I247.5

中国版本图书馆CIP数据核字（2019）第233759号

老榆树

作　　者：颙　铭
责任编辑：李亚梓
装帧设计：百丰艺术
出版发行：作家出版社有限公司
社　　址：北京农展馆南里10号　　邮　　编：100125
电话传真：86-10-65067186（发行中心及邮购部）
86-10-65004079（总编室）
E-mail:zuojia@zuojia.net.cn
http://www.zuojiachubanshe.com
印　　刷：中煤（北京）印务有限公司
成品尺寸：152×230
字　　数：270千
印　　张：20.5
版　　次：2020年1月第1版
印　　次：2023年1月第2次印刷
ISBN　978-7-5212-0745-3
定　　价：46.00元